El síndrome de Ulises

Seix Barral Biblioteca Breve

Santiago Gamboa
El síndrome de Ulises

Diseño de colección: Josep Bagà Associats

Primera edición: marzo de 2005
Segunda edición: abril de 2005
Tercera edición: junio de 2005
Cuarta edición: agosto de 2005
Quinta edición: diciembre de 2005
Sexta edición: septiembre de 2006
Séptima edición: abril de 2007
Octava edición: octubre de 2008
Novena edición: septiembre de 2010
Décima edición: febrero de 2012

© 2005, Santiago Gamboa
© 2005, Editorial Planeta Colombiana S. A.

Calle 73 N.º 7-60, Bogotá

ISBN 13: 978-958-42-1190-3
ISBN 10: 958-42-1190-0

Impreso por Xpress Estudio Gráfico y Digital S. A.

Ninguna parte de esta publicación, incluido
el diseño de la cubierta, puede ser reproducida,
almacenada o transmitida en manera alguna
ni por ningún medio, ya sea eléctrico, químico,
mecánico, óptico, de grabación o de fotocopia,
sin permiso previo del editor.

*A Julio Ramón Ribeyro, in memoriam,
por París, los libros y la vida.*

PARTE I
HISTORIAS DE FANTASMAS

1.

Por esa época la vida no me sonreía. Más bien hacía muecas, como si algo le provocara risa nerviosa. Era el inicio de los años noventa. Me encontraba en París, ciudad voluptuosa y llena de gente próspera, aunque ése no fuera mi caso. Lejos de serlo. Los que habíamos llegado por la puerta de atrás, sorteando las basuras, vivíamos mucho peor que los insectos y las ratas. No había nada, o casi nada, para nosotros, y por eso nos alimentábamos de absurdos deseos. Todas nuestras frases empezaban así: «Cuando sea...». Un peruano del comedor universitario dijo un día: cuando sea rico dejaré de hablarles. Poco después lo sorprendieron robando en un supermercado y fue arrestado. Había hecho todo bien, pero al llegar a la caja la empleada lo miró y pegó un grito de horror (podría calificarlo de «cinematográfico»), pues del pelo le escurrían densas gotas rojas. Se había escondido dos bandejas de filetes debajo de la capucha de su impermeable, pero dejó pasar mucho tiempo y la sangre atravesó el plástico. A partir de ese día cambió su frase: cuando sea rico nadaré en sangre fresca. Luego supe que lo habían recluido en un psiquiátrico y jamás lo volví a ver.

En mis bolsillos había poco qué buscar (nada tintineaba) y por eso debí alquilar un cuarto de nueve metros cuadrados, sin vista a la calle, en los altos de un edificio de la rue Dulud, circunscripción de Neully-Sur-Seine, un barrio lleno de familias ricas y judías, automóviles elegantes, tiendas caras. Por cierto que cuando uno es pobre es muy malo rodearse de gente rica. No lo recomiendo. No trae buena suerte y genera un sabor amargo en la boca, nada bueno para la salud. Cuando uno es pobre es mejor estar rodeado de pobres. Créanme.

Pero ése no era mi único problema, pues Victoria, el gran amor de mi vida, había dejado de serlo (yo el suyo, en realidad), y por eso mi estómago sufría permanentes contracciones. Esto, unido a la poca y mala comida —carne con alverjas en lata a seis francos y esas cosas—, generó una gastritis que acabó por despertar mi antigua úlcera. Mucho dolor físico que hacía olvidar el otro, el que podríamos llamar espiritual o del alma. En suma, dolor por todas partes. Los días eran un hueso duro de tragar, algo de muy mal sabor, así que por las mañanas debía encontrar buenos motivos para salir al frío de la calle, pues el invierno del año noventa fue uno de los más duros. Dolor, frío y desamor. El cóctel perfecto para no sobrevivir. Pero mis caminos estaban cerrados, ya que no iba a regresar a Bogotá. No por nada en especial o por nada muy original, pero así lo había decidido. Esa ciudad era un excelente refugio, pero entre medias estaba mi vida. ¿Qué hacer con ella? Alguien tenía que vivirla, o al menos intentarlo, así que debía continuar, y continuar solo, todo lo lejos que fuera posible. Aún no estaba muy golpeado y mis mejillas, a pesar del frío, parecían saludables. Podía aguantar un poco más. Cualquier cosa es soportable si uno puede ponerle fin, como piensan los suicidas. No sabía cuántos golpes podía soportar y estaba dispuesto a averiguarlo. Y así lo hice.

Salir a la calle, qué aventura.

No he conocido nunca a nadie que sepa dónde está la rue Dulud, esa insignificante calle de la circunscripción de Neully-Sur-Seine. Es una paralela al Bois de Boulogne del lado de la avenida Charles de Gaulle, un lugar sin comercios ni avisos de neón. Sólo los muros grises de los edificios y una panadería en la esquina que se llama *Le four de Boulogne*. Es una calle fría y algo triste, habitada por familias burguesas que miran con nerviosismo si alguien llega a cruzarse en su camino, pues por ahí todo el mundo va en carro.

Mi cuenta bancaria, abierta hacía dos meses con la suma exacta de 3.600 francos en el Credit Lyonnais del Boulevard Montparnasse, estaba francamente mal. Ya sólo quedaban 875 y no parecía haber modo de que esa maldita cifra aumentara. Había conseguido unas clases de español en una academia por las que me pagaban poco, exactamente 85 francos la hora, así que debía lograr al menos 20 al mes para el alquiler, que era de 1.200 francos. Y ahí estaba el problema, pues el trabajo había que dividirlo con otros profesores tan muertos de hambre como yo, lo que nos dejaba muy poco. Uno de ellos era un argentino de setenta años, novelista, crítico de cine y exitoso autor teatral en Buenos Aires (eso nos decía). Por pudor no diré su nombre, pero les aseguro que era dramático verlo por los corredores con una bala de oxígeno portátil, respirando a través de un cable que se insertaba en sus fosas nasales. Como buen porteño siempre se vestía muy elegante y usaba sombrero, pero al fondo la realidad era la misma, y era la de ser un profesor muerto de hambre. Otro de los colegas era un sociólogo chileno que escribía una tesis doctoral sobre el socialista Luis Emilio Recabarren, un hombre obeso (el sociólogo) y triste que parecía arrastrar el dolor del mundo y que lamentaba sobre todas las cosas haber dejado de fumar, pues su cuerpo se había hinchado. Era extraño que un hombre tan gordo pudiera ser pobre. Los demás profesores eran tan marginales como nosotros, y en las discusiones lingüísticas que ofrecíamos a los alumnos cada tanto, cuando se hacían «seminarios» sobre las diferentes modalidades del habla hispana, la desproporción entre los alumnos ricos y nosotros, con chaquetas remendadas y la piel amarilla, era bastante patética.

La academia se llamaba *Langues dans le monde* y quedaba en la rue Tilsitt, no lejos de mi casa. Yo estaba muy feliz de tener ese trabajo, aún si por ser nuevo me daban los peores horarios. Por ejemplo de siete a ocho de la mañana con Monsieur Giraud, un alto directivo de la petrolera francesa Total que iba a ser trasladado a las oficinas de Caracas, alguien terriblemente serio, con cara de albergar terribles sospechas sobre mi estatuto de profesor. Hay que tener hambre para levantarse a las seis de la mañana y salir de la casa por 85 francos. El resto del tiempo eran horas muertas, pues por lo general la siguiente clase era a las cinco de la tarde, otra vez de una sola hora. Como si esto fuera poco había que vestirse bien, llevar camisa limpia y pantalones planchados. Mi plancha eléctrica traída de Bogotá tenía un enchufe diferente y debía comprarle un adaptador que costaba 30 francos, el presupuesto de un día. Toda mi ropa estaba en una maleta, pues la habitación no tenía armario.

Salir, qué aventura.

A las seis de la mañana la bruma se levantaba del suelo y una llovizna empezaba a calar los huesos. El frío era tal que a la segunda esquina la mandíbula se atascaba y justo ahí empezaba lo más difícil, que era atravesar el Bois de Boulogne para ir hasta la piscina pública de la Universidad Paris-Dauphine, donde estaban las duchas. Por cierto que una de las primeras veces que atravesé el bosque presencié algo inquietante. Un mendigo había muerto de frío durante la noche y, al pasar por ahí, encontré a un grupo de socorristas levantando su cadáver. Pero hubo un inconveniente y fue que al rodar al suelo (en el momento de la muerte) la mano izquierda del hombre quedó hundida en un charco de agua, y éste, al bajar la temperatura, se congeló. Recuerdo el ruido de un estilete rompiendo el hielo alrededor de la mano. La mano atrapada en el hielo que les impedía alzarlo. Me alejé pensando que la mano, por la congelación, podría aún estar viva, y la verdad fue que varias veces soñé con ella.

El abono trimestral de la piscina había sido una importante inversión de mi parte, pues costaba 120 francos, pero una ducha caliente cada día era lo único que podía devolverme a la vida. Y para allá me iba, tiritando como un fantasma entre la niebla. Al llegar al vestier, dejaba la ropa en un armario metálico y, gorro en mano, me paraba debajo de una de las regaderas, que funcionaban con un ahorrativo sistema retráctil. El agua se desconectaba al segundo minuto, así que para ducharse había que dejar la mano sobre el botón. Por tratarse de duchas mixtas, un funcionario de seguridad fisgoneaba constantemente para vigilar que nadie abusara de la presencia de mujeres. Y en esto tenían razón, pues con el tiempo vi hombres que se les acercaban tanto que habrían podido tocarlas con la punta de la lengua. Cada vez que el guardia entraba había que concentrarse muchísimo en el aseo, lo que era gravoso, ya que sólo compraba champú y éste debía durar al menos dos semanas. Jamás un guardia me hizo comentario alguno por estar tanto tiempo bajo el agua, pero alguna vez me sentí observado. Y claro, yo también observé. Las estudiantes venían a nadar a esa hora, bellas jovencitas que se duchaban muy rápido y salían disparadas a sus clases. Yo, en cambio, me quedaba ahí. No nadaba, sólo iba a la ducha. No tenía ningún afán por regresar al frío y la llovizna de la calle.

En el bolsillo llevaba bien sujetas tres monedas de diez francos. Era mi exiguo presupuesto del día, lo justo para dos comidas calientes en el restaurante universitario de Mabillon, un café y unos cuantos cigarrillos. A veces compraba algún libro de segunda en ediciones de bolsillo que costaban diez francos, pero esto sólo los días en que salía a la calle, pues muchas veces prefería quedarme en la cama mascullando ideas, deshojando proyectos y maldiciendo no haber optado por otra ciudad, un lugar en el que hiciera menos frío y donde la gente fuera menos dura. Como todos, yo debía encontrar mi lugar en el mundo, un pequeño rincón dónde vivir sin demasiados sacrificios, pero mi búsqueda apenas había comenzado.

Y además estaba el tema de Victoria.

Había venido de visita, desde Madrid, pero antes de llegar me advirtió por teléfono: «Están pasando cosas, allá hablamos». Luego dijo que venía leyendo *Anna Karenina*, de Tolstoi, así que supuse que preparaba una confesión. Y en efecto al llegar, luego de varios rodeos y algunas lágrimas, soltó la frase: «Hay otra persona». Para evitarle la culpa dije que yo también había tenido un romance, y lo que sucedió a continuación fue, por decir lo menos, increíble: sus lágrimas se secaron y en sus ojos apareció una feroz mirada de odio. Me tiró un zapato a la cabeza, rompió los dos únicos platos y se fue al corredor dando un portazo. Pronto regresó arrepentida a decir que lo de ella era algo muy serio, y de cualquier modo nos perdonamos. Antes de irse me entregó 5.000 francos en billetes nuevos. Eran sus ahorros, el dinero que había reunido con el trabajo del verano.

—Es tuyo —me dijo—, lo necesitas más que yo.

Mi desesperada situación no me permitía rechazarlo.

—Apenas pueda te los devuelvo —le dije.

Y así quedamos. Pero se fue. La acompañé a la estación de trenes del sur, París-Austerlitz, y la vi irse con los ojos en lágrimas. Victoria lloraba y tal vez su llanto era sincero, pero yo estaba deshecho. Del otro lado, en Madrid, alguien la esperaba. Ambos lo sabíamos. Luego regresé al cuarto de Neully-Sur-Seine, pero antes de subir compré con su plata una botella de whisky. El mundo giraba y yo estaba solo, hundido en un hueco húmedo y pobre, así que encendí el radio, me senté en un rincón y abrí la botella. Bebí varios tragos hasta que me llené de calor. Entonces la imaginé en su vagón de segunda clase leyendo algunas páginas escritas por mí, y soñé que regresaba, que oía dos golpes en la puerta y, al abrir, era ella. Se había bajado del tren y estaba dispuesta a quedarse para siempre. Pero el silencio en el corredor era cada vez peor.

Muy pronto la botella se acabó, así que me puse la chaqueta para salir. Qué aventura. Llovía como llueve en esta maldita ciudad, sin que uno acabe de notarlo, una llovizna que engaña y, cuando uno reacciona, ya está calado hasta los huesos. Tres cuadras más allá, cerca del Bois de Boulogne, encontré una tienda abierta. Un árabe, entre bostezos, me vendió una botella de whisky que destapé de inmediato. Luego fui hacia el bosque bebiendo a pico. Estaba muy oscuro. No sabía lo que buscaba y al caminar en la oscuridad descubrí una luz. Era el auto de una prostituta, una gorda de carnes blancas que exhibía su cuerpo detrás de un pesado abrigo. Esperaba clientes. Me quedé atrás dándole sorbos cada vez más largos a la botella. Muy pronto un auto se detuvo y un hombre se pasó al automóvil de la prostituta, que tenía instalada una cama en la parte trasera. Caminé hacia ellos sin hacer ruido. El tipo se bajó los pantalones y la mujer se lo chupó un rato, exagerando los gestos, hasta que él se puso sobre ella. El hombre disfrutaba y ella hacía su trabajo, pero yo, que los observaba de lejos, sentí algo distinto. Victoria viajaba en un tren hacia una ciudad lejana, y al pensarlo lloré con todas mis fuerzas, como si fuera la última noche de un hombre sobre la tierra. Y supe lo que era la orfandad. Luego el bosque se convirtió en algo hostil y decidí volver al cuarto. Tenía los zapatos mojados. La luna, una esfera partida a la mitad, se reflejaba en todos los charcos.

2.

La barriada de Gentilly, al sur de París, recién pasada la Cité Universitaire, es uno de los suburbios más tranquilos —al lado de otros tan conflictivos como Sarcelles o el mismo Villejuif— y se caracteriza, entre otras cosas, por estar repleto de colombianos. Por esa razón, al llegar de Madrid, tomé un bus hasta la parada de la Ciudad Universitaria, crucé a pie el bulevar periférico y fui a dar allá, precisamente a Gentilly. Mi equipaje consistía en dos cosas de desigual peso: una maleta y un teléfono (me refiero a un número escrito en un papel), el de Rafael y Luz Amparo, dos refugiados políticos caleños que vivían en Francia desde 1982 y que había conocido un par de años antes. Al llegar a su casa ninguno de los dos estaba, pero pude subir. Me abrió un colombiano que venía a pintar donde ellos por las tardes, y que tras darme la bienvenida continuó enfrascado en su trabajo, que consistía en reproducir al óleo el paisaje de una postal, un río con un pueblo al fondo y varios sampanes. Era una postal de Filipinas. Dijo que hacia las siete de la noche llegarían los dueños de casa, por si quería esperarlos.

La salida del país de Rafael y Luz Amparo fue sencilla y, en cierto modo, trágica: de la celda al aeropuerto por una amnistía que el gobierno de Turbay Ayala otorgó a los guerrilleros del M-19. Antes de viajar estuvieron tres años en la cárcel de El Barne, cerca de Tunja, y allí se casaron. Rafael fue detenido en el Salto del Tequendama tras una reunión clandestina de dirigentes regionales. Un soldado le disparó a quemarropa en la ingle pero él evitó lo peor y sólo le quedó una horrible cicatriz en el muslo, poca cosa al fin y al cabo. Luz Amparo cayó en Ecuador después de escapar por más de dos semanas. Sus últimos días en la guerrilla están llenos de balazos, humo y carreras. También de miedo. Cuando la apresaron un soldado le dijo que la había tenido en la mira pero que había decidido no disparar. ¿Por qué?, preguntó ella, y el respondió: «¿Qué sacaba yo matándola?».

Rafael y Luz Amparo se encontraron después de muchos meses en el aeropuerto de Bogotá. Cuando les quitaron las esposas, a las puertas del avión, se dieron un abrazo y fueron a sentarse agarrados de la mano. Eran libres, a condición de irse del país por el que habían luchado y por el que estuvieron a punto de morir. Se fueron sin ver antes Cali ni a sus familias, no pudieron despedirse de sus amigos ni tomarse una última lulada con pandebono en la Sexta, oyendo música y viendo pasar la gente. Nada de eso pudieron hacer Rafael y Luz Amparo y por eso sentían tanto dolor al hablar de Colombia. En las fiestas, con otros latinoamericanos, se entristecían escuchando la letra de *Todos vuelven*, de Rubén Blades. Rafael decía:

—Esta canción es para bailarla, pero también para oírla.

Entonces el salón se impregnaba de silencio, un silencio que quería decir muchas cosas sencillas: recordamos, seguimos siendo, estamos allá, nos esperan.

Yo podía volver a Colombia, pero no quería. Era diferente a ellos y por eso sólo con el tiempo fui aceptado como un igual. El mundo del exilio político es duro y tiene sus reglas: ¿cuántos años de cárcel pagó?, ¿cuántas tomas de pueblos hizo?, ¿cuántos asaltos a la Caja Agraria, o a los cuarteles de policía, o a las farmacias regionales? El valor de cada uno estaba en el pasado, en lo ya hecho, pues allí, en Gentilly, en ese insulso presente que era todavía más opaco en la medida en que debía considerarse una gran fortuna, todos eran iguales, comandantes o combatientes rasos, dirigentes o guardianes, todos con el mismo pasaporte apátrida de Naciones Unidas y las mismas oportunidades a la hora de conseguir un trabajo en la OFPRA (Oficina Francesa para los Refugiados y Apátridas), que podía ser de limpieza de oficinas, mensajería, secretariado o estafeta de correos.

En lo que tampoco me parecía, por cierto, era en la situación económica. Mal que bien todos ellos, con el tiempo, la tenían resuelta a costa de grandes sacrificios. Con los francos contados pero ahí estaban, y eran muy generosos. Rafael y Luz Amparo me alojaron más de tres semanas. Tenían dos hijos pequeños y mi presencia era un verdadero estorbo, pero jamás lo hicieron sentir. Al contrario, parecían felices de ayudarme, pues sabían lo que costaba instalarse en París y por eso me daban su protección.

Pero todo era difícil.

Yo caminaba sin rumbo, aterido de frío, intentando soportar la llovizna, observando a la gente que entraba y salía de los restaurantes o a los que maldecían por el tráfico desde el interior de automóviles cómodos y bien caldeados; espiaba con envidia a los jóvenes que se daban cita en los bares para divertirse, tomar unos tragos y luego irse a la cama con alguien, dormir abrazado al cuerpo tibio de alguna estudiante. Esa vida era algo lejano, que había elegido no tener, por intentar esta aventura en París. Pero el resultado ni siquiera podía vislumbrarse. Cubierto con un abrigo de vago aspecto militar recorría los tablones de ofertas de trabajo de todos los centros sociales, iglesias y facultades universitarias. Eran papeles mecanografiados, fotocopias manoseadas, y al llamar a los números, ansioso, alguien hacía la siguiente pregunta, ¿y de dónde es usted?, tras lo cual escuchaba decir, «gracias por llamar», y vuelta a los tablones, a la llovizna y al frío, las botas empapadas, el cuero con una capa de moho, una vaga sensación de ridículo a sabiendas de que a nadie más que a uno le importa, pues todos volvíamos a las papeletas de ofertas, bajando cada día el nivel de lo que creíamos poder aceptar, al principio *solamente* clases de español pero una semana después ya estaba en los anuncios de «canguro» o baby sitter, y luego en los de enfermos y ancianos, o de locos, y al final en lo más ínfimo, y comprobar que el orgullo nos hizo llegar tarde, quienes lo decidieron antes ya cogieron lo mejor y ahora sólo quedan cosas realmente complicadas, no denigrantes, pues nada lo es cuando uno tiene necesidad, y para allá se va uno, con el teléfono de varios restaurantes o bares, con la ilusión de ser aceptado como «plongeur», es decir lavador de platos, el que hunde los platos en el agua enjabonada, literalmente, y ver que en ese último escalón social también hay un titubeo de sospecha, ¿de dónde dijo que es usted?, y obtener luego, sin mucha simpatía, una cita para el día siguiente y encontrarse con que un empleado del restaurante lo estudia a uno de arriba abajo antes de llamar al gerente, o al responsable, y cuando éste se acerca no hay una mirada a los ojos o algo que quiera decir «es usted nuestro igual», no, nada de eso, sólo una mano fría y un papel fotocopiado con los datos por llenar, el nombre y la nacionalidad, la fecha de nacimiento, y al terminar, con la camisa planchada, el mejor pantalón y los zapatos limpios, oye decir gracias, con esos datos es suficiente, cuando haya algo lo llamaremos, y vuelta a la calle, a la llovizna y los vapores del Metro, de vuelta a la casa de Rafael y Luz Amparo que al verme abrir la puerta preguntaban, ¿qué tal?, y cuando negaba con la cabeza cambiaban de tema y me contaban algo o sencillamente callaban, ¿ya comiste?, y yo respondía sí, gracias, ya comí, y me iba a la cama con las tripas pegadas, pensando que nunca lograría salir a la lejana superficie.

Luego estaba lo de la universidad. La razón legal de mi estadía era un doctorado en la Sorbona, así que parte del tiempo lo dedicaba a esas clases. En realidad, mis esperanzas habían estado depositadas en eso, pues antes supuse que allí conocería gente, tendría amigos y grupos de estudio. Oh, sorpresa. Cuando comenzaron las clases me llevé una gran desilusión, pues no iba a tener más que cuatro horas por semana, dos el martes y dos el jueves, y tras la primera clase la desilusión fue peor, ya que en mi curso sólo había inscritas tres personas. Un señor bastante mayor, una mujer con aspecto psicótico y un joven árabe que parecía más perdido, más tímido y más desahuciado por la vida que el protagonista de *Hambre*, de Knut Hamsun. Las clases eran en español y el profesor, un chileno megalómano (presumía de haber sido amigo de Julio Cortázar), gritaba como si en el aula hubiera 400 personas.

En una de las primeras clases el chileno preguntó qué era lo que en nuestra opinión rondaba en la atmósfera de no sé qué cuento de Onetti, o de Cortázar, no recuerdo bien. Entonces Salim —así se llamaba el árabe, que para la precisión era marroquí nacido en Oujda— levantó la mano y dijo:

—Es obvio, lo que ronda es *el* muerte.

Así dijo, «el muerte», tal vez porque en árabe la muerte sea masculina o porque no sabía bien el español, o por los nervios, no sé, el caso es que lo dijo así, «el muerte», y se sintió tan seguro de la respuesta que sus ojos brillaron por un segundo, sólo por un segundo, pues de inmediato el profesor levantó la voz con una mueca de desprecio, y dijo: «¡Se dice *la* muerte, joven! ¡*La* muerte!», repitiéndolo muchas veces, riéndose, buscando la complicidad de quienes hablábamos bien el español —yo evité mirarlo pero sus ojos me atraparon y fui tan vil que sonreí—, para hacer aún más hiriente el error. Salim se hundió en su silla y jamás, en todo el año, volvió a abrir la boca; nunca su voz volvió a deambular por ese aire enrarecido, el aire helado del aula, en el cuarto piso del edificio de Paris IV, rue de Gay-Lussac.

Poco después, al término de las clases, encontré al joven árabe en la calle. Hacía frío y lloviznaba. Entonces le propuse tomar algo y fuimos a un bar bastante maloliente y húmedo, pero muy barato. El más barato del barrio. Cuando el mesero se acercó pedí dos cervezas, pero Salim movió su dedo diciendo no, no, gracias, no quiero nada. Insistí diciendo que pagaría las dos bebidas pero él volvió a negar y dijo que era temprano, no podía beber nada hasta la noche pues hacía el ayuno sagrado del Ramadán. No pregunté más, sino que lo escuché hablar, interminablemente, y habló como si hubiera estado perdido o secuestrado, como si se hubiera despertado de una larga enfermedad y volviera a encontrar a un viejo amigo, con una alegría que delataba su soledad y su aislamiento, y lo escuché cerca de una hora, interrumpiéndolo apenas con gestos de sorpresa o asentimiento. Un rato después, no sé cuánto más, Salim consultó el reloj y se levantó de la silla.

—Tengo que irme, amigo —dijo—. Ha sido usted muy amable. Nos veremos, si dios quiere, el próximo jueves. Adiós.

Cruzó la calle y se dirigió a la estación del Metro rápido, el RER, y yo me lo quedé mirando por la ventana hasta perderlo de vista entre los carros, el gentío y la lluvia, sorprendido y algo avergonzado, y traté de imaginar ese apartamento de suburbio en Massy-Palaiseau, pequeño, de paredes desnudas o con alguna decoración del Corán, y a los siete primos y a la tía arrodillados en el salón haciendo el rezo preliminar, el que da fin al ayuno, y más tarde, ya en la noche, a Salim concentrado en su trabajo, escribiendo en una mesita y sosteniendo el libro abierto a su lado, interrogándose, intentando comprender.

3.

Oujda es una pequeña ciudad al borde de las montañas de Beni Snassen, al este de Marruecos, en la llanura de Angad. Muy temprano, apenas rompe el día, se ve cómo el viento que baja por las colinas y cerros zigzaguea en la arena dibujando formas caprichosas. Es el viento fresco de la noche. Ahí crecí, ahí viví mis primeros años. Ahí vive mi familia. Nuestra casa está en la muralla de la Medina, entre Bab Ouled Amran y Bab Sidi Aissa. Mi padre tiene una carnicería en el Suk El Mae o Mercado del Agua, que es el mercado central, y se levanta muy temprano, casi a mitad de la noche. Mi madre se hace cargo de la casa. Tengo ocho hermanos.

En la escuela coránica Abou Youssef adquirí el vicio de la lectura. Al principio con textos religiosos, las sunnas y los alhaces del Corán, pues mi familia es muy creyente, pero luego con otro tipo de libros, literatura, poesía, historia. Ahí comenzó mi pasión. Por suerte mis tres hermanos mayores se dedicaron a ayudarle a papá en la carnicería, y así cuando me llegó el turno pude elegir. Y elegí. A los 17 años fui a hacer el bachillerato a Ceuta, a la casa de una prima de mi madre, en la zona de El Jaral. Me inscribí en la Universidad Juan Carlos I y estudié historia. Allí aprendí el español y empecé a amar la literatura escrita en español. Le parecerá raro, pero mi autor preferido es un argentino, Leopoldo Marechal, ¿lo conoce? Sé que es algo insólito, quiero decir, que mi pasión literaria se haya concentrado sobre este autor. No son los escritores del Caribe, en donde hay algunas similitudes con el Maghreb, ni los de Brasil, que tienen gran influencia árabe, sobre todo los de la costa norte. No. Es ese extraño autor, Marechal. Y le puedo decir, con verdad, que jamás he conocido a nadie en Marruecos que lo haya leído. Lo hice leer a varios amigos en traducciones al francés pero no tuve éxito. De hecho, esa pasión me convirtió en una especie de hazmerreír. Nadie entendía que el estrambótico *Adán Buenosayres* pudiera gustarme. En fin, amigo, no quiero hacerle muy larga esta historia, pero si debo ser sincero, ni yo mismo sé qué diablos es lo que me gusta de ese libro. Es... ¿cómo decirle? Una especie de hechizo. Desde que leí las primeras frases, sentado en las escalinatas del santuario de Nuestra Señora de África, en la Bahía del Benzú, o en la Cala del Sarchal, que eran mis lugares ceutíes de lectura, quedé atrapado, mi voluntad ya no pudo salir. Si quiere que le diga la verdad, es algo inquietante. Desde entonces me he dedicado a leer la mejor literatura en lengua española, pero siempre, al caer la noche, siento una imperiosa necesidad de releer alguna página de *Adán Buenosayres*, y esta necesidad, con el tiempo, dejó de ser sólo intelectual y se convirtió en física: me sudan las manos, pierdo el apetito, me aqueja una ligera taquicardia. Entonces extraigo el volumen de tapas grises de Editorial Sudamericana, lo abro al azar y leo, y mis ansias desaparecen, mi espíritu se ve colmado, la paz ocurre dentro de mí, si es que esto puede decirse y ser verdad en algún ser humano. Decidí venir a París a estudiar literatura en español a ver si logro entender el significado de esta extraña pasión, tan incomprensible en mí que no tengo nada que ver ni con esa lejana ciudad ni con ese país, al que, por cierto, jamás pienso ir. Las pasiones son así, irracionales. Nos son dadas por algo superior que no vemos y nos gobierna. No se necesita comprender algo para amarlo, ¿no cree? Amamos a dios sin comprenderlo, sin siquiera haberlo visto. Disculpe, usted y yo tenemos dioses distintos, aunque quizás la idea no le sea del todo extraña. Ustedes, al menos, tienen una imagen de él. Ser poseído por algo bello e irrenunciable. Yo he reflexionado mucho sobre esta extraña condición. Es maravillosa y, a la vez, aterradora. Nos subyuga, ¿verdad? No sé si me sigue. Le decía que por esto decidí venir a París a estudiar en la Sorbona, y gracias a dios pude hacerlo. Un hermano de mi madre emigró hace más de diez años. Es mecánico y en todo este tiempo ha ido trayendo a su familia desde Oujda. Son siete hijos y viven en un apartamento de 80 metros cuadrados en Massy-Palaiseau. Ellos me recibieron. Comparto el sofá de la sala con dos primos pequeños. Rezamos juntos cinco veces al día y, en la noche, cuando mi tío llega, sólo yo y dos de sus hijos varones podemos acompañarlo a la mesa. A pesar de la estrechez puedo trabajar y concentrarme. Voy a escribir un ensayo sobre la relación entre el individuo y las urbes basado en *Adán Buenosayres*. Se supone que cuando uno estudia mucho un texto acaba por liberarse de él, y yo espero que eso me suceda, pues la relación con los libros debe tener un límite, ¿no cree?

4.

Un lugar dónde vivir.
　Es la obsesión de todo el que llega y fue la mía antes de encontrar esta pocilga de la rue Dulud. No es sano pasar mucho tiempo durmiendo en sofás o alfombras ajenas, a prescindir de

la amabilidad con la que éstas nos sean ofrecidas, pues por dura que sea la vida cualquiera necesita un cuarto propio, como escribió Virginia Woolf, un lugar a salvo de miradas y charlas ajenas, donde uno pueda llorar o cortarse las venas en absoluta libertad. Mi «cuarto propio» apareció de un modo casual e, ironía de ironías, casi por un golpe de suerte.

La comunidad colombiana de París funciona como un *ghetto* en el que todo se sabe y, cuando digo comunidad, me refiero a los exiliados económicos o políticos, los que llegaron con dos cajas de cartón y un maletín de tela, cruzando la frontera francesa desde España en el baúl de un carro o en la carga de un camión, ateridos de frío y con un fajo de billetes entre los calzoncillos. Ellos predominaban en Gentilly y fue en ese medio donde Rafael y Luz Amparo lanzaron la voz de que había un recién llegado que necesitaba un cuarto, una «chambrita», como le dicen aquí, españolizando «chambre», que quiere decir cuarto, y así la bola fue rodando de aquí para allá, en reuniones y comités, hasta que se detuvo en una cifra, como en la ruleta, y el teléfono sonó.

Mi benefactor se llamaba Justino, antioqueño bajito de unos treinta años, muy parecido al ciclista Lucho Herrera, si alguien recuerda aún al campeón de finales de los ochenta, una cara afilada, prominente nariz, dos ojos pequeños y almendrados. Justino era famoso por su propensión a sacar la billetera con presteza y adelantarse a pagar, costumbre que lo hizo muy popular entre algunos sectores del exilio, sobre todo político, que tenían el hábito de sentarse a beber el viernes por la tarde y no parar hasta el domingo, muy tarde en la noche. Esos eran los amigos de Justino, sus compañeros de juerga, y se llamaban Carlos, Javier o Rolando. No había mujeres con ellos en esas maratones alcohólicas, pues las esposas, llegada una cierta hora, regresaban a las casas a esperarlos, convencidas de que nada bueno podía salir de esas absurdas bebetas, preocupadas por el gasto y los posibles accidentes, todo lo que le puede ocurrir a un hombre ahogado de tragos en una ciudad como ésta, y se asustaban porque ya habían ocurrido cosas graves, peleas que terminaban en el hospital, detenciones, llamadas a las cuatro de la mañana, y entonces debían levantarse, calmar a los hijos pequeños, pedirle el favor a alguna vecina y vestirse para ir a buscarlos, y al llegar a la prefectura enterarse de que el arresto fue por golpear a una mujer en un bar de putas, o por no tener con qué pagar, y luego, regresando a la casa, ahogar la ira para evitar ser golpeadas delante de los hijos, preparar un caldo de carne y dos aspirinas para que al día siguiente el héroe no se levante con guayabo y sea peor.

Esos eran los amigos de Justino, aún si él nunca estuvo ni en la guerrilla ni en la cárcel por delitos políticos. Ni siquiera vivía en Gentilly sino en Passy, en una elegante chambrita con baño, ducha y cocina, la unión de dos habitaciones grandes con ventanas y balcón a la calle, un verdadero privilegio. Allá fui un viernes por la noche invitado a comer frijolada, para hablar de la habitación que yo deseaba alquilar. Lo primero que llamaba la atención era el bar, con botellas de aguardiente Antioqueño, whisky Chivas y vodka Smirnoff puestas en surtidores verticales, de modo que para llenar el vaso no había más que ponerlo debajo del pico y hacer una leve presión hacia arriba, algo sumamente profesional para un bebedor privado, quiero decir, para alguien que no sea el propietario de un night club o algo por el estilo. Luego estaba el equipo de música, un poderoso Pioneer de cuatro bloques puesto sobre una repisa de madera que no paró de escupir tangos y música de carrilera durante las horas que estuve. En la casa había otras cuatro personas que no conocía, una pareja y dos hermanos, todos de Medellín, que ya estaban bastante borrachos cuando llegué, pues a medida que Justino preparaba los fríjoles ellos bebían con ansia, tal vez aprovechando que se trataba de tragos caros que no podían permitirse en otros lugares.

En varias ocasiones intenté poner el tema de la habitación, pero Justino parecía haberlo olvidado. Él quería que le hablara de mis estudios universitarios, de los libros que había o no leído —a él no le interesaban, la única estantería estaba vacía—, pues quien le habló de mí debió mencionar en algún momento precisamente eso, los libros. Le pregunté qué hacía en París, cómo se ganaba la vida, y al escucharlo decir, entre risas, «¡de todo, hermano!», comprendí que andaba en negocios raros. La verdad es que para notarlo no había que ser adivino. Habló de sus carros y de las novias, o, más bien, de las mujeres que se había comido —sobre todo rubias y francesas—, aunque especificando que ahora, transitoriamente, atravesaba una mala racha, un período breve de desgracia del que saldría muy pronto pero que lo tenía bajo de ánimo, sin carro y sin novia, justamente, o por lo menos sin la novia que más le gustaba, porque otras sí tenía, dijo, hembritas para pasar el rato, así las llamó, y ofreció invitar a una o dos si es que yo quería, ¿ya se comió a la primera francesa?, me preguntó, y yo no supe si responderle o no, y mientras dudaba él siguió hablando, uy, debería, hermano, son unos polvazos, unas cucas muy bellas, sin ofender al producto nacional, dijo mirando a la mujer de su amigo, que soltó una carcajada y se bebió hasta el fondo el aguardiente que tenía en la mano, y le dijo, Justino, usté sí es la embarrada, ¿no?, sólo piensa en eso, qué va a decir este universitario, y yo me reí, aunque avergonzado de reírme, y Justino se fue al teléfono y marcó varios números sin éxito y siguió diciendo que si uno va a vivir en París era una bobada no comerse a una francesa, y yo empecé a arrepentirme de haber aceptado la invitación, los fríjoles se demoraban más de lo debido así que decidí beber para hacer amables esas caras desconocidas, esa extraña atmósfera, seguro de que lo mejor era olvidar la habitación y seguir buscando por otro lado, y cuando al fin pude irme con la disculpa del cierre del Metro —Justino insistió en que me quedara y ofreció pagarme un taxi—, me dijo en la puerta, hombre, entonces qué, ¿le doy la llave de una vez? Y ahí, en la escalera, se metió la mano al bolsillo y me dio un llavero, un papelito con la dirección y dijo, andá a verla vos a ver qué te parece, y si te querés quedar pues quedate de una vez y luego hablamos, me tenés que dar una fianza de dos mil francos y el alquiler son mil doscientos.

Fue así que llegué a este lugar. Luego supe que Justino era socio de un policía francés que le ayudaba a sacar documentos, y que ese era, grosso modo, el negocio. El policía era el titular del alquiler y amigo de la propietaria, que vivía en el primer piso del edificio. Todo el mundo estaba de acuerdo en que yo viviera ahí, así que no hubo problemas. A partir de ese momento sólo lo vi para pagarle el alquiler en efectivo, suma que él le daba al policía y que éste, según Justino, perdía de inmediato en el casino, pues era jugador. Me pareció injusto que alguien derrochara de un modo tan absurdo el dinero que a mí me costaba tanto reunir, pero tampoco era asunto mío, así que olvidé el tema.

Alguna vez lo encontré en las reuniones de colombianos de Gentilly pero nunca me senté a beber en su mesa. Prefería la compañía de Rafael y Luz Amparo, mis verdaderos amigos, las primeras personas que conocí en París y que, de algún modo, ya percibía como viejos compinches. Esas veladas, por cierto, estaban llenas de sorpresas. Por lo general se hacían en los salones comunales de la Ciudad Universitaria y en ellas se daban las últimas noticias de Colombia. Los oradores, antiguos líderes guerrilleros o sindicales, exponían los temas y daban sus opiniones, abriendo un debate que podía ser muy acalorado, acaloradísimo o, directamente, degenerar en cruce de insultos. Nunca, que yo recuerde, se llegó a las manos. Tras la «actualización política», se analizaba qué cosas debían hacerse para mejorar la vida de los más afligidos, de aquellos cuyas condiciones eran más duras.

En una ocasión Elkin Rueda, un viejo guerrillero del Ejército de Liberación Nacional que había sido mecánico en Cartagena y profesor de natación en Nicaragua, pidió la palabra para decir que uno de los temas graves era el idioma francés, que pocos inmigrantes sabían, algo que los condenaba al aislamiento y a ser ciudadanos de quinta categoría. Alguien propuso organizar unas clases solidarias y de inmediato se empezó a trabajar en el asunto. Una semana después se reunió al primer curso, pues la esposa de Elkin conocía a dos francesas que hablaban español y eran especialistas en terapia de lenguaje, Sabrina y Sophie, las cuales debían hacerse cargo del grupo. El hecho de que fueran especializadas en terapia no era casual, pues el reto consistía nada menos que en enseñarle francés a gente analfabeta o sin la menor noción de gramática. Por esa época yo había empezado a hacer algunos trabajos mecánicos con Elkin, y poco después conocí a una de las profesoras de un modo casual, aunque bastante abrupto.

Sucedió que Sabrina —Sabrina Gérard, 24 años, rubia de ojos verdes, cuerpo agradable y gran simpatía, soltera y mujer de su tiempo, trabajadora independiente y muy liberal, como demostró una vez en que fue a dar al lecho con seis varones en medio de una juerga apoteósica, en fin, cosas que yo aún no lo sabía— tuvo problemas con el carburador de su Volkswagen Golf, así que llamó a Elkin para que lo revisara o le dijera si aún valía la pena repararlo. Y para allá nos fuimos un sábado por la mañana, con la idea de ir después a una piscina pública. Al llegar al lugar —un suburbio del norte llamado Le Blanc Mesnil—, Sabrina bajó con las llaves y nos dejó en la calle, prometiendo un café para después. A las dos horas el motor estaba listo, con el carburador reluciente, y Sabrina bajó a probarlo. Le dimos una vuelta a la manzana y el arranque funcionó a la perfección, pero al volver al edificio nos dimos cuenta de algo terrible: Elkin había dejado la caja de herramientas sobre el andén y ya no estaba. Se la habían robado. Dios santo. Con la caja se esfumaban las posibilidades de trabajar y, si bien Elkin no dependía de la mecánica —daba clases de español, como yo, aunque mucho mejor pagado—, siempre era un modo expedito de conseguir plata, sin contar con que las herramientas de precisión y la infinidad de tuercas, tornillos y repuestos le daban a la caja de útiles un valor enorme.

La cara de Elkin se transfiguró y Sabrina, aturdida por lo que había pasado, preguntó si podía compensarlo con algo de dinero. Elkin le dijo que no, cualquier cosa que me des será insuficiente y no es culpa tuya, me la robaron a mí, así que Sabrina, viendo que la llovizna se convertía en aguacero, nos invitó a almorzar. Subimos cabizbajos al apartamento que compartía con una amiga, un espacio bien arreglado, cálido y con libros, y sólo un rato después, bebiendo vino tinto y comiendo una pasta con verduras, recuperamos la calma, aunque debo confesar que yo sí me animé observando a Sabrina, viendo cómo se reía, el modo en que se arreglaba el pelo y las cosas que decía.

5.

Vea, hermano, yo aprendí mecánica viendo a mi viejo desarmar y armar taxis en un taller de Bosa, así se ganaba la vida. Les limpiaba el carburador, les recomponía el eje de levas a martillo y hacía las piezas que faltaban, pues era tornero, y cuando me metí a la guerrilla, al ELN, me convertí en mecánico. Siempre me gustaron los motores. La otra pasión de mi vida fueron los deportes, sobre todo la natación, la maratón y el ajedrez. Un apostador de un bar de ajedrecistas de la Jiménez invirtió mucha plata en mí, cuando tenía 16 años, y luego me puso a jugar apostando. Al segundo año el viejo empezó a ganar y algo me daba, pero luego lo metieron preso por agiotista y se perdió, no lo volví a ver, algo que pasa mucho en ese medio.

Al llegar a la guerrilla me quedé en un grupo urbano, aquí a las afueras de Bogotá, y ahí me encargaron del parque automotor. Día y noche, déle que déle con la herramienta en la mano y grasa hasta los codos. Hasta que caí en el barrio San Carlos. Cercaron la manzana donde vivía mi mamá una vez que fui a hacerle visita, y me agarraron. Me venían siguiendo hasta con un helicóptero, hijueputa, se lo digo en serio. En La Picota me tocó defenderme a puños porque me metieron al patio de los «comunes». Como sabían que yo era «político» me la montaron. Sobre todo un man al que le decían Pirinolo. En un partido de fútbol se me vino de frente, sin que yo tuviera el balón, y me pegó qué patada en la espinilla. Yo no le contesté para no dar boleta, pero luego, otro día, me tiró un ladrillo desde el tercer piso y me erró por poco. Cuando levanté la vista lo vi riéndose, y gritó, «¿entonces qué, pirobo?, ¿se le corrió el champú?». El viejo Saúl, un presidiario que llevaba años en la cárcel, condenado a cadena perpetua, me dijo que debía enfrentarlo si quería sobrevivir. Él atendía un quiosco de gaseosas en el patio seis y me consiguió un machete recortado. Me decidí y la pelea quedó casada para un martes por la tarde en el corredor del tercer piso. Al subir las escaleras, con el machete en la cintura, se me helaron las pelotas. Me hacían tilín tilín, hermano. La gente gritaba alrededor mío y decían «¡muerto!», y yo los miraba en silencio. El mismo Saúl hizo de árbitro, pues a él todos lo respetaban. Cuando la pelea estaba por empezar el Pirinolo miró a un lado y alguien le pasó una punza, que es un destornillador afilado. En ese instante me dije, aquí va a morir alguien y no voy a ser yo, y antes de que volviera la vista alcé el machete y se lo mandé con fuerza al cuello. Un segundo antes de golpear torcí la muñeca y le di con el plano. Pirinolo me miró y alcancé a ver cómo los ojos se le ponían blancos. Cayó contra la pared, se golpeó la cabeza y quedó tirado en una extraña posición, con una pierna doblada hacia adentro, como un muñeco roto. Los presos gritaron que lo rematara y Saúl me dio la orden: mátelo, hermano, o el tipo se la va a montar peor que antes. Yo pensé, si le llego a dar con el filo le arranco la cabeza, pero lo que hice fue acercarme y darle la mano. Lo ayudé a pararse y le dije, vea, yo no lo quiero matar pero no me joda la vida, ambos estamos entre la mierda, respéteme, y Pirinolo, que ya tenía un hematoma del tamaño de una pelota, se levantó y bajó la cabeza. Di por concluido el asunto, pero cuando volteé para irme sacó el punzón y me lo mandó a la espalda. Por estar mareado erró el golpe. Entonces el viejo Saúl le clavó un estilete de carpintería en el cuello, bien clavadito hasta el mango. Pirinolo cayó de rodillas mirando la regadera de sangre que le salía del hematoma. Y ahí quedó. Un gonorrea menos, dijo Saúl, esta carne podrida no sirve ni para los perros. Luego ordenó que lo botaran a la basura.

A los tres años salí con la condicional y me fui a Barranquilla, otra vez escapado. Allá trabajé de mecánico y una de las vainas que hice fue arreglarle una lancha a unos traquetos. Pagaron bien y empecé a desear irme de Colombia, porque el ambiente se estaba poniendo feo. Me dije: este país ya no es para mí. Armé un carro con repuestos regalados pero nunca logré pasar el puente del Magdalena. Quería irme a Panamá pero no funcionó y terminé en Nicaragua. Allá acabé siendo instructor de natación del equipo nacional y en unos juegos panamericanos nos ganamos seis medallas. Yo entrenaba a los pelaos en los lagos y eso era una verraquera ver cómo nadaban. Nos hacíamos kilómetros. Después volé a México y de ahí vine a París. Ya no podía volver a Colombia. Aquí me dieron el estatuto de refugiado y empecé a trabajar de mecánico en la calle, porque en París lo que hacen los mecánicos es sacar de la caja las piezas e instalarlas. Yo las arreglaba. A la gente le salía más barato y no perdían los bonos del seguro. Luego empecé las clases de español y aquí estoy, hermano. También le meto a la poesía y al cuento. Otro día le muestro.

6.

Las clases en la rue Gay-Lussac continuaban sin gracia. El nombre de la Sorbona parecía demasiado para aquello que se nos daba, un caldo sin mucha sustancia. Un hueso sin carne. Pero continuaba yendo y luego salía con Salim a hablar de nuestros países o a charlar de libros. Me daba vergüenza no conocer la literatura de Marruecos, o de la región árabe, pues él sí conocía la mía y de qué modo. Era realmente extraño lo que le ocurría con el libro de Leopoldo Marechal, pero jamás me atreví a decirle lo que yo opinaba. Lo había leído hacía años en la universidad, o, más bien, había leído algunas páginas, sólo algunas, y tenía un recuerdo bastante pobre, la seguridad de que cierto tipo de libros están condenados a vivir dentro de sus fronteras, pues no es probable que alguien de afuera, como no sea un estudioso, un etnólogo o ese tipo de personas, le pueda interesar leerlos. Eso creía hasta conocer a Salim, y lo creía no sólo de Marechal sino de muchos otros libros, el *Huazipungo* de Jorge Icaza o las *Tradiciones peruanas* de Ricardo Palma, ¿cuántos lectores aficionados de Portugal, Lituania o México habrán leído *María*, de Jorge Isaacs, o *Cecilia Valdés*, de Cirilo Villaverde? Sospecho que muy pocos, e incluso diría que ninguno. Quienes estudien historia de la literatura pueden conocerlos, pero eso es distinto. La Literatura con mayúscula no está ahí y si alguna vez estuvo pasó de modo fugaz, ya que a Balzac o a Dostoievski o a Martí, la gran literatura, los leen todos, estudiosos o aficionados, basta con querer los libros, pero de nuevo Salim era la negación de mi teoría, un marroquí que había encontrado tanto en esa novela, *Adán Buenosayres*, que su vida estaba, de algún modo, regida por ella, era muy raro, y así caminábamos bajo la llovizna parisina buscando algún bar barato, conversando de esto y de lo otro, sin saber cuál de los dos hablaba peor el francés, hasta encontrar un lugar en el que yo pudiera beber un café con leche o una cerveza y él esperar el fin del ayuno, contándome, desesperado, que tampoco podía fumar ni ver televisión o divertirse, mucho menos tener relaciones sexuales, a lo que dije, fíjate, yo tampoco puedo tenerlas, no por estar haciendo el Ramadán sino porque no conocía a ninguna mujer, y él se rió con vergüenza, como se ríe uno de un chiste que lo pone nervioso, pues él parecía un niño atrapado en el cuerpo de un adulto, así era Salim, y entonces, dándose cuenta de lo poco que yo sabía de su país y de su cultura, decidió darme algunas claves, si es que no me molestaba, y así me empezó a hablar del más conocido escritor marroquí en Francia, Tahar Ben Jellun, un autor que a pesar de haber nacido en Marruecos escribía en francés, o tal vez por eso mismo, pues era hijo del período colonial, de los residuos de ese sistema en el norte de África. Salim opinó que era un buen escritor y en el fondo parecía sentirse orgulloso de él, pero también dejó claro que otros escribían en árabe y eran más originales, se acercaban más al alma norteafricana, y citó varios nombres que no conocía y que olvidé, pues jamás volví a escucharlos. No me atreví a decirle que había leído a Paul Bowles, norteamericano que vivía en Tánger, por no saber qué piensan de él los magrebíes, a lo mejor lo consideran una prueba más del colonialismo y no lo toman en serio, no sé, preferí esperar que él lo citara sin yo preguntarle, a ver qué decía, y cuando estábamos en ésas, charlando de literatura y yo bebiendo un café, ocurrió algo inesperado, una mano me golpeó en el hombro y al darme vuelta vi a Agustín García, un compañero del colegio de Bogotá al que no veía desde 1982.

Agustín se abalanzó sobre mí y me dio un abrazo, qué sorpresa, hermano, oiga, marica, ¿usté qué anda haciendo aquí? Le presenté a Salim y le dije que estudiaba literatura en la universidad, y él contó que era administrador de empresas, había trabajado en Bogotá en el acueducto y estaba en año sabático haciendo el curso de francés y cultura francesa de la Sorbona. Conocía a un montón de gente, dijo, señalando a un grupo de personas, y sin mediar palabra sacó un papelito y escribió su teléfono, el de la casa en la que vivía haciendo de baby sitter, y luego la dirección de otro lugar donde, esa misma noche, había una fiesta, es una compañera española a la que le encanta la rumba latina, dijo Agustín, vengan los dos, se llama Sonsoles, un nombre rarísimo. Salim declinó la propuesta y agradeció diciendo que hacía el Ramadán, pero yo acepté encantado, así que Agustín nos dio una indicación del lugar y resultó ser en Neuilly-Sur-Seine, muy cerca de mi casa. Luego dijo que la cosa era tarde, después de las diez de la noche, y recomendó darle al citófono en el nombre Cavalier. ¿Qué puedo llevar?, quise saber, pero él dijo que nada. Allá hay de todo, es una vieja platudísima. Alguien lo llamó desde la otra mesa y se despidió, nos vemos más tarde, dijo, y yo me quedé pensando en voz alta. Un tipo del colegio en el bar y ahora tengo la dirección de una fiesta. Charlé un rato con Salim, contándole de Bogotá y lo que era mi vida por esos años, hasta que inició el atardecer y salimos a la calle.

Al llegar a mi chambrita tuve que conectar la calefacción. El termómetro había bajado de cero, tanto que debí meterme en la bolsa de dormir para entrar en calor, y ahí estuve un rato, vigilando el reloj, pues calculé llegar a eso de las diez y media, incluso a las once, no vaya a parecer que ando desesperado. Qué vergüenza llegar con las manos vacías, pensé, pero no podía ser de otro modo, no había presupuesto. Por fin dieron las diez y salí muy abrigado. Caminé seis o siete calles completas hasta llegar al portón, pero a causa del frío y la llovizna debí moverme demasiado rápido y ahora era muy temprano, apenas las diez y cuarto. Entonces fui a dar una vuelta a la manzana lo más lentamente posible, deteniéndome a mirar las vitrinas de un almacén de electrodomésticos.

El edificio de Sonsoles tenía ascensor, así que al menos no iba a llegar acezante. El bullicio evitó que los demás vieran mis manos vacías. Un grupo de personas bailaba salsa, y allá, detrás de un grupo de cabezas, reconocí a Agustín. Quihubo, huevón, dijo al verme, ¿por qué se demoró tanto? Venga saluda a la dueña de casa. Fuimos por un corredor hasta otra habitación en la que también se bailaba y ahí me la presentó, Sonsoles Martínez, una mujer no muy bella pero simpática, algo entrada en carnes. Agustín la abrazó y le dio un beso en la boca, éste es el amigo del que te hablé, el compañero del colegio, y ella me dio la bienvenida, hola, tío, me dijo como si me conociera, ¿qué estás bebiendo? Al decirle que nada me sirvió un whisky triple y me hizo brindar y prometerle que bailaría salsa con ella más tarde. Luego fuimos hasta el salón principal, donde estaba la comida, que a esa hora era lo que más me importaba, y dijo, sírvete, hay una tortilla española que preparé esta tarde, ¿de verdad viviste en Madrid? Sí, le contesté llevándome un trozo a la boca, estaba deliciosa la tortilla, viví cinco años. Dijo que más tarde vendrían otros colombianos, gente del curso de la Sorbona, y esperaba que bailáramos cuando los tragos nos calentaran los músculos, ¿verdad? Yo iba a contestar que sí pero alguien la llamó y Sonsoles se dio vuelta, así que me quedé al lado de la mesa comiendo tortilla española, pedazos de jamón y croquetas de atún, algo exquisito, y ahí estuve hasta sentirme satisfecho, moviéndome con mucho tacto para no llamar la atención, y aún comí un poco más siguiendo un instintivo sentido del ahorro o de la acumulación para tiempos menos afortunados, los cuales comenzarían, por cierto, al salir de esa casa, así que al terminar el whisky me serví otro y comí papas fritas con rodajas de salame, y me importó un bledo que el precio de todo aquello fuera bailar salsa, que además me gustaba. Al rato vino Agustín y seguí bebiendo y comiendo con él, charlando de Bogotá, de los compañeros del colegio y de sus proyectos. Me dijo que él, al ver lo que costaba aquí una lavadora, había tomado la decisión de quedarse en París. Francia no era lo que él se esperaba (todo era viejo y decrépito), pero se podía vivir bien si uno era inteligente y él tenía grandes proyectos, negocios en vista que desarrollaría más adelante, importación de artesanías, cueros y telas, y yo le pregunté, sorprendido, ¿cómo era eso de la lavadora? (recordé que antes de entrar había visto la vitrina de un almacén de electrodomésticos), y él respondió que era muy sencillo, vea, hermano, fíjese, en Colombia uno se casa y tiene que pedir un préstamo para comprar una lavadora, y después, al año siguiente, necesita otro préstamo para comprar un equipo de sonido, dijo, y enseguida el carro, mientras que aquí yo he visto que se puede comprar todo inmediatamente, la lavadora y el equipo de música al tiempo, y por eso la calidad de vida es mejor, ¿sí capta? Le dije que sí, no me había dado cuenta. Claro, es mucho mejor.

Luego le pregunté por Sonsoles y dijo que era una amiga del curso, que ya se la había comido dos veces pero que no eran novios. Me preguntó qué hacía yo, dónde vivía y en qué trabajaba, y le conté de mi precariedad, de los trabajos de profesor de español, y su consejo fue que consiguiera una familia para hacer de baby sitter, eso era lo mejor, le dan a uno comida y cuarto, la «carte orange», o sea el abono de transporte, más un sueldito que no es mucho pero alcanza, y a cambio hay que llevar el niño al colegio y recogerlo por la tarde, darle onces y acompañarlo hasta que lleguen los padres. Después uno queda libre, y aseguró que podía abrir la nevera y sacar lo que se le antojara, de verdad, es el mejor modo de vivir. Todo eso sonaba muy bien, pero le dije que yo no sabía tratar a los niños, y en esas estábamos cuando llegó Sonsoles y gritó: ¡a ver, los colombianos!, ¡a bailar! Acababa de llegar un grupo de tres colombianas y un francés que al parecer estaban animadísimos, así que me puse a bailar con una de ellas, una mujer bajita y de cuerpo armonioso, pelo largo, boca grande y ojos pequeños, una mujer simpática y dicharachera que confesó estar con sus tragos, pues venía de una comida aburridísima con unos pendejos franceses, así dijo, donde lo único que podía hacer era beber y mirar el reloj. Se sirvió un whisky más grande que el mío y seguimos bailando, y tres canciones más tarde la botella se acabó pero Sonsoles trajo otra, de una marca mejor, y seguí con ella, deliciosamente, hasta que el alcohol nos acercó y bailamos abrazados. Un poco más tarde, cuando las parejas ya estaban formadas y Sonsoles bajó las luces, me atreví a besarla, y al ver que respondía con una pasión algo alcohólica deslicé mi mano y palpé sus nalgas, que eran apetitosas, y de nuevo hubo cambio de whisky y mi compañera de baile me susurró al oído, son las cuatro de la mañana y mis amigas se van, si me llevas me quedo contigo otro rato. Lo que tenía en el bolsillo no alcanzaba para un taxi, pero podía parar en un cajero y le dije sí, quédate, yo te llevo, entonces fue a una esquina del salón, parlamentó con las otras y regresó diciendo, ya está arreglado, se van.

Una hora después también nosotros salimos, y al llegar a su apartamento, cerca de la rue du Bac, supe que era de familia rica. Tenía una caja de condones empezada en la mesa de noche y estuvimos haciendo el amor hasta mucho después del amanecer, momento en que se levantó, trajo dos vasos de agua y unas aspirinas, cerró las contraventanas y volvió a acostarse a mi lado para dormir, profundamente, como cualquier pareja que ha llegado al límite, y al despertar abrazado a ella y ver que eran las cuatro de la tarde y que el cielo ya estaba oscuro en este París invernal, me sentí extrañamente feliz. Le di las gracias a Agustín y bendije la suerte que me llevó hasta ese bar donde lo encontré y obtuve la invitación que me trajo a esta cama, al lado de esta mujer tan extraña y simpática.

Cuando despertó no recordaba mi nombre pero eso no le provocó la menor inquietud. Bebimos café con galletas y nos quedamos acostados, charlando sobre Bogotá, y ella empezó a hablar, a contarme su vida a raudales, y yo la escuché con atención, tan cerca el uno del otro, dos desconocidos que despiertan juntos y deciden continuar un poco más, a ver qué sucede.

7.

No soy ni exiliada ni inmigrante, nada de eso. Vine a París a estudiar francés y a vivir la vida antes de volver a Bogotá y casarme con Gonzalo, mi novio desde hace varios años. Mi verdadero nombre no importa o, mejor, prefiero no decírtelo, ni a ti ni a nadie, pues aquí en París me volví a bautizar. Digamos que me llamo Paula, que es bonito y además es el personaje de una novela de Isabel Allende, ¿la has leído? Tampoco te diré mi apellido, pues mis papás son gente conocida y lo que te voy a contar es un poco… ¿cómo decir? Tenaz, sí, súper tenaz. Tengo veintiséis años. Mi familia me mantiene. Mamá opina que una persona culta debe hablar francés y puede que tenga razón, pero en el fondo lo que anhela es que yo haga amistad o me cuadre con un noble. A ella se le voltean los ojos cuando habla de la nobleza europea. Este apartamento es alquilado. Mamá me ayudó a escogerlo y compró los muebles, incluido el televisor y un video, pues me encanta el cine. Papá vino después a ver cómo estaba instalada y me dejó una Master Card de oro que puedo usar más o menos libremente. Gonzalo no ha venido a visitarme pues anda clavadísimo con los exámenes de Derecho en el Rosario, que son importantes para lo que él quiere ser: un buen abogado litigante, luego director de alguna empresa pública y más adelante algo en la Cámara de Representantes o en el Senado, o de pronto una embajada, pues a ambos nos encanta viajar. Yo estudié Comunicación Social en la Javeriana. Mi sueño son las relaciones públicas en alguna empresa grande o en televisión. Me han dicho que tengo el tipo para eso, no sé, habrá que ver. Hablo alemán e inglés. Soy bonita y todavía no me he hecho ninguna cirugía.

La primera vez que hice el amor con Gonzalo fue a los 19 años, en la finca de unos amigos, en Tabio, pero yo ya no era virgen, algo que a él le molestó un poco. Preferí contarle la verdad, es decir, que lo había hecho con un amigo del edificio a los 16.

Dije que sólo dos veces, cosa que, para ser sincera, no era cierta y que de todos modos a él tampoco lo hizo muy feliz, pero con el tiempo me perdonó, pues al fin y al cabo era el pasado, ¿no? A ti sí puedo contarte que lo había hecho muchas veces. En una fiesta de la universidad en la que fumé marihuana y bebí litros de ron cubano pasó algo increíble. La música estaba deliciosa, había electricidad en el aire y, sin saber ni cómo, acabé en el baño con un tipo. Me acuerdo que me bajó los calzones, me trepó al mueble del lavamanos y me lamió delicioso. Cuando estaba muy mojada me lo metió de un golpe seco, hasta el fondo, y con eso ya empecé a venirme. Luego, como a las cuatro de la mañana, volví al baño con dos y lo hice con ambos. Mientras uno me lo metía yo se lo chupaba al otro. Me hicieron venir un montón de veces. Estábamos muy borrachos. Supongo que todos tenemos nuestros secretos y los míos son todos sexuales; el sexo, desde la primera vez, me dejó convertida. Con Gonzalo es rico pero no es muy intenso. Él dice que no quiere hacer ni esto ni aquello, pues sería un irrespeto, pero la verdad es que yo me muero de ganas de que me irrespete. Soy incapaz de pedírselas porque si lo hago va a preguntar dónde las aprendí y por qué me gustan, y ahí se arma un lío que no vale la pena. A veces, sentada en el club con él y su familia, pienso que si supieran las cosas que imagino se quedarían horripilados, sus copas caerían al suelo y gritarían cosas desagradables. Que soy una puta, seguro que dirían eso. Pero no es verdad, tengo deseos y sueño con satisfacerlos. Soy igual a todo el mundo.

Pero hay algo que pasó al principio y que no le he contado a nadie. Fue en un crucero por el Caribe que me regalaron cuando cumplí quince años y al que fui con papá y mamá. Un barco con piscina, discoteca, restaurantes y cines, y con paradas en una cantidad de puertos muy lindos. Los primeros días los pasé bronceándome y mirando el mar, y al cuarto o quinto día, no me acuerdo bien, apareció una especie de mesero o empleado del barco que andaba en uniforme pero que no era marinero, y que empezó a mirarme con un descaro increíble. Notaba sus ojos y me le escondía, pero al tipo no le importaba que yo me diera cuenta. No le dije nada a mis papás porque al principio no me pareció grave, pero al cabo de dos días el tipo seguía, déle que déle a mirar, y sobre todo a mirarme entre las piernas, así que decidí encararlo a la primera oportunidad, y fue lo que hice. Una noche lo vi salir del salón y fui tras él. Al verme se detuvo y me miró de arriba abajo. Yo tenía una falda ligera y una blusa blanca. Estaba muy bronceada. Entonces le dije, mire, le voy a pedir por las buenas que deje de mirarme, es una grosería como me mira y si mis papás se llegan a dar cuenta se va a meter en un lío, ¿sí?

El tipo ni siquiera levantó la vista, se quedó ahí, quieto, y de pronto empezó a hablar con un acento muy extraño, no era de ningún lado que yo conociera, y me dijo, Paula, eres muy bella, y me pidió que esa noche, antes de dormir, fuera al baño del camarote y encendiera y apagara tres veces la luz, así sabría que estaba pensando en él. Luego se fue y al llegar a la esquina del corredor se dio la vuelta y me miró, y vi que tenía unos ojos fríos, como dos esferas de hielo. Pensé que era un tipo extraño y presumido, ¿cómo se le iba a ocurrir pedirme eso? No encendí ni apagué nada, aunque sí me acosté pensando en lo extraño que era todo y en por qué sabía mi nombre, aunque supuse que lo habría escuchado o que al trabajar en el barco lo habría visto en las listas de pasajeros. Al día siguiente, yendo a la piscina de la cubierta, lo vi venir y sentí pánico, pero extrañamente pasó a mi lado sin mirar, sin advertir que yo estaba, entonces quedé aún más confusa, como si lo del día anterior hubiera sido un sueño. Llegó el mediodía y lo vi pasar otras dos veces sin mirarme, así que me comenzó a intrigar su actitud. Qué tipo extraño. Al final de la tarde, cuando ya estaba vestida para bajar al restaurante, lo vi a la entrada de uno de los bares y algo más fuerte que yo me llevó a hablarle, a decirle, mire, señor, le agradezco que haya dejado de mirarme de ese modo y por haber comprendido, de verdad se lo agradezco, pero él clavó sus gélidas pupilas en las mías y dijo, no, Paula, no digas bobadas, tú sabes muy bien que si hoy no te miro es por desobediente, no hiciste lo que te dije con las luces, te portaste muy mal, y si no lo haces esta noche ya no te volveré a mirar nunca, óyeme bien, nunca.

Luego desapareció entre el gentío y yo me quedé perpleja. Esa noche me senté en la taza del baño, pensando y pensando, hasta que acerqué el dedo al interruptor de la luz y, sin saber por qué lo hacía, lo hundí tres veces, clic, clac, tres veces, sintiendo el peso de sus ojos en mi espalda, tratando de imaginar dónde estaría él, en qué lugar o desde dónde vería mi luz, y pensé que era una de esas arañas que acechan en la oscuridad, no las vemos ni las escuchamos pero ahí están, así pensé que era ese extraño empleado, y al día siguiente, en la piscina, volvió a mirarme y yo sentí que en el fondo me gustaba y supuse que debía aceptarlo, al fin y al cabo era una mujer con un cuerpo bonito, con piernas torneadas y suaves, con pechos desarrollados, una mujer que los hombres desean, y eso era yo, ni más ni menos, y así siguió el viaje, con paradas en Santo Domingo, Barbados y Jamaica, y cuando nos acercábamos a Aruba, una tarde, el empleado me susurró unas palabras al oído, me dijo, Paula, has sido muy buena, he pensado mucho en ti y esta noche, antes de dormir, quiero que te quites los calzones y los pongas contra la luz de la ventana para que yo pueda verlos, y de nuevo desapareció, y yo, claro, lo hice, me los quité con timidez, como si él estuviera en el baño, y los levanté y puse contra el vidrio, y ahí los sostuve un rato para que él pudiera verlos bien, para que pudiera imaginar que esa tela acababa de desprenderse de mí, y luego, pasados un minuto o dos, los quité y sentí un placer enorme, pues interrumpía su dicha a mi antojo, y así me fui a dormir sosegada, con una sensación de victoria.

La siguiente orden fue algo más complicada. Dejaré una cámara polaroid en tu baño, dijo, escondida debajo del lavamanos, para que te tomes una foto desnuda y me la dejes detrás del sanitario de la segunda cubierta. Era difícil, papá y mamá usaban el mismo baño que yo y podrían descubrirla, así que después de la cena, cuando ellos se dirigían al bar a tomarse un trago, los dejé solos con cualquier disculpa, saqué la cámara del escondrijo y me tomé las fotos vigilando que quedaran muy bien, que las piernas se vieran bonitas y todo fuera muy erótico. Luego fui a dejarlas en el lugar indicado, lo que no fue fácil, y al final regresé al camarote y me acosté. Por primera vez durante el viaje hundí mi mano entre las piernas y me toqué de un modo feroz, imaginando a aquel hombre desnudo con mis fotos, revolcándose sobre ellas, tocándose hasta enloquecer... No lo vi ni recibí más órdenes durante tres días, pero andaba excitadísima, con la piel eléctrica y los pelitos parados, tanto que el agua fría de la piscina me provocaba espasmos. Me hacían falta sus ojos sobre mí. Ten en cuenta que yo era virgen y todo eso venía a ser, de algún modo, mi primera relación sexual. Lo vi de nuevo una noche y le pregunté por qué había desaparecido. No contestó. Dijo que las preguntas las hacía él y que la nueva orden era algo distinto, debía introducirme en la vagina un pequeño cilindro de tela que me entregó ahí mismo, y debía hacerlo al día siguiente, así cuando él me mirara sabría que lo tenía adentro, y luego, en la noche, debía devolvérselo. Y yo lo hice al otro día, me lo metí al ponerme el vestido de baño. Recuerdo que estábamos llegando a Jamaica y que descendimos en el puerto de Kingston para dar un paseo por la ciudad vieja. Luego fuimos a una playa. Era uno de los tours que ofrecía el crucero, pero yo pasé la tarde pensando en el empleado, en ese hombre que me había convertido en mujer, y ya fantaseaba con el día en que la orden fuera, ven al baño, quítate los calzones, abre las piernas, quería que me desvirgara y me hiciera chupárselo y tragarme su semen, todo eso soñaba yo en esa tarde de Kingston, cosas que nunca había experimentado pero que ya mi cuerpo presentía o pedía a gritos, y al regresar al barco comencé a buscarlo pero no lo vi, y pasó un día, dos, y nada, y ya faltaban sólo tres para el fin del crucero y el hombre no aparecía, así que me atreví a preguntarle al barman de la cubierta, allí donde lo había visto tantas veces, ¿qué se hizo ese empleado de uniforme color vino tinto? Y el barman, un negro dominicano, me miró diciendo, ¿cuál? ¿Efraín? Y yo le dije no sé, señor, no sé cómo se llama, uno bajito y de ojos azules, y entonces el negro dijo, ah, sí, Charly, así le decimos, el puertorriqueño, ay, señorita,

¿usté lo conocía? Mire que a Charly lo bajaron en Kingston por vender droga y fotos pornográficas en el barco, se lo llevaron esposado, niña, menos mal, ese hombre es un corrompido, no me diga que usté era amiga de él, por dios, y yo me fui corriendo, me encerré en el baño del camarote y lloré como si hubiera perdido algo precioso, y todavía hoy lo recuerdo y sueño con verlo, y tengo guardado el cilindro de tela que me dio, lo cargo en mi estuche de baño, yo sé que algún día lo volveré a encontrar.

8.

A las reuniones de exiliados, tanto a las políticas de la Ciudad Universitaria como a las de los comités, que eran en el número siete de la rue des Evêques, un edificio de seis plantas enteramente habitado por colombianos, en Gentilly, asistía un extraño personaje. Podría tener unos cincuenta años y era muy delgado, de pelo negro y bigote, un cepillo debajo de la nariz y un aspecto similar al del personaje Don Chuma en la tira cómica *Condorito*, para quien la conozca, aunque un poco más bajo, con la espalda arqueada y las manos hundidas en los bolsillos de una chaqueta gris, una de esas chompas que llevan el nombre de universidades de Estados Unidos y que estuvieron de moda hace un tiempo. Más adelante supe su nombre de pila, que era Néstor, pero tuvieron que pasar varios meses antes de averiguar sus apellidos, que resultaron ser Suárez Miranda, Néstor Suárez Miranda.

Siempre estaba ahí, al fondo, en silencio, observando y escuchando solo, con una soledad que parecía traer pegada de quién sabe qué lugares lejanos, rehuyendo la mirada de los demás, clavando sus ojos en la punta del zapato o en lo alto, explorando las grietas del techo, pues su aspecto y su fragilidad denotaban una timidez perturbadora, de esas que generan rechazo en quien tienen delante e intenta hablarles, así era Néstor Suárez y tal vez por eso nadie se acercaba ni le decía nada. El grupo parecía habituado a su presencia como a la de un gato o una porcelana, algo familiar y probablemente innecesario, y luego, cuando las reuniones terminaban y el grupo salía de la Ciudad Universitaria, él cruzaba con los demás el puente peatonal del bulevar periférico, pero siempre caminando un metro o dos por detrás. Su expresión no era ni triste ni feliz, sino de una enigmática neutralidad, como si las cosas que ocurrían a su alrededor no alcanzaran a tocarlo, y sólo a veces, cuando por distracción alguien chocaba con sus ojos, las mejillas se le teñían de rojo y bajaba la cabeza, como un animal asustado que busca un orificio en la tierra.

Por todo esto fue tan extraño lo que le ocurrió, pero vamos por partes. Yo al verlo me preguntaba, ¿de quién será amigo?, ¿cómo entró por primera vez a este círculo de colombianos?, ¿cómo será su vida? Le pregunté a Rafael y a Luz Amparo, pero ninguno sabía gran cosa. Que era colombiano, que no vivía en Gentilly, que debía trabajar en albañilería, pues alguna vez, al servirle un plato, Luz Amparo le vio las manos sucias de cemento, y Rafael dijo que sí, a él también le habían llamado la atención sus dedos gruesos de uñas cuadradas, como suelen tener los que trabajan en la construcción. También recordaban que bebía poco y no bailaba, cosas vagas. A pesar de conocerlo hace años nunca habían conversado con él ni recordaban a nadie que hubiera contado algo particular de él o donde él tuviera algún protagonismo. Solía estar en las reuniones, hasta que uno volteaba a mirar y ya se había ido. El rincón que ocupaba antes, con un vasito plástico en la mano y un cigarrillo colgando del dedo, de repente estaba vacío, y era fácil suponer que se había ido solo y sin despedirse de nadie, sin ser acompañado a la puerta. Como salen los ladrones.

Sentía curiosidad por él, pero sin que ésta me llevara a lo más obvio, que era abordarlo y hacerle un par de preguntas, como había hecho con tanta gente por esos días. Pero su barrera de silencio era fuerte y me impedía acercarme. Tampoco tenía ningún afán por hablar con él, y entonces, al mirarlo de lejos, imaginaba una vida miserable y solitaria de albañil en quién sabe qué construcción de suburbio, pagado en negro, sin seguro médico ni prestaciones sociales, recibiendo gritos e insultos que a lo mejor no comprendía del todo, echándose el aliento en las manos para calentarlas o haciendo un alto para encender un cigarrillo, y luego, en las noches, regresar a un cuartucho triste, más triste que el mío, y pasar las horas solo, haciendo... ¿haciendo qué? Supuse que guardaría con celo los francos que ganaba para enviarlos a Colombia, como hacen todos los inmigrantes. Los enviaría a la esposa o a un familiar. A lo mejor esa expresión de haber sido ofendido o lesionado se le manifestó aquí, entre gente distinta y con una lengua que no comprende, en un país arrogante en el que a duras penas podrá ocupar un ínfimo puesto de trabajador ilegal. Puede que en Colombia sea una persona como otra cualquiera, arropada por amigos y familiares que lo estiman y respetan, e incluso que lo admiran por el coraje de haber venido a Francia a sabiendas de la dificultad y estar dispuesto a un sacrificio así con tal de que sus hijos estudien y progresen, pues eso justificaría sus años grises. Y así, observándolo, trataba de imaginar los detalles de su vida, y al hacerlo pensaba en lo poco que uno puede saber de los demás desde afuera. Como querer saber lo que ocurre en una casa por el color o el material de la fachada, algo imposible.

Una tarde, en una reunión en la rue des Evêques a la que asistí buscando escapar de esa molesta y nada provechosa soledad a la que parecía condenarme mi chambrita de la rue Dulud, Elkin, el ex guerrillero y, a su vez, ex jefe en la efímera compañía de mecánica, propuso a la colonia una jornada de actividades deportivas y de competición que permitiera recoger fondos. Se necesitan tableros y libros para las clases de francés, dijo, se necesitan grabadoras, diccionarios, y todo eso hay que comprarlo. Fue así que se lanzó el programa de torneos con ping-pong, parqués y ajedrez, a lo que vinieron a sumarse mesas de comida, competición de bailes y una rifa. La inscripción a todos los torneos costaría veinte francos, exceptuando el de ajedrez, que valdría cincuenta, pues se pensó que era el más difícil y que iba a tener menos inscritos. Al pensar en los posibles premios, Lidia, una colombiana, propuso que al ganador de ping-pong se le diera una comida, algo a su gusto, y todos estuvieron de acuerdo; para el de parqués se pensó en un regalo sorpresa que podía ser una botella de vino o un suéter, y cuando se estaba discutiendo el premio de ajedrez, que parecía el más difícil y que debía ser especial, Sophie, la profesora de francés, dijo muy segura, ya sé, tengo una idea, propongo darle al ganador una noche conmigo, el que gane el campeonato vendrá a mi casa, le daré una estupenda cena y luego, pues ya se verá, ¿qué les parece? Todo el mundo la miró con sorpresa, ¿una noche con Sophie? Marisa, una paisa de ojos pícaros, dijo que ese premio era más bien para ella, y todo el mundo soltó la carcajada, y agregó que si su marido lo ganaba iría con él a la cena, pero Sophie aclaró que no había explícito nada sexual, hay que ver qué entiende cada uno por «una noche conmigo», así que hubo más risas y Elkin opinó que estaba bien, de ese modo se hacía publicidad y habría más inscritos.

No hubo ninguna duda a la hora de elegir el ajedrez. Tenía cierta experiencia en torneos y la posibilidad de una noche con Sophie me parecía estupenda (aun cuando fuera sólo por la cena). Sophie era una mujer simpática, llena de chispa y buen humor. Así que fui a inscribirme. Con cierta inquietud saqué los cincuenta francos, notando que era ya el octavo de la lista. Cuando salía vi entrar a Néstor. Encendió un cigarrillo, dio una vuelta por el patio y se acercó a la mesa de inscripciones. De lejos vigilé dónde ponía su nombre y al verlo me llevé una sorpresa, pues el tímido albañil lo escribió justo debajo del mío, en el torneo de ajedrez.

9.

Eran casi las siete de la noche cuando Paula dejó de hablar y yo de escucharla. Hacía frío y afuera lloviznaba, pero las sábanas estaban tibias y la colcha de plumas de oca irradiaba un delicioso calor, algo que parecía haber perdido desde mi llegada a esta ciudad y que, en ese instante, me hacía sentir en paz. Paula encendió el televisor y vimos un par de programas hasta que decidió levantarse para ir al baño y darse una ducha, y sólo hasta ese momento tomé conciencia de lo bella que era, su cuerpo endurecido por el ejercicio (había sido campeona de natación en el Country Club de Bogotá), su pelo largo cayendo en bucles dorados sobre los hombros, su imponente trasero, una esfera casi perfecta, y sus estupendas tetas bamboleándose con gracia en el aire. Tenía esa belleza segura y bien cimentada de las mujeres ricas, con generaciones de buena comida y cuidados, donde la genética da pocas sorpresas, y cuando las da son corregidas con tratamientos y cirugías.

Me quedé en la cama, delante del televisor, y al rato ella salió del baño con un vestido de noche, razón por la cual pegué un salto y comencé a buscar mi ropa. ¿Sales ya?, pregunté, y ella dijo sí, tengo una comida a las ocho pero tú puedes quedarte a dormir si quieres, en el cajón de la cocina hay unas llaves por si tienes que bajar, aunque también hay comida, prepárate algo, tómate un trago, por ahí debe quedar ginebra y mucho whisky, yo de pronto llego tarde o no llego, depende, chao, y se alejó hacia la puerta dejándome al borde de la cama, con la media que iba a ponerme en la mano, pero antes de salir dijo, oye, quiero que algo quede claro entre los dos desde ahora y es que vamos a ser amigos, confidentes, amantes, lo que quieras, pero por favor no te enamores, ¿eh? Tengo un novio en Colombia, me voy a casar con él y eso no se pone en duda, ¿entendido? Me acosté contigo, pero también lo hago con otros hombres, con muchísimos, y subrayó *muchísimos* con los labios, paladeando la palabra, y agregó muy seria, así que nada de amor y, sobre todo, nada de celos, te lo advierto, eso es lo peor y lo que más daña, me caíste súper bien, pasé rico, me hiciste venir delicioso, pero eso es todo, ¿ok? Y otra cosa, si el teléfono suena no respondas, hay un contestador y se puede oír quién es, así que si soy yo, si necesito algo, espera a oírme y luego respondes, ¿bueno? Ok, y ahora chao, que duermas.

Es extraño estar solo y en calzoncillos en la casa de alguien a quien apenas se conoce. Jugué un rato con el control del televisor en la mano, pasando canales. Luego fui al pequeño salón (en realidad, el otro cuarto) para ver qué libros tenía en la biblioteca y encontré tres novelas de García Márquez, una de Ken Follet, dos de Isabel Allende, tres libros de Simone de Beauvoir (que no habían sido leídos) y una novela de, oh sorpresa, Tahar Ben Jelloun, lo que me llevó a pensar en Salim y, no sé por qué, en el Ramadán (que yo había incumplido al tener relaciones sexuales), así que fui a la cocina, destapé una cerveza, comí unas rodajas de jamón y luego me recosté en el sofá con el libro de Tahar Ben Jelloun, *La nuit sacrée*. Cuál no sería mi sorpresa al ver en la primera página una dedicatoria escrita a mano, «A Paula, la bella colombiana, con un beso, Tahar Ben Jelloun». Dios santo, me dije, ¿se conocían? Era la única respuesta lógica. Leí unas 20 páginas pero de inmediato me irritó su prosa lírica, así que volví a la dedicatoria. Qué extraña casualidad, justo ayer Salim me hablaba de Ben Jelloun y ahora tenía delante su firma y un trozo de su intimidad. Hay cosas que simplemente suceden, sin orden ni explicación, y ésta debía de ser una de ellas.

    Dejé *La nuit sacrée* donde estaba y continué revisando la biblioteca y ojeando los demás libros, a ver si algún otro estaba dedicado, pero no. Luego fui al baño a darme una ducha, un verdadero lujo desde la perspectiva de mi chambrita de la rue Dulud, pero al entrar algo me llamó la atención y fue ver dos condones al fondo de la basura. Qué extraño, pensé, juraría que los que habíamos usado estaban aún al lado de la cama. Salí a mirar y en efecto allí estaban. ¿Quién habrá dejado éstos ahí?, ¿habrá sido otro amante venido ayer? La verdad es que eran demasiadas preguntas para mi maltrecho cerebro, golpeado por los excesos alcohólicos, pero seguí indagando. ¿Será el escritor marroquí? Regresé desnudo al salón para ver la fecha de la dedicatoria, pero no coincidía, era de hacía dos meses. Volví al baño y me metí en el agua con la cabeza llena de enigmas. Que la fecha no coincida no quiere decir nada. Pueden ser amantes desde hace dos meses y haber estado aquí ayer. Lo único seguro era que aquello provenía de un hombre, un condón usado es lo único que permite rastrear la presencia masculina en la basura. También pudieron haber sido usados con otra mujer, una amiga de Paula que vino a acostarse con su novio. De ser así lo raro sería dejar los condones usados a la vista, algo impudoroso que pocas mujeres se permitirían hacer fuera de su propia casa. Paula había dicho *muchísimos* hombres, pero me costaba creer que hubiera hecho sexo con alguien justo antes de ir a la fiesta en la que nos encontramos. Recordé sus palabras, lo de no enamorarse ni sentir celos. Lo dijo como si eso dependiera de uno, como si fuera algo voluntario. Yo acababa de vivirlos, y la verdad aún los siento. La herida se cura lentamente. El tiempo acaba por cubrirlo todo, como el agua sobre la cabeza del que se hunde, de un hombre o de un ejército, y un instante después la superficie está en calma. La tina se iba llenando, el vapor flotaba en el aire y yo le daba sorbos a una cerveza helada. Qué extraña mujer es Paula, pero qué suerte haberla conocido y estar aquí.

Cuando el timbre del teléfono sonó el agua se había entibiado, entonces salí del baño, agarré una toalla y me acerqué al aparato para escuchar: tres, cuatro, cinco timbres, luego la voz grabada de Paula, deje su mensaje después de oír la señal... ¿Sería Tahar Ben Jelloun? No, no era. Primero se escuchó un silbido, como del viento en una arboleda, y luego una voz masculina que decía: ¿amor?, ¿estás por ahí?, soy Gonzalo. Luego un silencio y de nuevo la voz: ángel mío, veo que no estás... Espero que no andes enamorando franceses, me haces falta, nena, te amo, y luego colgó. Nunca podrá imaginar que del otro lado, oyendo su mensaje, hay un tipo que acaba de pasar la noche con ella. Tampoco que en la papelera del baño hay dos condones sospechosos, sin nombre. Paula tiene razón, sólo amistad y confidencias. Miré el reloj y vi que era casi medianoche, así que me puse los calzoncillos y volví a la cama, dispuesto a dormir, pero un rato después el teléfono volvió a sonar. Otra vez Gonzalo, pensé, pero no, era Paula, así que alcé el auricular. ¿Cómo estás?

—Oye —me dijo—, te llamo porque voy a necesitar que el apartamento esté vacío un poco más tarde, ¿me comprendes? Deja tu número en la agenda de la entrada y yo te llamo la semana entrante, ¿ok? Bueno, chaíto. Y colgó.

Salir a la calle a esa hora era algo muy distinto de lo que yo tenía en mente, no sé si me explico. Lloviznaba, el viento se metía por los pliegues de mi chaqueta y el Metro estaba cerrado. Desde ese lugar hasta la rue Dulud había por lo menos una hora y media a pie, y ninguna otra solución, pues la idea de pagar un taxi era tan lejana como la de que un platillo volador me alzara por los aires. Antes de bajar a la calle tomé la precaución de sacar una botella de whisky (había seis botellas empezadas) y un buen sándwich de jamón y queso. Era más y mejor de lo que tenían los vagabundos de la calle que, cada tanto, veía en las esquinas.

10.

Un trabajo, algo que me quitara el miedo a no tener la plata del alquiler y verme en la calle, o el de no poder comer bien y caer enfermo, y sobre todo el miedo a no poder soportar la vida que había elegido y tener que regresar a Bogotá, derrotado. Las clases de español en *Langues dans le monde* no alcanzaban para gran cosa, así que regresé a los tablones de ofertas. A lo mejor Agustín tenía razón. La casa y la comida resueltas por cuidar a un niño debía de ser lo mejor, pero a la hora de llamar a esos anuncios me decía que esa situación tan favorable en lo esencial me quitaría algo precioso y era la libertad de entrar y salir cuando quisiera, de pasar la noche en cualquier lado, en la casa de Paula, por ejemplo, o en la de Luz Amparo y Rafael, en Gentilly. Tampoco me veía despertando a un niño para llevarlo a la ducha, prepararle la merienda y llevarlo al colegio. Y mucho menos a un niño francés, pues yo me sentía, no sé cómo decirlo... Sucio por dentro, eso es. Ya dije que tenía graves problemas de autoestima y que me consideraba bastante poco. Entonces fui a lo más bajo, que eran los trabajos de lavado y secado de platos en restaurantes, algo asqueroso que obligaba a estar en contacto con la grasa y los restos de comida, canecas de desperdicios devorados por los microbios, aguas repletas de salsas y jugos.

La necesidad no admite espera, así que tras muchas vueltas encontré un restaurante coreano en Belleville, *Les goelins de Pyongang*, un sitio bastante normal si no fuera porque el lavaplatos quedaba en el segundo sótano y era una gigantesca alberca repleta de jabón en la que dos personas (dos esclavos, por qué no decirlo) debíamos lavar y secar la vajilla completa del restaurante cuantas veces fuera necesario a razón de 400 francos por noche (tres semanales), de seis de la tarde a una de la mañana, y luego dejar todo limpio, barrido y trapeado para el equipo del mediodía. Lo acepté sin exigir nada y para allá me fui, a las cinco y media de la tarde de un martes.

En la puerta me recibió el propietario, un coreano gordo y sudoroso, castigado de forma simultánea por la alopecia y la caspa. Se llamaba Zuo Ye y era un hombre amable. Al verme miró el reloj y agradeció la puntualidad, pues los empleados debíamos llegar temprano para comer antes de que empezaran a entrar los clientes. En la mesa me presentó a los otros, casi todos orientales, sobre todo los cocineros y los meseros, a lo que se sumaban dos sacadores de basura de Sri Lanka y dos aseadoras senegalesas, una de ellas joven y atractiva. Comimos platos muy sabrosos. Para mi gran alegría se podía repetir cuantas veces uno quisiera y las porciones eran abundantes. La bebida, cuando se pedía cerveza o un refresco, era única, pero si se tomaba té, como hacían ellos, podía uno servirse muchas veces.

Más tarde, ya con el estómago lleno, conocí a mi compañero en la alberca de lavado. Se llamaba Jung y era también coreano, un hombre bastante mayor que yo, de unos 50 años (con los orientales es difícil calcular, siempre parecen más jóvenes). Juntos debíamos vaciar los restos de comida y lavar los platos, y mientras nos instalábamos me dio algunos consejos. El restaurante tenía 35 mesas, así que por momentos la cosa se ponía realmente difícil.

—Qué bueno que esté aquí —me dijo Jung—, la semana pasada tuve que hacerlo solo, un lío terrible.

El anterior lavandero o «plongeur», mi predecesor en el cargo, fue sorprendido sin documentos por la policía y desde entonces no se sabía nada de él.

En esas andábamos, charlando, cuando empezó a llegar el trabajo, una avalancha de tazones, tacitas pequeñas, vasos y platos resbalosos de grasa y salsa de soja, cubiertos enrojecidos por el picante oriental, que es una especie de puré. Para hacerle frente a esto, Jung y yo contábamos con guantes de caucho y un botellón de lavavajillas que se debía mezclar con agua (no más de una botella por turno), lo que nos obligaba a mover mucho los brazos, frotar con fuerza y, una vez limpios, colocarlos en pilas verticales para secarlos a mano con limpiones de tela que también debíamos racionar, pues si los cambiábamos mucho al final tendríamos que usar trapos mojados. Todo requería de mucho cálculo en ese sótano, con apenas una claraboya rectangular sobre nuestras cabezas y un extractor de olores que funcionaba muy mal.

A las dos horas de trabajo sentí dolor en los antebrazos y la piel me ardía por el picante. Jung dijo que era normal los primeros días y me invitó a fumar un cigarrillo cerca de la claraboya. Él tenía práctica y podía quedarse solo unos minutos, así que fumé en silencio, soñando con salir de ahí y sintiendo nostalgia de la vida exterior, la que transcurría sobre nuestras cabezas. El olor a sobras de comida provocaba náuseas y me venían arcadas. Pero luego, cuando el trabajo terminó y volvimos a subir, recibí satisfecho cuatro billetes de 100 francos, más otros 30 para el taxi, por la hora tardía, pero yo fui a tomar el bus nocturno, que tardó bastante, así que llegué a mi chambrita a las dos y media de la mañana con los brazos adoloridos, pensando que con el tiempo debería a acostumbrarme.

Así fueron el día siguiente y el otro, hasta que una noche, al salir, Jung propuso tomar una cerveza y charlar. Le llamó la atención que yo fuera de Colombia y era la primera vez que veía a un colombiano. Tenía curiosidad por saber algunas cosas. Quería saber por qué yo no tenía el aspecto oriental que, según él, deben tener los latinoamericanos (había conocido a alguien de Bolivia), y entonces le hablé de América Latina, del mestizaje y las migraciones, las oleadas de prófugos de todo el planeta, las castas y clases sociales, del mundo indígena. Él era coreano, había nacido al otro extremo del mundo y quería saber de mí. Además era bueno charlar con alguien después del trabajo, dos colegas que van a tomarse una cerveza al salir de la oficina, sin importar que la nuestra fuera un sótano maloliente o que yo viviera en una pocilga y Jung en un hotel de inmigrantes, uno de esos hostales que, además de los residentes fijos, tiene por huéspedes a travestidos y putas, a toxicómanos que buscan un cobijo para inyectarse o fumar *crack* sentados en un inodoro, hostales con escaleras que huelen a orines y a basura, con ratas y nidos de palomas en las ventanas.

Más tarde, casi a las dos de la mañana, Jung decidió hacer un retrato hablado de cada uno de los empleados de *Les goelins de Pyongang*, diciendo que tal era buena persona, sensible y educado, tal otro en cambio no, en fin, que el propietario era amable pero explotador, que las senegalesas eran simpáticas, y eso me interesó más, pues la joven me había parecido atractiva, y entonces Jung dijo que se llamaba Susi y no debía tener novio, nadie venía a preguntarla ni a acompañarla y vivía con la otra, su prima, de nombre Desirée. Sospechaba que uno de los srilankeses le había hecho avances a Susi, pero sin resultados.

Era muy tarde y me sentía cansado, pero ya habíamos bebido seis cervezas chinas Tsing Tao en un lugar barato (no necesariamente limpio) y Jung no parecía tener ganas de salir al frío. Mucho menos yo, que debía ir hasta la parada del bus nocturno, así que le pregunté por su vida, su país y el modo en que llegó a esta ciudad, y entonces su cara cambió, como si una nube la hubiera cubierto, y empezó a contarme de dónde venía y por qué estaba allí, hasta que, pasado un rato, el lugar empezó a vaciarse. Ya cerraban y no hubo más remedio que salir a la llovizna. Caminar hasta la parada del bus nocturno pensando en las cosas que había dicho Jung, en lo extraña y larga que puede ser la vida.

11.

Soy coreano, pero en el sentido más triste del término, es decir coreano «del Norte». No quiero que piense que los coreanos del norte seamos tristes, qué va. Somos gente muy alegre. Lo triste es lo que nos pasa. La riqueza de Seúl no tiene nada qué ver con nosotros. Me llamo Jung Ye Woo. Nací en Pyongang en 1940. Me eduqué en la escuela pública reverenciando a Kim Il Sung, a Lenin y a Stalin. Hablo ruso y chino y ahora, desde que estoy en París, también francés, un francés impreciso que a nuestro jefe le da rabia, aunque sea mejor que el de él, razón por la cual me tiene en lo más profundo del establecimiento. El jefe es coreano del sur, de Seúl, y tiene seis restaurantes en Belleville. Qué ironía la de mi vida. Llegar hasta acá, con el trabajo que me costó, y acabar siendo explotado por otro coreano.

Mi historia no es muy distinta de la de muchos compatriotas. A los 25 años intenté escapar de la República Popular Democrática de Corea, pero no por ser anticomunista ni antipatriótico, ni siquiera por ser prooccidental. Me escapé porque quería hacer con mi vida lo que me diera la gana. Quería incluso poder ser comunista, pero eligiendo yo, ¿me explico? Y esto sin contar la falta de comida, medicinas, diversiones, libros. Luego me casé con Min Lin, una joven de Rajin-Sonbond, del puerto de Ondok, y tuve una hija. La niña murió a los siete años. En lugar de leche la madre sólo podía darle una papilla de maíz que al cabo de un año la dejó ciega, pues sufrió avitaminosis. El gobierno del padre Kim Il Sung nos daba cinco kilos de arroz por mes, pero eso no era suficiente para crecer. Perdimos a nuestra hija y mi esposa, Min Lin, se negó a vivir. Tuvo una depresión e intentó suicidarse. Se tragó una bolsa de vidrio molido y estuvo en el hospital más de cuatro meses. Luego fue arrestada, pues en Corea del Norte está prohibido el suicidio. Una compañera con la que había hablado la denunció. Yo perdí el trabajo, que era precisamente en una fábrica de vidrio, la más grande de Pyongang, y sobre mí recayeron fuertes sospechas. Fue entonces que decidí escapar del país.

Me fui a Yanbian, una región que limita con China. Sé que hay mucha gente que escapa de China, pero nosotros, los norcoreanos, escapamos *hacia* China, ¿capta la ironía? No fue tan fácil, pues la policía del «hermano país» me devolvió a la frontera y, claro, me arrestaron. Qué paliza me dieron. Todavía me duelen los huesos. Fui destinado a un campo de reclusión en Onsong, región minera cerca del paso fronterizo. Me insultaron, me acusaron de no querer a la patria. Yo lloré. Le pedí perdón a la República Popular y Democrática de Corea. La República me perdonó, pero antes debía castigarme, pues, ¿qué es el perdón si no hay castigo? El invierno en Onsong es durísimo. Hace quince grados bajo cero y a los presos no nos daban zapatos. Se nos congelaban los dedos de los pies. Muchos perdieron miembros por la gangrena. Nos pegaban. Los presos más fuertes le quitaban la comida a los más débiles. El ser humano es así cuando debe sobrevivir. Yo sobreviví.

A los nueve años de reclusión me soltaron, y empecé a mendigar. Comía fruta podrida. Pensaba y pensaba. Pensé tanto que empecé a tener visiones: vi el fantasma de Mao vagabundeando como un perro por las calles de Pyongang. Me iba a volver loco y volví a intentarlo. Una noche de invierno atravesé el río Tumen y llegué a China. El río se congela y uno puede cruzarlo a pie, aunque tiene sus riesgos. Si el hielo es débil y se quiebra uno se hunde y la corriente lo empuja debajo de la plancha congelada; es una muerte horrible. Con el deshielo, a principios de marzo, los cadáveres salen a flote con los dedos deshechos. Dedos que han luchado por salir rompiendo la costra helada. El frío los conserva muy bien. Yo llegué al otro lado sin caerme, pues conozco el hielo. Es una de las pocas cosas que conozco.

Del otro lado seguí viviendo como un mendigo y de nuevo empecé a pensar. Pensaba en Min Lin, encerrada en la cárcel, tal vez violada por los guardias. Seguí pensando y me di cuenta de que era un miserable. La había abandonado. La supervivencia nos convierte en personas duras, sin corazón. Cuatro meses después llegué a Pekín y fui a visitar el mausoleo de Mao. De algún modo fue su espectro el que me empujó a escapar de Corea. Frente a su cuerpo pregunté en voz baja: «¿Por qué me hiciste salir, presidente?». Pero no obtuve respuesta. En Pekín continué sobreviviendo como mendigo y con pequeños trabajos de limpieza. Hasta una tarde en que conocí a un grupo de mongoles. Eran tres. Bebían licor de arroz y me propusieron hacer un «trabajo». No daré detalles, pero si nos hubieran agarrado me habrían fusilado. De nuevo sobreviví. Los mongoles me propusieron seguir, pero yo me negué. No soy un delincuente. Lo entendieron y quedé libre. Después de pensarlo mucho decidí darle la mitad de mi dinero a una organización clandestina que llevaba gente hasta Belgrado. Volé al Sinkián en un Tupolev, cruzamos la frontera afgana y, en un camión de carga, tras una semana agotadora, llegamos al norte de Turquía. Luego otro camión me depositó en Belgrado. Aún tenía algo de dinero así que escapé a Bulgaria y de ahí vine a París. Cuando bajé del bus en la estación Saint Lazare el reloj marcaba las siete de la mañana. Era invierno y un rato más tarde vi el primer amanecer en esta ciudad. Tenía 400 dólares en el bolsillo y un maletín de cartón con una camisa, una fotografía de mi hija muerta y unos zapatos rotos. Volví a pensar. No vi ningún espectro y sentí que mi vida, hasta ahora, había sido una larga fuga. El mundo se vuelve pequeño cuando no se tiene una casa y todos los países son hostiles. Pensé en Estados Unidos. Pensé que estaba muy lejos y ya no tenía fuerzas. Pensé que era un pobre desgraciado y que a nadie le importaría si me cortaba las venas. Y eso me dio fuerzas. Cuando uno es tan poca cosa para los demás tiende a cuidarse. Si tenía suerte y me protegía tal vez podría volver a vivir algo bello. Un rato alegre, por ejemplo. O dejar de tener miedo. Desde hacía seis años tenía miedo. Cualquier día una mano puede agarrarme del hombro y detenerme. Dejar de sentir miedo, qué difícil. Lo bello quedó atrás. Soy un miserable, pues abandoné a la única persona que me quería. No merezco nada, pero tampoco lo pido. Sobreviviré un poco más, a ver qué pasa. Y aquí estoy, en el segundo sótano de *Les goelins de Pyongang*, pensando en Min Lin. He ahorrado algo para ella. Si la encuentro la traeré. Es lo único que me queda por hacer, si es que no está muerta.

12.

A pesar de uno que otro momento de tregua la vida seguía siendo una cosa insípida. Algo debía suceder y yo estaba a la espera, aunque no sabía de qué, exactamente. Sufría un profundo desacuerdo conmigo mismo (pero, ¿podía elegir?) y por eso los nueve metros cuadrados de la chambrita de la rue Dulud se convertían en celda de tormento. Y es que había otro tema del que aún no he hablado. El tema del teléfono. No me atrevía a salir a la calle por temor a no estar ahí cuando llegara esa llamada que presentía importante: una oferta de trabajo de las decenas de hojas de vida que había repartido, o una llamada de Victoria o de Paula, o incluso de Agustín. A veces, en la esquina de la rue Dulud, tenía la seguridad de que el teléfono estaba sonando y corría como un loco hasta el portón, subía a saltos los seis pisos, acezante, y al abrir la puerta escuchaba el silencio, ese horrible monstruo que es el silencio, y veía mi cuarto, su irritante quietud… Entonces me dejaba caer al lado del auricular imaginando que alguien se alejaba de mí, y esperaba lo que ya era improbable, hasta dormir, creyendo escuchar el timbre o escuchándolo en sueños. Pero nada, siempre el maldito silencio.

Y así varios días, saliendo sólo al trabajo o a las clases. El resto del tiempo permanecía de guardia, observando el auricular. Cuando las provisiones de carne con fríjol escaseaban me sentía muy inquieto, pues una voz me decía: el teléfono va a sonar cuando salgas. Imaginaba que alguien estaba marcando mi número y volvía a la colchoneta. Hasta una tarde en que se me ocurrió dejarlo descolgado, una idea genial. Si alguien llamaba volvería a intentarlo. ¡El teléfono ocupado! Ja, era para reírse, pero los demás no tenían por qué saberlo. Fue así que pude volver a salir con calma a comprar algo en el mercado y, sobre todo, los preciados cigarrillos que debía administrar con espartana disciplina.

Una tarde estaba comiendo una lata de carne y leyendo *Lolita*, de Vladimir Nabokov, cuando, de repente, ¡el teléfono sonó! Sonó de verdad y de un modo increíble, haciendo temblar de alegría los lápices que había sobre mi mesa y llegando a todos los rincones de mi chambrita, y al responder, con un hilo de voz, escuché que alguien me saludaba y me decía, cómo estás, alguien que yo, tan emocionado, no lograba reconocer, o, mejor, no me atrevía, pues era la voz de Sabrina, la profesora de francés, la propietaria del Volkswagen Golf que, por cierto, fue lo primero por lo cual atiné a preguntarle, ¿qué tal el arranque de tu carro?, y ella respondió, bien, funciona perfecto, ¿y Elkin, ya está mejor? Más o menos, le dije, en esa caja estaban todas sus herramientas, no podrá reponerlas en muchos años. Ay, lo lamento mucho, y tú, ¿qué tal? Yo bien, muy bien, le dije, estoy terminando de almorzar y leyendo un libro, una frase torpe pues de inmediato ella dijo, perdona, ¿quieres que te llame más tarde?, y yo, de nuevo, no, por favor, me alegra que llames, está bien así, y entonces ella siguió con las preguntas, los franceses consideran de buena educación hacer preguntas, así que dijo, ¿y qué libro estás leyendo? *Lolita*, de Nabokov, respondí, ¿lo conoces? Sí, claro que sí, dijo, es uno de mis libros favoritos, y agregó, la película en cambio no me gustó, me refiero a la de Kubrick, con James Mason, y al decir esto la sentí muy cerca, casi la amé, y siguió diciendo, fíjate, es curioso, en *Lolita* todo el mundo habla del sexo con una adolescente, pero a mí lo que me aterra es la maldad de una mujer desde tan joven, sus cálculos cuando sabe que alguien está obsesionado por ella, y, claro, también lo que un hombre es capaz de humillarse, dios santo, ¿tú crees que eso es amor?, y yo le contesté, sí, creo que sí, Sabrina, eso también es amor, por desgracia, ¿nunca te has humillado por amor?, le dije, una pregunta que no se debe hacer a una mujer, y ella respondió, claro que sí, viví con un estudiante de sociología comunista, decía que yo era frívola y tonta, me acusaba de no haber leído a Hegel ni a Sartre y de no estar a favor de Althusser, ¿qué te parece?, yo que también soy de izquierda, hija de trabajadores, que pagué mis estudios haciendo de cajera en el Prisunic de Cretéil y que me ocupaba de las cuentas de cerveza de él en *Le tango du chat*, el bar donde se reunía con sus amigotes, claro que sé lo que es la humillación y por eso me aterra que otros la acepten, se debe poder querer a alguien sin todo eso, ¿no?, sería lo sano, y yo repliqué, claro, pero qué utopía, uno no puede saber quién lo va a hacer sufrir antes de que lo haga, y luego, cuando ya se puede ver el otro lado de la luna, es tarde y uno está adentro, ¿ves?, y ella dijo, sí, tienes razón, se debería amar a posteriori o tener un tercer ojo, y de pronto, con su voz cálida, Sabrina me preguntó, ¿tienes novia? Le respondí que no, tuve hasta hace muy poco y estoy en período de tristeza, precisamente. Ay, dios, dijo, qué torpe soy, y yo poniéndote estos temas, lo siento mucho, pero le respondí que al contrario, ayuda hablar con alguien y me da gusto que seas tú, entonces volvió a preguntar, ¿y la querías mucho? Sí, le dije, fue culpa mía, decidí venir a París a sabiendas de que la iba a perder, es española y vive en Madrid, se llama Victoria. Sabrina cambió el tono de su voz y dijo, es bello que a uno lo quieran de verdad, y bastante menos frecuente de lo que parece, ¿no es cierto?, por eso hay que cuidar los afectos, ¿pero ella te dejó o la dejaste tú?, quiso saber, y yo le dije, sale con otra persona, pero nos dejamos mutuamente, y Sabrina continuó con esa curiosidad que provoca en una mujer la maldad de otra, el saber hasta dónde se atrevió o qué hizo, qué afrentas hubo y cómo se vivieron, en fin, ya anochecía cuando le devolví la pregunta, ¿y tú, tienes novio?, a lo que respondió diciendo, no, estoy sola, acabo de salir de una relación muy densa y por ahora nada, estuve seis meses en Montreal y sólo tuve encuentros ocasionales, debo reponerme. Pensé decirle que nos viéramos de inmediato. Sentí una urgente necesidad de invitarla a cenar o a beber una cerveza, ¡qué importaban mis presupuestos de pobre! Pero no me atreví y me quedé callado, escuchándola, y la imaginé con su pelo rubio cayendo sobre el cuello, los ojos verdes, ¿estará en la cama o en el living? Se lo pregunté, ¿desde dónde hablas, Sabrina?, y ella dijo, estoy recostada en la cama, regresé cansada del trabajo y quiero ver un poco de televisión antes de dormir, escuché tu mensaje, por eso te llamo (le había dejado un saludo en su contestador la semana anterior). Luego preguntó, ¿el sábado estás libre? Al oírla sentí un agradable cosquilleo en el cuerpo, y dije sí, súper libre para lo que sea, y ella dijo, qué bueno, voy a ir a cine con unos amigos y pensé que te gustaría venir, ¿no? Le respondí que sí, entonces prometió llamar el sábado para decirme dónde era la cita. Y nos despedimos.

Al colgar sentí un júbilo enorme. Al fin el teléfono traía una buena noticia. Mi cuarto, el tapete blanco y la colchoneta, pasó a ser el lugar de la espera. De lo que iba a ser la terrible espera. Cuando uno pasa tiempo solo termina haciendo teorías sobre cualquier cosa y discutiéndolas con las sillas o los ganchos de ropa, así que decidí caminar un poco por el Bois de Boulogne. Esa llamada era suficiente y merecía un descanso.

Lo difícil, ahora, era llegar hasta el sábado. Faltaban tres días, un desierto que debía atravesar a pie y sin agua, haciendo acopio de fuerzas. La primera noche trabajé en *Les goelins de Pyongang*, y allí, en medio de los vapores, vistiendo franela blanca para el calor y delantal, le conté todo a Jung, le describí a Sabrina varias veces y le dije que era simpática y culta, y entonces Jung procedió a darme varios consejos, cosas que en Oriente todos saben, dijo, debía ser educado y sensible, escucharla con atención y no ser presuntuoso, no contradecirla y, sobre todo, sorprenderme de todo lo que dijera, con eso sería suficiente, concluyó Jung, la tendrás en tus brazos, a las mujeres les gusta lo mismo que a los hombres, ser escuchadas y valoradas, ya verás, al salir de la película irán a algún lado a conversar, es lo que se hace siempre, tú escúchala y no intentes imponer una opinión y mucho menos dejar en ridículo a sus amigos, no lo hagas, es una persona buena y valorará más tu sensatez. Si a una mujer le atrae tu agresividad aléjate, será una persona mala, te lo digo yo, que soy coreano, y al decir esto se golpeó el pecho con el índice y yo lo observé entre los vapores. Algo había cambiado y ahora, en ese sótano inmundo, me sentí feliz.

La espera del bus nocturno fue menos ardua. Al llegar a la casa me tomé el resto del whisky de una de las botellas de Paula y fumé un par de cigarrillos en la claraboya que hacía las veces de ventana. Eché globos viendo las volutas del humo y luego me tendí en la colchoneta. No fue empresa fácil, pero al final logré dormir hasta el final de la mañana. Aún faltaban dos largos días para la ansiada cita.

No recuerdo qué temas o libros nos comentó el profesor chileno en la clase de ese día, pero sí sé que al salir con Salim, el divertido marechaliano de Oujda, volví a la llamada telefónica, a Sabrina y a la invitación del sábado. Salim me felicitó y se mostró entusiasta, ¿qué película van a ver? Le expliqué que aún no sabía, ella debía llamarme el mismo sábado para eso. Entonces propuso ir a tomar algo, pues encontraba varias cosas interesantes para comentar. Fuimos al bar de siempre y pedí una cerveza. Salim no tomó nada, por el Ramadán, aunque insistió en pagar la cuenta. Hoy pago yo tus cervezas, dijo, y tendrás que beber varias. Luego expuso su teoría, que era la siguiente: si Sabrina había organizado el plan con otros amigos era sólo para «amoblar» el encuentro y no enfrentar sola su objeto de deseo y atracción, pues las mujeres son vanidosas y no les gusta dar el primer paso o que se note que lo están dando. Prefieren crear las condiciones para que sea uno quien lo dé, es algo cultural, amigo, de la cultura humana, quiero decir, por eso lo que ella hace es dejarse ver, sobrevolarte, si puedo usar esta expresión aérea, y claro, después del filme, esto te lo aseguro, propondrá ir a comentarlo tomando algo o cenando, tal vez con sus amigos, y ahí te pondrá a prueba, querrá verte en acción, así que tendrás que argumentar con pericia, defender tus puntos de vista y estar a la altura, nada le atrae más a una mujer que un hombre veloz e implacable con la palabra, alguien que toma la iniciativa y deja atrás a los otros, y después será tuya, amigo, las francesas son muy libres, si logras vencer el premio será ella, te llevará a su casa y la conocerás por dentro, despertarás a su lado e irá a preparar un café y no te dejará salir hasta que no la satisfagas de nuevo, las mujeres son así, pide otra cerveza.

Le pregunté de dónde venía tanta sabiduría y me habló de una novia en Ceuta, hija de un amigo de sus tíos, un amor algo estrambótico cuya característica principal fue que nunca llegó a darse, jamás se besaron o tocaron de forma íntima, todo transcurrió entre miradas, y así ambos lograron expresarse el amor, un sentimiento en estado puro. Dios misericordioso, le dije un poco por reír, qué cosa tan triste, y él repuso que sí, cambiaría toda esa lírica por un buen polvo. Bueno, esto no lo dijo así, Salim nunca usaría esa expresión, pero la idea era ésa, y continuó con su historia, explicando que al no realizar el amor había quedado la poesía, le había escrito un libro de versos, se llamaba Fatyah y tenía los ojos muy negros, de piel aceitunada y pelo castaño, así la describió, otro día te traigo los poemas, y entonces le pregunté, ¿y ella te escribe?, ¿qué opina de que te hayas ido de Ceuta?, ¿te espera? Salim se inclinó sobre la mesa y respondió que no. No me escribe y para ser sincero, nunca hemos hablado. Fue más una cuestión de miradas, y entonces me atreví a preguntar: pero si es así, ¿cómo sabes que ella te quiere?, y él me miró con ojos volátiles, como miraría el muftí al alumno que pide consejo ante una pregunta estúpida, y dijo, lo sé porque lo sé, porque lo dijo mil veces con sus ojos, y ya no seguí preguntando, Salim era un tipo especial, eso sí que estaba claro. Bebí la cerveza y cambiamos de tema.

Me habló de un autor marroquí que admiraba. Hace días quiero hablarte de él, dijo, se llama Mohammed Khaïr-Eddine, creo que te podrá interesar, mira. Abrió su bolso, un bolso de cuero que tenía siempre terciado, y sacó un viejo volumen titulado *Moi L'aigre*, algo así como «Yo, el agrio», y me dijo que debía leerlo. Era un marroquí nacido en el sur, en Tafraout, un hombre de 50 años. Explicó que su obra literaria había sido escrita desde el exilio, en Francia, pero también desde el odio al padre, una especie de Kafka del Maghreb, así lo definió, léelo, te gustará, está en París y otro día iremos a verlo, es amigo de mi familia. Guardé el libro en mi mochila y seguí pensando en lo que Salim había dicho de Sabrina, y al despedirnos, en la entrada del Metro, me preguntó por la fiesta del otro día. Bien, le dije, bien. No le di detalles, pero recordé a Paula, sería agradable verla de nuevo.

Al llegar a mi chambrita la llamé, pero no estaba, así que dejé un mensaje: «Espero que hayas encontrado todo bien en tu casa, me llevé una botella de whisky pero prometo reponerla, gracias por todo». Luego me recosté en la colchoneta con la cabeza hirviendo de imágenes, Sabrina desnuda saliendo de la ducha, las piernas abiertas de Paula y la escritura de Ben Jelloun. Luego empecé a leer el librito del marroquí, Mohammed Khaïr-Eddine, hasta que acabé el último cigarrillo.

13.

Por fin, después de un viernes de encierro, llegó el ansiado sábado, así que abrí el ojo temprano, a eso de las nueve, preparé café en un horno eléctrico y me senté a esperar, observando el teléfono, comprobando que estuviera bien conectado y que tuviera línea. Sólo después de hablar con ella iría a la piscina a ducharme, pues no quería correr el riesgo de que al llamar no me encontrara. Decidido esto me dediqué a planchar en frío una camisa (es decir «sin conectar la plancha», ¿lo expliqué ya?), desarrugar un par de medias y estirar un pantalón, lo mejor que había en mi maleta, pero una hora después, al acabar las labores, empecé a golpear con los dedos sobre la mesa, vigilando el reloj. Luego me dediqué a mirar los techos y últimos pisos del barrio desde la claraboya. Si la abría completamente y subía al marco podía ver las ventanas del frente. Pedazos de salones elegantes, dormitorios y comedores. Vi a un hombre viejo leyendo el periódico en un sillón y a una mujer tomando algo caliente, pues rodeaba la taza con las manos. Era aún atractiva, el tipo de mujer que se resiste a envejecer. Soñé con ver algún cuerpo joven, pero las demás ventanas estaban cerradas. La verdad es que me sentía muy bien en esa claraboya. No hacía frío y el cielo no estaba gris. Se podía llegar lejos con la mirada y lamenté no haberlo descubierto antes: observar a los demás desde mi ventana.

El reloj estaba a punto de llegar al mediodía y Sabrina no llamaba. ¿Se habrá olvidado? La piscina de la universidad cerraba a las dos de la tarde. Ya sólo quedaban dos horas, así que me concentré en el reloj y en el teléfono, pero el aparato permaneció mudo. Cuando las agujas marcaron la una, desesperado, recordé la tarjeta de visita que me había dado el día del arreglo del Volkswagen. Puse la casa patas arriba hasta dar con ella y llamé al número del consultorio. Esperé con ansia dos, tres, cuatro timbrazos, hasta que alguien respondió. Di su nombre y dijeron que sí estaba, lo que me produjo alivio. Un momento, por favor, ya pasa. Escuché ruidos de puertas abriéndose y voces lejanas, y por fin a Sabrina hablando en voz baja, ¿sí?, dijo. La saludé. Hola, perdona si te molesto. Debo salir y como no llamabas me adelanté. Se quedó desconcertada y cuando quise saber en qué cine y a qué hora era la cita cambió el tono y dijo que no sabía. Luego agregó que irían a una película francesa. No creo que te interese o que entiendas gran cosa, dijo. Comprendí que algo había sucedido y me despedí sin decir nada. Colgué y quedé vacío, sin palabras, ¿qué había pasado? Esperé un rato con la vaga esperanza de que llamara y me diera una explicación, podría haber tenido delante a alguien que le impedía hablar, algo así, pero no ocurrió nada así que decidí irme a las duchas de la piscina. Debí esperar y resolver de otro modo, ser paciente, pero, ¿cómo puede uno serlo en un caso así? Al llegar a la ducha metí la cara en el chorro y cerré los ojos. No había nada qué hacer, todo estaba perdido.

Regresé a la casa con ganas de golpear mi cabeza contra un muro, pero al rato sonó el teléfono. Es ella, pensé, pero no, era Elkin, mi ex jefe de mecánica, quien saludó y dijo, oiga, hermano, ¿qué fue lo que le hizo a Sabrina? Me quedé de piedra, ¿a Sabrina? Y él dijo, sí, aquí llamó enfurecida y habló con Clemencia (su esposa), quería saber si le habíamos dado el teléfono del consultorio, dice que usté la anda persiguiendo. Está que echa chispas.

No lo podía creer.

Las palabras de Elkin sonaron como algo irreal, así que le pedí repetirlas, ¿que la ando persiguiendo? Bueno, dijo, en realidad no dijo «persiguiendo» sino «acosando», que usté la acosaba, ¿qué fue lo que pasó? Le conté todo pero él no agregó nada. No era asunto suyo y colgó, dejándome un revoltijo en el estómago. Entonces me armé de valor y marqué el número de Sabrina, pero no estaba, claro, estaría en cine. Podía imaginar las caras de Jung y Salim, mis consejeros, cuando supieran esto, así que me fui a caminar. Dando vueltas llegué al supermercado, compré tres botellas del vino más barato y regresé a beberlas con ganas de que el día volviera a empezar. No podía ser cierto. Marqué su número mil veces hasta la medianoche, pero nadie respondía. Estaría cenando con los amigos, la cena en la que yo debía ser silencioso y atento, según Jung, y agresivo, según Salim.

Desperté al otro día con la cabeza en pésimo estado. Un sorbo de Coca-Cola me ayudó a limpiar la boca de ese sabor dulzón, pero las palabras de Sabrina, que parecían esperarme en el aire enrarecido de la chambrita, se clavaron en mí como afilados cuchillos. Entonces levanté el teléfono y la llamé.

—¿Sí? —era su voz, emergiendo de un profundo sueño.

Le dije que no me importaba despertarla, que había pasado la noche intentando saber por qué diablos se sentía «acosada» por mí cuando lo único que había hecho era llamarla a su trabajo, ¿es eso tan grave?, ¿es un delito llamar a alguien que te dio su tarjeta?, tarjeta que, por cierto, en este mismo instante rompía y tiraba por el inodoro (esto fue una licencia poética, pues mi inodoro quedaba en el corredor). Le dije que me había ilusionado y luego humillado, ella que tanto se preguntaba por la humillación. Y hablé y hablé, evacuando mi frustración, hasta que, en un momento de silencio, advertí que Sabrina había colgado. Llevaba un rato hablándole a una línea muerta, aunque no sabía cuánto. Me sentía mejor, pero comprendí que nunca más podría verla.

Me disponía a salir cuando volvió a sonar el teléfono, lo que me provocó un vuelco estomacal, pero no era Sabrina sino Paula, una voz que, no sé si captan, fue providencial en ese instante. ¿Qué vas a hacer hoy?, preguntó, y yo me precipité a decirle, nada, lo que tú digas, y ella propuso, tengo una película y pensaba pedir unas pizzas, ¿quieres venir? Claro que sí, dije, un náufrago que agarra una tabla flotando en el mar, y una hora después estaba en su casa, o, más exactamente, en la alfombra de su casa, revolcándome sobre ella (sobre Paula, se entiende), haciendo extrañas posiciones que, según dijo, había visto en una película de Lesse Braun, el rey del porno culto, y que la habían excitado.

Al cabo de un rato preguntó qué me pasaba, así que le conté desde el principio la historia de Sabrina y la fallida invitación a cine. Ella escuchó en silencio y cuando terminé de hablar me abrazó en gesto maternal contra su pecho.

—¿De verdad no tienes ducha?

Fue lo que más le impactó de mi historia, y yo le dije, no, vivo en un cuarto miserable, venir aquí es un cuento de hadas, y ella, que era una niña bien de Bogotá, en lugar de mirarme con desconfianza me saltó encima y me besó, llenándome de saliva, y volvimos a hacer el amor, y al terminar, sudorosa y con el pelo revuelto, me dijo, ésta es tu casa, puedes venir a ducharte todos los días si quieres, bueno, siempre y cuando yo no esté con hombres, ¿okey? No le pares bolas a esa francesa pendeja, el mundo está lleno de gente extraña y diferente, no juzgues, vete a saber qué tiene en la cabeza o qué le habrá pasado con el teléfono, cosas que a lo mejor ni ella entiende. Te cobra lo que otro le hizo, así es la vida, no le des más vueltas. También dijo que me iba a ayudar a encontrar una mujer o muchas, si era eso lo que yo quería. Ya verás, no sabrás qué hacer con ellas.

Cuando empezó a oscurecer y llegó la pizza Paula insistió en pagarla, yo te invité, dijo, tú estás entusado y además eres pobre. Abrió la puerta tal como estaba, desnuda, y al mensajero se le cayó la caja de las pizzas al suelo. Pagó, le dio una generosa propina e hicimos un picnic sobre la cama bebiendo vino tinto de Burdeos y mirando las noticias. Luego me contó que la noche anterior había estado con un profesor belga de la Sorbona y que había sido algo muy al límite, así dijo, «al límite», ¿al límite de qué?, quise saber, y entonces me explicó lo que era el «fisting», algo que ella no conocía y que consistía en meter el puño completo en el ano, ¿ves por qué digo «al límite»? Sí, le respondí. No quise saber dónde había conocido a ese hombre ni por qué se había acostado con él, sólo pregunté si era una persona joven y ella, sosteniendo un pedazo de pizza a la altura de la boca, dijo, más o menos, cuarenta y cinco años, se conocieron en una conferencia sobre la simbología religiosa en el arte de la Edad Media, pues era profesor de estética.

¿Qué hacía Paula en esa conferencia? No se lo pregunté. La verdad es que por esos días hacía pocas preguntas, más bien las evitaba. Luego, cuando quise levantarme para dejar el plato, ella dijo no, quédate ahí, espera te sirvo más vino, déjame consentirte que te hace falta, pobrecito. Fue a la cocina y trajo yogur de varios sabores y luego preparó café, que tomamos con ginebra helada, y me dijo, no tienes que reponerme lo de la otra noche, ni hablar, cuando salgas te llevas otra botella o todas las que quieras, total a mí me las traen los amigos. Me invitó a pasar la noche y dijo que le parecía rico ver algo juntos hasta dormir, y al decir «algo» quiso decir que no íbamos a ver un video porno (su idea inicial), lo que me pareció bien. Luego me levanté al baño un poco ebrio por el vino y la ginebra y estando ahí la escuché hablar por teléfono.

Al verme hizo un gesto que quería decir, «no hagas ruido». Hablaba con Gonzalo y le contaba detalles de la conferencia sobre la simbología religiosa en el arte de la Edad Media. Yo me fui a la cocina y desde allá la oí decirle que lo amaba, que le hacía falta. Quién sabe con quién andarás mientras no estoy, le dijo, y le hizo prometer que vendría a visitarla en Semana Santa. Luego llamó a sus papás otra media hora o cuarenta y cinco minutos y yo me dediqué a leer una vieja edición del periódico *Le Monde*, bebiendo ginebra y fumando, hasta que me dijo, puedes venir, ya acabé las llamadas del domingo.

Al acostarnos me abrazó de nuevo, y dijo, dame un beso, ¿ya se te pasó la tristeza? Comenzó a chuparme el cuello y las orejas hasta que me susurró al oído: métemelo. Hicimos el amor y luego dormimos. Su olor, el perfume y las sábanas limpias, me hicieron pensar que tenía razón. El mundo está lleno de gente extraña y cada uno intenta ser feliz como puede. Yo era joven y afortunado, así que lo olvidé todo y la abracé. Su cuerpo era hermoso y, sobre todo, real.

14.

Tras la siguiente clase en la rue de Gay-Lussac, Salim pudo al fin acompañarme a tomar un café, pues el dichoso Ramadán había terminado. Podía comer y beber durante el día sin ofender a su religión, algo que lo tenía completamente exaltado. No sabes lo bien que uno llega a sentirse al término del ayuno, me dijo, es algo difícil de explicar a quien no lo comparte: el dominio de sí mismo, la plegaria, la sumisión y el acercamiento a dios, el tiempo de la caridad y la atención a los otros, la alternancia entre el sacrificio del día y el deleite de la noche, y, al final, el festejo por el triunfo de la nobleza, la victoria del alma y un sentimiento de pertenencia a algo superior, a una comunidad en torno a un rito, desde el rico industrial egipcio hasta el pobre pescador bangladesí, es algo importante. Y en efecto lo era. Yo no tenía nada siquiera remotamente parecido.

Luego quiso saber de mí. ¿Qué tal el sábado? Le dije que había ocurrido la peor de las posibilidades, algo que no había siquiera previsto, y entonces él no habló por un rato, se mantuvo en silencio hasta beber el café y luego dijo, no importa, amigo, la vida es larga, tú tienes muchas cosas que otros desean. Busca fuerza en eso, la desilusión es parte del amor y creo que a esa mujer tú la amas, ¿no es así? No supe qué decir, tal vez sí. Uno ama lo que se le escapa, irracionalmente, ¿será eso un sentimiento? La verdad es que yo llevaba tiempo persiguiendo cosas que no podía obtener y cuya ausencia me afligía, pero oyendo a Salim me di cuenta de que ese incómodo malestar provenía de mí, de la situación general de mi vida y la incertidumbre de mis proyectos. La desilusión de Sabrina era la punta visible, el último grado de un termómetro que indicaba fiebre, así que preferí dejar el tema, avergonzado de sacar al sol mis dolores adolescentes. Y cambié la charla.

Le hablé del libro del escritor marroquí, Mohammed Khaïr-Eddine. Apenas lo estoy empezando, dije, y he tenido poca concentración, pero reconocí una escritura fuerte, una de esas primeras personas que salen de las tripas, como la de Céline o la de Miller, y lo poco que llevo me ha gustado, es una visión muy pesimista de la vida, pero al fin y al cabo, me atreví a decir, la vida también es eso, algo corrosivo y demoledor, ¿no es verdad? Salim dijo, sí, tienes razón, lo que escribe Khaïr-Eddine es ácido, uno de esos autores que sienta a la vida en el banquillo de los acusados. Hay muchos que la ven como un diablo que los atormenta, ¿no? Y Khaïr-Eddine es uno de ellos.

De pronto Salim miró el reloj y cuando pensé que iba a despedirse, que era lo que siempre hacía más o menos a esa hora, me propuso algo distinto. ¿Quieres conocerlo?, preguntó, y yo, algo perplejo, le dije, ¿te refieres al escritor? Sí, respondió Salim. Sé dónde encontrarlo a esta hora. Sentí pudor por no haber terminado el libro, pero él aseguró que eso no tenía ninguna importancia. A Khaïr-Eddine no le gusta hablar de sus libros, dijo, anímate y vamos, y yo lo pensé, pues también estaba el eterno tema de la pobreza, ¿qué significaba exactamente ir a verlo?, ¿sentarse en una cafetería, cenar en un restaurante, ir a su casa? Lo pregunté con discreción y Salim, que vivía estrecheces similares a las mías, dijo que solía estar en un café cerca de la Estación del Norte, en la rue du Faubourg Saint Denis. Pensé que no podría estar mucho rato, sólo el tiempo de beber un vino, pues mi presupuesto, aunque aumentado por el trabajo en *Les goelins de Pyongang*, seguía siendo miserable. Y para allá nos fuimos.

El escritor era un tipo extraño. Cuando llegamos al café, a eso de las siete de la noche, ya estaba borracho, con una embriaguez bien llevada que podría calificar de «elegante», que le daba un cierto decoro al hecho de estar ahogado por el licor. Eso me dije al verlo de lejos, cuando Salim me golpeó con el codo y dijo, es aquél, el de la mesa del fondo. También pensé, mientras nos acercábamos, que el bebedor frecuente y el alcohólico tienen por costumbre ocupar las mesas del fondo, tal vez porque van a quedarse mucho tiempo, y así debía de ser Khaïr-Eddine, que además estaba solo, otro rasgo típico. Cuando Salim me lo presentó y le estreché la mano vi que en otra época había sido albañil o agricultor, pues tenía los dedos gruesos, de uñas cuadradas, parecidos a los de Néstor Suárez. Tras saludar a Salim con dos besos en las mejillas, el escritor llamó al mozo para una ronda y luego tuvo un breve diálogo en árabe con mi amigo, supongo que informándose sobre sus parientes, pues no sé si ya dije que Khaïr-Eddine y el tío de Salim habían trabajado juntos al llegar a Francia, en los años sesenta.

Hablaron en su lengua tres o cuatro minutos y luego Khaïr-Eddine se dirigió a mí con gentileza. Así que es usted colombiano, dijo, qué placer conocerlo, permítame invitarlo a beber algo. Un segundo después un mozo trajo una copa de vino para mí y un té para Salim, que respetaba la prohibición mahometana de ingerir alcohol, y cuando ya los tres teníamos algo en la mano Khaïr-Eddine empezó a hablar siguiendo un extraño ritmo, balanceando el cuerpo hacia adelante y hacia atrás, con un cigarrillo a punto de quemarle el dedo, y dijo que admiraba la literatura de mi continente, la alabó por ser imaginativa y rica, pero también por sus ideas, dijo, y me preguntó si yo escribía, lo que me hizo sentir algo incómodo pues sí escribía pero no me gustaba decirlo, sobre todo desde que estaba en París. Sin embargo respondí con la verdad, sí, le dije, escribo, y me tomé de un sorbo lo que quedaba en la copa de vino, un gesto de nerviosismo que no tenía ninguna finalidad, tal vez ganar tiempo antes de volver a la pregunta, que con mi frase rápida no había quedado del todo satisfecha, pero al pasar el trago ahí estaban los dos, Salim y Khaïr-Eddine, mirándome, y como no decía nada él insistió, ¿y qué clase de literatura?, ¿poesía, prosa? Prosa, respondí de inmediato, es lo que me gusta leer, y entonces quiso saber si estaba en la línea imaginativa de algunos escritores caribeños. Le dije que no, no soy del Caribe sino de Bogotá, una ciudad en las montañas, lejos del mar, y él exclamó, mirando hacia el techo, es verdad, y agregó: es extraño que su país, con costa hacia los dos océanos, tenga la capital en el interior, ¿no le parece? Sí, es extraño, nunca lo había pensado, y agregué que la región costera del norte tenía influencia árabe, pero no del Maghreb sino de Medio Oriente, de Siria, Palestina, Jordania y el Líbano.

En ese instante lamenté no haber leído más literatura árabe para agregar algún comentario que permitiera corresponder a su interés por mi región; pero de nuevo Khaïr-Eddine, con unos ojos afilados que parecían provenir de una oscura caverna, y con un gesto penetrante acentuado por la ebriedad, me dijo, ¿y por qué no le gusta hablar de lo que escribe? No es que no me guste, le dije, es que no creo que tenga el menor interés, son cosas que aún no existen, no sé si serán publicadas, y mientras esto decía Khaïr-Eddine levantó la mirada hacia el mozo y trazó con el dedo un aro en el aire, un gesto que quería decir «otra ronda». Luego dijo, eso le pasa a todos los escritores, amigo, lo que hacen no existe, un libro es una sucesión de hojas impresas y la literatura es algo más, está contenida ahí pero no es eso y que se publique o no es irrelevante. Dije que sí, encendiendo un cigarrillo, y le devolví la pregunta, ¿y usted qué está escribiendo ahora? Se quedó en silencio un instante y por fin dijo, estoy escribiendo algo que podrá ser una novela, no tiene título aún. Incluso podría transformarse en una obra de teatro. No lo sé. Cuando ustedes llegaron estaba escribiendo. No vi ningún cuaderno sobre la mesa, pero él agregó, como si hubiera leído en mi mente: escribir es pensar en lo que uno está escribiendo, y es lo que hacía… Me complace que hayan venido, Salim es como un sobrino para mí, de verdad. Ya me había hablado de usted y por eso me da tanto gusto conocerlo. Volvió a llamar al mozo para una cuarta ronda, y anunció que después nos invitaría a cenar donde un amigo suyo. Y así se hizo, bebimos un último trago y fuimos al restaurante, un lugar bastante popular pero acogedor, y allí, por primera vez, probé el cuscús o alcuzcuz, esa delicia magrebí que, según dijeron, es originario de Argelia.

Khaïr-Eddine pidió para la ocasión una botella de vino gris de Marruecos, y luego varias más, y lo que yo pensé, en toda esa noche, fue que además de ser una persona encantadora y chispeante, era el primer escritor que conocía en persona. Hablar de literatura con él era distinto. Había un fondo de verdad y un sentido de pertenencia que le daba brillo a lo que decía; que convertía sus palabras en algo verdadero. Me sedujo el modo en que mezclaba ideas y contaba anécdotas disparatadas que tenían como fin sorprendernos. Vi otros rasgos en su personalidad, además del alcoholismo y la pasión literaria, cosas que a menudo van unidas y que parecen contradictorias, y es que era un hombre a la vez generoso y vanidoso, sus atenciones desmedidas buscaban suscitar admiración, qué duda cabe, pero me gustó pues la vanidad, por lo general, suele manifestarse de modos muy diferentes, sobre todo mezquinos yególatras, lo que no era el caso de Khaïr-Eddine.

Muy pronto el vino gris de Marruecos nos fue emborrachando y al regresar en el bus nocturno, en medio del frío glacial, y llegar a mi chambrita, aún tuve ánimos para leer un par de horas su libro, *Yo, el agrio*, ya con otra óptica. Era la primera vez que leía un libro de alguien a quien acababa de conocer.

15.

Soy el mejor escritor de lo que podríamos llamar la «lengua francesa poscolonial» y esto es algo que podría defender o argumentar si considerara que debo hacerlo ante cualquiera que piense lo contrario. Me llamo Mohamed Khaïr-Eddine y nací hace cuarenta y nueve años en Tafraout, al sur de Marruecos. Soy beréber, es decir un hombre errante, hijo de un pueblo errante cuyo nombre quiere decir «ser libre»; ¿cuál fue la gota de esperma que hizo de mí un beréber?, ¿cuál la que me convirtió en uno de esos hombres adustos, parientes cercanos de la locura y la genialidad, que tienen delante de sí la verdad y corrigen la vida a su antojo? Es eso lo que soy. Un beréber, alguien genial, pero también un loco y un escritor maldito. Soy el loco de la palabra. Y además el mejor. Algunos críticos, por la fuerza de mi escritura, me llaman el «enfant terrible» del Maghreb, una frivolidad o, en todo caso, algo que no dice mucho, que no me define a mí sino a ellos, siempre sedientos de usar sus empolvados esquemas, incapaces de valorar lo que no comprenden y los sobrepasa. Siento piedad por ese club de escritores fracasados que juzgan a quienes sí se atrevieron a escribir, algo irritante y estúpido, como si los castrados o eunucos fueran los encargados de juzgar mis más feroces coitos. Ya sabemos que el mundo está gobernado por imbéciles, ¿por qué debería ser de otro modo en la triste opereta literaria? Empecé en 1966, en el movimiento *Souffles*, un grupo de escritores magrebíes que decidió inyectarle sangre fresca a la vieja y esclerótica literatura en francés, y dios sabe que lo logramos, claro que sí. Nosotros los descastados, los que usábamos una lengua ajena e impuesta. Esto ocurrió en Casablanca a mitad de los años sesenta y yo debía tener la edad de Salim, 25 años más o menos, así que me sentía capaz de todo. También estaba lleno de rabia, debo confesarlo, mi padre se había ido al norte de Marruecos a trabajar y me abandonó, lo mismo que mi madre, que se quedó en Tafraout, así que fui a casa de familiares que eran extraños, que no me comprendían. De ahí la rabia, ese desacuerdo violento, algo que se apoderaba de mí y me quitaba el aire, que se esparcía por mis venas y me daba vida. Es verdad, me daba vida, lo digo en serio.

Y luego el exilio, la lejanía. ¿Cuáles son las palabras del exiliado? Triturar la propia cultura y devorarla. Desenterrar sus muertos y comerlos, chupar sus huesos mientras se respira el aire de una metrópoli alocada. ¿Por qué no hacerlo? En Marruecos usamos la grasa animal para nuestra cocina. Luego está el recuerdo del país y el desprecio de los otros, que es mi savia. El desprecio de los transeúntes. Pero los dejo con su humillación y me quedo con mis erecciones. Soy el árabe que mira entre las piernas de las mujeres. De vez en cuando alguna las abre y me recibe en su agujero albino, quemado como la paja, ¡cómo adoro esas cálidas entrepiernas! Mi falo hirsuto las recorre con un profundo sentido de la estética. Soy Khaïr-Eddine. El francés es mi lengua muerta, pero yo la revivo en la mentira y el grito. El Más Alto llenó mis testículos de polvo estelar. Por mi sangre corretean los escorpiones. Los techos de mi casa están cubiertos de esperma y excrementos. Soy el Supremo Cagador y el alma es sólo una droga. Estoy escribiendo mi último libro y un diario. Ya me he divertido bastante.

16.

La siguiente noche de trabajo en *Les goelins de Pyongang* me cogió fuera de forma y Jung lo notó de inmediato, así que en lugar de hacer preguntas dijo, amigo mío, no es necesario que menciones la cita de amor, tu expresión es explícita y detallada, aunque agregó, sólo quiero saber si hay algo especial que te gustaría contarme o que prefieras sacar, liberar, ¿entiendes? Me quedé en silencio, entre los vapores y los asquerosos efluvios del agua, y le dije, sí, Jung, ¿sabes una cosa? Siento rabia, ocurrió algo injusto y no tengo deseos de perdonar, sino lo contrario, quiero vengarme... Entonces Jung se alejó de la alberca sin comentar nada, dejó los guantes a un lado y fue a la escalera. Vengo en un momento, dijo. Supuse que se había ido al baño pero al regresar me dijo: esta noche vas a olvidar aquello, sea lo que sea. Acabo de invitar a Susi y a Desirée para después del trabajo, y aceptaron, ¿qué te parece? Lo miré incrédulo, ¿de verdad? Sí, dijo, vamos a divertirnos un poco, conozco un lugar barato donde se puede bailar y beber, ya verás, y en efecto hubo de pronto una atmósfera feliz, pues las dos mujeres también parecían encantadas. Cómo será su vida de monótona para que acepten una propuesta a esta hora, pensé, pero no lo dije, más bien les agradecí en silencio.

Luego las llevamos hasta el local, un lugar al que, en condiciones normales, jamás habría entrado sin estar o muy borracho o con ganas de suicidarme, y esto no sólo por el olor a sudor, que se hundía en las fosas nasales, sino por el aspecto de las personas agolpadas en la puerta, rostros llenos de odio y un profundo malestar social, de esos que se expresan a través de crímenes sangrientos o la ingestión de drogas duras. Pero a pesar de todo eso entramos, llevándolas del brazo (yo llevaba a Susi, la más joven).

Al llegar al fondo, Jung saludó a un chino que parecía ser el administrador, pues de inmediato nos dieron una mesa al lado de una abarrotada pista de baile y alguien trajo una botella de vino tinto, que era lo más barato, y así comenzó nuestra *soirée*, yo algo inquieto al ver que mis expectativas de vida iban a descender de modo brutal cuando alguno de los caballeros de la sala se fijara en Susi, mi adjudicada pareja que, por cierto, al quitarse el chaquetón mostró unas bellísimas piernas, torneadas y acogedoras, amén de un sabroso culo. Ya veremos qué lío surge de todo esto, me dije, y cuando Susi vació la segunda copa de vino me levantó de la mesa, pues empezaba una canción muy de moda, *Killing me softly*, ustedes la conocerán, que fue recibida con gritos de júbilo, chiflidos y una marea de gente entrando a la pista.

Susi demostró ser una verdadera bailarina. Daba vueltas y hacía figuras y se mecía de aquí para allá, persiguiendo el ritmo con elegancia. La seguí como pude, pues ese tipo de música me era poco conocida, y busqué inspiración en el vino, que por ser de calidad dudosa subía rápido al cerebro. Jung y Desirée bailaron sólo dos piezas a ritmo lento, y al verlos moverse comprobé que también Desirée, a pesar de la edad mayor, era una mujer apetecible. La *soirée* iba de lo más bien, bebiendo y bailando en ese antro al que ya me había acostumbrado y que, a la tercera botella, ya empezaba a parecerme incluso bello y entrañable, cuando decidí rodear el talle de Susi y pegarla contra mí. Al hacerlo noté que se dejaba acercar y recostaba su cabeza en mi hombro. La besé y abrió la boca como si fuera a morder una fruta, luego metí la mano debajo de su falda y recorrí sus muslos, apreté un trasero majestuoso y, al escarbar con el dedo en su pubis, debajo del calzón, sentí una vagina rabiosamente lubricada. Vamos, le dije, y me siguió hasta la mesa.

Jung y Desirée conversaban y yo sencillamente les dije, nosotros nos vamos. Dejé varios billetes sobre la mesa y salimos del bar, y pensé que esa noche sí valdría la pena tomar un taxi con el dinero del restaurante. Atravesamos París besándonos y al llegar a la rue Dulud, cuando el taxi estacionó frente al portón y ella dijo, qué edificio tan bonito, pensé que se iba a sentir defraudada al ver mi chambrita, la colchoneta en el suelo, la bolsa de dormir de cremalleras rotas y todo eso que, en el fondo, no era otra cosa que mi vida. Todo podría ocurrir, incluso que se fuera dando un portazo, pero cuando abrí la puerta y encendí la luz no ocurrió nada, Susi continuó igual de cariñosa, dejó a un lado el abrigo y se sentó en el tapete. Luego abrió la cremallera de mi pantalón y sacó lo primero que encontró (o lo que más llamó su atención) y empezó a chuparlo con sus labios carnosos, y sólo se detuvo para desnudarse, dejando ver el contraste entre la piel oscura y el color blanco de sus calzones... Su cuerpo me deslumbró: los muslos firmes, el trasero que parecía de caucho y, en medio, una raja soberbia con pliegues violáceos, el vello negro y entretejido, un vago fondo rosado.

Ya tendidos en la colchoneta la vi hacer una prueba circense y fue sacar un condón, rasgar el empaque y metérselo a la boca. Luego se tragó a mi lujurioso y lo increíble fue que al devolverlo ya tenía el condón puesto, a la medida perfecta, algo sumamente profesional. Entonces Susi recostó el trasero sobre la colchoneta, abrió las piernas y me atrajo hacia su sexo, oscuro como los atardeceres del Yemen o los suburbios de Bamako, y en medio del delirio escuché jadeos y mordí sus pezones, que eran puntas de diamante, tan afilados que cortaban los labios. Me impresionó la dureza de su carne, que hacía parecer fofa y bailona cualquier otra, ya no digamos la mía, desnutrida y colgando de un hueso. Luego se colocó boca abajo, poniendo ante mis ojos el trasero más perfecto que había visto en mi corta vida, y así terminamos, y nos tendimos en silencio, respetando ese tiempo que necesitan los extraños cuando pasa la marea.

Qué raro, me dije, desde que estoy en París y soy un miserable mi vida sexual se ha enriquecido. Nunca he tirado tanto como ahora, me dije, y justo antes de dormir, cuando Susi me preguntó si era la primera vez que lo hacía con una africana, comprendí que también la miseria genera un cierto erotismo y expresa una necesidad. El deseo de seguir vivo a pesar de todo o la comprobación de que en lo más subterráneo y bajo, en los sótanos más oscuros, se siguen imitando los gestos de la vida. Un sexo compasivo o desesperado, pero que es siempre lo mejor que alguien puede darnos.

Cuando desperté era cerca del mediodía. Susi aún estaba a mi lado y volví a verla sobre la colchoneta, su cuerpo alterado apenas por una respiración leve, un pequeño oleaje que la recorría de modo rítmico. Entonces la acaricié muy lentamente hasta que regresó del sueño y dijo, hola, con algo de pereza. Se dio vuelta, recostó la frente contra el suelo, levantó las caderas y dijo: ponlo adentro otra vez, dale los buenos días. Al terminar, con mucho dolor de cabeza, la realidad de mi chambrita empezó a emerger, y cuando ella pidió un lugar para hacer pipí debí decirle que saliera al corredor, algo incómodo para una mujer, pero Susi se puso una camisa mía y al rato volvió como si nada. Luego preguntó qué tenía para comer. Le mostré mis reservas, las latas de carne y alverja, y ella, colocándose el calzón claro, me dijo, tú recuéstate en la cama y descansa, déjame preparar algo... ¿Esto funciona?, preguntó, señalando el hornillo. Sí, le dije, lo conectas y funciona. Me recosté con la cabeza francamente averiada y la dejé hacer, y al rato, una media hora más tarde, vino a despertarme y dijo, ya está, a comer. Eché un vistazo y me quedé sorprendido. Había preparado arroz en una olleta y calentado aparte la carne con fríjoles. Sobre la mesa había dos platos con cubiertos y vasos, un verdadero almuerzo. Saqué mi provisión de Coca-Cola y bebimos sendos vasos, y cuando le pedí disculpas por la pobreza me dijo no seas tonto, yo también soy pobre, mucho más que tú, pues la plata que consigo debo mandarla a Dakar, allí tengo padre enfermo, madre y nueve hermanos, casi todos dependen de mí, y entonces le pregunté cómo hacía para enviar dinero y al mismo tiempo sobrevivir aquí, con lo poco que nos pagaban en *Les goelins de Pyongang*, y ella se rió y dijo, te voy a contar un secreto, pero debes prometerme ser el mismo. Se lo prometí y dijo: el secreto es que soy puta, por eso me alcanza.

La confesión me llenó de curiosidad e incluso de un cierto lirismo, ¿qué artista, como Van Gogh o Baudelaire, no ha soñado el amor de una prostituta? En mi caso lo de artista aún estaba por verse, pero igual le pedí detalles sobre su trabajo, de qué modo conseguía los clientes y esas cosas. Lo hacía con una rumana llamada Saskia, iban a un bar de alterne en una lancha atracada a la orilla del Sena. Allí los hombres las invitan y les hacen propuestas. Es fácil y limpio, dijo, los clientes pagan 800 francos por algo que dura unos diez minutos, y ya. Hay un hotel cerca del puente de Bir-Hakim. Si el cliente quiere ir a su casa el precio sube a 1.500, así de sencillo. Lo hacía cuatro veces al mes. Mi prima Desirée también trabaja, dijo, pero en lugares diferentes. Ya no es joven. Tiene que buscar hombres más desesperados, ¿ves? Cobra 300 francos, máximo 400, pero debe hacerlo en la calle, lo que es un peligro, no sabes qué tipo de persona te llevas a la espalda; desnudarse delante de esa incógnita es algo muy tenso, pero en fin, no te cuento esto para que nos tengas lástima, somos personas normales que luchan por vivir, como todo el mundo.

Anoche fue divertido, ¿verdad? Casi no he salido desde que llegué de Senegal y puedo asegurarte que fue especial, algo muy especial para nosotras. Tú y Jung son dos caballeros.

17.

Ay, Dakar es una ciudad hermosa, rodeada por el océano. También es una ciudad pobre con basura en las calles y huecos y enfermedades endémicas, pero yo la extraño... Las hileras de cocoteros en la playa, los platanales y la densa vegetación, la sombra de los ombúes y las acacias en los parques, el ladrido de los perros, el humo de las fogatas o el llanto de los niños y la tierra roja. En mi país las calles están repletas de huecos y hay hombres que caminan arreando animales. Los atardeceres en la Route de la Corniche Est son muy bellos, se ve el sol hundiéndose en el océano, una bola roja que cae al agua, no lo puedes imaginar. Las tardes en mi barrio, Colobane, oyendo historias de mujeres mayores, son algo muy hermoso pero frágil, la gente tiene malaria y disentería. No hay trabajo para los jóvenes y uno los encuentra tendidos al sol desde muy temprano con los ojos enrojecidos por la marihuana o la cerveza, una expresión de quietud muy común en mi país. Mi padre, que trabajaba en la construcción, no puede hacer esfuerzos por la fiebre amarilla y es un inválido, y así todos sufrimos. Mi hermano Babacar se fue a Costa de Marfil hace siete años escapándole al ejército y vive en Abidján, pero trabaja poco, se casó y tiene dos hijos, otra familia que mantener y otros problemas. Puso un taller de mecánica con el suegro y sobrevivió por un tiempo, pero luego llegaron unos primos del sur y el taller quebró, pues no podía emplearlos a todos. Ahora trabaja en una gasolinera de Total, la marca francesa, en la carretera que va de Abidján a Yassoukoudra, a dos horas de su casa. Tiene que levantarse a las cuatro de la mañana y regresa a las nueve y media de la noche. Gana 200 dólares al mes. ¿Entiendes por qué uno se va de África? Es el mayor. Mi otro hermano, el pequeño, está en el ejército, destacado en un cuartel cerca de la capital. Su carácter es exaltado y vivimos con el temor de que algo malo le ocurra. Somos una familia de clase media. Yo estudié el bachillerato e hice un curso de enfermería en la universidad. Trabajé en un dispensario de salud con las monjas francesas, conocí la lepra y el dengue, pero no pude progresar. Gracias a ese trabajo logré un visado de turismo y aquí estoy desde el año pasado, pero no sé qué va a ocurrir. Si la policía me detiene no tengo qué mostrarles y me deportarán, por eso hay que hacer la mayor cantidad de dinero, ¿entiendes? Nunca trabajé con mi cuerpo en Dakar, pero tuve varios hombres. Mi primera vez fue a los trece años con un profesor de la escuela. Lo encontré por casualidad y nos bañamos juntos. Me gustaba su voz. Lo hicimos muchas veces en los baños de los cines o en su automóvil, hasta que su esposa lo supo y vino a hablar conmigo. Amenazó con hacerme expulsar del colegio y hablarle a mis padres. Dejé de verlo, pues comprendí que ella tenía razón. Uno no debe meterse con hombres ajenos a no ser que pueda o deba obtener algo a cambio, como ahora. Luego tuve un novio policía que me hacía regalos extraídos de las bodegas de objetos robados. Una vez llegó a la casa con un ventilador, otro día trajo una tostadora. Mis padres le temían, pues bebía demasiado. Lo dejé cuando supe que tenía esposa y tres hijos en su pueblo natal. Después trabajé en la enfermería de un hotel, el Miramar, cerca del aeropuerto, y una noche me fui a la cama con un técnico francés. Me dio sus datos en París y dijo que podía ayudarme. Habló de las oportunidades que tendría en una ciudad europea. Esto lo dijo antes de irnos a su cuarto, pero luego, cuando llegué aquí y lo llamé, ya no se acordaba, así que yo también lo olvidé. Los franceses se llevaron las riquezas de nuestro país y nos abandonaron. Dejaron el idioma y una estructura colonial endeble, casas solariegas y portales grandiosos. Hoy las gallinas se pasean por esos portales y en las ventanas hay ropa colgada. Hoy nos desprecian.

18.

Déjame curiosear en tu vida, quiero saber de ti, me había dicho Paula, así que una mañana nos encontramos cerca de su casa y fuimos a pie al restaurante universitario de Mabillon, que ella no conocía —siempre comía en restaurantes normales o en casas privadas— y al ver los tablones con los precios exclamó, pero no puede ser, ¿un almuerzo por diez francos? Habrá que verlo. Hicimos la fila de los tickets y subimos al tercer piso. Al llegar a los platos plásticos con ensaladas y entradas eligió remolacha con huevo duro, y después, de plato caliente, carne apanada con puré, y un yogur de postre, ése fue su almuerzo. Llené una garrafa de agua, serví dos vasos y le pregunté, ¿qué te parece? No está mal, dijo, pero supongo que si comes esto todos los días acabarás enfermo, ¿no? Estará calculado para dar las calorías necesarias, pero no hay ningún placer, es una comida triste. Tenía razón, era triste. No estaba concebida para ser degustada sino para alimentar, como la de los cuarteles o las cárceles. De cualquier modo es una suerte tenerla, le dije, si no la cosa sería mucho peor. En las otras mesas había jóvenes ávidos comiendo en silencio, muchachas rodeadas de libros estudiando mientras ingerían lo poco que había en sus bandejas, y, en el centro del salón, un grupo de latinoamericanos que alargaba con pan cada bocado y hablaba de fútbol a gritos. Mira, le dije a Paula, ésos son compatriotas en el sentido amplio del término, de Ecuador y de Perú. Siempre están aquí, pero no son estudiantes, no sé cómo consiguen los tickets de comida, y ella dijo, son músicos, tienen instrumentos. Los estuches estaban a la vista, guitarras, capadores, ocarinas y, claro, el charango, el rey de la música andina, pariente peludo del tiple y el tres. Serán músicos de calle o de los que tocan en los túneles del Metro. Siempre que los veo tienen una funda de guitarra llena de monedas.

De repente sentí una mano en el hombro y al darme vuelta vi a Salim. Hola, amigo, dijo, dios tenga provecho de ti. Le presenté a Paula y de inmediato le abrimos un lugar en la mesa. Él, ceremonioso como siempre, empezó a hablar un extraño español que revelaba inseguridad, y dijo, señorita, es un importante placer conocerla, dios la proteja y quiera, soy Salim, yo tengo el gusto de recibir la misma docencia universitaria con el amigo y es un placer alimentarme con ustedes en esta tabla, dios es pródigo, los animales se encuentran en el río para los alimentos, y así nosotros, grande sea el Señor. Entonces le dije, Salim, ¿qué diablos te pasa? Se sonrojó un poco y dijo, perdona, amigo, hablo demasiado porque estoy nervioso, disculpe, señorita, acabo de ser detenido por la policía en el RER. Cuando mostré mis documentos me los quitaron y los tiraron a las vías, y uno de ellos me dijo, perro árabe, si no quieres que te deportemos salta y recógelos. Tuve que hacerlo, salté a las vías, que están electrificadas. Por suerte no toqué los rieles, recogí mis documentos y subí. Luego llegó el tren silbando y echando chispas. Yo me quedé sentado en la banca de la estación y traté de calmarme hasta que pude venir, por eso llegué tarde, siempre vengo al mediodía, perdona, amigo, ya estoy mejor, y entonces Paula, enfurecida, dijo, no lo puedo creer, ¡fascistas hijueputas!, vamos a la policía, pero Salim repuso, señorita, no vale la pena, ¿dónde podríamos denunciarlos si eran policías? No me digas señorita, respondió furiosa, ya te dije que me llamo Paula, y agregó, si nadie denuncia le seguirá pasando a otros, y al siguiente lo va a agarrar el tren o se va a electrocutar y ni siquiera se va a saber, y tú te vas a arrepentir de no haber ido a la comisaría, vamos, yo te acompaño y firmo como testigo. Bajamos los tres pisos y fuimos hasta la prefectura de Maubert-Mutualité. Salim estaba pálido, así que le dije, confía en ella, es mi Hada Madrina.

Llegamos y Salim puso la denuncia con Paula de testigo. Dio la descripción de lo ocurrido y, sobre todo, de los tres «guardianes de la paz» que lo habían agredido, lo mismo que sus datos. Para tranquilidad de Salim, quien certificaba la denuncia no era un uniformado sino una mujer de traje normal, como si se tratara de una diligencia civil.

Has hecho muy bien, le dijo Paula después, ahora será más difícil que vuelva a ocurrir, o al menos eso espero. Vengan, los invito a una cerveza. Nos sentamos en una terraza cerca del bulevar Saint Germain y bebimos, Paula y yo dos Stella Artois bien frías y Salim, como siempre, un té. Al verlo en un silencio sonriente le pregunté, ¿qué te pasa?, y él respondió: es la primera vez que entro a una estación de policía, es como entrar al acuario de las víboras y salir sin un rasguño. Esta noche se lo contaré a mi tío, que ya fue detenido varias veces, golpeado y humillado. Le diré: hoy puse una denuncia contra unos policías en la comisaría y me la recibieron e incluso me dieron una copia sellada. Sólo por eso vale la pena haberlo hecho, dijo Paula, las cosas han cambiado. No debes dejar que te humillen, nadie tiene derecho a hacerlo.

Luego Paula se fue y, antes de entrar a clase, Salim me dijo: de verdad que es un Hada Madrina. Teniéndola cerca, ¿qué te importa lo que haga o diga la francesa? Puede que tengas razón, le dije, pero hay algo que no sabes: ya me advirtió que no me enamorara, y es tal vez por eso que las cosas funcionan. Qué curioso, dijo Salim, hay gente que tiene un temperamento en un registro, pongamos por caso, en la amistad, y otro muy distinto en el amor o incluso en el familiar. Hay buenos amigos, generosos y dulces, que son egoístas con sus parejas o caprichosos y malcriados en familia. Y lo contrario. Por eso es tan difícil juzgar. Sí, le dije, tienes razón, por eso lo único que podemos, en vez de juzgar, es tratar de conocer. Hay un texto de Julio Ramón Ribeyro que proclama la superioridad de la amistad sobre el amor. Dice que la amistad, por definición, es recíproca: nadie puede ser amigo de alguien que no es su amigo. El amor en cambio es intransitivo: uno puede amar a alguien que no lo ama. Hay algo más, y es que uno elige a sus amigos, mientras que en el amor uno no elige. Sí, dijo Salim, la verdad es que uno pocas veces se enamora de la persona que conviene, de quien corresponde el amor para que las cosas sean fáciles. Es más común anhelar lo que nos rechaza. En fin, subamos, ya es la hora.

19.

El día de los concursos había gran animación en el patio interior del edificio de la rue des Evêques, esa mole de cinco pisos, agrietada por la humedad, que no tenía en sí nada de alegre, ni siquiera el recuerdo de algo alegre, pero era justamente ahí donde sonaban desde las once de la mañana los ritmos salseros de Fruko y sus Tesos, del grupo Niche y Oscar de León. Las familias fueron llegando y acomodándose en las mesas mientras las mujeres acababan de organizar los últimos detalles de la decoración, banderines de Colombia en las paredes, serpentinas tricolores, carrieles y corroscas, afiches de Cali (la mayoría eran vallunos), y al fondo, contra la última pared del amplísimo patio, las mesas de comida con platos típicos, sancocho de gallina del Valle, cordero santandereano, fríjoles con garra, patacones y arepas, sobrebarriga, bandeja paisa, buñuelos, pandeyucas y champús, de todo había. Los platos se vendían a 20 francos y las bebidas a 5 y 7 francos, cerveza y aguardiente, ron. También algo de vino.

Un poco antes del mediodía, cuando el patio estaba lleno, Elkin subió al estrado para dar la bienvenida en nombre de la colonia colombiana y del país, agradeciendo la asistencia, y sin más preámbulos anunció el orden del día, con el inicio de las actividades y los concursos para después del almuerzo, un discurso interrumpido por risas y aplausos. Elkin hizo una seña con la mano y Freddy Roldanillo, un negro de Buga, puso el himno de Colombia. No bien sonaron los primeros compases todo el mundo se puso de pie y algunos se llevaron la mano al pecho, con los ojos enrojecidos de emoción y cantando la letra. Al terminar, después de un aplauso y varios vivas a Colombia, Elkin pidió un minuto de silencio por las víctimas de la guerra en el país, inocentes o culpables, y volvió a haber lágrimas, cada cual se recogió y recordó a alguien. Terminado esto se pidió otro aplauso por la organización, a los colectivos de mujeres y a los grupos de trabajo que habían montado la fiesta, y luego se invitó a pasar a la comida, recordando que a las dos de la tarde iniciaban los campeonatos y las demás actividades, que incluían bailes típicos y un recital infantil de poemas de Rafael Pombo.

Elkin, Rafael, Luz Amparo y otros amigos ocupamos una mesa al lado de la tarima. Yo estaba ansioso por ver a Sabrina, pero hasta ese momento no había llegado. La que sí estaba desde el principio de la fiesta era Sophie, muy arreglada y bella. Tenía preparada una sorpresa y era que los alumnos de los cursos solidarios iban a recitar poemas de Jacques Prévert, algo que la tenía muy emocionada. A nuestra mesa llegó un botellón de dos litros de aguardiente Néctar, así que empezamos a beberlo con lentitud, yo sobre todo, recordando que debía jugar ajedrez y que el premio, la «noche de sorpresas» con Sophie, bien valía tener la mente despejada.

—¿En qué quedó lo de Sabrina? —me preguntó Elkin, hablando en privado.

Le conté que la había llamado furioso, fuera de control, y le había dicho una y mil cosas. Luego saqué del bolsillo su tarjeta de visita (que en realidad no había roto ni tirado) y se la mostré. Mire, es la misma que me dio el día que le arreglamos el carro. Él la miró y dijo, qué raro, se le habrá olvidado. Sin saber lo que yo sentía, Elkin agregó que ese mismo sábado ella había venido a Gentilly, por la noche, y que fueron en grupo a comer a un restaurante tailandés con varios amigos, sobre todo con Javier, un colombiano que decía ser exiliado del M-19 pero que, según Elkin, era demasiado joven para que eso fuera cierto. Después volvieron a Gentilly a tomarse unos tragos y tarde en la noche ella y Javier se retiraron juntos. La historia me provocó una punzada de celos y algo de rencor hacia Elkin, pues me vi ese día en mi chambrita bebiendo el vino barato y sintiéndome muy mal, y, en paralelo, a Sabrina desnuda, probablemente ebria, tirando con Javier. Una aguja se me clavó en el corazón, dios santo, ya estaba obsesionado otra vez, así que decidí quedarme en silencio. Un rato más tarde nos levantamos de la mesa, pues Elkin debía anunciar la apertura oficial de los torneos.

Me dirigí al salón lateral donde estaban los tableros de ajedrez y los relojes, prestados por una asociación ajedrecística de Montrouge, y cuando iba para allá sentí un golpe en el pecho. En una de las mesas cercanas a la puerta estaba Sabrina, entre varios colombianos y al lado de Javier, con un plato ya terminado y una copa de algo transparente que debía de ser ron. Tenía puesto un suéter rojo y un blujean apretado. No la había visto antes por el ángulo de la pared, pero debía estar ahí hacía rato. ¿Qué hacer? Antes de acabar la pregunta me sorprendí empuñando su tarjeta y caminando hacia ella. Cuando me vio venir quedó desconcertada. Saludé a los demás y le dije, muy serio, ¿puedo hablar contigo un momento? Ella miró a sus compañeros de mesa, sobre todo a Javier, y se levantó.

Cuando estuvo cerca me preguntó, con voz risueña, ¿ya te pasó la rabia? Respondí que no. Lejos de eso. Abrí la mano y le mostré su tarjeta de visita. Toma, le dije, te la devuelvo. Si te llamo alguna otra vez podrás decir que te estoy acosando. Ella se sonrojó un poco y dio un paso atrás, mirando de reojo a su alrededor. Dijo que no recordaba habérmela dado y que lo sentía mucho. Hazla ver de un especialista, seguí diciendo, colérico, tal vez aún conserve tus huellas digitales, no la compré a nadie ni te la saqué del bolso, y agregué: vuelve a tu mesa, ya nos están mirando.

Dicho esto me di vuelta y fui al salón de ajedrez, reconciliado aunque algo triste, pues la verdad habría preferido estar con ella, olvidarme del torneo y continuar la fiesta a su lado, pero en fin, ya estaba hecho, así que fui a sentarme en mi lugar, es decir la silla número catorce. Sabrina, tal vez porque mis palabras no llegaron a conmoverla o porque se sentía observada, no intentó dar ninguna otra explicación, simplemente regresó a su silla. De lejos la vi acomodarse y beber un trago, encender un cigarrillo y seguir charlando como si nada. Cuando estaba sumido en estos pensamientos vi llegar a Nelson Suárez con un vasito de plástico en la mano y un cigarrillo, e ir a sentarse a su tablero, cerca de la ventana. Elkin anunció que las partidas serían a media hora con el sistema de eliminación directa, y aclaró que los resultados se irían anotando en un tablón de la pared. Dicho esto, empezamos a jugar.

Mi contrincante era un peruano llamado Norberto, amigo de unos colombianos de Massy-Palaiseau, el mismo suburbio en el que vivía Salim con sus tíos. Tras una breve presentación empezamos a jugar, saliendo yo con blancas, pero la verdad es que nuestra partida duró muy poco pues Norberto no era muy hábil y, pasada la apertura, tras abrir su defensa e impedir el enroque, logré en dieciséis movimientos el jaque mate. Nos dimos un apretón de manos y regresé a la mesa de Rafael y Luz Amparo a esperar el siguiente turno. Al pasar por el corredor observé de soslayo a Sabrina, que seguía charlando y riéndose con sus amigos. Me alegró el triunfo, y nunca como en ese instante anhelé vencer el torneo para salir de la fiesta con Sophie. Eso sellaría mi actitud altiva hacia Sabrina (si es que algo de lo que yo hacía le importaba, lo que aún estaba por verse). Ahora que mi vida sexual se había enriquecido, nada me atraía más que agregarle otra muesca al palo, entre otras cosas porque ya empezaba a sentir esa curiosidad de los inmigrantes hacia las mujeres francesas. Mientras tanto, en un patio al que se accedía por un costado, se iniciaba el torneo de ping-pong, con la mayoría de los concursantes en sudadera, y lo mismo ocurría con las tres mesas de parqués, que ya jugaban en un rincón de la sala de baile. Al regresar a mi puesto vi de lejos que Néstor había ganado, y al poco tiempo empezó la segunda ronda.

Esta vez mi contrincante fue Enrique, un colombiano que había estado en las FARC en los años setenta y que jugaba bastante bien, pues ya habíamos hecho algunas partidas en la casa de Elkin. Afuera, en el salón principal, se oía a todo volumen el grupo Niche, y a la gente bailando y dando gritos y aplausos cada vez que en la canción se nombraba a Cali. Sólo algunos curiosos se acercaban a ver cómo iban las partidas. Volví a ganar sin grandes esfuerzos, pues Enrique ya estaba un poco borracho y perdió la dama a mitad de partida. Me relajé y esperé el siguiente turno con otra copita de aguardiente, mirando de lejos a Néstor, curioso. Noté que movía sus piezas con rapidez y seguridad, mientras que su contrincante, el negro Freddy, se acariciaba el pelo y hacía gestos con la boca, signo de que estaba acorralado. Como era de esperarse, Néstor ganó. Elkin organizó la tercera ronda con los resultados del tablón y mi contrincante (ya sólo quedábamos ocho) era Jim, un canadiense casado con una valluna de Jamundí que vivía en el último piso del edificio, un anglosajón enamorado del trópico que bebía mucho ron y aguardiente y que sólo de vez en cuando recordaba sus orígenes con una botella de bourbon, sirviéndola en copitas pequeñas a sus amigos. Como yo tenía fama de conocer el juego, Jim hizo cara de tragedia al verme, pero la verdad no fue fácil ganarle pues abrió una defensa siciliana que le permitió apoderarse del centro del tablero y me obligó a varios sacrificios. Cuando Jim tiró abajo su rey, signo de derrota, me invitó a un aguardiente de su botella y nos levantamos a mirar las otras mesas.

Espiando por la puerta entreabierta vi que Javier y Sabrina bailaban con cierto aire de enamorados. Él la acercaba para enseñarle los pasos, aunque era bastante torpe, y ella se le pegaba sin gracia, como hacen tantas europeas que creen que bailar consiste en refregarse contra el parejo y hacer cara de trance. En fin, me dije, allá ellos, y seguí vigilando las partidas. Néstor jugaba contra un francés que parecía bastante bueno, y Elkin, que era el campeón de Gentilly, jugaba contra Manolo, un español casado con cartagenera, ingeniero de sistemas y buen contador de chistes. Entonces sucedió algo increíble y fue que al acercarme al tablero de Néstor vi con claridad una jugada que debía darle la victoria en tres movimientos, cambiando un alfil por un peón. Me quedé a la espera, y para mi sorpresa no hizo ese movimiento, no comió el peón, sino que adelantó un extraño caballo lateral. Al hacerlo golpeó el botón del reloj y se recostó en el espaldar de la silla, pues con eso dejaba al francés en jaque mate, un jaque mate limpio e inesperado, un ataque elegante que evitaba el sacrificio inútil de piezas y le daba al final una extraordinaria belleza. Caray, me dije, este tipo sí que sabe jugar. El misterioso albañil resultó ser ajedrecista. Se dieron un apretón de manos y de nuevo hubo una pausa de descanso y resurtido de vasos.

Al hacer el sorteo de las dos últimas mesas vi con pesadumbre que me tocaba enfrentarlo, Néstor y yo en un tablero y en el otro Elkin contra Alejandro, un colombiano al que apenas había visto. Ay, me dije, la cosa no va a ser fácil. La noche con Sophie parecía alejarse. Ahora que empezaban las semifinales mucha gente de la sala de baile vino a mirar las partidas (Sabrina y Javier no vinieron), y nos sentamos a jugar, Néstor delante mío, algo nervioso, con esa enigmática neutralidad de su cara que no parecía corresponder a la situación.

20.

Mirá, hermano, me llamo Freddy Roldanillo y nací en Buga, cerca de la Sultana, allá por el cincuenta y seis, aunque luego nos fuimos a vivir con mi familia a Cali, a principios de los sesenta. Mi papá vendía enciclopedias de casa en casa, y yo, desde pelao, lo acompañaba, le oía los cuentos que le decía a las señoras para vendérselas, le ayudaba a cargar los paquetes de libros. El sistema era ir a los paraderos de los buses escolares, bien tempranito, y ver de qué casas salían los muchachos que tuvieran más pinta de pilos, de estudiosos, ¿me entendés?, así hacía el viejo, un avión el hombre, y entonces le caía a las mamás con *Mis primeros conocimientos*, de Editorial Juventud, o con la *Temática*, y vea, las viejas le compraban. Yo le oía la carreta que usaba para convencerlas, bacanísimo, y tanto le vi mostrar los fascículos sobre las capitales de Asia o los hundimientos famosos que aprendí cosas, las siete maravillas del mundo, ¿vos te las sabés? Vea, son el coloso de Rodas, la muralla china, los jardines colgantes de Babilonia... Ve, se me olvidó el resto, pero en fin, yo me sabía esas vainas, y la capital de Mongolia que es Ulam Bator, todo eso me lo sabía por las enciclopedias, y menos mal, porque esa fue la única educación que tuve, vivíamos en Aguablanca y éramos pobres, nueve hermanos, imaginate, hice la escuela primaria y ya, a trabajar de carretillero, de guardia, a vender dulces o de lustrador, hasta que a los catorce años me mamé y empecé a darle a la bareta y al perico, y ya estaba por ponerme a robar cuando vino un man al callejón donde yo lustraba, cerca de la Plaza de Caicedo, y me preguntó si me gustaba la vida que tenía, si estaba conforme, y yo, que era bien respondón, le dije ¿y vos qué creés, súper genio, a ver, adiviná vos? El tipo me invitó a una reunión con otros manes y ahí nos hablaron de cambiar el país, de hacer una revolución, una carreta muy chévere, y dos semanas después ya estaba en el monte, primero a los farallones y luego a Urabá, con las FARC, y allá pasé años, como hasta el 79. Combatí en todo el país, en Arauca y Mapiripán, en la Macarena, el Sumapaz, también en Nariño y el Chocó, por todo lado, hasta que me pegaron un tiro aquí, mirá, casi me vuelan un riñón, estuve fue de buenas, y entonces me pasé a Panamá y de allá a Cuba, al hospital como tres meses, y fijate, de Cuba aquí, ¿sabés por qué?, se me acabó la cuerda, hermano, me cansé de andar con un rifle, se me murió la mística, no sé si me entendés, yo no nací para héroe y claro que me gusta ayudarle a la gente, pero ya le pagué a la revolución. No se pudo hacer y ahí siguen otros, aunque ya no son los mismos. La guerrilla de hoy es una gente muy áspera. Siguen los problemas porque el país es así, mala suerte para todos. Yo entré a Francia por España, en esa época no había que sacar visa, sólo llegar y ya, y aquí me dieron el refugio, cuando llegué era más fácil y de todos modos no podía volver a Colombia, allá me tenían fichado, incluso a mi familia que no tuvo nada qué ver, los siguieron, se les entraron a la casa a requisarlos, a mis hermanos los detuvieron un mundo de veces, que si saben algo de Freddy, que si lo han visto, hasta que empecé a escribirles desde París y dejaron de joderlos, y aquí, hermano, a seguir la lucha, primero a aprender el francés, que es un enredo ni el berraco, y luego, o mejor dicho, al tiempo, a buscar trabajo, tratar de progresar, yo en esa época era joven y soltero y me conformaba con poco, pero luego conocí a Mireya, la Flaca, que es de Pereira, exiliada pero del EPL, la flaquita estaba con los chinos, qué tal, y bueno, hermano, aquí estoy hace ya quince años y sigo sin poder volver a Colombia porque si aparezco me detienen o me matan, vos sabés cómo es la vaina allá, y ahora con dos pelaos, de seis y cuatro años, pues el baile es otro, ¿no?, mucha nostalgia y todo, porque al fin y al cabo cuando pienso en Cali, o incluso en Buga, pues yo ya ni sé, hermano, hace tanto tiempo, quién sabe cómo estará eso ahora, y claro que me mandan fotos y todo, y me cuentan que pasó esto y que hicieron un centro comercial y la calle la ampliaron, pero no es lo mismo, vos sabés. Ya no sé si lo que yo me acuerdo existe o no, o si es otra ciudad, ve, mejor contame vos algo, cambiemos de tema que ya me está entrando es la tristeza.

21.

El ajedrez es sólo una batalla. Dos estrategias, dos temperamentos enfrentados. Por ello supuse que la timidez de Néstor tendría una equivalencia en su modo de jugar, tal vez en un esquema defensivo o algo así, pues siempre supe que los estilos de los ajedrecistas estaban muy marcados por su personalidad. Comencé la partida con estas incógnitas, observándolo de reojo, pues su timidez, o al menos ese empaque exterior de timidez que lo hacía verse tan frágil, lo hacía llevarse la mano a la boca y carraspear cada vez que sus antenas detectaban una mirada. Un tic nervioso muy molesto, más aún en una partida de ajedrez.

Empezamos a mover las fichas saliendo hacia el centro del tablero. Mientras deslizaba mi alfil volví a pensar en Sabrina, en la ínfima capacidad de autocrítica que tienen algunas mujeres cuando se trata de asuntos sentimentales, y de pronto me pareció ridícula y boba por no darse cuenta de que las historias de Javier, las que debía de contar para seducirla, retazos de actos heroicos extraídos de las vidas de otros guerrilleros, eran todas falsas, vergonzosamente falsas, y lo único que hacía era sumarse a esa infinita lista de europeas seducidas con el cuento de la revolución latinoamericana, ríos de esperma andina y caribeña, del Cono Sur o Centroamérica, corriendo sobre las capitales de Europa. Millares de blancos muslos *vikings* enrojecidos con historias de indios buenos y gringos malos, toneladas de traseros teutones conquistados con citas de Eduardo Galeano, kilómetros de vulvas abiertas con camisetas del Che y canciones de Quilapayún...

Sabrina era una ingenua, pero en el fondo sentí envidia. Daría la vida por estar del otro lado de la pared, con ella. Qué desgracia, uno nunca está donde quiere o cree que debería estar, y esto pensaba cuando el tablero echó una chispa, un caballo que avanzaba por el lateral dio un brusco giro y se dirigió al centro, así que me puse alerta, ¿qué diablos pasa aquí? Los bombillos rojos se encendieron diciendo alerta, alerta, todos a sus puestos, y al levantar la vista vi que Néstor Suárez se acariciaba el dedo gordo con el índice, un gesto de impaciencia que marcaba el inicio de su ataque, así que analicé la posición, proyecté las posibilidades y moví un peón que debía frenar su negro corcel y apuntalar la defensa, pero relumbró otra chispa, pues desde atrás un alfil llegó al centro con velocidad. Dios santo, por más que observaba su posición no lograba comprender con claridad su ataque, ¿qué está haciendo? Al ver sus manos ágiles moviendo las piezas empecé a notar, detrás de la timidez, un aterrador rostro de ferocidad. A partir de ahí su ataque se hizo cada vez más fuerte y comprendí que la partida estaba perdida. Mis jugadas eran débiles y Néstor Suárez había construido un castillo inexpugnable. Pensé en mis 50 francos y en la noche con Sophie. Todo se evaporaba, no había salida. Y mientras tanto Néstor, sin moverse de la silla, continuó acariciándose los pulgares con los índices al mismo ritmo. Levanté la cara, lo miré a los ojos por primera vez y le dije, no hay mucho qué hacer, ¿no es cierto? Él, con unos ojos en los que creí ver fuego o lava ardiente, respondió, no, no tiene nada qué hacer, absolutamente nada, pero fue una buena partida. Esto último lo agregó con una extraña voz, como si el aire y sus palabras emergieran desde el fondo de una gruta. Entonces tiré abajo mi rey y le estreché la mano, una mano de dedos fríos, como de peces congelados, y me alejé hacia el salón de baile.

Debí tomar tres copas de aguardiente para entrar en calor, tanto que Rafael me preguntó, ¿qué le pasa? Nada, le dije, me eliminaron. La final va a ser entre Elkin y Néstor Suárez. No mencioné su mirada aterradora ni su voz gélida, mucho menos la expresión desalmada e inhumana de su rostro. Preferí no acercarme a ver la partida, pues estaba seguro de que Néstor la iba a ganar, como en efecto sucedió, y al hacerse oficial el resultado, con la concurrencia bastante ebria, Sophie subió al estrado y dijo el nombre del ganador, Néstor Suárez Miranda, el que sería su pareja esa noche.

Néstor ni siquiera sonrió, sólo apretó los labios con un gesto vago de satisfacción, y cuando Sophie lo agarró del brazo y lo invitó a bailar él se dejó llevar como un niño. Terminada la pieza, que era *Llorarás y llorarás*, de Oscar de León, se fueron hacia la puerta entre aplausos y frases pícaras. Sophie con una sonrisa alcohólica y él serio, con un extraño movimiento en la mandíbula, como si masticara sus propios dientes. Fue la última vez que lo vimos.

22.

Mi siguiente turno en los sótanos de *Les goelins de Pyongang* fue un sufrimiento, algo lacerante y enloquecedor. Los brazos, al cabo de un par de horas, me pesaban como el mármol y las manecillas del reloj avanzaban con suelas de plomo, una irritante lentitud que agredió y, casi diría, exasperó mi escaso equilibrio psicológico. ¿Qué diablos ocurría? Muy sencillo. Al salir, si es que lograba llegar al final de esa noche, tenía cita con Susi para ir a la famosa *peniche* o barco atracado en el río en el que ejercía el oficio más antiguo del mundo. Había dicho que si aparecían clientes podía esperarla en la barra y prometió presentarme a Saskia, su compañera rumana. Le había hablado de mí y también quería conocerme. Al acabar podríamos tomar algo en otro sitio, así que cuando dieron las dos de la mañana di un grito de júbilo, tiré lejos el odiado delantal en gesto similar al de John Travolta en *Fiebre de sábado por la noche*, y salí con Susi en un taxi rumbo a la *peniche* —Jung, por cierto, no hizo preguntas sobre la vez anterior, pues lo comprendía todo a través de silencios y miradas.

La noche comenzó con algo jocoso y fue que Susi debió cambiarse de ropa en el taxi. El conductor, un joven árabe, casi choca por mirarla, pues quedó prácticamente en calzones en el asiento de atrás antes de enfundar su trasero en una minifalda negra, muy sugestiva, que si hablara podría decir estas palabras: «Por si no te has dado cuenta tengo un trasero radiante y armonioso, y entre mis muslos escondo un tesoro al que sólo podrás acceder previo pago de una contribución crematística». Pero la cosa apenas empezaba, pues cuando llegamos al barco-bar y nos acercamos a la barra los clientes clavaron en ella sus pupilas y me observaron con recelo, lo que generó un cierto nerviosismo. Su compañera Saskia no había llegado o estaba ocupada, así que me fui al fondo y pedí una cerveza.

Susi se sentó en el centro del local en una pose que me dio algo de vergüenza y que buscaba disipar cualquier duda sobre su condición, tan eficaz que de inmediato un hombre empezó a rondarla. Pasó cerca de la barra sin detenerse y aterrizó a distancia de dos taburetes, pidiéndole un cóctel Martini al barman. Encendió un cigarrillo y dejó el paquete sobre la mesa. Susi conocía el lenguaje, así que le dijo, ¿me invita a uno? Él se apresuró a asentir y a encendérselo, tardando lo justo para preguntarle si quería beber algo. El contacto quedó establecido y ella pidió una copa de champagne. Luego fueron a sentarse a una mesa.

Al quedarme solo me dediqué a estudiar el bar, decorado al estilo francés (aquello que por esos días me parecía estilo francés), con luces bajas, un candelabro en cada mesa, cortinas de terciopelo sobre las ventanas que daban al río y un lento bamboleo, producto del oleaje, bastante apropiado para el lugar. Poco después vi salir a Susi a la cubierta del brazo de su cliente, por lo cual me concentré en lo que quedaba de cerveza, encendiendo un cigarrillo. Desde mi llegada a París habían ocurrido cosas arduas y difíciles, pero también agradables, como la cercanía de Susi y de Paula, e incluso de Sabrina, que a pesar de todo era atractiva e interesante y que de seguro volvería a encontrar. Gracias a esto y a las dificultades había podido olvidar a Victoria, si por «olvidar» entendemos «dejar de sufrir».

Cuando iba por la mitad de la segunda cerveza sentí un dedo en el hombro y al dar vuelta vi a una mujer de pelo claro y ojos azul turquesa. ¿Eres el amigo de Susi? Sí, soy yo. Estiró su mano y se presentó, soy Saskia, mucho gusto. Luego le hizo una seña al barman. Una *flûte* de vodka, por favor, Gérard. Al instante el joven trajo la bebida en una copa helada de forma triangular, como las del champagne, y Saskia se apuró la mitad de un sorbo. Es mi trago favorito, dijo, y agregó, te imaginaba más crespo y oscuro de piel, Susi dijo que eras colombiano. Creí que tendrías los ojos ovalados, pero le expliqué que en Colombia teníamos todas las razas. Pedí otra cerveza y la observé con atención. No debía tener más de 25 años. Era atractiva, aun si expresaba una cierta fatiga, no sé si en la piel o en los labios quebrados por el frío, o tal vez en el pelo, algo raído. Le pregunté cuánto llevaba en París y dijo que un año. Aún le costaba hablar bien el francés, y esto a pesar de que la pronunciación no era distante de la rumana y de la rusa. Quiso saber a qué hora había salido Susi para hacer un cálculo, y agregó: cuando venga podremos irnos, esto ya va a cerrar y los hombres que quedan están acompañados, la noche terminó, ¿verdad que iremos a beber algo por ahí? Claro, le dije, y pedimos otros dos tragos. Tras hacer un brindis le pregunté por los clientes del día. Sólo dos, respondió, pero fueron amables. No me atreví a preguntar cuánto cobraba.

Seguimos charlando hasta que Susi regresó y pudimos irnos a una discoteca barata por la zona de Place de Clichy. Allí nos dijimos que un día es un día y pedimos bebidas fuertes, vodka para Saskia, ron para Susi y whisky para mí. Con los vasos en la mano fuimos a sentarnos a una de las mesas del fondo. Esa noche había electricidad en el aire, entusiasmo y algo de plata en los bolsillos (sobre todo los francos ganados por ellas). Entonces me dije, achispado por el alcohol, que la gente a mi alrededor debía estar pensando extrañas cosas de mí. Creerán que soy un mafioso o un príncipe borracho, en el mejor de los casos, o un *macró* que se pasea por los bares con sus empleadas. Bailamos con los vasos en la mano, pues muy pronto volvió a sonar esa canción de moda, *Killing me softly*, del grupo Fugees, y con los tragos y el baile nos fuimos acercando. Susi tenía el ritmo africano en las caderas. Saskia era más dura o menos elástica, pero tenía gracia. En sus gestos se veían las muchas horas vividas en discotecas.

Llenamos las copas muchas veces hasta que, a las seis de la mañana, ebrios y cansados, decidimos irnos. Ambas pusieron billetes en el bolsillo de mi camisa y pagué la cuenta, cerca de 400 francos, y salimos abrazados a coger un taxi para ir a mi chambrita, que era el refugio más cercano. Al llegar, Susi se tendió en la colchoneta y se durmió vestida. Saskia y yo nos servimos sendos vasos de whisky y continuamos la charla, ella contándome su vida y aventuras, historias que no debían ser muy distintas a las de tantas mujeres del Este en su viaje a Europa, y la animé a seguir contando, ¿cómo llegaste a París y por qué?, y habló y habló hasta que se acabó la botella de Ballantine's, y al beberse la última gota se acercó y me dijo al oído, eres una buena persona, ¿quieres hacer el amor?, es lo único que puedo darte a cambio de tu hospitalidad, y yo le dije, no tienes que darme nada, pero ella insistió, es que además tengo ganas, hay condones y estoy limpia, cada mes me hago el test.

Le di un abrazo y la besé con ternura. Luego se quitó la falda y los calzones, abrió los muslos y me mostró su hendidura, que era rosada, con sólo un pequeño triángulo de vello. Hecho esto agarró a mi lujurioso y lo acercó a su entrepierna, acariciándose con él, y cuando encontró el orificio movió la cadera hacia adelante y lo hizo entrar. Así estuvimos un rato, moviéndonos en silencio (recuerden que Susi dormía) y diciendo cosas al oído, ella palabras en ruso, joroschó, tak y no sé qué más, y yo besándola, hasta que sentí algo muy extraño, como si una parte de sus encías se desprendiera, lo que me causó un gran sobresalto, ¿qué diablos pasa?, exclamé, y ella, avergonzada, se separó de mí y dijo, no te preocupes, tengo una prótesis dental, olvidé advertirte. Se retiró a un lado y la acomodó de nuevo en su boca. Ya está, no se volverá a salir. La abracé y dormimos al lado de Susi, pero desde las entretelas del sueño me llegó la imagen de una de esas dentaduras mecánicas que muerden el aire y que hacen, tic-tac, tic-tac.

A las dos de la tarde Susi me despertó, pues quería saber dónde estaba la llave del baño. Le urgía orinar. Luego dijo que saldría a comprar algo para comer, pues recordaba haber visto un supermercado en la avenida. Le di un billete de doscientos francos y algunas indicaciones. Al acompañarla a la puerta me besó en la boca y preguntó, ¿qué tal mi amiga, te gustó? Algo avergonzado le dije, sí, tanto como me gustas tú. Entonces agarró al lujurioso y lo apretó entre sus dedos negros. Luego se fue, dejando en el aire un leve olor a sudor.

Sólo entonces me di cuenta de que mi cabeza iba a estallar. Además de los whiskys y cervezas de la víspera, tenía la garganta abrasada por el cigarrillo y moría de sed. Sin grandes esperanzas abrí la nevera y fue entonces que ocurrió un milagro, ¡había una botella de cerveza helada! No sé quién diablos la puso ahí, pero la destapé y bebí la mitad de su contenido sin respirar. Qué placer, la cerveza entrando en un organismo golpeado por el alcohol. Hay que haberlo vivido para saber lo que significa. Al volver a la realidad, algo repuesto, vi a Saskia dormida en mi colchoneta, con la mitad del cuerpo por fuera de la bolsa de dormir: un pecho casi transparente dilatándose al ritmo de su respiración, un pezón rosado con granos y venas diminutas. Le di otro sorbo a la botella y me recosté a su lado, sintiendo latidos en el cerebro y un sentimiento de culpa acentuado por el olor a colillas frías, un vaso repleto de ceniza sobre el tapete. Al menos había cerveza, y me dije, ¿quién, que no fuera el propio dios, pudo haberla puesto en la nevera? Al pensarlo escuché un golpe en la puerta. Era Susi que regresaba con un par de bolsas de mercado. Hola, dijo, ¿cómo te sientes?, y agregó: anoche, al llegar, puse una cerveza en tu nevera, la pedí en el hotel con el cliente pero no la tomé, así que pensé en traerla. Supuse que te gustaría. La besé como tal vez nunca había besado a nadie, y le dije, eres magnífica. Susi no era muy dada al romanticismo y simplemente dijo, vístete y ve a dar un paseo por el Bois de Boulogne, no está haciendo frío y no llueve. Mientras tanto yo preparo algo de comer.

Me puse los pantalones, el chaquetón y salí a la calle, y fue como si el viento se llevara la mala noche. Caminé hasta la entrada del Jardin d'Aclimatation y me interné en el bosque, algo brumoso por el frío. Qué placer la vegetación húmeda, el pasto mojado y los árboles goteando. La naturaleza perdonaba mis excesos y me daba otra oportunidad. Así fui paseando entre los arbustos hasta que se calmó el dolor de cabeza y comencé a sentir hambre, un apetito voraz, pues no había comido desde la noche anterior en *Les goelins de Pyongang*. Entonces emprendí el regreso a la chambrita.

Pero surgió un problema y no encontré el camino, desorientado en el bosque, y cuando logré salir a una calle resulté del otro lado, no de Les Sablons sino del bulevar Periférico, a la altura de Porte Dauphine. Debía atravesarlo todo de vuelta para llegar, y empecé a caminar rápido, pues volvía la llovizna y empezaba el frío. Llegó también un atardecer tempranero que oscureció el aire y arruinó el buen genio. Caminé y caminé pero la rue Dulud y todo mi barrio parecían haber desaparecido, como el espejo que huye. Árboles y árboles, agua y oscuridad, senderos de tierra que empezaban a formar barriales. Neully-Sur-Seine no aparecía por ningún lado en esa cárcel vegetal o de árboles. Miré el reloj y vi que eran pasadas las cinco. Susi y Saskia debían estar inquietas, haciéndose preguntas. Mi retraso podía ser interpretado como un deseo de no verlas.

Cuando por fin entré a la calle Dulud ya era noche cerrada. Subí las escaleras corriendo y abrí la puerta de mi chambrita, pero la luz estaba apagada. Se habían ido. El milagro se repitió, pues sobre la mesa encontré un plato de comida. Arepa de harina con pedazos de carne y verduras, más otras dos cervezas heladas. Había frutas y una ensalada fresca, aceitunas y queso; dios mío, qué placer, la nevera estaba llena de cosas deliciosas. Además habían ordenado la chambrita, colocado la bolsa de dormir sobre la colchoneta, recogido los libros desperdigados por el suelo, ordenado mi ropa y lavado la loza. Sobre la mesa encontré una nota que decía: «Gracias».

23.

Me llamo Saskia Diminescu y tengo 27 años. ¿Seguro que vas a ser discreto? Mi padre es un tendero de Bucarest y me mataría si supiera que trabajo en un bar de mujeres. Bueno, la verdad es que no voy a darte muchos datos. Soy rumana y llegué aquí hace ocho meses. No vine, como otras, engañada. Sabía que un diploma de ingeniera de sistemas de mi país no permite llegar muy lejos en una ciudad como ésta. Sé también que soy bonita, pues casi todas las rumanas lo somos. Tengo piernas largas y bien torneadas. Mi cintura es estrecha y mis nalgas paradas y redondas, pues a pesar de no ser deportista hice gimnasia en la universidad. Mis rasgos gustan en la Europa meridional, pero también aquí, por ser ésta una ciudad cosmopolita en la que todo el mundo es distinto y todo, al menos aparentemente, es aceptado.

Decía que con ese diploma no puedo hacer nada, pues los estudios no son homologables, así que acepté venir a trabajar de prostituta. Perdón que lo diga así, tan directo, pero no conozco otra palabra menos fuerte. Lo de «asistente sexual» es una broma. Desde el punto de vista de la necesidad, acostarse con desconocidos no es tan malo. Hay cosas peores. Al principio impresiona, pero muy rápido uno se acostumbra. Cuando el cliente se desviste hay que ponerle el condón, lograr que se le pare lo suficiente y, enseguida, sin perder mucho tiempo, abrir las piernas y atraerlo. A veces está borracho y no lo logra, que es lo mejor, pues se siente frustrado y se va. Si es simpático y ha sido generoso puede que le haga otra chupada. O les propongo que se quiten el condón y se toquen mientras hago un show erótico, me meto el dedo, bailo y simulo estar muy caliente. Pero esto sólo si han sido generosos. No tengo ninguna conciencia profesional y si me puedo ganar el dinero sin hacer nada, tanto mejor. Si un cliente me cae mal lo apuro. Lo desconcentro y le digo con voz antipática: «¿Ya?». Nunca falla. Lo sacan y se van al baño. A pesar de mi trabajo no soporto que hombres arrogantes o tacaños vacíen su líquido dentro de mí. Es una baba caliente. Sé cómo dañarles la fiesta sin que se note mucho.

Pero en fin, prefiero hablar de mi viaje. De mi entrada a Europa. Había estudiado francés en la universidad y tenía gran aprecio por Francia, incluso leí a Françoise Sagan, una novelita que se llama *Bonjour tristesse*, ¿la conoces? Siempre quise salir de Rumanía y conocer otros países, vivir algo diferente a lo que me esperaba en Bucarest, hasta una tarde en que un amigo polaco, Lazlo, me dijo que pensaba irse, que se había inscrito en un viaje clandestino. Me propuso ir con él, pues quedaba un puesto, pero no lo hice. Preferí la vía normal y fui a la embajada francesa a solicitar una visa de turismo. Hice la cola desde el amanecer para depositar los papeles. Ese año yo daba clases de informática en una escuela para secretarias y ganaba 180 dólares mensuales, pero cuando presenté el pasaporte y los documentos se rieron. Un funcionario dijo que era ridículo. ¿Cómo se me ocurría aspirar a un visado con un salario tan bajo? Según él, tendría que demostrar al menos 1.500 dólares al mes, una cifra que, de todos modos, seguía siendo baja. Le insistí y le supliqué, pero el funcionario dijo que en Francia mi sueldo equivalía al precio de una cena para dos personas. Dicho esto cerró la ventanilla.

Salí de la embajada con vergüenza y rabia, y lloré largamente, pero no por mí sino por mi país. Lloré por Rumanía. Entonces decidí irme y lamenté no haberle hecho caso a Lazlo, que ya debía estar en París. Un mes después recibí una carta suya con buenas noticias: había conseguido un trabajo, vaciaba camiones en un mercado tres días a la semana, y en esos tres días ganaba más que su sueldo de profesor de matemáticas y ruso en Bucarest. Por supuesto me insistía en ir. Según él, París estaba lleno de oportunidades. Con los contactos suyos comencé a preparar el viaje, que costaba 700 dólares, una fortuna para mí. Pero el día en que salí de la embajada francesa, en lágrimas, nació otra persona dispuesta a cualquier sacrificio. Yo quería ser feliz ahora, así que me lancé a la aventura y pagué el viaje, que fue algo larguísimo, siempre por la noche, en un microbús y un camión. Primero a Hungría por la ruta de Mako y luego, pasado Budapest, la frontera de Györ con Austria. De allí pasar a la bodega de un camión, debajo de una cantidad de bultos de zanahoria, algo irrespirable que debimos soportar por cerca de una hora, el tiempo de pasar la frontera y que la guardia revisara los documentos. Detrás venía el bus donde habíamos viajado y al que debíamos volver si lográbamos cruzar. Esto fue de noche. Recuerdo el resplandor de las linternas policiales. Qué miedo, sentí mucho miedo y me hice mil preguntas, y puse en duda toda mi vida, que era bastante poca cosa, tan miserable que estaba ahí, escondida en un camión para llegar a una ciudad y empezar desde lo más bajo. Ya te dije que mi idea fue la prostitución, yo sabía que ése sería mi destino los primeros meses, y no me importaba. Mi dignidad había quedado por los suelos en la oficina francesa de Bucarest y todo lo que hiciera estaba permitido. Pero qué miedo y qué frío. Si me encontraban los guardias austriacos, que hacían preguntas y daban órdenes en alemán, un idioma al que le tengo miedo, sentí que podrían hacer conmigo lo que quisieran, y entonces, petrificada por el pánico, volví a tener siete años, cuando me asaltaba el temor a ser robada.

La inspección se alargó y los guardias continuaron diciéndole cosas al conductor, que trataba de responderles en su precario alemán. Dos horas después levantaron la viga y pudimos pasar, ¿y sabes lo que me ocurrió? Me oriné en los pantalones. Al salir del escondite sentí frío en los muslos y es que estaban empapados. Debí sacar otra muda de un maletín, la única a la que teníamos derecho, y en la siguiente parada entré al baño a cambiarme. El guía era un checo llamado Karel. Se burló al ver lo que me había ocurrido, pero luego me dio un trago de vodka de su cantimplora y me acompañó a la puerta. Cuando salí me estaba esperando. Dijo que lo siguiera al baño de hombres a chupárselo. Le dije que lo haría cuando llegáramos a París, pues ahora estaba nerviosa e indispuesta. Para que me creyera le di un beso y le dije que lo dejaría venirse en mi boca. No era un tipo desagradable y, sobre todo, le tenía mucho miedo. Por esos días casi todo el mundo me daba miedo.

PARTE II
INMIGRANTES & CO.

1.

Tengo algo para ti, me había dicho Paula al teléfono esa mañana, ven rápido, deja lo que estés haciendo y corre, pero ya mismo, corre al Metro y ven, así que fui a su casa curioso y expectante, como siempre que iba a verla, y al llegar la encontré con una malla de gimnasia que le forraba el cuerpo y la hacía ver muy linda. Tenía un vaso de agua mineral en la mano, pues acababa de hacer sus ejercicios matutinos, y le dije, aquí me tienes, ¿qué es eso tan urgente que quieres mostrarme? Con gran ansiedad fue a la repisa, cogió un sobre y me lo entregó. Es para ti, dijo, ábrelo. Al hacerlo vi siete billetes de 200 y uno de 100, total 1.500 francos, y me quedé perplejo, ¿qué es esta plata? Paula esbozó una sonrisa pícara. Es tuya, si no la aceptas la tiro por la ventana. Observé extrañado los billetes y ella dijo:

—Te voy a contar lo que pasó, ¿no te lo imaginas? Anoche me acosté con un tipo y le cobré.

¡¿Que hiciste qué?! Intenté contener la sorpresa, pero no pude. Sólo atiné a decir: Ten cuidado, dicen que cuando una mujer cobra por primera vez no puede volver a hacerlo sin sentir que está perdiendo plata, ¿cómo fue? Me dio los detalles. Se conocieron en el gimnasio, salieron a tomar algo a una terraza y cuando él la invitó a cenar le vino la idea (o la inspiración). Puso la mano en su cremallera y le susurró al oído: sospecho que sé lo que quieres... Después de la cena y de los tragos, que te costarán al menos 1.000

francos, querrás echar un polvo, ¿no es cierto? Él dejó escapar una sonrisa y ella le dijo: quiero darte gusto, dame 1.500 y nos vamos ya a tu casa. El tipo aceptó.

Al llegar a este punto volvió a insistir: quiero que te lleves esa plata, lo hice porque me divirtió la idea y porque me interesa el sexo, pero tú sabes que no la necesito. Le agradecí de nuevo. Era una época en la que no podía permitirme ciertos escrúpulos, y además me gustaba ver circular los billetes. Luego me invitó a sentarme. Tómate un café, quiero contarte algo que pasó con ese tipo, una cosa rara y, en cierto modo, alocada; se llamaba Fréderic, ¿puedes quedarte un rato? Iba a decir que tenía una cita de trabajo, pero me quedé callado (de todos modos no era cierto), así que fue a la cocina y volvió con una botella de jugo de naranja y unas galletas.

Y empezó su historia.

—Si vieras su casa —dijo—, un apartamento muy moderno con un televisor ultra plano en la sala, videos de humor, juegos. En el cuarto había una cama redonda y decoración minimalista, algo increíblemente elegante; era ejecutivo de Elf Aquitaine y trabajaba en Zaire y ahí entendí por qué parte de la decoración era africana, máscaras, cetros, esas cosas. Dejé mi ropa en un sillón y me senté al borde de la cama, y bueno, la verdad es que el tipo me estimuló muy bien, con caricias y besos; después de un rato pidió que me acostara boca abajo y anunció algo nuevo, algo que yo no debía haber experimentado nunca. Le hice caso, me di vuelta y levanté las nalgas, pues imaginé para dónde iba el asunto. Conozco a los hombres y sé que para muchos el sexo no es completo si no hay sodomía. Se untó los dedos de vaselina y empezó a lubricarme, y yo pensé, qué ingenuo es si cree que va a ser el primero. Por fin me lo metió y yo imaginé que recordaba a una mujer africana, y así estuvimos hasta que se agarró de mis caderas e hizo un gesto de esfuerzo. Supuse que se iba a venir pero lo que sentí fue un gran ardor, un líquido de fuego, y comprendí: lo que le salía no era esperma sino orina, ¡el tipo estaba vaciando su vejiga! Al pensarlo tuve un orgasmo brutal, y

Fréderic, agarrado a mis nalgas, continuó hasta inflarme. Cuando acabó y yo paré de gritar, con el cuerpo anestesiado, dijo que lo iba a sacar y que intentara retenerlo; hice fuerza, contraje los músculos y me llevó alzada al sanitario. Allí lo expulsé. Mientras salía me volví a venir.

Paula terminó su historia y yo quedé algo golpeado, ¿por qué hacía esas cosas? Le dije que había leído algo parecido en una novela de Henry Miller, pero cuando iba a ahondar en el asunto sonó el timbre y se distrajo. Yoglú, debe ser Yoglú, dijo. ¿Quién?, pregunté, y repitió ese extraño nombre, Yoglú, una amiga turca, hace conmigo los estudios de francés y quedó de venir; yo le digo Yuyú porque su nombre no hay quién lo pronuncie. Mientras iba hacia la puerta dije que me iba y agradecí la plata, ¿piensas volver a hacerlo? Nos reímos y quedamos de hablar por teléfono esa tarde (con vistas a la noche), y al abrir vi a la turca, una joven de pelo negro y ojos intensamente azules. La saludé y fui al ascensor, envuelto en ese extraño olor oriental que era el perfume de Yoglú, o de Yuyú, como la llamaba Paula, pero de inmediato debí regresar pues había olvidado la bufanda. Al abrir la puerta Paula me preguntó en español, ¿te gustaría pichártela? No supe qué contestar, con la turca delante, sonriendo y sin entender, así que dije en francés, gracias, tengo que irme, pero Paula insistió, oye, ¿no te gusta?, y yo le dije, sí, claro que sí, pero habrá que preguntarle a ella, ¿no crees? Por eso no te preocupes, dijo, no tiene novio y anda alzadita, con ganas de bajarse los calzones o quitarse la tanga, como prefieras (prefiero la tanga, pensé). Voy a organizar algo esta noche. Te prometí un mundo repleto de mujeres y voy a cumplir, ¿puedes venir a la hora de la comida? Va a ser tuya sin problemas. Yo lo arreglo todo, pero llama antes para confirmar.

Luego, en el corredor, preguntó, ¿cómo va lo de tu francesa?, ¿cómo es que se llama?, y yo le respondí, se llama Sabrina, ya no importa, está con otro. Pero Paula insistió, ¿y tú estás bien? No, le dije, lejos de estar bien, en realidad bastante mal, me gustaría tenerla cerca o empezar de nuevo, ¿lo entiendes? No sé, dijo, nunca he sentido nada por un hombre que no me haya por lo menos besado. Bueno, opiné, las mujeres funcionan de otro modo, o serás tú, al fin y al cabo cada uno de nosotros es único, ¿no?, y ella repuso: yo soy atípica, eso seguro, y estoy feliz de serlo, cuando me case ya tendré tiempo de ser una mujer común y corriente. Ahora quiero explorar la vida y conocer mi cuerpo, y en esa búsqueda estoy. Bien, vuelvo donde Yuyú, no te olvides esta noche, ¿ok?

No tenía turno en el restaurante pero debí dar clase en la Academia, algo que cada día me pesaba más, pues, definitivamente, el mundo de los alumnos y el mío eran planetas muy lejanos, y en esa distancia había algo insalvable. Mademoiselle Gellert y Monsieur Lecompte, los de ese día, hablaban en un español primerizo sobre sus proyectos laborales en Venezuela y Chile, respectivamente (trabajaban para la RATP, compañía francesa de trenes que hacía el Metro de Caracas y de Santiago), y entraban en el detalle de las villas suntuosas, las ventajas salariales y los dos pasajes al año en primera clase que obtenían como reparación por alejarse de sus vidas perfectas y trabajar allá, en la periferia de la civilización. Para que aceptaran debían convertirlos en reyezuelos protegidos por una capa de sirvientes y consejeros que mimaban sus vidas, todo pagado por el país contratante o al menos incluido en el costo del servicio. El tema de la tarde fueron los preparativos del viaje. Monsieur Lecompte confesó las dudas que tenía por su adorado perro, un robusto Golden Retriever que sentiría mucho el cambio y se adaptaría con dificultad a la comida chilena; yo fingí preocupación e intenté tranquilizarlo diciendo que allá, en esos países de tinieblas, también había perros, e incluso perros muy finos que vivían mejor de lo que viven, por cierto, muchos latinoamericanos, así que el suyo estará en excelente compañía, e incluso vaticino, Monsieur Lecompte, que al contrario de lo que usted cree, la tristeza le va a venir cuando regrese a Francia, pues allá podrá tener un doméstico dedicado exclusivamente a él y dispondrá de un inmenso jardín, se lo aseguro.

Mademoiselle Gellert, muy atenta y preocupada, dijo que ella tenía dos gatos pero que no pensaba llevarlos a Caracas, y esto a pesar de que los gatos se sobreponen a todo, pues con el calor y la contaminación los mininos podrían enloquecer, así que prefería dejarlos en casa de su madre (ella es joven y soltera), lo que parecía bastante prudente, ¿no creen? Y así se fue construyendo un diálogo, y a medida que hablaban yo hacía pequeñas correcciones o anotaciones lingüísticas, siempre con gran delicadeza y sin dar la impresión de interrumpir, pues según la directora (que es argentina) este tipo de enseñanza requiere tacto ya que se le da a grandes jefes de empresa, poco acostumbrados a que alguien de menor rango los contradiga o corrija. Yo miraba el reloj cada cinco minutos pero el segundero se arrastraba despacio, como un reo hacia el patíbulo. El tiempo era lento y debía sobreponerme. Entonces le dije a Mademoiselle Gellert que si a los gatos les gusta permanecer en casa no tendrá ningún problema, pues en Caracas hay aire acondicionado hasta en los ascensores, a lo que ella respondió, con cierta altivez, que tener un gato encerrado es un crimen y que prefería verlos cada tres meses, en Francia, antes que hacerlos vivir esa experiencia, así dijo, «esa experiencia». Mientras hablaba yo observé sus atuendos, ropas finas y elegantes, y luego vi mi reflejo en el cristal de la ventana, con mi camisa mal planchada («en frío»), un saco de paño con el forro interior rasgado y, sobre todo, los zapatos de costuras reventadas. El decoro en mi aspecto era algo cada vez más difícil de lograr, pues la ropa envejecía y los botones saltaban sin que yo pudiera hacer nada, y así, recordando la ducha matutina en la piscina pública, volvía a hablar de la sensibilidad de los gatos y a fingir interés por el Golden Retriever, y para que el tiempo corriera veloz me imaginaba a Mademoiselle Gellert desnuda, muy abierta de piernas, o de espaldas con el culo levantado, mirando a Constantinopla, pero el reloj era implacable en su andar, tic-tac, tic-tac, un segundo es el tiempo que uno emplea en decir mil uno, mil dos, mil tres, y casi podía contarlos en las cuatro horas de clase, con una pausa al final de la segunda hora para tomar café en la esquina (los alumnos tenían la costumbre de invitar a los profesores, pero si esto no era seguro prefería decir no y fumar un cigarrillo).

Me intrigaba el plan de Paula y, sobre todo, el modo en que Yuyú respondería. No era difícil suponer que estaban de acuerdo, a lo mejor fue la misma Yuyú la que se lo propuso. Imaginé la escena. Yuyú diciéndole: oye, las hormonas se me salen por debajo de las uñas, consígueme a alguien, y Paula, tengo a alguien, buen polvo y sin problemas, un tipo fresco, amable, algo así pudo haber ocurrido. Tal vez Yuyú estuviera ahora tan nerviosa como yo, era posible, y al pensarlo escuché otra voz, un tono extraño que decía, o, más bien, que gritaba, ¿esto es un pasado simple o un subjuntivo? Y yo, perdón, Monsieur Lecompte, ¿podría repetirme la pregunta? La cara de mi alumno enrojecía de cólera al notar mi distracción. Disculpe, estoy algo enfermo. Es un pasado simple.

A las ocho de la noche salí al bar y llamé a Paula, y le dije que iría al filo de la medianoche. Ella no preguntó por qué ni insistió en que fuera más temprano, simplemente dijo: está bien, sólo que nos encontrarás a todos un poco beodos. ¿A todos? Sí, dijo, vienen algunos amigos, te esperamos. Tenía curiosidad por la turca, pero al salir de la Academia y recordar la plata de Paula, se interpuso otro deseo más urgente, algo que no hacía desde mi llegada a esta ciudad: ir a cine. Y eso fue lo que hice. Fui a *Le mari de la coiffeuse*, de Patrice Leconte, un filme bello y triste que había visto anunciado en el televisor de un bar, una historia en la que el amor es tan perfecto que ella prefiere el suicidio antes que exponerse a su decadencia, dejarlo todo cuando el amor está en su punto más alto, como en esa pieza teatral de La Rochefoucauld en la que un príncipe le propone el suicidio a su amada en la noche de bodas, diciéndole, «de vivir, querida, ya se encargarán los sirvientes», porque la vida desgasta y corroe. Al salir del cine quise postergar el encuentro, así que fui a comer un cuscús al *Salambó*, un restaurante tunecino, regado con una botella y media de vino gris de Marruecos, lo que me dejó en un agradable estado de ebriedad que juzgué óptimo.

Cuando abrieron la puerta escuché música de Santana y vi luces bajas. Paula me saludó con un gran abrazo y, al hacerlo, noté que estaba ebria. Luego me presentó a sus amigos, un alemán, un sueco y una venezolana, más Yuyú, que tenía puesta una falda azul y una camisa de orlas en los brazos (se parecía a Heidi, la pastorcita). Tomaban whisky. Me serví un vaso y empecé a seguir la charla. Por esos días parecía inminente la guerra, pues Irak (no sabíamos que sería la Guerra del Golfo I) había invadido Kuwait hacía poco apropiándose de sus pozos de petróleo y de sus riquezas, razón por la cual una coalición de naciones dirigida por George Bush (no sabíamos que sería «Bush padre») se cernía sobre la región, en fin, ustedes lo recordarán. El sueco, que se llamaba Gustav, dijo que Kuwait debía ser liberado y todos opinamos que sí, aunque de otro modo. No nos parecía que la guerra y la muerte de civiles tuviera que ser condición necesaria. Peter, el alemán, dijo que era de Dresde y habló del bombardeo inglés con fósforo líquido durante la Segunda Guerra Mundial, donde tanta gente murió carbonizada (120.000 personas). Yuyú dijo que deberían bombardear el palacio presidencial de Bagdad, lo que escandalizó a todos, pero Paula cambió la charla y habló de música, y así fue pasando el tiempo hasta que las luces se bajaron y, de repente, vi a Paula acercarse a Gustav e invitarlo al baño, algo que me sorprendió y, al mismo tiempo, me recordó el motivo de mi visita. Entonces me dediqué a conquistar a Yuyú, que posiblemente ya estaba conquistada y que era bastante silenciosa y tímida.

Era de Ankara pero su familia vivía en Estambul, y me preguntó, ¿has estado? No, le dije, qué más quisiera, Estambul es un sueño, cuéntame cómo es. Habló del palacio de Topkapi, de la Mezquita Azul y de Agia Sofia, o Santa Sofía, los tres monumentos más visitados de la ciudad, pero también de las aguas azules del Bósforo, llenas de medusas, o de la Avenida Istikal, cerca de su casa, y de la torre de Galata, y esto decía Yuyú cuando la puerta del baño se abrió y vimos emerger a Gustav encendiendo un cigarrillo y detrás a Paula, así que le propuse, sin más preámbulos, ¿quieres ir al baño conmigo? Sí, respondió con sencillez, como si lo estuviera esperando. Al entrar y cerrar la puerta dijo: perdona un segundo, un segundo solo, tengo que orinar, y se sentó en el sanitario. La vi limpiarse y bajar el agua. Enseguida se levantó y dijo, ya estoy lista, perdona. Sin agregar nada me besó, metiendo su lengua en mi boca con una extraña pasión que no coincidía con lo que acababa de hacer. Luego se bajó la falda hasta el tobillo. Con la cintura desnuda cogió algunas toallas, las extendió en el piso y se recostó sobre ellas, boca arriba. Al ver su pubis me vino una idea peregrina, y pensé: por ese orificio voy a entrar al Islam, esa hendidura en la carne de Yuyú me va a bautizar a una nueva fe. Era la primera musulmana con la que iba a hacer el amor, aunque Yuyú, aristócrata turca, podía no ser musulmana sino ortodoxa o incluso católica, pero en fin, no iba a preguntárselo en ese momento, entre otras cosas porque al instante dijo, ven, ponte este condón, se abrió la camisa y sacó dos tetas pequeñas, dos ligeras protuberancias en su pecho, casi infantiles, así que le pregunté, ¿cuántos años tienes?, y ella dijo 23, ¿por qué lo preguntas?, por nada, tienes un cuerpo inocente que resplandece, y eso le debió gustar porque a partir de ahí empezó a moverse con brío y luego, pasados unos minutos, se dio vuelta y me ofreció sus nalgas. Hazlo desde atrás, pero no por el ano. Después la sentí venir con un leve temblor de muslos, que eran como dos marmóreas columnas. Nos vestimos y regresamos a la reunión.

Paula había abierto otra botella de whisky y encendía un cigarrillo de hachís, que pasaba de mano en mano y que yo rechacé, pues me sienta mal, y así seguimos bebiendo y ellos fumando hasta que ocurrió algo extraño y fue que Paula estiró la mano y la deslizó bajo la falda de Yuyú, en un gesto que podría ser pícaro o inocente, de afecto amistoso, y que me causó aún más perplejidad al ver que se levantaban e iban al baño.

La verdad es que iba de sorpresa en sorpresa, entonces me puse a charlar con la venezolana que, como todas sus paisanas, era muy bonita, y dada la temperatura de la reunión pensé que podría invitarla al baño y hacer carambola, entre otras porque ella debía darse cuenta de lo que pasaba. Y se lo propuse, apurando de un sorbo el whisky. Oye, cuando salgan las mujeres del baño, ¿te gustaría entrar conmigo?, pero ella, que se llamaba Lina, hizo cara de tormenta y dijo, no, chico, ¿pero quién te crees que soy? Si quieres culear ahí las tienes a ellas, y además ya te comiste a una, ¿no?, ¿o qué te metiste a hacer con la turca al baño? Le pedí disculpas, le dije, Lina, perdona, aquí todo parece posible, no lo tomes a mal, estoy un poco borracho y distorsiono las cosas, y ella dijo, pero, chico, ¿te he dado alguna señal como para que me pidas eso? No, claro que no, insistí avergonzado, y para cambiar de tema le pregunté por sus clases de francés, ¿estás progresando? Respondió que más o menos, había venido por seis meses y la verdad iba poco, se pasaba el tiempo visitando la ciudad, que es tan linda, ¿no te parece? Sí, es muy bonita, le dije, y cuando me preguntó qué hacía le contesté cosas vagas, soy profesor de español y estudio en la Sorbona, dándole a eso un halo de importancia que no tenía y que, al parecer, la impresionó, pues dijo, qué bueno, ¿y es muy difícil conseguir trabajo aquí? Más o menos, le dije, hay que tener suerte. Contó que era periodista y que antes de viajar había trabajado unos meses en el diario *Economía Hoy* de Caracas, ¿lo conoces?, es un periódico especializado en finanzas, pero también de noticias generales, y continuó diciendo, después de estos seis meses, con el título que nos den, podré volver ahí, pero lo que yo quiero es conseguir la beca de «Periodista en Europa», una ayuda de la Comunidad Europea para hacer pasantías en diferentes redacciones europeas, algo buenísimo, y por eso pensaba «aplicar», así dijo, usando la palabra en inglés, pienso aplicar a fin de semestre, chico, porque si me sale me quedo otro año, esos son mis planes. Al oírla pensé que los míos eran bastante sencillos. Quería una casa con ducha. Quería vivir con una mujer. Quería escribir.

Un rato después Yuyú y Paula salieron del baño y se sirvieron más whisky, pero dada la hora, las cinco de la mañana, la venezolana y los dos amigos se levantaron y buscaron sus abrigos, y yo también me dispuse para salir. Pero Paula me dijo, ¿a dónde vas? Yuyú va a dormir aquí y hay espacio para los tres. Tú eres de la casa y así mañana nos contamos chismes, ¿bueno? Acepté, como todo lo que ella proponía. Luego entré al baño a orinar y a tomar aspirinas y al salir las encontré dormidas, así que me acomodé a un lado y cerré los ojos, sintiendo el ritmo de sus respiraciones, que era como el fragor apagado de una caldera.

2.

Hacía frío y se anunciaba una tarde neblinosa, excelente para quedarse en la bolsa de dormir, leyendo o pensando en el futuro, que era mi gran obsesión por esos días, pero debí sobreponerme y salir, pues Salim me esperaba en el restaurante universitario.

—Hola, amigo —dijo al verme—, dios tenga provecho de ti.

Luego fuimos a la fila, pues yo moría de hambre, algo que, por cierto, me ocurría con frecuencia, una voracidad que sólo colmaba en la casa de Paula, donde todo parecía abundante, lo que no era el caso de este modesto comedor, y por eso todos estábamos flacos y ojerosos, con la piel de una tonalidad similar al lienzo. El color de los pobres en esta ciudad fría.

Después del almuerzo Salim me acompañó a Gentilly, a la casa de Elkin. Quería preguntarle por Néstor Suárez, el vencedor del torneo de ajedrez, y sobre todo qué se decía de la velada con Sophie, esa noche toda llena de perfumes, de murmullos y de música de alas, al menos en la imaginación de quienes no la vivimos. Elkin acababa de preparar café y nos invitó a la cocina, y cuando le pregunté por Néstor y Sophie hizo cara de misterio. Algo raro debió haber pasado, dijo, pues cuando su esposa Clemencia se vio con Sophie y quiso saber cómo le había ido ella se encogió de hombros y cambió de tema, con una expresión como de rabia. No sé, dijo Elkin, a lo mejor el tipo se le insinuó y ella lo mandó a la mierda, usted sabe lo raras que son las viejas, y peor si son francesas. Le pregunté si sabía dónde trabajaba Néstor y dijo que no, pero podía conseguir el dato con Enrique, un amigo de ambos, así que le pedí el favor de llamarlo. Me gustaría volver a jugar con él, le expliqué, en el torneo me dejó por los suelos. Quiero proponerle una revancha. No mencioné esa extraña expresión como de fuego en sus ojos ni el horror que me produjeron sus pupilas cuando me atreví a mirarlas.

Elkin fue al teléfono y volvió diciendo que Néstor trabajaba con una cuadrilla de obreros. Estaban refaccionando un edificio muy cerca de aquí, en Gentilly, en la rue des Fabres, así que agradecí y nos dispusimos a salir. Salim estuvo callado todo el tiempo y sólo intercambió un par de frases de cortesía en español. Me acompañaba a hacer estas averiguaciones, sin interés para él, sólo por estar un rato con alguien antes de volver de lleno a su pasión, el libro de Leopoldo Marechal, o regresar a la casa de su tío en Massy-Palaiseau. Pero cuando estábamos en la puerta, ya para salir, Elkin preguntó: Oiga, hermano, ¿y qué hubo de Sabrina? Nada, le respondí, el día de la fiesta le devolví la tarjeta y hasta ahí llegó todo, ¿no está saliendo con Javier? Dijo que los había visto otras dos veces, pero que no sabía detalles. En todo caso Javier no le había contado nada.

Luego nos despedimos.

Salim captó la historia y por el camino, a modo de terapia, me dijo: es mejor así, dios es sabio y lo que sucede es siempre lo que debía suceder. Le agradecí la frase. Sí, Salim, estoy de acuerdo, olvidémoslo.

Caminamos hacia el centro de Gentilly, pues la rue des Fabres era una pequeña calle lateral que daba al mercado, y un rato después llegamos al edificio. Efectivamente le estaban arreglando la fachada y un grupo de obreros, untados de cal de la cabeza a los pies, limpiaba con espátulas y brochas los ángulos de los balcones y pulían las superficies planas. Busqué a Néstor entre los que estaban subidos en los andamios, pero no lo encontré, así que me acerqué al que parecía ser el director de la obra, y le pregunté con amabilidad, disculpe, señor, buenos días, ¿trabaja aquí Néstor Suárez? El tipo, un francés del sur bastante desconfiado y mal encarado, me dijo, sí, aquí trabaja pero, fíjese, hoy no está. Dicho esto se dio vuelta, pero yo le insistí, escuche, soy un amigo y lo estoy buscando, ¿podría decirme dónde lo encuentro? El hombre miró con desprecio y dijo, ya sé lo que usted quiere, pues entiendo el francés, lo que tal vez no sea su caso. Ya le respondí que no está aquí, desde el lunes no viene a trabajar, ¿y sabe qué? Si lo ve, dígale que está despedido. Esto no es un club al que uno viene cuando le da la gana. Ah, extranjeros. Deberían echarlos a todos. Dicho esto se alejó gruñendo. Salim y yo nos quedamos sorprendidos, ¿no venía desde el lunes? Es decir, desde el día siguiente a la noche con Sophie.

Cruzamos la calle para tomar un café en el bar del frente, y en ésas estábamos cuando uno de los albañiles entró y nos buscó con la vista. ¿Ustedes son los amigos de Néstor?, preguntó, y nosotros, algo sorprendidos, dijimos sí, acérquese. El tipo resultó ser colombiano. Se presentó quitándose la gorra, me llamo Carlos, trabajo aquí hace seis meses y conozco a Néstor. Lo que les dijo el capataz es cierto, no volvió desde el lunes, quién sabe qué le habrá pasado, él es un tipo puntual y responsable, ¿ustedes son amigos de él? Le dije que sí, soy un compañero de ajedrez de Néstor, y entonces Carlos dijo, es muy raro que no haya venido, yo creo que le pasó algo, él jamás falta al trabajo sin avisar. Le pregunté si lo conocía bien y respondió que no mucho. Usted sabe cómo es Néstor, un tipo callado, no sabía que jugaba ajedrez y eso que estuve en su chambrita una vez que fui a pedirle plata prestada, no le vi ni tablero ni fichas. Entonces se me ocurrió preguntarle, ¿se acuerda de la dirección?, y él dijo sí, espere un segundo. Se metió la mano al chaquetón y sacó una agenda electrónica, aquí está, 11, rue du Lys, Montrouge, y el código de la entrada, vea, 76B54, es en el sexto piso, la tercera a la derecha, no está el nombre de él pero hay una matera vacía junto a la puerta, de eso sí me acuerdo, si lo ven díganle que saludes de Carlos. Todavía le debo la plata.

Tras copiar la dirección nos miramos con Salim, ¿valdrá la pena ir a buscarlo? Sí, dijo él, es temprano y no hay nada mejor qué hacer, así que para allá nos fuimos en un bus de suburbios que salía de la plaza de la alcaldía de Gentilly, el 125, y que nos dejó en el centro de Montrouge. Ya no hacía tanto frío a pesar de la llovizna, como si el clima se hubiera concentrado en un punto del termómetro y el día, gris y húmedo, fuera siempre el mismo, una tediosa sucesión de horas muertas. Al bajar en la plaza central fuimos a buscar el mapa del barrio y en él la dirección, rue du Lys, cerca de la autopista a Orly, lo que nos obligó a coger otro bus antes de encontrarla, un lugar bastante tristón, con edificios ennegrecidos y pocos comercios, nada que le diera alegría a una calle estrecha y mal iluminada, la rue du Lys, ¿quién le habrá puesto ese nombre? Relacionar este lugar con una flor era algo realmente imaginativo, no se veía un solo árbol, ni siquiera una matera, sólo un callejón triste y feo, como tantos en esta ciudad ventosa e inhóspita, y noté que Salim bajaba la mirada al suelo, entristecido por la atmósfera, y así anduvimos en silencio hasta el portal número once, el de Néstor, una puerta de madera carcomida por el gorgojo y un cuadrado de números en el quicio. Saqué el código y lo marqué, 76B54, esperando que aún fuera válido, y de inmediato un silbido eléctrico abrió el portón, dejándonos frente a un corredor que olía a basura y alimentos descompuestos. Al fondo estaba la escalera y subimos los seis pisos, y luego a la derecha, la tercera puerta según las indicaciones de Carlos. Vimos la matera vacía y nos detuvimos un instante, luego di dos golpecitos bajos, toc, toc, preguntándome qué diablos iba a decirle a Néstor si abría e imaginando su sorpresa, y pensé que lo mejor, lo primero, sería presentarle a Salim y hablar de la partida de ajedrez, aunque la verdad, en ese instante, lo que deseaba era que la puerta no se abriera para dar media vuelta y volver a la calle, pues el ambiente de ese corredor me pareció opresivo, inhumano, acorde con su extraña soledad, la imagen de una vida gris, algo que me producía temor por lo cerca que me encontraba, por lo mediocre e insulsa que era la mía.

No se escuchaba nada allá adentro, ningún ruido o movimiento. Las chambritas son pequeñas y si hubiera alguien ya tendría que habernos oído. Me decidí a tocar de nuevo y esperamos, pero la puerta que se abrió fue la del frente. Se abrió y se cerró en un segundo, un relámpago que nos dejó la imagen del rostro alterado de una mujer, una cara que podía ser peruana o ecuatoriana o incluso colombiana, alguien comprobando quién estaba en el corredor. Una cara preocupada y curiosa que tal vez esperaba a alguien.

La puerta de Néstor no se abrió y, tras un rato de silencio y espera, volvimos a la calle. Ya regresaríamos otro día, si es que no lo encontraba antes en las reuniones de Gentilly. Volvimos a pie al centro de Montrouge y tomamos el bus hasta la rue de Gay-Lussac, donde nos esperaba nuestro enfático profesor chileno con un tema que, según creyó recordar Salim, tenía que ver con un cuento de Juan Carlos Onetti, aunque ninguno de los dos podía acordarse cuál ni por qué.

3.

Cuando desperté eran más de las dos de la tarde y Yuyú ya se había ido. Paula aún dormitaba a mi lado y al ver que abría los ojos me saludó, buenos días, ¿qué tal dormiste?, hace tiempos que te espero, dormilón, y entonces, adoptando un gesto de niña, me dijo, oye, no es que quiera meterme en tu vida sexual, perdóname lo metiche y boba, pero tengo una curiosidad, ¿qué tal polvo es Yuyú? No te preocupes, le dije bostezando, pregúntame lo que quieras, mi vida sexual y tú son la misma cosa, y entonces pensé, ¿qué responder? Me gustó mucho, aunque, agregué, tú deberías saberlo, te vi entrar al baño con ella. Paula soltó la carcajada y dijo, ay, tan pendejo, no entramos a tirar sino a meter perico, ¿sabes?, cocaína, Yuyú tiene un amigo que se la regala y yo quería probarla, pero me tuvo que enseñar y por eso nos demoramos. Vi cómo le metías la mano debajo de la falda, dije, pero Paula volvió a reírse, eso no quiere decir nada, se ve que no conoces a las mujeres. ¿Y qué tal la coca, te gustó? Y ella dijo, sí, me pareció deliciosa, aunque me da pánico, ¿tú la has probado? No, respondí, no me gustan las drogas, sólo el trago, que es una droga líquida pero tiene sabor y el viaje es lento, uno lleva el timón, y ella opinó que eso dependía del bebedor, uno lleva el timón cuando toma como tomas tú, que no eres alcohólico, pero en el caso de otros no es así. Claro, le dije, tienes razón, hablo por mí, y ella insistió, pero a ver, no me cambies de tema, ¿qué sentiste con Yuyú?, ¿te hizo venir delicioso? Tiene un cuerpo bonito, dije, es muy apasionada, lo hicimos rápido y estaba un poco borracho, no tengo mayores recuerdos, me gustaría volver con calma, sin trago, así podré decirte qué pienso, y entonces Paula levantó las piernas, se quitó el calzón y me preguntó, ¿te gusta mi cuca? Claro que sí, le dije, es muy bonita, carnosa y simétrica. ¿Y cómo es la de Yuyú?, quiso saber, pero sólo pude decirle vaguedades: vellos negros sobre piel blanca, un orificio apretado. Dije lo primero que me vino a la mente y ella continuó, ¿sabes cómo le digo a mi cuca? La miré curioso, esperando su respuesta, y dijo, la llamo «Juana la Loca», le puse ese nombre porque tiene su propio cerebro y sus caprichos y yo soy su esclava, la abeja obrera que le trae miel a la reina, la princesa demente que me da placer y me enseña cosas, me enseña el mundo y cómo son los demás. A veces la oigo hablar, te juro, por orden de su majestad, estimados varones, bájense los calzoncillos y preparen sus miembros, pasaremos revista, cosas así, y entonces me dijo, ¿tú no le tienes nombre al tuyo? A ver, invéntale uno, por favor, pero uno bueno, a ti que te gusta tanto leer. No sé, le dije, no lo había pensado, a veces le digo «el lujurioso», pero ella protestó, no, tiene que ser un nombre de verdad, dale, piensa en algo. Lo pensé un rato y le dije: hay un nombre en una novela de Anthony Burgess que puede servir, ¿cuál?, preguntó ella, y le respondí, Holofernes. ¿Y eso qué es? Es una historia de la Biblia, le dije, Holofernes fue un capitán asirio que invadió y esclavizó un pueblo judío. Para liberarlo una mujer llamada Judith se hizo su amante, se acostó con él varias veces hasta ganar su confianza y luego, después de un coito, le cortó la cabeza con una espada. ¡Waw!, dijo Paula, me gusta la historia. La cabeza cortada del holof… ¿cómo era? Holofernes, dije, la cabeza cortada de Holofernes. Y prosiguió: yo te bautizo en el nombre del Padre, del Hijo y del Espíritu Santo, e hizo la cruz sobre mi bajo vientre, puedes ir con dios a dar placer y a regar con tu savia las sedientas entrepiernas del mundo. Para celebrarlo agarró mi

Holofernes y se lo metió a la boca, diciendo con solemnidad: en todo bautizo debe haber agua o algo húmedo. Lo acarició un rato con la lengua y luego se trepó hasta mi oído. Oye, te tengo un chisme. Creo que mi princesa loca se está despertando, baja a saludarla, bésala en los labios.

Al llegar a mi casa esa tarde, o, más exactamente, cuando me acercaba por el corredor con la llave en la mano, escuché el teléfono, así que me apresuré a abrir, con cierta torpeza. Al ver el aparato saltando sobre la alfombra le dije, amigo, nada de chistes, ni se te ocurra darme una mala noticia hoy, por favor, o sales por esa ventana con cable y todo. Aclarado esto contesté, con gran inquietud.

Era alguien que hablaba español con fuerte acento extranjero. Soy Kadhim Yihad, dijo la voz, un amigo de Victoria, acabo de regresar de Madrid y tengo algo para ti. Al escucharlo el corazón me dio una violenta patada en el pecho, ¿Victoria? Sí, dijo el hombre, tengo una carta y un paquete, ella me pidió que te llamara, ¿cuándo podemos vernos?, y yo dije, cuando usted pueda. ¿Podríamos cenar esta misma noche?, propuso él, y yo dije sí, claro que sí. Nos pusimos de acuerdo y una hora después, en un restaurante de la Puerta de Orléans, saludé a Kadhim Yihad, un enorme iraquí de un metro noventa (típico árabe del Golfo), treinta años, barrigón y espesos bigotes, pelo negro y tez oscura, lentes gruesos. Hola, amigo, mucho gusto, me dijo con una sonrisa, Victoria me habló de ti, dijo que estudiabas literatura, y yo apenas logré hablar, con un hilo de voz, pregunté: ¿cómo está ella? Bien, dijo Kadhim, muy bien, cursa el doctorado y tiene muchos proyectos, dijo que vendría a París antes del verano, y al decir esto sentí mareo y ganas de llorar, y eso que aún no había leído la carta (esto sucederá luego, ya verán). Luego nos sentamos y pedimos arroz con especias y pollo. El lugar, *Le jardín d'Orléans*, era un restaurante kurdo iraquí.

Kadhim empezó a contarme su vida. Había vivido tres años en Madrid y estudiado en la Universidad Complutense, era traductor al árabe de literatura española y francesa y estaba haciendo una tesis sobre métodos de traducción. Vivía gracias a una beca del Colegio de Francia, pero también de traducciones para editoriales del Líbano y artículos literarios para la revista árabe *Al Karmel*, un tipo de vida que de inmediato admiré, pues era lo que yo anhelaba, mantenerme con un trabajo literario, y entonces, hablando de otras cosas, quise saber cómo había conocido a Victoria, pues recordé haberle escuchado alguna vez de un amigo iraquí que vivía en París. Se habían conocido en la Universidad de Madrid hacía varios años, cuando Victoria salía con un estudiante de filosofía que era compañero de Kadhim, y ahí lo recordé todo, y le pregunté, ¿pero no eres tú el que traduce al árabe a Juan Goytisolo?, y él dijo, sí, exactamente, y con ese dato reconstruí el recuerdo, Victoria me había contado que con él había conocido a Goytisolo, que habían salido a tomar un café después de una conferencia, claro, ella me habló de ti, yo había empezado a leer a Goytisolo con entusiasmo y por eso me dijo que lo había conocido, y en esa historia estabas tú.

Luego Khadim me preguntó, ¿de verdad lees a Goytisolo? Sí, le dije, mucho, he leído todos sus libros, y entonces él dijo que Juan, así lo llamaba él, Juan, estaba en este momento en Marrakesh, pero cuando regresara me llevaría a conocerlo. Juan es una persona muy amable y afectuosa, dijo, y yo le agradecí, dios santo, con eso había logrado mitigar un poco mi ansiedad por la carta de Victoria, o, quizás no, sólo cubrirla un poco, disimularla, ¿vendrá de verdad a París? Parecía irreal, aunque posible. ¿Y qué fuiste a hacer a Madrid?, le pregunté, y él dijo que lo habían invitado a dar una conferencia sobre la literatura árabe en Palestina y al acabar vio a Victoria entre el público, así que fueron a cenar. Sentí un ardor en el estómago, ¿estaría sola? No quise preguntar pero pedí más detalles. ¿Y cómo está ella? Muy bonita y simpática, dijo Kadhim, como siempre, cuando venga a París los llevaré a cenar al restaurante tunecino de un amigo. ¿Vendrá con alguien?, pregunté, y él dijo no, los llevaré a ustedes dos, quiero decir, así que agradecí de nuevo, y él, que era un tipo realmente simpático, pidió una tercera botella de vino, pues la comida estaba exquisita.

Me preguntó qué hacía y la verdad me dio un poco de vergüenza decirle la verdad, así que me limité a responder algo vago. Doy clases de español en una academia, me alcanza para vivir con modestia, y él insistió, ¿pero escribes?, Victoria me dijo que tenías una novela, y yo dije sí, algo cohibido, tengo un escrito bastante largo, no sé qué haga con él, es una novela muy ingenua, aún la estoy trabajando, y él dijo, me gustaría leerla, incluso se la podríamos mostrar a Juan, él es muy generoso y te puede ayudar, pero yo dije no, gracias, la sola idea me provocaba vértigo, no sabía siquiera si valía la pena terminarla, y seguimos bebiendo ese vino exquisito hasta que terminó la tercera botella y él propuso: tomemos un trago, vamos a un bar.

Había uno al frente, del otro lado del boulevard. Kadhim insistió en pagar mi parte de la comida y yo propuse invitarlo al trago (aún tenía la plata de Paula). Él no paraba de fumar, encendía cada cigarrillo con el pucho del anterior, y seguimos charlando. Me dijo que escribía poesía, que no podía regresar a Irak por ser disidente y opositor, y dijo que a pesar de odiar a Saddam Hussein no estaba de acuerdo con la guerra que Estados Unidos se disponía a lanzar en su país... Habló de la comunidad árabe y los problemas políticos, del error de Yasser Arafat al apoyar a Saddam, algo que le costaría muy caro a los palestinos, pues gran parte de sus ayudas económicas provenían de los Emiratos Árabes y Arabia Saudita, que apoyaban a la coalición internacional. También habló de la cultura medio oriental en París, del Instituto del Mundo Árabe y sus reuniones poéticas, y sugirió que fuéramos alguna vez juntos, algo que me pareció estupendo, pues pensé en Salim y en Khaïr-Eddine, el novelista marroquí, a quién nombré de inmediato, y Kadhim exclamó, pero claro que lo conozco, es un gran escritor que ha sufrido la soledad de la inmigración y que no ha tenido muchas recompensas.

Le conté de mis clases en la universidad, dirigidas a la tesis doctoral, algo que, sin embargo, yo veía muy lejano, ¿y de qué tema quieres hacer la tesis?, me preguntó, y yo le dije, la obra del cubano José Lezama Lima, sus novelas *Paradiso* y *Oppiano Lica-*

rio, sus ensayos y la poesía, su relectura del barroco de Góngora o su barroco tropical caribeño, todo eso a la luz de las teorías de Bajtín, pero insisto, es algo bastante remoto, no sé si sea capaz de escribir 500 páginas en francés, que es lo que exige la universidad, algo desproporcionado, y él dijo sí, en eso tienes razón, yo la estoy escribiendo en francés, pues llevo años aquí, y con todo debo hacerla corregir por alguien, lo que cuesta tiempo y dinero. Tras esto habló de libros y autores latinoamericanos. Había leído a Severo Sarduy y a Carlos Fuentes, amigos de Juan Goytisolo, lo mismo que a Cabrera Infante y a Cortázar, y por supuesto a los más famosos, García Márquez y Vargas Llosa. Luego habló de la poesía, Vallejo y Guillén, Neruda y Borges, y al nombrar a Borges se detuvo, pues era un caso especial. Muchos de los temas de mi tesis salen de sus ensayos, dijo, es uno de los autores más ricos, más llenos de ideas, ¿te gusta la literatura de ideas? Le dije que sí, no tengo nada en contra, me gustan Lezama Lima y Georges Perec. Le conté de mis lecturas de esos días, que eran bastante desordenadas. Había devorado los libros de la baronesa Blixen, incluidas sus cartas, y allí encontré la descripción más perfecta de la nostalgia. Como recordé la cita de memoria, se la dije, escucha, es en una carta que escribió cuando se fue de África derrotada y regresó a Dinamarca, dice así: «Tengo la impresión de que en el futuro, donde quiera que me encuentre, cada día, me preguntaré si está lloviendo en Ngong». La frase me llenó de algo muy profundo, la misma nostalgia que yo sentía de Bogotá y de Madrid, o es que hay sólo una forma de sentirla y es igual para todos, no lo sé, le dije a Kadhim, no soy filósofo, el filósofo eres tú, y él dijo que su nostalgia, la de Bassora y las noches de calor de su infancia, durmiendo sobre el tejado, el ruido del viento, todo aquello estaba también en esa frase. Sí, opinó, la nostalgia es como el dolor o el hambre, en todos se parece, y pasó a contar de su padre, que era muy religioso y ayudaba en la mezquita, y él, desde muy niño, se iba a la biblioteca a leer, primero libros sagrados y después poesía, ahí nació su pasión por las letras, y dijo que había una gran literatura basada en la lejanía, en el recuerdo de lo perdido, lo que sigue viviendo sin ti y está lejos, que es la forma más aterradora, y me recomendó a Saint John Perse y a V. S. Naipaul, dos caribeños de la lejanía, el uno francés y el otro indio, nacidos en islas que luego dejaron, una escritura revestida de un fino barniz que resplandece ante ciertos ojos. Te va a gustar, insistió, léelos, y al decir esto las luces del bar se encendieron exageradamente y alguien nos gritó desde la barra, eh, señores, se cierra, así que fui a pagar, pero al llegar a la caja el dueño dijo, está todo bien, su compañero pagó hace un rato. Agradecí y le dije, la próxima invito yo, pero él repuso, no, amigo, tú estás en pleno combate y yo ya tengo la vida organizada. Llámame cuando tengas tiempo esta semana o la otra, me alegró conocerte.

Dijo que se iba a pie, pues su casa era muy cerca, y me acompañó a la esquina del boulevard. Al quedarme solo abrí el sobre de Victoria y leí la carta, bajo la luz de los faroles. Era muy breve y estaba escrita sobre un poema de Benedetti, que decía: «Compañero, usted sabe que puede contar conmigo, y no hasta dos, ni hasta diez, sino contar conmigo». Luego anunciaba una visita, aunque sin dar fechas, «¿podré verte cuando vaya? Ojalá que sí. Estoy segura que sí. Te quiere, Victoria.» El libro era una edición de *Historia secreta de una novela*, de Vargas Llosa, y una nota que decía: «Te lo conseguí en la Cuesta de Moyano».

Al llegar a la casa releí la carta varias veces, le di vuelta al papel y al sobre en busca de más palabras, pasé con cuidado las hojas del libro e incluso lo olí, queriendo detectar algo nuevo, pero no había ya más rastros de ella por ningún lado. La imaginé trazando cada letra y se me oprimió el corazón, ¿cómo entenderlo? Intenté leer el libro de Vargas Llosa, pero fue imposible, no lograba pensar en algo distinto. Abrí la báscula y saqué la cabeza a la llovizna, fumando, pero la noche francesa no me dio ningún alivio, sólo frío y abandono, así que me tendí en la colchoneta, desperté a Holofernes y le dije, amigo, ayúdame.

Imaginé una mujer bicéfala que a ratos era Paula y a ratos Victoria, con escenas de coitos y fellatios, cuerpos vistos desde atrás, traseros levantados, pelo revuelto en la espalda, muslos enrojecidos, la vulva africana de Susi y los labios rosados de Saskia, hasta que mi fiel guerrero cumplió su promesa y, ya satisfecho, me sumió en el sueño.

4.

En la siguiente reunión de colombianos no vi a Néstor, pero no se lo comenté a nadie, pues era algo que sólo me preocupaba a mí y que cesaría tan pronto él cruzara la puerta y se sentara en una de las sillas de la última fila, como era su costumbre, una costumbre de tímidos y espías, según leí no sé dónde. Sophie seguía sin decir nada sobre esa misteriosa noche de domingo, la cual, por eso mismo, pareció desaparecer en la bruma, como si nunca hubiera ocurrido, y esto a pesar de los comentarios jocosos que suscitó. Era la consecuencia de su carácter, el hombre invisible que no dejaba huella. Por eso decidí volver a su casa esa misma tarde, cuando el reloj marcaba las seis, con el cielo ya oscuro y el aire húmedo de lluvia. La verdad es que era un pésimo momento, pero pudo más la curiosidad o, mejor, la intuición de que algo estaba por revelarse, de que alguien esperaba en un lugar oculto.

Esto pensé mientras iba en bus a Montrouge, observando los avisos luminosos de las tiendas aún abiertas y la expresión cansada de los pasajeros que regresaban del trabajo envueltos en abrigos y bufandas, ojerosos, mascullando quién sabe qué problemas. La rue du Lys tenía una iluminación baja y escasa, lo que daba un tono gris al andén, y la puerta del número once, en esa atmósfera fúnebre, parecía una lápida entre las sombras. Con todo me sobrepuse y accioné el código de entrada, y al llegar al sexto piso me quedé de piedra, pues vi una raya de luz debajo de la puerta. ¡Estaba ahí! De repente me pareció ridículo haber venido, pero algo me impedía retroceder. Me acerqué procurando no hacer ruido, que era de madera y crujía con mi peso. Adelanté el puño cerrado y di dos golpes tímidos. La luz iluminaba mis zapatos, lo que me disgustó, pero no encontré fuerzas para moverme. Los segundos cayeron como piedras a un pozo seco y no hubo respuesta. Alcé la mano y volví a golpear, sin que nada sucediera, y ya estaba por irme cuando el corredor se llenó de luz y volví a ver la cara de esa mujer, en la chambrita del frente. Sólo un instante. Esta vez su rostro me pareció pálido, sin la curiosidad o el temor de la primera vez.

Di un salto hasta la escalera y bajé corriendo, aliviado porque en los pisos bajos y el corredor había luz, lo que quería decir, simplemente, que alguien había remplazado los bombillos fundidos, y un segundo antes de salir vi el casillero del correo y su nombre en un buzón, rebosante de cartas. Me detuve sospechando algo. Si Néstor estaba en su chambrita, ¿por qué no recogía las cartas? Sin pensarlo alargué la mano y saqué unas cuantas por la rendija, las guardé en mi bolsillo y salí a la calle. Tal vez en ellas encontraría alguna información sobre este ser extraño.

Al llegar a mi casa abrí los sobres, que eran tres, y los dispuse sobre mi mesa. Uno era una carta publicitaria y la dejé de lado, pero los otros dos sí parecían contener algo. El primero era de La Poste, donde Néstor tenía una cuenta bancaria. Lo abrí y vi que era, en efecto, una hoja de saldo por 4.860 francos, algo que, dicho sea de paso, me pareció una fortuna, pues el mío era de sólo 900. La fecha del corte era de hacía tres días, lo que me llevó a pensar que Néstor no se había ido de París. Un inmigrante no abandonaría nunca su plata, de eso estaba seguro. En la segunda página del extracto, la de movimientos detallados, descubrí que en los días siguientes al torneo no había incurrido en ningún gasto. La última entrada correspondía al sábado anterior y era de «200 ff», con la mención «efectivo», sacado de un cajero. Dios santo, me dije, a este tipo le pasó algo. ¿Estará en un hospital o en la morgue? Es imposible que haya pasado dos semanas con 200 francos, eso no lo lograba ni yo, que vivía como un perro, aunque era posible que recibiera pagos en efectivo que no llegaban a su cuenta.

Al abrir la otra carta me llevé una sorpresa, pues era una postal (pondrán las postales en sobres para evitar que el cartero las lea, me dije) con una vieja fotografía de París, del París histórico que yo veía cuando estaba en Bogotá, y que decía lo siguiente: «Usted tenía razón, sí, señor, mucha razón», y luego una enigmática inicial, «G.», que me llevó a mil elucubraciones. ¿Será de un hombre o de una mujer?, ¿será de un colombiano o de un francés? Que estuviera escrita en español no quería decir nada, pues era un lenguaje ceremonioso. Cualquiera habría podido copiarlo de un viejo manual de correspondencia. Ya había notado que en París, por la prontitud del servicio de correo, la gente tenía la anticuada costumbre de enviarse cartas a los domicilios, lo que me llevó a concluir que G. era alguien poco cercano a Néstor y sobre todo que era francés, pues costaba trabajo imaginar a un inmigrante colombiano sentándose a escribir una nota de este tipo y en estos términos, y luego yendo al correo, en lugar de levantar el teléfono.

Bueno, me dije, aquí ocurrió algo extraño. O está aún ocurriendo. Lo mejor será citar a Salim en el café de Gay-Lussac y contarle mi pequeña aventura a ver qué se le ocurre, cosa que en efecto hice al otro día, llevando las pruebas del misterio, incluida la carta publicitaria, que era del supermercado Franprix de Montrouge. Salim, con sus ojos vivos, las miró escrutándolas al tiempo que escuchaba mi historia: la raya de luz debajo de la puerta, la vecina ecuatoriana o colombiana que volvía a abrir, hasta que dio un golpe sobre la mesa y dijo: ¡lo tengo! Ya sé. Néstor se esconde en la chambrita del frente y deja la luz de su cuarto encendida para que crean que está allí, como señuelo, ¿me sigues? Sí, le dije, te sigo, pero hay algo que no cuadra: si está ahí, ¿por qué no recoge las cartas? Salim bajó la cabeza y preguntó si había más correo. Le dije que sí, mucho, éstas eran sólo las cartas que sobresalían, pero el buzón estaba lleno. Tienes razón, dijo, eso cambia todo, lo único que podemos hacer es ir por el resto de los sobres del correo, así conoceremos mejor su vida y, al conocerla, saber qué hizo con ella. Luego quiso saber, ¿de verdad no te atreves a preguntarle a la francesa lo que ocurrió aquella noche? No, le respondí, no es amiga y nunca me atrevería a llamarla, fíjate el problema que se armó con Sabrina. Imagínate Sophie, con quien apenas he hablado, podría denunciarme a la policía, y él dijo, sí, es peligroso, no hay más solución que ir por esas cartas, ahí está la clave de todo.

De nuevo la rue du Lys nos sorprendió. Con la luz neblinosa de la tarde semejaba el corredor de un hospital al amanecer, algo supremamente frío, y no sólo desde el punto de vista térmico sino, sobre todo, por la atmósfera que emanaba de ella, pero al menos era de día, así que al abrir la puerta e ingresar al corredor nos preguntamos si debíamos subir al sexto piso e intentarlo de nuevo... Pero decidimos no hacerlo, sería suficiente con las cartas. Salim abrió el buzón con una ganzúa y sacamos su contenido, cerca de diez sobres, y con esa valiosa carga volvimos al café de Gay-Lussac. Por tratarse de algo relativamente ilegal elegimos una mesa al fondo, y allí empezamos a abrirlas.

La primera tenía estampillas de Colombia y resultó ser de un familiar. Éste era el texto:

Quihubo Nesticor acá todos bien Osler está otra vez enfermo pero ya se está curando el médico del seguro dice que son amibas ¿cómo le fue de navidad? Aquí pasamos sabroso con los Rendón y los Suárez que preguntaron por usted Efraín trajo de Cúcuta un vino dulce muy bueno para comer con galletas me dijeron que en Francia estaba haciendo frío cuídese para que no se agripe los demás sobrinos están bien estudiando José Nicanor va a entrar a cuarto elemental y Andrés Eduardo está trabajando en albañilería porque dice que no le gusta la escuela gracias por la plata le mandé la droga a mamá y le sentó bien dice que ya no le duelen las várices y que le manda decir que lo saluda escriba donde los Suárez que ellos me las guardan mi dios lo bendiga y abríguese. Nelly.

La mayoría de las cartas eran promocionales, pero en medio apareció otro sobre sin remitente. De nuevo una postal de París. Era G. «Volveré el viernes al *Pelicano's*, después del trabajo». El sello era del día anterior, o sea que el viernes era mañana. Salim, entusiasmado, dio un golpe con el puño sobre la mesa: ¡Iremos al *Pelicano's* y pondremos a G. bajo estricta vigilancia, así podremos saber quién es y por qué le escribe a Néstor! Yo repuse que era posible, casi seguro que G. (quien quiera que fuese) no supiera de la desaparición, pues le seguía escribiendo, lo que se nos antojó bastante lógico, aun si Salim, en un prurito investigativo, dijo que no se sabía qué tipo de relación unía a G. con Néstor, y por eso G. no era el eslabón final sino una de las anillas que nos permitiría avanzar. Por las elucubraciones preliminares, G. nos pareció de un mundo distinto al del inmigrante colombiano Néstor Suárez Miranda, albañil, residente en Montrouge.

Tras ir a las oficinas de correos a buscar en esos extraños terminales informáticos franceses llamados «Minitel», encontramos tres establecimientos con el nombre de *Pelicano's*. Uno era una galería de arte, otro una agencia de viajes y el tercero un bar, que fue el que nos pareció más obvio, y que quedaba en Le Blanc Mesnil, un suburbio al norte de París (Sabrina vivía en él), bastante alejado de Montrouge, lo que en principio nos pareció raro, pero que acabamos por aceptar con la idea de que G. podía ser cualquier tipo de persona, rico o pobre, inmigrante o francés. No sabíamos nada de él y cualquier característica del lugar debía ser tomada como posible.

Para allá nos fuimos al día siguiente, con la idea de que la expresión «después del trabajo» —escrita por G.— equivalía a una franja horaria entre las cinco de la tarde y las ocho de la noche, no antes ni después, así que tras hacer un largo viaje en un tren rápido de cercanías (RER) y de pasar paradas gélidas como Aulnay, Le Bourget o Drancy, llegamos a Le Blanc Mesnil y bajamos en una tenebrosa estación en la que todos parecían delincuentes, portadores del virus del sida o ex convictos. Créanme. El lugar estaba repleto de contenedores de basura, vagones oxidados y viejos convoyes de tren varados en líneas muertas, decorados con grafitis. Había carcasas desvalijadas de camiones del servicio público, pues el lugar parecía ser un gran cementerio de vehículos en desuso.

De allí fuimos a buscar la rue des Anges, yo rogando que no estuviera lejos, pues el lugar me parecía agresivo y lumpen, acostumbrado como estaba a las calles limpias y bien iluminadas de Neully-Sur-Seine. Salim, en cambio, no parecía inquieto. Su barrio de Massy-Palaiseau debía de ser tan bravo como éste.

Tras varias vueltas encontramos el *Pelicano's*, que resultó ser, para sorpresa de ambos, un bar gay. Las mesas eran de plástico rojo y los clientes todos varones, otro hecho que no alteró a Salim, habituado a los bares masculinos de Oujda. Así entramos y nos sentamos a una mesa, a las cinco y veintidós minutos de la tarde, y empezamos a analizar al personal intentando reconocer a G. No descartamos que la cita pudiera ser grupal, pero a ambos nos pareció que algo acordado por correo debía ser necesariamente privado, un *tête à tête*.

Así dirigimos nuestra atención a las mesas con hombres solos. Y había dos. Uno era una especie de gorila, un tipo sumamente velludo, con hebras de pelo que le salían por los ojales de la camisa y barbas blancas, que, por su pinta, cueros y colgandejos étnicos, evidenciaba ser fanático de la música country o del francés Johnny Holliday, su pastiche local disfrazado de indio norteamericano, y que debía tener una motocicleta Harley Davidson estacionada afuera. Ni a Salim ni a mí nos pareció que podría ser G. No imaginábamos a ese hombre comprando una postal, un gesto de cierta delicadeza. El otro, en cambio, era un tipo delgado de unos 50 años, con chaqueta de cazador y bufanda, que bebía sorbos cortos y nerviosos de una cerveza Stella Artois. Ése es G., le dije a Salim, a lo que él respondió, puede ser. Hay que analizar algo nuevo y es que la relación entre G. y Néstor sea de orden homosexual, lo que a la luz de este local parece obvio, dijo. Tal vez esto explique lo que ocurrió entre él y Sophie, agregué yo, un homosexual en manos de una joven francesa con mucho licor en el cuerpo y ganas de hacer locuras, tenía lógica, ése podía haber sido el chasco de ambos y la secreta razón de que ella no quiera contarlo.

Luego (sin perder de vista al posible G.) nos dedicamos a observar el local, un sitio de encuentro o alterne, como se decía en

España, un bar con música tranquila, baladas suaves, luces bajas y zonas de sombra detrás de unas horribles palmeras de plástico, adornado con ilustraciones eróticas sobre los placeres gay, un lugar para cazadores de la noche, hombres sedientos de placer, como lo somos todos, y por si alguien albergara dudas sobre la inclinación sexual del *Pelicano's*, el barman era un joven rubio de unos veinticinco años, mariconcísimo, de recia musculatura y abdomen liso, vestido con un clásico uniforme de empleada doméstica, falda a cuadros azules, delantal blanco y un moño en el pelo.

Inquietos por los precios nos dirigimos a la barra y allí vimos, sorprendidos, que era bastante más barato que nuestro bar a la vuelta de la universidad. ¿Qué desean estos dos bellos jóvenes?, preguntó el mozo, mirando con intensidad desde sus pestañas postizas, y nosotros, con gran nerviosismo, respondimos, un café y una cerveza, haciendo esfuerzos por parecer naturales, pero la verdad es que nada era nada natural, las palabras caían como bolas de vidrio, nadie creía en ellas y él, sonriendo, se dio vuelta para servir el pedido, y al hacerlo vimos que su delantal, en la parte posterior, tenía un escote invertido que dejaba al aire el inicio de sus nalgas y un velludo lunar. Convencido de que lo estábamos mirando, el barman hizo un movimiento de piernas, un paso de mambo algo grosero que tenía como fin darnos la bienvenida al lugar, como dijo al servirnos el pedido: sean bienvenidos, bellezas.

Salim estaba menos cohibido que yo, pues, como dije, en Oujda los cafés y los bares son frecuentados exclusivamente por varones, no necesariamente homosexuales, y en ese momento, justo cuando empezábamos a probar nuestras bebidas, la puerta se abrió dándole paso a un hombre alto y gordo, una figura sobredimensionada con un extraño aire de lentitud, como una ballena varada entre las rocas, pero lo que nos puso alerta fue que se acercó a la barra y saludó al barman diciendo, hola, belleza mía, y el travestido, emocionado, le respondió: ¡Gastón!, al fin te vemos, tu amigo no ha llegado aún pero puedes esperarlo en la mesa de siempre, está reservada para ti, ¿una menta con agua o un kir?

Un kir, respondió el gordo, un kir de melocotón, belleza, gracias, y agregó: ¡deja de mover ese culo como si fueras una corista del Folies Bergères! Y ambos se rieron.

El gordo se fue a su mesa, en el ángulo derecho de la sala, con una visión perfecta de la calle, y a nosotros no nos quedó ninguna duda de que era G. La G. quería decir Gastón y el hombre al que esperaba era Néstor, «tu amigo». Esto quería decir que eran asiduos y se los conocía juntos, lo que disipaba cualquier duda sobre su relación homosexual. Por eso Néstor quedó petrificado al ganar la equívoca noche con Sophie, todo parecía claro excepto una cosa, y es dónde diablos estaba Néstor, qué le había pasado, una pregunta que empezaba a adquirir gravedad, pues si G. no lo sabía quería decir que fue algo repentino e incluso accidental, sin tiempo de avisarle a su amigo, y eliminando de paso la hipótesis de la fuga. ¿Huir de qué o por qué? No tenía sentido, sobre todo porque si era gay el lugar ideal para vivirlo de forma libre era precisamente París, con lo cual las posibilidades nos llevaban a imaginar hechos realmente dramáticos: ¿atropellado por un carro fantasma?, ¿súbita decisión de suicidio tras revelar su identidad sexual a Sophie? Todo parecía posible.

Pero el tiempo pasaba y, como era de esperar, Néstor no llegaba, así que nos preguntamos qué hacer, ahora que habíamos «detectado» a G. Lo primero que se nos ocurrió fue seguirlo para saber dónde era su casa, de modo que si Néstor aparecía tuviéramos modo de saberlo. Esto era poco lógico y no resistía un análisis muy serio, pero lo di por bueno ya que mi verdadero objetivo, además de esclarecer la suerte de Néstor, era saber un poco más de ese hombre solitario y con esa llama brutal en los ojos, así que propuse a la consideración de Salim el segundo problema, que era qué hacer hasta que Gastón decidiera irse del *Pelicano's*, lo que podría tardar un buen par de horas, con grave perjuicio para nuestras finanzas, y sobre todo porque ya habíamos detectado miradas escrutadoras de otros clientes. Había que salir, así que pagamos y nos despedimos del travestido, siendo las seis y diez minutos de la tarde.

Pero al llegar a la calle encontramos dos inconvenientes: uno era el frío devorador y otro la llovizna, como siempre en esta ciudad y en sus suburbios, así que fuimos a refugiarnos debajo del alero de un edificio, a unos cien metros de la puerta del *Pelicano's*.

Gastón salió pasadas las nueve de la noche y nos dispusimos a seguirlo a prudente distancia, lo que no fue fácil, pues a esa hora el lugar estaba bastante desierto. Téngase en cuenta que eran calles de barrio sin comercios ni luces, parajes que nadie que no fuera de la zona frecuentaría jamás, razón por la cual dedujimos que debía vivir en Le Blanc Mesnil y que iba para su casa, y así el primer objetivo de nuestro seguimiento muy pronto iba a quedar satisfecho. Observándolo de lejos vi que era un hombre extraño, con un andar pesado y lento, escorado hacia la derecha. Por su torpeza me costó trabajo imaginarlo en el ambiente gay, un mundo que siempre imaginé de hombres musculosos, tipos bronceados y con ropa a la moda, el estereotipo más visible de un universo en el que alguien como Gastón parecía no tener lugar, ya no sólo por su físico sino por sus vestidos demasiado banales y ajados, esa vieja bufanda color gris hierro o café, deshilachada, que tienen todos los franceses en invierno y que es el lugar al que van a parar sus toses y resfriados, así era la de Gastón, enroscada sobre un abrigo verde olivo que caía en dos secciones y que recordaba los antiguos capotes, prenda muy usada por los nacidos en este hexagonal país. Debajo de lo anterior, Gastón lucía (verbo más apto para describir trajes vistosos, pero en fin) un suéter de cuello de tortuga o cuello vuelto, según se prefiera, de inefable color gris, color que tiene la ventaja de poder usarse días y días, incluso meses sin lavar, y que lo convierte en ideal para esta ciudad ajetreada, donde nadie tiene tiempo, muy común en los roperos de hombres solos, y un pantalón de pana marrón oscuro, de intelectual de izquierda, imagen reforzada por el puro que llevaba en su boca y que iba dejando en torno a él una densa humareda cenicienta.

Por su aspecto físico pudimos suponer que era un francés típico, piel blanca con tendencia a enrojecer, ojos azules, pelo claro y escaso, barriga prominente y papada estilo «bolsa de agua», de esas que al inclinarse hacia cualquiera de los lados «inunda», si se me permite la expresión, el cuello de la camisa.

Tras cruzar varias calles, Gastón abrió la verja de un edificio que me hizo pensar en las «soluciones de vivienda» de los países del Este, es decir un bloque multifamiliar feo y mohoso. Hizo el código de entrada frente a un portal de vidrio doble y se perdió en el fondo, dejándonos afuera, bajo la llovizna, sin saber muy bien qué hacer ya que no podíamos entrar, así que Salim tuvo la mejor idea de la noche que fue buscar su nombre en los buzones del correo para escribirle una nota. Podríamos proponerle una cita presentándonos como amigos de Néstor, preocupados por su desaparición, o algo así, ya pensaríamos cuál sería la mejor manera. Bien, Salim, esto progresa, le dije, y empezamos a buscarlo. Pero surgió un nuevo problema y es que la mayoría tenía sólo el apellido. Tras una cuidadosa inspección encontramos tres nombres que incluían la inicial «G.»: G. Lemoine, G. Gregoire y G. Hubot. Tomamos nota exacta de la dirección, que era 102, Avenue du Président Roosevelt, Le Blanc Mesnil, y con esa información nos fuimos corriendo a la estación del tren rápido, ateridos de frío pero satisfechos de los resultados.

Al día siguiente, sábado, nos encontramos frente al viejo edificio de La Poste que está al lado de la Sorbona, y allí empezamos la búsqueda. Nos apoderamos de un Minitel e introdujimos el primer apellido y la dirección. Tras quedarse en blanco unos segundos la pantalla dio el siguiente resultado: Guy Lemoine, 102 Avenue du Président Roosevelt, Le Blanc Mesnil, y un teléfono. Lo copiamos, por si acaso, pues nada nos aseguraba que Gastón viviera solo y que el apartamento estuviera a su nombre. En realidad, nada permitía suponer siquiera que viviera allí, pudiendo ser la casa de un pariente o un amigo, o incluso de algún amante, pero en fin, continuamos la búsqueda y encontramos que los dos siguientes, Grégoire y Hubot, se llamaban Gastón, así que copiamos sus datos y salimos a deliberar, ¿qué hacer? Salim insistió en escribir una nota proponiendo una cita, y decidimos llamar a los dos números de teléfono, a ver si el tono de la voz nos daba una pista (conocíamos la voz de Gastón). Mi compañero dijo que debía llamarlo yo, ya que él no podía usar el teléfono en casa de su tío, pero repuse que no era conveniente esperar a la noche. Lo mejor era hacer la llamada ahora mismo, en la tarde, pues en la mayoría de las casas hay un contestador, lo que nos permitiría escuchar la voz sin dar explicaciones. Mi compañero estuvo de acuerdo y fuimos a un teléfono público; si alguien contestaba diríamos que era de parte del *Pelicano's* para preguntar si no eran suyas unas llaves atadas con un cordel de cuero que un empleado encontró bajo una de las mesas. Esto nos pareció lo mejor, pues si la persona, Grégoire o Hubot, conocía el *Pelicano's*, era sin duda nuestro Gastón. Sería mucha casualidad que ambos fueran gays y frecuentaran el mismo bar de alterne. Con esto en la mente acordamos que Salim debía hablar, por su mejor francés, y se marcó el primer número, el de Gastón Hubot.

Observé muy atento a Salim, con el auricular en la oreja, a la espera de cualquier signo o reacción, y de repente habló. «¿Monsieur Hubot, por favor?», y luego agregó: es de parte de la Oficina de Impuestos de Le Blanc Mesnil, improvisación que me llevó a mirarlo con sorpresa, hasta que dijo: No, no es nada grave, sólo dígale que nos contacte para una información que no es muy legible en el impreso de su última declaración, gracias, señora, que pase buena tarde. Y colgó diciéndome, éste no es, imposible, respondió una mujer y dijo que su marido estaba ausente, fuera de París por trabajo, así que no podía ser, anoche lo vimos entrar a su casa, a lo que yo dije, siempre buscando pasos en falso, que podría haberse ido hoy en la mañana y tener una doble vida, esposa e hijos de un lado y novio del otro, no sería el primero. Salim estuvo de acuerdo con la idea, pero dio un argumento irrefutable: si tiene una doble vida no es lógico que sea asiduo del bar gay del barrio, a la vista de vecinos y amigos, ¿no?

Llamamos al otro número, y, a pesar de que mi francés era aún bastante experimental, decidí hacer yo la llamada, convencido de que encontraría un contestador automático, lo que en efecto ocurrió al tercer timbre: «Buenos días, gracias por su llamada, Gastón Grégoire no está en casa, favor dejar un mensaje, ser breve y conciso, o, si no, al menos cariñoso, gracias… Bííípp». Éste es, le dije, no hay duda. Era su voz.

Sacamos papel y lápiz y, después de muchas vueltas y consideraciones, escribimos la siguiente nota: «Monsieur Gastón Grégoire, usted no nos conoce, somos dos amigos de Néstor Suárez Miranda. Estamos preocupados por lo que le haya podido pasar, pues desde hace un tiempo no ha vuelto a las reuniones de exiliados colombianos. Por eso nos gustaría hablarle, si lo considera oportuno o su tiempo y obligaciones se lo permiten», firmado con nuestros nombres de pila, sin apellidos, no fuera a llegar el problema a mayores, y, al final, después de considerar de qué modo debía comunicarse, pusimos mi teléfono. Era menos comprometedor que una dirección, y en caso de que nos buscara no llegaría a mí, pues la línea estaba registrada a nombre de Justino.

El lunes siguiente el teléfono sonó muy temprano, y al escucharlo me quedé algo perplejo. Sabía que podía ser Gastón, de hecho era casi seguro que fuera él. Pero no había pensado nada sobre la conversación que debía tener, y no lo había hecho porque, al poner la carta el sábado en la tarde, supuse que no habría noticias hasta el martes, olvidando la tremenda efectividad del correo francés, así que acerqué la mano al tubo, pero al levantarlo ya habían colgado. Después de cinco timbres todo el mundo cuelga si no hay un contestador, y ése debió ser el caso, lo que quería decir que era él. Las pocas personas que llaman aquí saben que no hay contestador y esperan. Empecé a pensar qué debía decirle cuando el teléfono volvió a sonar, y contesté de golpe.

La voz del otro lado era la misma del bar. Buenas tardes, dijo, soy Gastón Grégoire, recibí una carta suya esta mañana, soy el amigo de Néstor… Yo me quedé en blanco, no supe qué decir ni cómo justificar mi intromisión en su vida, así que esperé un segundo y él volvió a hablar: Néstor está con usted, ¿no es cierto?

Su voz sonó desconsolada, entonces le dije, no es lo que usted se imagina, señor, yo a Néstor apenas lo conozco, soy colombiano y, como le dije en la nota, estoy inquieto porque dejó de ir a las reuniones de inmigrantes a las que siempre asistió muy puntual, allí nos acostumbramos a verlo, pero en fin, la historia es un poco larga. Lo importante es que Néstor desapareció, ¿se da cuenta? Al decir esto Gastón volvió a hablar con voz preocupada, y dijo: hay algo que quisiera precisar, ¿dice usted «desapareció» en el sentido de que realmente desapareció, como uno diría, por ejemplo, tal o cual especie marina o lengua viva «desapareció», o lo dice más bien en el sentido de «desapareció de mi vista»? Oyéndolo pensé en mis palabras, en mi pobre francés, y volví a decir, no, señor Gastón, me temo que mi «desapareció» es más del tipo de las especies marinas, aunque no sé si así de drástico, desde hace un par de semanas no volvió a su trabajo y, por lo que he podido comprobar, tampoco a su casa, y es por eso que decidí buscarlo, ¿me entiende? Él respondió, sí, entiendo perfectamente, pero antes de seguir debo hacerle una pregunta: ¿es usted de la policía o algo así?, y yo dije, no, soy colombiano, entonces él, algo aliviado, dijo, bueno, lo mejor es que nos veamos y charlemos en detalle el problema, ¿le parece esta misma tarde? Nos citamos una hora después en Montrouge, cerca de la rue du Lys, con la idea de charlar y llevarlo a la casa de Néstor Suárez, a ver si juntos lográbamos saber qué ocurría detrás de esa misteriosa puerta que no se abría y qué era esa franja de luz.

5.

Desconsolado por el cambio que supuso en mi precario equilibrio la carta de Victoria, y buscando fuerzas para no llamar a Madrid (debía morderme los dedos para no marcar su número), decidí acudir a Paula, mi Hada Protectora, desde el teléfono público de *Les goelins de Pyongang*, a eso de las diez, desesperado por las horas consumidas en el sótano al lado de Jung y por un alud de platos con restos de salsa picante, pero el teléfono timbró y timbró sin obtener respuesta, y caí en cuenta que la verdad sería muy raro encontrarla en su casa a esa hora, un jueves, y ya me disponía a colgar cuando escuché su voz, ¿aló?, ¿sí? Su tono entrecortado me hizo pensar que había corrido desde el baño, pero al preguntarle si estaba ocupada me dijo, con su habitual desparpajo:

—Bueno, te describo la situación: estoy desnuda y tengo las piernas muy abiertas; delante mío hay un señor con un fabuloso pene, cuyas venas están a punto de reventar, y a juzgar por la dirección que lleva supongo que esa cosa se va a clavar en mi raja, que después de un sabroso lengüeteo está húmedo y con los labios tan inflamados como los de un trompetista de jazz.

Y agregó, mientras yo me reía:
—Sí, querido, podría decir que estoy ligeramente ocupada. Llama en quince minutos, que es lo que este varón empleará en soltar amarras, si es que lo logra, ya te contaré, y ahora te dejo porque mi endemoniada princesa está a punto de enloquecer.

Paula siempre tenía una historia de este tipo, así que no me sorprendió. Lo que sí me intrigó, como las otras veces, fue la identidad de su pareja, el propietario de ese «fabuloso pene» que en estos instantes debía estar entrando en la hendidura paulina. ¿Sería el escritor marroquí o el joven teutón de la otra noche? Lo más probable, conociendo a Paula, es que no fuera ninguno de los dos, así que colgué, resignado a seguir lavando asquerosos platos.

En ésas estaba cuando vi a Susi. Menos mal que subiste, me dijo, pues yo no puedo bajar a la *plonge*. Mira, hoy es el cumpleaños de Saskia y quiere invitarte a una fiesta en su chambrita esta noche, ¿vendrás? Tenía que habértelo dicho antes pero ayer no trabajaste y el martes no tuve turno. Le dije que sí, encantado, vamos juntos si quieres, pero ella debía ir primero a su casa a cambiarse y a sacar un regalo. Ten, dijo, y me dio un papel con la dirección. No es muy lejos de aquí, ella te está esperando. Con la hoja en el bolsillo bajé a la cámara de vapores hediondos, algo aliviado en el sector «ansiedad». Me enfundé los guantes de caucho y proseguí mi labor con ahínco, y cuando Jung me preguntó qué pasaba le dije: una amiga de Susi cumple años y quiere verme, es una mujer bella y humilde, pero sobre todo buena (en el buen sentido de la palabra), y él dijo que, en el fondo, aun viviendo en la miseria, yo era un tipo afortunado, y agregó: peor que no tener dinero es que nadie quiera tenerte cerca, que nadie cuente contigo o anhele tu compañía. Habló con amargura, sin duda describiéndose o comparando con su propio caso, pero yo le dije, la situación que pintas es imposible, hasta el más solitario de los seres tiene a alguien en el mundo y alguna vez, por escurridizo que sea, le habrá producido alegría a otros. Dije esto para Jung, pero pensaba en Néstor, una vida que desde afuera parecía plana y triste, pero que al verla de cerca mostraba su relieve, sus pequeñas tormentas y alegrías. Se lo dije a Jung: fíjate, siempre es así, nunca se sabe lo que hay dentro de los demás, todas las vidas están llenas de secretos y pequeños detalles, pero Jung me interrumpió y dijo, lo sé, también la mía, pero hay algo que tú no comprendes y es que las pocas cosas que podrían hacerme feliz y que no tengo son normales para otros, o incluso carentes de valor; es eso lo que me hace ser particularmente miserable: el nivel de mis aspiraciones es tan bajo que, quienes lo tienen, ni siquiera lo notan, o incluso los hace sentirse frustrados. Lo que ellos no valoran y desprecian es a lo que yo aspiro, una sola tarde de tranquilidad, por ejemplo, una sola y luego morir. Le reproché sus palabras y le dije, no seas tan trágico, Jung, pareces peruano, y él respondió, soy asiático, tengo derecho a ser pesimista cuando me dé la gana, pero yo le insistí que no valía la pena, tú eres budista, sigues los preceptos de un hombre entrado en carnes que sonríe entre cojines de seda, al menos así he visto siempre a Buda, mientras que yo, hijo del mundo católico, adoro en mi templo a un hombre escuálido, que sufre dolor y sed y que está a punto de morir, herido y con una corona de espinas, ¿captas la diferencia?

    Jung, agregando detergente al agua, lo que provocaba un momentáneo picor en los ojos, me dijo, tienes razón por lo que toca al budismo, pero, ¿y la educación comunista? Ahí estaban las ideas contrarias: el elogio del esfuerzo a costa del propio sufrimiento e incluso la muerte, el sacrificio por los otros y por el líder, representante de esa masa de «congéneres» que son el resto de coreanos, y entonces le dije, tienes razón, Jung, puedes ser pesimista, pero debes reconocer que aquí, en el trabajo, convives con gente que te aprecia, y él respondió con una venia, como buen oriental, gracias, amigo, comprendo lo que me estás diciendo, nunca olvidaré tus palabras.

La chambrita de Saskia no quedaba tan cerca y debí ir en taxi, lo que encareció el valor de la noche, pues se trataba de un suburbio al norte, en la vía al aeropuerto, pero a decir verdad no me importó pues tenía ganas de estar rodeado de gente y, por supuesto, de verla a ella, no olvidaba esa fantástica noche, el día en que la conocí, así que toqué a su puerta llevando en la mano dos botellas de Beaujolais compradas en el restaurante con reducción del 35% contra mi siguiente quincena (ahora el dueño me consideraba trabajador «fijo» y había dejado de pagarme al día), y al abrir me quedé sorprendido de su belleza: tenía unos jeans ajustados, zapatos de tacón y una camiseta blanca pegada al torso, algo muy distinto al vestido de la otra noche, tan vistoso y falso. Feliz cumpleaños, le dije, estás muy linda. Me rodeó con sus brazos y me estampó un beso en la boca; qué bueno que viniste, ven, bebe algo. Me llevó a una mesa repleta de botellas, levantó una y dijo, prueba esto, es el aguardiente de mi país. Sirvió un líquido blanco y me lo dio, pero al beberlo sentí un fuego abrasador en la garganta. Ella insistió: tienes que vaciar la copa de un golpe, y así lo hice, pero al tragarlo los dedos de mis pies se encogieron tanto que estuvieron a punto de hacer un hoyo en los zapatos. Logré pasar la prueba y acto seguido, con la habitación llena de rumanos, rusos y polacos, Saskia golpeó una botella con un tenedor, pidió silencio y me presentó de modo solemne. Éste es un amigo colombiano, dijo, lo que causó un cierto revuelo que, supuse, era de curiosidad, pero en ese instante alguien la llamó y Saskia se perdió entre las sombras, lo que me permitió observar el lugar. Era una chambrita más grande que la mía, probablemente la unión de dos cuartos pequeños, con una separación que dividía el espacio en dos ambientes.

Los invitados, unas quince personas, parecían haber bebido mucho pues se los veía enrojecidos y sudorosos. Me pregunté si sabrían a qué se dedicaba Saskia y si eso les parecería normal, y supuse que sí, e incluso que algunas de las invitadas podrían ser colegas, así que empecé a espiarlas. Todas eran muy bellas, como suelen ser las mujeres del Este: rubias, de ojos claros y cuerpos estilizados, con cinturas finas y traseros redondos. Los hombres, en cambio, usaban patillas pasadas de moda y coletas sin gracia, y eran calvos o candidatos a la calvicie. A diferencia de sus compatriotas femeninas, tenían escrita en la frente su condición de obreros y su precaria formación en gélidos países ex comunistas, hijos de ese mismo dios del que Jung me había hablado hacía un rato, el dios de la tuerca y el martillo y los brazos sudados por el esfuerzo, Saturno con la boca ensangrentada. Ése era el padre de estos hombres desdichados, y también de las mujeres, sólo que ellas, al cambiar sus ropas, lograban esconder esa tristeza y parecer hermosas, mujeres de aquí y de allá, de cualquier parte de este mundo rico en el que, sin embargo, también se muere de frío en los parques o de enfermedad en los túneles del Metro, como las ratas.

Un poco después, cuando ya me preguntaba qué diablos hacía ahí, Saskia vino con un hombre gordo y alto y me lo presentó. Quiero que se conozcan, dijo, este es mi amigo Lazlo, el polaco y rumano del que te hablé, ¿recuerdas?, el que me ayudó a llegar a París, y yo dije sí, claro que lo recuerdo. Le di la mano y lo observé con amistad, un hombre entrado en la parte final de la treintena, según calculé, con una nariz que ya había vivido sus mejores épocas, pues tenía venas rojas y azules, además de verrugas y otras excrecencias, y que cumplía la función suplementaria de sostener unas pesadas gafas de carey. Detrás de los lentes, sus ojos de pupilas dilatadas observaban el mundo con sarcasmo, aunque también suplicando clemencia. Su frente era amplia y estaba separada de la coronilla por una capa de pelo tan frágil que parecía algodón, y que a cada rato, en tic nervioso, él tocaba y acomodaba. Ése era Lazlo el polaco, gordo no sólo por su amplia barriga y trasero descomunal sino por sus articulaciones hinchadas, muñecas y antebrazos rellenos de grasa. Como todos los gordos, era simpático y conversador, lleno de teorías sobre muchos temas, la caída del Muro de Berlín y las costumbres del Medioevo, así que nos quedamos charlando. Saskia le había contado que era profesor de español y quería ser escritor, lo que le llamó la atención, pues, según dijo, admiraba a los escritores, sobre todo a los poetas y dramaturgos, que podían captar el instante esencial.

—Me gustaría tener el don de la poesía para transmitir las cosas que sueño —dijo—. Yo soy un poeta de sueños. Quiero decir, las cosas que ocurren en mi cerebro cuando duermo, las imágenes y las historias que vivo son muy bellas y aleccionadoras, de verdad, y sé que a muchos les haría bien conocerlas, pero soy como un prisionero en una torre, no puedo contarlas porque no tengo el don de la poesía ni del teatro, es una lástima, todo eso se está perdiendo y no logro hacer nada. Vivo para mantener mi cuerpo caliente y poder soñar, las noches son el mejor momento de mi vida, porque, fíjese, el cuerpo es un sistema para procesar alimentos y líquidos con una musculatura que lo mantiene erguido y un órgano de reproducción que le da placer y problemas... Je, je, ¿y para qué? Para mantener este cerebro, una mente que puede ser atormentada o feliz, que produce sistemas filosóficos y que siente nostalgia o inventa, pero que, sobre todas las cosas, puede soñar. Por eso es importante mantener el cuerpo caliente, ¿estoy siendo claro?

Le dije que sí, clarísimo, así que Lazlo continuó, y al hablar no paraba de servirse enormes vasos de aguardiente rumano, despachándolos con la boca muy abierta, como trasvasando el líquido de un recipiente a otro, y entonces le pregunté cómo se ganaba la vida, qué hacía para mantenerse caliente, y dijo que traía insignias y objetos militares de Varsovia y Bucarest a los mercadillos de anticuarios, ése era su negocio, y más cosas, como este aguardiente o salchichones rumanos, aunque también actividades no comerciales, un ruso amigo había abierto un locutorio de teléfono especializado en los países del Este y él atendía y hacía el mantenimiento de las cabinas, pues era ingeniero. Un poco de todo, y al decir esto hizo un círculo en el aire con el dedo y propuso seguir bebiendo, algo que acepté temeroso por el exagerado grado alcohólico del licor. Pero él dijo, no te preocupes, parece más fuerte de lo que es, está hecho para calentar, déjame contarte una historia: una noche, después de haber bebido varias botellas, me quedé dormido en la nieve. Al día siguiente, cuando desperté, todo a mi alrededor se había derretido y yo estaba sobre el asfalto, en un hoyo de paredes blancas cavado por el calor de mi cuerpo, algo muy bello, de un gran dramatismo. Por cierto que esa noche tuve uno de los mejores sueños de mi vida, ¿quieres oírlo? Sí, le dije, por favor, entonces se sirvió otro trago, bebió el vaso hasta la mitad y comenzó su historia:

—Estoy en un aeropuerto y espero que llamen al embarque de mi avión. De repente me entran unas enormes ganas de cagar, así que me voy corriendo al baño. Ando un poco nervioso por la hora, pero veo que aún quedan unos minutos, así que me siento con tranquilidad en uno de los sanitarios. Estando ahí escucho los altoparlantes que anuncian un retraso de dos horas en mi vuelo; entonces me relajo y mi cuerpo empieza a expulsar y a expulsar, como si llevara días estreñido. Cada tanto debo bajar el agua, pues el sanitario se llena, y continúo expulsando hasta que pasan las dos horas y yo siento que aún tengo ganas de cagar y lleno todavía otro sanitario. A la hora del embarque, cuando ya empiezan a llamarnos por los altoparlantes, me levanto y salgo del excusado. Siento un ligero mareo. El pantalón me baila en la cintura y noto que me sobran cuatro orificios del cinturón. Lo mismo sucede con la camisa y el reloj. Me miro al espejo y veo a otro hombre, un tipo delgado, sin la piel del cuello caída y sin barriga. Soy yo a los 18 años. Salgo y veo una balanza eléctrica que funciona con monedas, y al subirme compruebo que he bajado 28 kilos. Entonces tiro mi pasaporte y el pasaje a la papelera y salgo del aeropuerto. Está lloviendo, pero me doy cuenta de que no estoy en mi ciudad. No es París, ni Varsovia o Bucarest. Es una extraña ciudad de color violeta, como las que se ven al fondo de los cuadros renacentistas. Y empiezo a caminar por el borde de la avenida, en medio de una fuerte llovizna. Y ahí me despierto. Es un sueño feliz.

Cuando Lazlo terminó vi entrar a Susi y a su prima Desirée, ambas muy arregladas, tocadas con enormes moños, esculturas de pelo negro y abigarrado, y entre saludos y gritos de escándalo le entregaron un regalo a Saskia y le gritaron, ¡ábrelo!, ¡ábrelo!, cosa que ella hizo de inmediato. Al ver que se trataba de un juego de ropa interior color lila, con ligas y corsé, la concurrencia la emprendió a aplausos y hubo gritos que pedían, ¡que se lo pruebe!, ¡que se lo pruebe! Saskia, que ya tenía miles de tragos en la cabeza, dijo que sí y fue detrás de la cortina, y al rato, tras ordenar a Lazlo apagar la luz, salió cubriéndose con una tela y subió a la mesa de las bebidas. Allí encendió una linterna de mano y empezó un baile lento y sensual, iluminándose el cuerpo de a pocos, hasta que la tela rodó al suelo y quedó en ropa íntima, con el liguero ajustándole el talle y moldeando las caderas, el brasier que levantaba sus espléndidas tetas y un calzón tanga que se hundía sabrosamente en la raja de sus nalgas. Cuando alguien encendió la luz se rompió el hechizo y Saskia pegó un grito, cubriéndose, y un segundo después volvió a la sala vistiendo los jeans y la camiseta de antes, muerta de la risa y feliz de haber sido la reina de nuestros sueños.

No he dicho que Susi, no bien llegó, fue alzada en brazos de alguien que la llevó al otro extremo del cuarto y la sentó en sus piernas, así que me resigné a esperar, en un rincón, a que algo sucediera, y en ésas estaba cuando una mujer se acercó y, con voz insegura, no sé si por el alcohol o por el poco conocimiento del francés, me preguntó, ¿de verdad eres colombiano? Sí, respondí, colombiano. Quiso saber por qué estaba en París, pero le respondí con frases vagas, pues no tenía ganas de hablar de mí. Lo que sí hice fue observarla con atención. Era atractiva, aun si tenía esa misma palidez que veía en el rostro de Saskia, no sé de dónde les vendrá eso, y ya instalados en la charla y en cierta confianza me contó que se llamaba Irina y que era de Moldavia, ex URSS, aunque su familia provenía de Moscú. Al preguntarle qué hacía me miró un segundo a los ojos y dijo: lo mismo que Saskia, no sé si sabes. Asentí y ella, sintiéndose en confianza, continuó: trabajo con hombres, soy bióloga pero aquí eso a nadie le interesa, sólo puedo hacer de sirvienta o de mujer, y con lo segundo gano más. Dijo que había vivido en Praga, esa hermosa ciudad de puentes y calles oscuras, estudiando, y que por las noches «trabajaba» en una discoteca de moda. El turismo trae mucha plata, dijo, y lo que hacía era sencillo: conseguir extranjeros que quisieran gozar en la boca de una jovencita como yo, y sobre todo que pudieran pagarlo. Los reclutaba en la barra y me invitaban a un trago, luego los llevaba al baño, me dejaba tocar y se los chupaba, todo por 50 dólares. Era un buen negocio y los clientes aumentaban, muchos ya me conocían, me buscaban en los salones del fondo. Así me protegía, pues aún era virgen. Soñaba con llegar limpia al hombre de mi vida y la verdad es que lo defendí por un buen tiempo. Algunos se ponían pesados y querían sobrepasarse, pero yo le daba 30 dólares por noche a un checo muy bruto y con una musculatura vistosa que cuando hacía falta entraba en acción. Esto se hacía en el baño de hombres y a veces, al terminar con uno, ya tenía otro esperando junto a los orinales. No me gustaba el baño de mujeres. Había demasiadas jovencitas que esnifaban coca, se inyectaban heroína o se cambiaban de calzón para no quedarse con la humedad de los últimos clientes, pues algunas lo hacían «completo» en los carros, bajo los árboles del parque.

Irina bebía tanto como Lazlo, gigantescos vasos de aguardiente que apuraba de un sorbo o dos, y la verdad es que yo mismo, ahora que había bebido bastante, empezaba a sentir que no picaba tanto, y me serví varios más tratando de escuchar las historias, pero su voz, con cada sorbo, se iba haciendo lejana, como si estuviéramos debajo del agua, y cuando quise cambiar de posición noté que la pared se inclinaba. Entonces cometí el error de cerrar los ojos, un instante nada más, para reponer fuerzas, y al hacerlo escuché un golpe, y cuando los abrí vi una veintena de caras sobre la mía... Había caído al suelo y todos me preguntaban si estaba bien, si veía y escuchaba. Moví la cabeza con lentitud, como si entre ellos y yo hubiera una gruesa capa de hielo, hasta que Susi y Saskia cayeron de rodillas a mi lado, ¿nos oyes?, ¿nos ves? Dije que sí. Lazlo se agachó y me habló al oído: amigo, bebiste demasiado rápido, este aguardiente hay que saber beberlo, una buena siesta te dejará en forma, lo importante es que tu cuerpo esté caliente, ven, déjate arrastrar, y me empujó detrás de la cortina. Aquí estarás bien, en dos horas te despierto para darte otro trago. Antes de salir le dijo a los demás, déjenlo reposar, no ha sucedido nada, pero Susi, con los ojos acuosos, preguntó si había quedado inválido por el golpe. Lazlo la calmó diciéndole que no era nada. Deja que su cerebro repose y salga a flote, dijo, en unas horas va a estar bien.

6.

El siguiente encuentro con Kadhim fue por la tarde, en un café cerca de la estación de trenes de Saint Lazare. Tras saludarnos, él propuso dar un paseo con dirección a la plaza de Clichy, que no era lejos, y para ello caminamos a lo largo del muro que va paralelo a las vías, mirando de reojo los tugurios o casas de lata construidos por los vagabundos en los descampados en torno a la carrilera y que imaginé malolientes, llenos de ratas y desperdicios, aunque también de humedad y frío, y justo al pensarlo vi salir de uno de ellos un pie descalzo y sucio, y pensé, ¿quién puede estar así con este frío? Luego, lentamente, fue asomando el cuerpo de su propietario, un joven con el pelo color rosado en forma de lomo de dinosaurio y un montón de herrajes en la cara y las orejas. Al verlo noté algo extraño y es que parecía a punto de caer al suelo, aunque sin llegar a tocarlo, un segundo antes se erguía y basculaba del lado contrario, como un péndulo. Sólo de verlo sentí frío, pues llevaba una camiseta de esqueleto, con brazos y cuello descubiertos, y así pasaron varios segundos en que no dejé de mirarlo cuando algo se movió detrás de la cortina y apareció una mujer joven con una cuerda apretada al antebrazo y una jeringa colgando de la vena. Dio dos pasos en medio del frío y estiró los brazos, como despertándose de una larga siesta. Luego se bajó los pantalones y orinó sobre los rieles del lateral, esas vías ya en desuso. Mientras su chorro las bañaba, provocando una oleada de vapor, la joven movía la jeringa, la acariciaba y sobaba con el dedo. Al terminar se quedó un rato inmóvil. Tal vez no se había dado cuenta de que su vejiga estaba vacía y sólo cuando el hombre emitió un gruñido ella abrió los ojos, se subió el pantalón y regresó a la choza, como si viviera en una isla perdida y no en los rieles muertos de una estación de tren, a la vista de todos los que pasábamos por la calle.

 Al llegar a la Place de Clichy pensé de nuevo en Henry Miller, *Días tranquilos en Clichy* (aunque Miller se refiere al suburbio), y recordé el principio, tan sencillo y hermoso: «Está anocheciendo mientras escribo y la gente se está yendo a cenar», pero no se lo dije a Kadhim, que parecía nervioso y caminaba muy rápido, dando pasos largos, con un andar de plantígrado típico de personas entradas en carnes, hasta que llegamos a una brasserie y comenzamos a charlar. Entonces me preguntó por el libro y la carta de Victoria y le confesé que me había provocado una gran conmoción. No sé si sabes, dije, y él movió la cabeza diciendo, sí, con lo cual pude hablar tranquilo. Qué bueno, si sabes te podrás imaginar lo que significa para mí. Sobre todo que anuncie un viaje a París, no sé qué quiere decir con eso, y perdona que sea curioso, Kadhim, pero me gustaría saber si la viste con alguien. Cuando él se disponía a hablar llegó el mesero a tomar el pedido, así que ordenamos dos cervezas, tras lo cual dijo:

 —Mira, no te voy a mentir, ella no fue sola a mi conferencia en Madrid. La acompañaba un alemán del Este, un tipo llamado Joachim Blau, de Leipzig, un hombre mayor o al menos mayor para ella, de unos cuarenta y cinco años, profesor de filología clásica y germana en Estrasburgo. Está en Madrid haciendo un curso de literatura española del Siglo de Oro. Sé todo esto porque después fuimos a cenar y charlé mucho con él y me contó cosas de su vida. Es una persona muy especial, de ascendencia judía, un caso muy extraño pues sus familiares, los pocos que sobrevivieron a los campos de concentración, regresaron a la misma ciudad de la que habían sido deportados.

A mí me llamó la atención que Kadhim desviara la charla hacia ese tal Blau, como si fuera él el objeto de mi curiosidad y no Victoria, pero preferí escucharlo, y Kadhim continuó:

—Joachim supo la historia de su familia de oídas, pero siempre fue consciente de que su propio país había querido exterminarlo, no un gobierno o un dictador sino Alemania entera, y por eso estudió filología, deseaba poseer el lenguaje germano, pues como sabes es lo que realmente une a Alemania, el nexo más profundo, mucho más que la raza.

Seguí escuchándolo en silencio, cada vez más sorprendido de que supiera tanto de ese hombre al que vio un solo día, y se lo pregunté, ¿por qué hablas de él como si lo conocieras desde hace años?, y Kadhim dijo, mira, es que a una hora de la noche Victoria nos dejó solos y charlamos hasta el amanecer, ya sabes que en Madrid los horarios son alocados, y por eso lo conocí tanto, y entonces quise saber, ¿Victoria no se fue con él? No, respondió Kadhim, se despidieron y ella se fue, pero están juntos, de eso no hay duda, me gustaría decirte otra cosa pero no vale la pena que te engañes, ella está estudiando alemán por él, y ahora voy a decirte algo un poco duro, que no te gustará oír, ¿quieres que lo diga de todos modos? Yo, perplejo, murmuré un sí, y él dijo, bueno, en realidad el viaje a París es una escala para ir a Estrasburgo, ¿comprendes? Joachim estará esperándola, pero ella quiere pasar unos días aquí, en la casa de una prima de su madre. Al escucharlo hice un esfuerzo por tragar el golpe y que no se notara, pero mi cara fue muy explícita, así que Kadhim me agarró del brazo y dijo, tranquilízate, amigo, es una relación difícil y Victoria está obnubilada, cuando lo vea en su vida cotidiana tal vez la realidad emerja. Ella te quiere, te tiene presente en sus planes, de otro modo no habría escrito esa carta, ¿lo ves? Debes ser paciente y fuerte, dos cosas muy difíciles, pero qué remedio, el amor es cruel y tiene que haber dos, ésa es su gran injusticia, en fin... Sé que esto no está siendo muy divertido para ti, discúlpame, y yo le dije, Kadhim, no te preocupes, me has aclarado la situación, mi cabeza echó a volar pero ahora lo sé todo, y entonces me asaltó una duda, oye, y ese tal Joachim, ¿no será casado?, y él dijo, sí, pero se divorció, tiene dos hijos que viven en Berlín, con la madre, ¿por qué lo preguntas? No, le dije, supongo que el proyecto de los dos será vivir juntos, quiero decir, no es sólo una aventura universitaria, es algo más profundo. Si Victoria está estudiando alemán será por eso, ¿no? Y él dijo:

—Mira, el tiempo arma y desarma, tú espera, no hagas cálculos —al acabar esta frase me miró a los ojos, y continuó—. Quiero que comprendas que él es un buen hombre, una persona muy especial que tú hubieras apreciado en cualquier otro contexto, y ahora te contaré algo que no he dicho y es que Joachim tiene un brazo muerto, el izquierdo. Desnutrición de la madre durante el embarazo, por eso pasó la infancia entre burlas y humillaciones, tú ya sabes cómo son los niños de crueles. Él era judío y deforme, imagínate, pero lo peor vino después y fue lo que él llamó, entre tragos, «el día en que el gran Mal se instaló en mi cuerpo». La historia es dramática, escucha: él estaba en la Universidad de Leipzig y una tarde fue acorralado por un grupo de fascistas. Primero lo golpearon y luego lo llevaron a un salón vacío que resultó ser un laboratorio de química, y ahí se inició una macabra noche en que fue humillado de varios modos. Le metieron probetas de vidrio por el ano y otras cosas horribles, y al final, borrachos y drogados, los fascistas encontraron ácido en los estantes y decidieron tatuarlo, le marcaron una cruz svástica en el brazo marchito, pero no un tatuaje como los que hoy se hace la gente, sino un estigma, la piel quemada hasta darle forma, algo infamante, un signo de esclavitud, ¿lo imaginas? Era aún la Alemania de Honnecker, Moscú y el Pacto de Varsovia, pero en sus ventosas calles pululaban grupos y grupúsculos, personas que hoy están vivas, entrando y saliendo de sus casas con toda normalidad, mientras que Joachim lleva aún en su brazo ese estigma que nada ha podido borrar. Su brazo muerto estará marcado para siempre.

Kadhim bebió de un trago lo que le quedaba de cerveza y le hizo un gesto al mesero para que trajera otras dos, y yo me quedé perplejo, como perdido en la niebla, no sabía cómo era Joachim físicamente pero lo imaginé flaco, y vi a Victoria a su lado besando el brazo muerto, rozando con sus labios el estigma y diciéndole, esto no es una svástica, es sólo tu piel, eres tú, cosas así empecé a imaginar, lo que ella pudo haber dicho hasta que llegó la segunda cerveza y Kadhim dijo, ya ves, Joachim no es una persona común, es alguien que ha sufrido, que fue ultrajado por el mundo, y lo que creo es que Victoria fue sensible a ese dolor y desea darle alivio, tú sabes, salvar a otro o creer que uno puede hacerlo es muy atractivo, pero es algo muy distinto al amor, por eso te digo, espera con paciencia, él es una persona muy afectuosa, yo lo conocí a la salida de una conferencia, a eso de las ocho de la noche, y a las cinco o seis de la mañana ya me parecía haber pasado una vida con él, así es de intenso, aunque de un modo inusual, pues en realidad es también pasivo, tiene una mirada de dolor que te involucra, una ventana por la que ves cosas atroces y no puedes dejar de mirar, en fin, supongo que sólo podrás verlo como un rival y al fin y al cabo eso es para ti, hay una mujer de por medio y se ven enfrentados, pero saldrá bien, ya verás, y entonces le pregunté cuándo viajaba él a Estrasburgo y Kadhim dijo, en este momento, ya debe estar allá, cuando lo vi pasaba su última semana en Madrid, así que pensé en Victoria, su visita será pronto, y él dijo sí, podría ser cualquier día de estos, no dio fechas pues aún no había arreglado el viaje.

Sus palabras me llenaron de ansiedad y de rabia, pues hasta ese momento estaba en equilibrio, había logrado olvidarla al punto de que mis desdichas tenían ya otro nombre, el de Sabrina. La aparición de Kadhim y la carta lo habían trastornado todo y otra vez sentía esa diabólica opresión en el pecho, un fuerte deseo de desaparecer, anularme o no existir, y observando a Kadhim, una duda me golpeó el cerebro, ¿si Joachim y él hicieron amistad, por qué parece estar de mi lado? Se lo pregunté y él dijo: porque tú eres la pareja natural de Victoria, eso es obvio, hay una anomalía que puede ser feliz, pero es una anomalía. Joachim dijo que debía venir a París tan pronto llegara a Francia, y prometió llamarme… Lo que haré será invitarte, debes saber quién es antes de ver a Victoria, así la comprenderás, ¿qué te parece? Y le dije, mira, ahora no puedo pensar mucho, si tú crees que es una buena idea, hagámoslo, llámame cuando estés con él.

7.

Lo primero que sentí al despertar y, sobre todo, al tratar de recordar dónde diablos estaba y por qué, fueron unas tremendas náuseas, pues el aroma a frituras ya frías, alcohol, humo de cigarrillo y colillas era tan denso que casi se podía tocar. Cerca de mí, sobre otra colchoneta, pude reconocer los cuerpos dormidos de Susi y Desirée, pues un débil chorro de luz opaca, más bien neblinosa, entraba por los hoyos de una cortina. Estás en la chambrita de Saskia, me dijo ese notario que se esconde en nuestro cerebro: tomaste demasiado aguardiente y te caíste al suelo, cosa que noté de inmediato, una hinchazón en la parte trasera de la cabeza. Me incorporé en medio de una atmósfera irreal, pues del otro lado de la cortina continuaba la música y se oían charlas y risas, ¿qué hora era? Según mi reloj, que parecía funcionar bien, eran las seis de la tarde, así que me pareció imposible que la fiesta continuara.

Cuando volví a la sala mi aparición provocó un grito de júbilo, y alguien dijo: ¡Hola, amigo, te hemos echado de menos! Era Lazlo, que a esas alturas, aún despierto y borracho, era ya una masa de carne enrojecida y verdosa, con excepción de su nariz, negra como un tubérculo recién sacado de la tierra, ven y siéntate aquí, la fiesta sigue. Observé a los demás y noté muchos rostros desconocidos, hasta que vi a Saskia al fondo con un vaso en la mano. Come algo, insistió Lazlo. Luego Saskia vino y me abrazó, diciendo: buenos días, aunque no sé qué hora es... Te has perdido de muchas cosas divertidas, pero no te preocupes, están por llegar unos amigos con más bebida y algo de comer, así que podremos bailar hasta tarde, espera, debe quedar algo de salchichón por ahí, déjame servirte. Se fue a la mesa, repleta de servilletas sucias y bolsas vacías, y volvió con un plato plástico en el que había papas fritas y un par de rodajas de algo muy oscuro que podía clasificarse como «carnes embutidas», y que me dejó algo perplejo, pero que terminé comiendo, pues la verdad es que tenía hambre.

Entonces, en medio de ese grupo, me atrapó una intensa y opresiva sensación de orfandad, como si en algún punto hubiera extraviado el camino y ahora me encontrara en una órbita lejana, algo así como el Planeta de los Simios, sólo que con polacos y rumanos, entiéndanme bien, sin racismos de ningún tipo, pero en fin, me dije, mi vida, por propia elección, tenía ahora más qué ver con todos ellos que con mis recuerdos bogotanos, y era precisamente eso lo que tenía delante, ni más ni menos, así que cuando Lazlo se acercó con una botella de aguardiente y me ofreció un vaso diciendo que sería el último antes de una buena hora, lo acepté y lo bebí, sintiendo que, al hacerlo, dejaba atrás una vieja piel, frágil, temerosa, y le daba paso a una nueva, más fuerte, la piel con la que debía encarar esta urbe cruel y alocada en la que todo el mundo debía armarse para no ser tragado y después escupido en algún maloliente sifón, como los sumideros de agua del sótano de *Les goelins de Pyongang*, que era el lugar de donde había partido para llegar a esta humilde chambrita y a estos seres desesperados y convulsos que, como yo, intentaban ser felices por unas horas.

Terminado el aguardiente el grupo entró en pánico y entonces Lazlo le preguntó algo a Saskia en rumano, una frase que no entendí desde el punto de vista del idioma, pero sí desde la situación, y que debía ser algo del tipo, «¿a qué hora vienen tus amigos?», o, en su defecto, «¿cómo podemos conseguir más licor?». Al verla a ella, moviendo la cabeza en negativo y señalando el reloj, comprendí que le decía no sé, Lazlo, estarán aquí en cualquier momento, entonces él se levantó y me dijo, amigo, te voy a enseñar algo para situaciones como ésta, es malo quedarse sin licor, el cuerpo se enfría, así que ya verás, menos mal que el viejo Lazlo está con ustedes. Fue al lavamanos, que estaba detrás de la cortina, y cogió el tubo de dentífrico, un Colgate común y corriente. Luego encendió el hornillo eléctrico, puso una olla de agua a hervir y cuando esto sucedió levantó el tubo de Colgate, lo desocupó dentro y empezó a removerlo hasta que la mezcla se convirtió en un líquido blanco y lechoso, momento en el cual retiró el brebaje del hornillo y empezó a enfriarlo usando dos cubetas de hielo. Lo probó y dijo: amigos, está listo, traigan sus vasos, pero yo volví a sentir esa angustiosa perplejidad, ¿qué diablos era esto? Se llama «Lazlovska», dijo, bébanlo y verán, y entonces la gente empezó a servirse y a tomarlo. Está bueno, dijo un robusto rumano, y Saskia, tras apurarse un primer trago, gritó ¡sí!, Lazlo querido, viejo alquimista, eres un genio, y se bebió el vaso hasta la mitad. Yo me acerqué, puse tres cucharadas soperas en el mío y di un sorbo. Dios santo, eso picaba en la boca casi tanto como el aguardiente, pero de inmediato sentí calor, calor en todo el cuerpo y el espíritu, y a la mitad del segundo vaso noté que la opresión anterior, debida al guayabo y al exceso de cosas extrañas, me abandonaba y daba paso a una gran euforia, una sensación que debió ser general, pues en ese instante la fiesta se animó mucho. Saskia le subió a la música y todos bailaron haciendo un ruedo, invitándonos por turnos a entrar en él. Fue tal la alegría que empecé a preguntarme cuánto tardaría en llegar la policía, alertada por los vecinos, y no bien lo pensé se escucharon tres fuertes golpes en la puerta que me helaron el corazón. Ahí están, me dije, aquí acabó todo, pero Saskia abrió la puerta y pegó uno de sus gritos, pues en lugar de uniformados lo que había en el corredor era un grupo de rumanos, rusos o polacos, yo no podía saberlo, con varias bolsas de provisiones y muchas botellas transparentes en las manos.

A partir de ese instante se inició algo que podría clasificar de «dimensión desconocida», pues quedó registrada en mi memoria de forma episódica, a través de pequeños destellos de historias que, sin embargo, están llenos de lagunas e incoherencias. Una de las más grandes, por cierto, tiene que ver con Susi y Desirée, ¿durmieron eternamente en esa colchoneta, detrás de la cortina? ¿En qué momento se levantaron y se fueron? ¿Vinieron a saludarme y estuvieron conmigo un rato antes de irse? Misterio. Son cosas que debieron suceder pero que se colaron por las rendijas de la memoria hacia esos agujeros negros donde los hechos se pierden, puestos en viejos cuadernos que caen por detrás del mueble y se hunden en el polvo, como sucede en algunos juzgados, y de repente, años después, algo los trae de vuelta y uno ve lo que ocurrió, y esas imágenes recién recuperadas nos dejan en estado de parálisis, ¿cuándo pasó? No se sabe si ocurrieron o si fue que una noche, con el cuerpo caliente, las soñamos.

Y fue así que en esa fiesta, con el ánimo asaetado por la «Lazlovska» y el aguardiente rumano, asistí a cosas extrañas, rebotes de charlas o incluso personajes, como aquel centroeuropeo que llegó de pronto y que nadie parecía conocer, un hombre con un físico lamentable. Sus encías parecían repletas de estafilococos y su cuerpo semejaba una bolsa de bacterias, aunque lo más inquietante era su inequívoco aspecto de pertenecer a algún «grupo de riesgo». Ese hombre dijo algo que aún recuerdo, aunque no sé por qué lo dijo (tal vez un chiste), referido a las mujeres polacas: «Son tan frías que el modo más eficaz para congelar el esperma es fornicar con ellas», y agregó, «por eso en Varsovia venden condones de lana, única forma de mantener una discreta erección dentro de sus gélidas vulvas». Luego, al ser interrumpido por alguien con una pregunta que no escuché, el mismo hombre respondió: «Hace tiempo que no lo veo, creo que se convirtió en uno de esos puercos sodomitas que andan con los labios pintados y el recto lleno de esperma, ¿comprendes?», frase que me golpeó por su dureza y que relacioné con Néstor y Gastón, los amantes clandestinos, dos hombres enérgicos y poco agraciados entre los cuales era difícil imaginar el deseo.

Más tarde sostuve una larga conversación con una somalí llamada Salada, una mujer de 29 años muy bonita, casada y con un hijo, que no sé ni puedo imaginar qué diablos hacía en esa fiesta, y que sin venir a cuento, sin duda tan ebria como yo, empezó a quejarse de su marido francés, un hombre aburrido y autoritario que no la satisfacía en nada, ni en sus caprichos de mujer joven, vestidos y esas cosas, ni mucho menos en la intimidad, según confesó, así que mi consejo fue que lo dejara, que buscara a alguien más joven y parecido a ella, pues era una mujer muy hermosa y atractiva, no había razón para que estuviera con alguien a quien no amaba, pero Salada dijo, gracias por tu opinión, pero la verdad es que ya no soy muy bella, estoy algo gorda, con el embarazo subí catorce kilos y no he logrado bajarlos, y al yo decir no, no se te notan, empezaron las cosas extrañas, pues se levantó el vestido en medio del salón y me mostró su barriga, que en verdad era algo prominente pero que, como sucede con las africanas, era dura y templada, lo que la hacía ver bien. Luego me hizo palparle los muslos y las nalgas, donde consideraba que se había depositado la grasa, así que toqué dos esferas redondas y lisas, sin estrías ni celulitis, y luego los muslos, duros como piedras de río, y dijo, ¿ves la gordura, la sientes?, y yo insistía en decir no, Salada, no la veo ni la palpo por ningún lado, al revés, creo que tienes un cuerpo vigoroso, tal vez grueso, sí, pero no gordo, y entonces, sin que hubiera una transición lógica, Salada comenzó a besarme, pero su beso no me provocó sensualidad pues traía un fuerte olor a embutidos y vino barato, algo desagradable. Luego dijo que dejaría a su marido si un hombre joven, como yo, le hacía una propuesta seria, y continuó besándome, y yo sentí mareo entre los efluvios de salchichón y vino de mesa, y de repente me dijo al oído: sé que me respetas y por eso no quieres aprovecharte, pero antes de que pase nada quiero decirte algo, debes saber que soy somalí y por lo tanto fui «cosida», ¿entiendes? Lo dijo mirándome muy seria, con su nariz pegada a la mía, y yo le di un abrazo, claro que lo entiendo, le dije, y lo siento mucho, es una de las cosas de tu cultura islámica que jamás podré comprender, si es que hay algo que se pueda comprender en esa barbaridad. Al oír esto, y para mi gran sorpresa, Salada retiró su mano de mi cuello y me dijo, colérica, que yo debía respetar sus tradiciones, que ella misma, a los quince años, se había hecho «coser» y por supuesto extirpar el clítoris, en Mogadiscio, y que lo había hecho porque se consideraba una buena somalí, respetuosa de su cultura, ante lo cual no supe qué decir, sólo opiné que al menos en su caso ella misma lo había decidido, pues a muchas niñas nadie les pedía la opinión, y ella dijo que le parecía bien, si hubiera tenido una hija se lo haría desde pequeña, cuando duele menos. Algo confuso le pregunté, ¿y qué diablos se gana con eso? Es una cuestión de respeto y de pureza, dijo, nada más, y yo repuse, bueno, son creencias muy diferentes a las mías. Entonces, con delicadeza, me atreví a preguntarle: pero tú, cuando estás con tu marido, ¿sientes placer?, y ella respondió sí, claro, podía sentir orgasmos pues no se cortaba todo el órgano, sólo una parte, y a pesar de estar cosida la piel se había abierto de nuevo con las relaciones matrimoniales y, sobre todo, con el parto, sólo el aspecto exterior es diferente al de otras mujeres; un hombre que no lo sepa, alguien lejano al Islam, como tú, podría impresionarse, y al decir esto volvió a abrazarme, y me susurró al oído, vuelve a decir que soy bella, por favor, me hace falta ser coqueta, que alguien me quiera seducir y me desee, como tú, y yo, bastante borracho, o, mejor, en un grado superior de la ebriedad que ya tocaba extremos alucinatorios, le dije sí, Salada, eres la mujer más bella que he visto desde que llegué a esta ciudad miserable, la más fuerte y recia y valerosa, y te admiro por todo lo que has vivido, y ella insistió en besarme, pero ya no pude más y la rechacé diciendo perdona, he bebido demasiado, estoy muy mal, y entonces me propuso acompañarme al baño, ¿quieres que te ayude a vomitar? No, le dije, hay cosas que uno debe hacer solo, y entré al wáter y vomité mi alma, varias veces, y al terminar, tras enjuagarme con agua fría, observé mi cara en el espejo y vi el rostro de un desconocido, un ser extraviado y ausente, así que me alejé y volví al salón, renovado, y entonces, con esas decisiones que se toman cuando los líquidos del cerebro están profusamente irrigados, me propuse llegar al límite, adelante hasta la muerte, así que agarré mi vaso y, como el soldado que levanta su espada y corre a morir contra el enemigo, volví a llenarlo de aguardiente.

Salada se distrajo con un grupo, cerca de la puerta, y me acerqué a Lazlo y a Saskia, que charlaban cerca de la mesa, y les pregunté cómo iban y cuánto calculaban que duraría la fiesta, pues al menos a mí, dije, ya me parecía haber nacido entre estas cuatro paredes y que alguna vez vi una película colombiana. Lazlo opinó que estos estados de fervor eran difíciles de obtener y había que hacerlos durar al máximo. Es ahí cuando el cerebro obtiene las mejores imágenes, dijo, cuando las ideas más lúcidas salen a flote, como los maderos que se separan de un barco y salen a la superficie, y al decir esto volvió a hacer con el dedo un círculo en el aire, algo que reconocí como una marca suya, una firma original, y le dije, Lazlo, esos estados son difíciles de conseguir porque no todos resisten el alcohol tanto tiempo y en cantidades tan grandes, y señalé que, de acuerdo a lo que recordaba, ellos dos y yo éramos los únicos sobrevivientes del grupo que inició la fiesta la noche anterior, a lo que Saskia dijo, bueno, eso en parte es verdad, sólo en parte, pues lo que no sabes es que hay gente descansando y otros que fueron a trabajar unas horas pero que volverán. Miré el reloj y vi una cifra, las cinco, sin saber si eran las cinco de la mañana o de la tarde, y mucho menos de qué día, pero me consolé pensando que el lunes siguiente no tenía clases y que podía estar tranquilo, aunque imaginaba el guayabo tras dos o tres días de bebeta y sentí pavor, vértigo, ¿cómo hacen ustedes para no morir? Lazlo, de nuevo, dijo que lo mejor era tomar dos cucharadas de aceite de oliva y medio vaso de leche antes de dormir, y al levantarse beber una cerveza bien fría. ¿Y tú, Saskia, qué haces?, pregunté, y ella dijo, en realidad permanezco en pie pero no bebo tanto como los otros… Estar despierta me hace quemar energías y el licor se va por los poros, y luego, cuando me acuesto, ni siquiera estoy ebria, o muy poco ebria, y al despertar me encuentro bien, mi cuerpo responde, gracias a dios.

Entonces le dije: tu cuerpo responde porque es bello, tus padres hicieron un buen trabajo, y de nuevo ocurrió algo inesperado y fue que en lugar de celebrar el cumplido Saskia se echó a llorar, desconsoladamente. Lazlo la abrazó y le dijo algo en rumano, y a medida que la apretaba su cuerpo se contraía en fuertes espasmos. Miré a Lazlo y pregunté, ¿qué pasa? Es su padre, dijo, está muy enfermo en un hospital de Bucarest, lo internaron la semana pasada con hemorragia interna, los pulmones se inundaron y entró en coma. Saskia se enteró esta tarde pero no quiso decirlo para no arruinar la fiesta, y por eso ha estado así, tan triste. Entonces le dije a Saskia, que tenía los ojos rojos y la nariz inflamada: debes ir a Bucarest y verlo, y ella volvió a llorar y dijo:

—Es lo que quiero hacer, qué crees, pero si lo hago tendré que volver a entrar a Francia clandestina y no sé si pueda soportarlo. Es mi vida la que está en juego, maldita sea, le he enviado dinero a mi madre y a mis hermanos y ellos no me han hecho preguntas, pero sé que mi padre nunca aprobó que yo me fuera porque él es comunista y cree de verdad. Yo quiero su perdón o al menos un beso en la frente, en silencio, pero no sé, estoy muy confundida.

Al decir esto bebió otro trago de aguardiente y encendió un cigarrillo, cuyo humo aspiró como si fuera aire y hubiera estado nadando bajo el agua. Luego se sentó en un desvencijado sillón, con expresión ausente.

—Déjala un rato —dijo Lazlo—, debe iniciar un duelo que será largo. Su padre nunca fue su amigo y eso es peor, ahora se siente culpable de no haber estado cerca de él, de no haber tenido su comprensión, son cosas de la vida, amigo, yo también pasé por eso en Varsovia, sólo que hace más de diez años. Mis padres eran católicos y yo decidí ser ateo y comunista. Me fui a Rumanía a vivir con unos parientes de mamá y cuando mi padre murió, en un accidente de trabajo, yo estaba en el campo, en una colonia de estudio. El director me informó de la muerte de un modo bastante brutal, y luego le pidió a su chofer que me llevara a Bucarest, pero yo no quise. Pedí un día libre y me fui a la montaña, con la idea de recordarlo. Tenía que asesinar mi propio sentimiento de culpa, una sensación de asco y repulsión, un vacío en la boca del estómago, y en la noche, después de errar por cerros y trochas en silencio, o gritándole a las piedras y los abetos, ya me sentía mejor, como un lobo que se ha quedado solo y puede liberar su instinto, así me sentí, purificado por el dolor y la culpa.

La noche, o ese neblinoso presente del que ninguno sabía si era día o noche, empezó a ser cada vez más opresivo, hasta que llegué a mi límite y debí botar la toalla, declararme derrotado y, sin despedirme de Saskia ni de Lazlo y con temor a que él tuviera alguna otra fórmula para seguir, abrí la puerta y escapé hacia el corredor. Bajé corriendo las escaleras y, al empujar el portón de entrada, la sensación de la que hablé antes, esa «dimensión desconocida», se hizo aún más patente, pues un poderoso sol me cegó los ojos, un sol que no había visto nunca en esta ciudad y que inundó mis pupilas, deslumbrándolas, y me aterró la enorme actividad de la calle, el sonido de los carros y el caminar de la gente que iba y venía por los andenes, atareada, ajena a lo que ocurría en ese diminuto espacio de no más de 20 metros cuadrados en donde había transcurrido los últimos tres días de mi vida y que, visto desde afuera, poco antes de bajar por las escaleras del Metro, se representó en mi averiada mente como un inmenso ataúd repleto de fantasmas, un sitio apartado y remoto de la realidad en el que, de cualquier modo, había pasado unas horas estupendas.

8.

Gastón Grégoire era un hombre de unos cuarenta y cinco años, en cuyos gestos y forma de hablar era imposible detectar su condición de homosexual. Más bien lo contrario, pues tenía un tono bronco y duro en el habla, algo poco habitual en los franceses, así que esa tarde, cuando lo encontré en el café *Le pétit Montrouge*, mi curiosidad por la historia aumentó, tanto por él como por Néstor. Pero decidí ser muy discreto y cuidadoso, pues sabía que

Gastón debía estar preocupado y con difíciles sentimientos de por medio.

Cuando llegué a la cita, el cenicero contenía ya tres colillas de cigarrillos Gitanes, señal de su enorme nerviosismo, y por ello me propuse atender a mis palabras con extremo cuidado; recordemos que en la primera charla él simplemente creyó que Néstor lo había dejado, entendiendo por «dejado» —como habría dicho Gastón— la acepción de la frase «me dejó hace varios días», esa que provoca tanto dolor en quienes se aman. Al verlo inhalar el humo de su cigarro noté que su aspecto no era de lo mejor, tal vez estaba resfriado o sufría alguna alergia, y de seguro no se había bañado, pues tenía el pelo grasiento y aplanchado. Pidió que me presentara, así que pasé a describirme con algunas frases: soy esto y aquello, vine a París hace unos meses, trabajo en un restaurante, doy clases de español... No dije nada más, pues para una primera etapa era suficiente. Las cosas que de verdad me definían, todo lo que quería ser y no era, no venían por ahora al caso, así que me limité a dar unas cuantas pinceladas, a la espera de que él tomara la iniciativa, como en una partida de ajedrez en la que yo salía con negras.

Entonces Gastón dijo, ya entiendo, usted no es amigo de Néstor, ¿no es verdad?, y yo respondí, no, en realidad no, soy sólo un conocido, rival ocasional de ajedrez en un torneo de inmigrantes colombianos que Néstor ganó sin dificultad, pues es muy bueno, razón por la cual quise saber algo más de él, pero justo en ese momento dejó de ir a las reuniones, y entonces, curioso, hice un par de pesquisas hasta dar con la dirección de su trabajo y de su casa, y al hacerlo supe que no había vuelto ni a uno ni a otro. Ahí me empecé a inquietar. Néstor es un inmigrante sin cobertura médica, ¿comprende? Yo también vivo solo, le dije, y algunas noches me atormenta la idea de morir sin que nadie lo sepa. Por eso pensé que le había ocurrido algo, y por eso lo busqué, pero al llegar a su casa vi el buzón de correo lleno, y al mirar las fechas en los sellos comprendí que algo grave había ocurrido. Desde el día siguiente del torneo no regresó a su casa, como si un platillo volador se lo hubiera llevado a otro planeta...

Y ahí detuve la historia, preferí no contar lo del premio y la equívoca propuesta de Sophie, al menos hasta no ver qué decía él o cómo reaccionaba, y entonces Gastón, encendiendo otro Gitanes, preguntó cómo lo había encontrado a él y por qué tenía su dirección. No me quedó más remedio que contarle todo: sus postales misteriosas, la búsqueda del bar *Pelicano's*, el seguimiento hasta su casa y, al contárselo, pedir disculpas por entrar en su intimidad, algo que sólo tenía justificación si se partía de la buena fe, pues saber qué le había ocurrido a Néstor era lo prioritario, dejando atrás pudores y usos sociales, y por eso, al terminar, Gastón dibujó una sonrisa amistosa y dijo, muy bien, por lo que dice debo considerarlo un amigo, y eso me alegra, le confieso que vine a esta cita con recelo, compréndame, desde donde yo veo las cosas hay un tufillo a secreto y a engaño bastante insoportable, tanto por su carta como por la charla al teléfono, pero ya le digo, le creo y le agradezco, y espero que Néstor se lo agradezca cuando lo encontremos o decida aparecer, en fin, aquí estamos, tal vez sea yo quien deba hablar ahora, ¿no le parece? Usted ya habló lo suficiente, así que, si me permite, le contaré algunos pormenores.

—Néstor y yo teníamos una relación amistosa que incluía una cierta intimidad, lo que despertó en ambos, como es lógico, una serie de sentimientos, ése es el marco afectivo desde el cual le hablo, ¿estamos claros?

Dije que sí y él continuó:

—Es hora de que me presente: soy profesor de filosofía en la escuela pública de Le Blanc Mesnil, dicto clase a los jóvenes de penúltimo y último año, vivo solo desde que murió mi madre, hace tres años, y soy homosexual, como supongo usted ya notó, lo que no me genera el más mínimo complejo ni deseo de militancia, créame, todas esas manifestaciones, como el desfile del orgullo gay, me son antipáticas, cada cual debe vivir su sexualidad y sus afectos en la esfera de lo íntimo, pero continúo con mi relato. Le decía que nací en París en una familia comunista, mi padre era ferroviario y mi madre ama de casa, y hoy, aunque suene algo desfasado, sigo siendo comunista, entendiendo por tal alguien que considera la justicia y el control de los bienes sociales un deber del Estado, el único que puede nivelar las diferencias naturales de liderazgo y capacidad entre los hombres, diferencias que si bien existen en la vida no tienen por qué constituir desigualdad. Que cada cual haga lo que quiera y llegue donde deba llegar, pero que este accidentado recorrido no esté viciado por el peso de lo económico y la obligación de generar recursos, es lo mínimo para vivir y lo más grande que puede lograr una sociedad, en fin, no deseo extenderme, soy un comunista utópico, si puede expresarse así, pues no comparto ni apoyo las asquerosas versiones del comunismo que la Historia del siglo xx puso ante nuestras narices, excrementos como Stalin, Pol Pot o Ceaucescu denigran el género humano... Pero culpar a Marx de esos crímenes es injusto. Sería como culpar a Cristo de los crímenes de la Inquisición, ¿estoy siendo claro?

Dije que sí pero no fui escuchado, pues era una pregunta retórica. Sin mirarme, Gastón continuó:

—Por eso vivo en París, un lugar en el que ser comunista y homosexual no es un peso, como sí debe serlo en otros países, me refiero al suyo, ¿verdad? De acuerdo a lo que sé, allá ser comunista es algo peligroso, hay balas en el aire, y lo de homosexual tampoco me parece que sea muy apreciado. Néstor lo dice continuamente. Allá este tipo de relaciones no se pueden vivir, ni siquiera en las cárceles. No lo sé con exactitud, así que sigo con mi historia: como le decía, nací en París, en el distrito veinte, y luego, cuando murió mamá, me trasladé a Le Blanc Mesnil, donde fui asignado en calidad de profesor escolar. Mi materia incluye historia de los presocráticos y va hasta Spinoza, algo muy general. Los jóvenes no tienen tiempo ni concentración para leer filosofía y por eso les damos una versión llana y masticada que a veces, fíjese usted, tiene sus recompensas, pues en cada grupo es común que uno o dos se interesen por los temas... Incluso alguna vez, en ese suburbio pobre lleno de violencia y drogas, he visto a jóvenes filósofos, talentos naturales, se lo aseguro. Lo que he intentado es moldearlos, darles un esquema para que sigan pensando y para que, hagan lo que hagan con sus vidas, se apodere de ellos una estructura de pensamiento y los haga dudar, considerar el mundo un espacio de análisis y reflexión, ¿me sigue? Suele pasar cuando hablo, usted disculpe, siempre tengo en la cabeza tres o cuatro ideas simultáneas y todas pujan por salir, es el origen de cierta incoherencia en mi discurso que, sin embargo, visto de cerca y con atención, presenta una gran armonía, en fin, ya le explicaré esto después.

El mozo del café se acercó y Gastón pidió un Pastis luego de mirar el reloj y decir, ya es hora de un buen aperitivo, permítame invitarlo, así que pedí una cerveza y él continuó: ¿En qué estaba? Ah, sí, el lenguaje, en fin, no tiene importancia, y en ese punto me atreví a interrumpirlo para preguntar, ¿cómo conoció a Néstor? Él me miró con frialdad, pues sin duda había planeado un trayecto distinto en su historia, y entonces, estirando los dedos de una mano, me dijo, estoy llegando, para allá voy, pero vamos con calma, le decía que me fui a vivir a Le Blanc Mesnil, y claro, usted dirá, ¿cómo es que uno que nace en el distrito veinte se puede ir a una barriada como ésa? Bueno, aquí entra en juego lo que le decía antes, soy comunista, ésa es la respuesta, lo mío es estar con la gente que más lo necesita, y le confieso que aun si a veces creo que lo mejor que puede pasarle a estos suburbios es que caiga un rayo y los convierta en ceniza, acabando con el sufrimiento de estos jóvenes extraviados, otras, la mayor parte del tiempo, creo en la educación y siento que las ideas de tantos espíritus ilustres deben estar al servicio de esa cosa cochambrosa y obscena que es la vida real, y al pensar esto me voy a mi pequeña biblioteca y preparo verdaderas arengas, discursos que son cataratas de ideas y que, a decir verdad, no sé si sirven o no, tal vez sí, pues me recuerdan ese discurso de Kafka dicho por un mono, ¿cómo es que se llama? Ah, gracias, *Informe para una Academia*, pues algo de ese estilo, no sé si estoy siendo claro. Bueno, pues ése soy yo, el mono de Kafka, ¿cómo le parece?

En fin, ya nos presentamos, continuó diciendo, ahora debo decirle cómo conocí a Néstor, y, mire, se lo contaré del modo más sencillo posible: usted sabe que hay lugares frecuentados por hombres solos que desean entablar relaciones con varones, ¿no es cierto? Pues así lo conocí, caminando por los jardines de las Tullerías al atardecer. Es un lugar para hombres en busca de aventuras. Yo nunca había ido, pues tenía una pareja estable desde hacía doce años... Pero en esa época mi relación se rompió y una tarde, después de un almuerzo en el que bebí demasiado, acabé paseando entre los arbustos y Néstor estaba por ahí, había ido a curiosear atraído por algo que le habían contado o que había leído, no recuerdo bien, y en una de esas vueltas nos encontramos y se inició una charla. Él hablaba muy poco y casi no entendía el francés, pero yo sé español, así que nos comprendimos y empezamos a frecuentarnos, hasta que ocurrió algo que no vale la pena que le cuente y que acabó por unirnos, nos vimos arrastrados por una fuerza que nos llevó a una orilla y fondeamos, empezó la amistad, una relación llena de silencios y lejanías, él siempre receloso con su intimidad, pues temía ser descubierto entre los inmigrantes y que luego se supiera en Colombia, donde tiene esposa y dos hijas. Ésa era su mayor obsesión, lo que no le permitía vivir de un modo abierto. Por eso nunca fui a su casa. Ésta es la primera vez que vengo a Montrouge por algo relacionado con él, ¿me sigue? De ahí que su ausencia no fuera alarmante, algo que, le confieso, sigue sin parecérmelo del todo. Néstor siempre fue así: el hombre invisible que entraba y salía sin ser visto. Me acostumbré a su lejanía y me agradaba, pues como le dije salía de una relación de doce años y estaba agotado de compromisos asfixiantes.

Pero vamos a ver, amigo, ahora que entramos en materia quisiera analizar los hechos. Usted afirma que Néstor desapareció porque no volvió a las reuniones de inmigrantes colombianos, ¿verdad? También por el asunto de las cartas. Pero déjeme hacerle preguntas, así a lo mejor hago nacer en usted nuevas dudas o aserciones, y empiezo por lo más sencillo: ¿no se habrá ido a pasar un par de semanas a algún lado?, y yo dije no, es un inmigrante económico, una situación que, a mi entender, es contraria a cualquier posible idea de vacaciones.

Gastón, acariciándose la barbilla, insistió: está bien, aceptemos que no se fue de vacaciones, ¿no podría haber conocido a alguien y estar en su casa? Son cosas que pasan todos los días, pero debí negar de nuevo, hay un detalle que no le he contado aún, verá. Me tomé el atrevimiento de retirar del buzón sus extractos bancarios y resulta que desde ese día no ha sacado o gastado un solo franco, lo que es muy extraño, pues lleva cerca de un mes sobreviviendo sólo con la cifra del último retiro, que fue de doscientos francos, algo que no es posible en esta ciudad, y entonces Gastón dijo, muy bien, ese argumento es bueno, aunque también puede ser cuestionado ya que muchos trabajadores ilegales reciben su plata en negro, lejos de los ojos del fisco, lo que podría explicar que cuente con sumas en efectivo. Hay un problema, le dije, y es que tampoco volvió a su trabajo sin que mediara razón o disculpa, por lo que no me parece que esté ganando dinero en efectivo... Podría haber encontrado otro trabajo, es cierto, pero ya es una suma demasiado grande de cosas insólitas, le dije, nadie abandona una vida sin llevarse nada consigo, los hombres somos como los caracoles, nos gusta llevar la casa a cuestas, y mucho más los inmigrantes.

Es una buena imagen la del caracol, dijo Gastón, aunque no olvide que las raíces de los hombres son los pies, y los pies se mueven, la vida es dinámica, movimiento y velocidad. Lo que define a un organismo es el poder desplazarse, las conexiones activas en oposición a la suprema quietud, ¿no cree? Tal vez Néstor, estimulado por algo que no sabemos, decidió dar un vuelco en su vida, y entonces, como los ermitaños o como Simeón el Estilita, decidió alejarse del mundo por un tiempo, no sé, a mí me parece bastante posible, insistió Gastón, y además le digo algo: aun si la dinámica de nuestra amistad fuera el silencio y la lejanía, no creo que se hubiera marchado sin enviar una nota, como hizo en otras ocasiones. Comprendo su punto de vista y me preocupa, pero por fortuna nada de lo que dice parece excesivamente inquietante, así que esperemos, eso será lo mejor. Si usted sabe de él le ruego que me avise, y yo haré lo mismo cuando se comunique, ¿trato hecho? Dije que sí, pero luego se me ocurrió proponerle que viniera conmigo a la casa de Néstor. No está lejos, apenas a unas cuadras de aquí.

Gastón mordisqueó la pipa nervioso, era la curiosidad y el deseo de conocer la morada de su amigo versus el pudor tan francés por la intimidad ajena, así que decidí facilitarle las cosas, y dije: yo voy a ir de todos modos, y me agradaría que me acompañara. Sólo así aceptó, y dijo, está bien, tal vez podamos encontrar algo, aunque le advierto que si Néstor está en la habitación me veré obligado a contarle todo, pues mi presencia lo sorprenderá, y yo dije, no se preocupe, si él nos abre la puerta, y ojalá sea así, yo le explico todo, no debe temer nada.

Cruzamos a pie la plaza central de Montrouge, dejando atrás las avenidas ruidosas. Gastón acezaba, pues iba echando al aire grandes bocanadas de su pipa al tiempo que caminaba, dos cosas que exigían mucho a sus sufridos pulmones, pero él parecía no padecerlo y así llegamos a la lúgubre rue du Lys, cuya atmósfera impresionó a Gastón, quien comentó: dios mío, qué calle tan oscura y fría, no creo haber conocido una calle más desolada en los alrededores de París, y eso que vivo desde hace años en los suburbios. Cuando me acerqué al portón y comencé a digitar el código, él preguntó: ¿es aquí?, no, ¡por favor, no!, mi sensibilidad está al límite, no soy capaz de entrar a este mausoleo, ¿ve usted alguna señal de vida? La veremos arriba si hay suerte, le dije. Encendí la luz del corredor y vi el buzón rebosante de cartas, pero preferí dejarlo para más tarde. Empezamos a subir la escalera y Gastón insistió: huele a mierda y a orín de gato, lo que quiere decir que hay vida, ¿son muchos pisos? Ánimo, le dije, es en el último, podemos subir con calma.

Por fin llegamos al corredor de las chambritas y con mucha convicción golpeé en la puerta de Néstor, cuya rendija inferior seguía iluminada. Este hecho no escapó al filósofo, quien dijo: ya está, observe, hay luz en esta casa. Volvió a golpear con fuerza, gritando: ¡Néstor, abre! ¡Soy yo! Pero nada. Con gran disimulo acerqué la nariz al pliegue de la puerta e inhalé con fuerza, pero no había olor a cadaverina. Lo único que llegó a mis tabiques fue una mesada de grumos de polvo y humedad, tanta que estornudé un par de veces. Luego decidí golpear en la puerta del frente. Nunca había comprobado que de verdad ésta fuera la puerta de él, un error tonto que me haría quedar como un imbécil ante Gastón, e incluso ante Néstor, que a lo mejor podría estar muy tranquilo en cualquiera de las otras chambritas.

La puerta del frente se abrió y vi el mismo rostro de las otras veces. Una mujer que, de acuerdo a mi observación, podía ser asiática o latinoamericana, y que resultó ser del Ecuador, así que le pregunté por Néstor. Somos amigos del club de ajedrez, le dije, y estamos preocupados por él, pues no ha vuelto. Ella dijo que no lo había visto hacía días, y nos sugirió que le preguntáramos a la mujer del tercero derecha, Madame Barc, propietaria de la chambrita de Néstor. A lo mejor ella sabe si se fue de la casa o qué ocurrió. Luego le pregunté a la mujer si había notado algo raro estos días, y ella dijo, bueno, sí, han venido a golpear unos árabes, entonces le dije, no, señora, era yo mismo con un amigo marroquí... Ah, ¿era usted...?

Gastón, que había permanecido callado, le hizo una pregunta: ¿Lo ha visto recientemente? Sí, dijo ella, hará cosa de un mes. Lo encontré en la escalera y me ayudó a subir el mercado. Con mi marido, en cambio, nunca se conocieron. Él no tenía amigos. No recuerdo que recibiera visitas o hiciera ruido, y entonces ella preguntó, con una sombra de duda, ¿son ustedes de la policía? No, le dije, ¿no ve que soy colombiano? Ah, sí, dijo ella. Pregunté por la luz encendida pero no supo decirnos gran cosa: la habrá dejado así la última vez que vino, esa chambrita está vacía, se lo puedo asegurar. Luego se disculpó: tengo que acabar la comida, señores, perdonarán, mi marido va a venir en cualquier momento y si no tengo todo listito me mata. Así dijo, «listito», con los diminutivos del Ecuador, y cerró la puerta, así que nos quedamos pensando qué hacer, una situación que ya conocía, y decidimos bajar a la calle.

Al pasar por los buzones simplemente saqué los sobres y empecé a revisarlos delante de él, que no apreció el gesto, y dijo, usted sabe que esto es un delito, ¿verdad?, apoderarse del correo ajeno está penalizado por la ley, pero yo le insistí, es por su bien, Gastón. Ojalá, como usted dice, él esté oculto en algún lado y sea voluntario, pero yo creo que a él le ocurrió algo y necesita ser buscado y encontrado. Hay que echar mano de todos los rastros y por desgracia éste es uno de ellos, le dije. Gracias al correo lo encontré a usted y estamos aquí, no lo olvide, así que volvamos al bar, a ver qué nos dicen estos sobres.

Al sentarnos y pedir otros dos aperitivos noté a Gastón preocupado. La atmósfera de la rue du Lys, sumada a la visión del corredor y a las palabras de la vecina ecuatoriana debieron golpearlo y ahora estaba triste, así que dispuse las cartas sobre la mesa y empecé a abrirlas. La mayoría eran administrativas, dos recibos de la luz y uno del teléfono. Al abrir este último comprobé que no había llamadas a partir del día del torneo, aunque no era una línea de teléfono muy utilizada. En todo el bimestre había sólo once llamadas. La factura, incluyendo los costos fijos, era de 126 francos, más baja que la mía, que ya es mucho decir. Al ver el informe detallado hubo otra sorpresa: ¡una de las llamadas había sido a Colombia! Era una llamada de sólo tres segundos, como si Néstor hubiera querido escuchar la voz de alguien. El número correspondía a Bogotá y, como no quise copiarlo delante de Gastón, lo memoricé. Supuse que sería un dato importante. No se sabía para dónde iba el asunto y cualquier información podría tener relevancia.

Cuando Gastón revisó las llamadas no se fijó en esto sino en otras cuatro, a su propio teléfono. También eran bastante cortas, de pocos segundos, lo que quiere decir que colgaba sin dejar mensaje en la cinta del contestador. Ahora entiendo, dijo, a veces el aparato marcaba mensajes y luego resultaba vacío... Esas llamadas sin voz que de inmediato nos ponen a pensar, ¿sabe? Entonces le pregunté: ¿y usted lo llamaba cuando encontraba esos mensajes mudos? No, dijo él, es difícil saber de dónde provienen, aunque uno sospeche.

Dobló la hoja, la guardó en el sobre y pasamos a otro de La Poste: era de nuevo el saldo de su cuenta, que permanecía invariable, ningún gasto ni uso del dinero en las últimas dos semanas, algo que inquietó de nuevo a Gastón. Ahora comprendo su argumento, dijo, el saldo no es pequeño y Néstor nunca fue un hombre adinerado o manirroto como para dejarlo, aunque se puede haber ido con la idea de gastar esta plata desde el extranjero, con tener una tarjeta internacional, entonces le pregunté, ¿y él tenía una? Gastón se quedó perplejo, y dijo, no sé, no lo recuerdo, la verdad es que siempre pagaba yo los consumos, pues al ser él un trabajador inmigrante parecía obvio que fuera yo quien lo invitara, ¿y sabe por qué?, me preguntó, y yo respondí, supongo que por ser comunista, y él dijo, sí, amigo, exactamente, veo que empieza a conocerme, eso me alegra, así las ideas fluyen mejor, pero al mirar el saldo pensé algo más, y fue lo siguiente: si Néstor tenía el mismo monto de hace dos semanas quiere decir que no cobró a fin de mes, una idea que tampoco dije en voz alta, así que Gastón dobló y guardó la carta y pasamos al siguiente sobre, que era una publicidad del Reader's Digest, lo mismo que los dos siguientes, promociones de electrodomésticos Darty. Bah, dijo con mal humor, esto es basura capitalista, a la mierda, y los tiró a una papelera, quedándose con el último sobre en la mano, un formato más grande de inconfundible papel de estraza, sello rojo y estampillas del libertador Bolívar. Era un sobre que venía de Colombia, pero Gastón lo guardó sin abrir. Esto ya es demasiado, dijo, quien sea que lo haya enviado no debe saber qué le pasó a Néstor. No estuve de acuerdo, pero me dio igual.

Luego Gastón preguntó si ya había buscado en hospitales y comisarías, pero le dije que no, sé que es lo primero que se hace en estos casos pero no tengo mucha experiencia, así que fíjese, si usted quiere podríamos hacerlo juntos, dividirnos algunos de los lugares, y él dijo, claro, llame usted a la Pieté-Salpetrière, espere le doy una lista de clínicas públicas, y comenzó a escribir.

—Entiendo que a usted, siendo colombiano, le dé reparo ir a una comisaría. Iré yo, pero mire, esta es la lista de lugares a los que llevan heridos, los números los puede encontrar con la guía telefónica, no tendrá problema... Pues bien, amigo, no me queda más que agradecerle de nuevo su interés, le confieso que por mí mismo nunca habría llegado a saber tanto, se lo agradezco, y sé que Néstor también lo hará. Si debo serle sincero, aún no comprendo del todo cuál es o de dónde surgió su interés, pero lo aprecio, créame, vamos a encontrarlo, aunque sea la última cosa que haga en este asqueroso mundo. Tiene mis números y yo los suyos, hablemos cuando haya novedades.

Lo vi irse cojeando hacia la estación del suburbano, que estaba a unos cien metros, y al verlo entre la gente me siguió pareciendo extraño que ese hombre fuera el compañero sentimental de Néstor Suárez Miranda, el tímido y brutal jugador de ajedrez. Traté de imaginarlos desnudos, en una cama, Néstor flaco y esmirriado, Gastón entrado en carnes, dos cuerpos sin ningún atractivo que, sin embargo, se unían con deseo, ¿cómo diablos podía nacer el deseo?, ¿cómo era posible que de esas carnes blandas brotara algo de sensualidad?, ¿qué cosas se decían?, ¿qué se hacían el uno al otro para excitarse? No parecía posible que eso sucediera, y sin embargo era así, dos adultos que se querían y buscaban, que eran importantes el uno para el otro y se extrañaban.

Poco después estaba sentado en un vagón del Metro, en medio de miles de rostros. Entonces recordé las palabras de Gastón: «Néstor es el hombre invisible», y comprendí su significado en esta ciudad populosa y fantasmal donde ninguno de nosotros, en realidad, existía.

9.

Esa noche, al llegar a *Les goelins de Pyongang*, noté a Jung sumamente alterado. Dejó caer varias veces su esponjilla dentro del agua fétida, lo que lo obligaba a hundir el brazo en esa mezcla de detergente, restos de comida, salsa de soya y picante, algo muy malo para la epidermis, pues provocaba quemaduras y llagas, y entonces le dije, compañero, qué pasa, te noto distraído, ¿ha ocurrido algo? Jung, tan ceremonioso como siempre, empezó diciendo que no era nada, que no debía preocuparme, y agregó, ¿recuerdas la historia de mi esposa? Yo dije, sí, claro, la que estás buscando, ¿hay noticias?, y él dijo, bueno, recibí el viernes una carta de un pariente, dice que supo algo de Min Lin, o de alguien que podría ser Min Lin, una mujer que está en un hospital psiquiátrico del ejército, a las afueras de Pyongang, y por los datos que él tiene podría ser ella, fue recogida de la cárcel central, donde estuvo tres años por intento de suicidio, y perdió la razón por la muerte de su hija… La edad coincide. Todo coincide. Sé que esto pudo haberle pasado a muchas mujeres de mi país. Llevo tres días pensando, rogando que no sea, pues no podría soportarlo, y ya no sé qué contestarle a mi pariente, no sé si decirle ve a verla, o, mejor, trata de averiguar su nombre. Por ser un hospital del ejército no es fácil saber la identidad de los enfermos, puede haber opositores en tratamiento de electroshock y esas cosas, por eso es secreto, en fin, no sé qué hacer, amigo… Mi pariente tiene contactos en el lugar, un cocinero que con algo de plata puede conseguir el nombre, dijo Jung, y mientras hablaba los ojos se le enrojecían, algo que trataba de ocultar culpando al picante, pero yo sabía que no, y entonces me pidió consejo, ¿qué hacer?, ¿debo dejar que la vida siga su camino o continuar esta búsqueda que, en el fondo, hago más por mí que por ella, para darle alivio a mi conciencia?

Empecé a sentir mis ojos acuosos, en verdad que estaba fuerte ese picante. Le dije que debía llegar hasta el final. Ahora que lo sabía no podía vivir como si no lo supiera. Si ya sentía culpa antes, cuando la creía muerta, ahora sería mucho peor. No me pareces una persona capaz de olvidar un afecto, o de dejar a alguien solo, y ahí él interrumpió para decir, pero ya lo hice una vez te lo conté, la dejé en una jaula de fieras, una joven tan frágil y buena, la dejé y los demás la pisotearon, soy un miserable, pero yo le insistí, por eso debes buscarla, si no haces nada ahora que lo sabes o tienes la sospecha, es como si volvieras a abandonarla, ¿no?

Imagina que es ella y que pasa las tardes esperando que la puerta se abra y aparezcas tú, ¿ah? Tal vez es eso lo que espera, y por eso debes cumplirle. Ella es aún joven y tú también lo eres, ninguna vida termina así, la moneda siempre está en el aire y nada impide pensar que en un par de años estén aquí los dos, en un pequeño apartamento, e incluso que tengan otro hijo. La vida está hecha de sorpresas, pequeños sueños que nos permiten seguir adelante, ¿verdad?, como esas visiones que tú tenías cuando escapaste de Corea, perseguiste una voz y lo que parecía tan difícil hoy es sólo un recuerdo, algo que le cuentas a tus amigos mientras bebes una cerveza. Si es Min Lin, debes hacer lo posible porque salga del psiquiátrico y venga a París. Es un buen motivo para vivir, o al menos es un motivo. Hay un proverbio hebreo que dice: «Cuando sabes qué es lo correcto, lo difícil es no hacerlo».

Entonces él, dejando la esponjilla sobre el borde de la mesa, me dijo, amigo, sin duda tienes razón, hay que encontrarla, pero, te confieso, me da miedo, son demasiados años, ¿qué tipo de dolencia mental tendrá?, tal vez sea una reclusión de castigo, allá todo es posible… En ésas estábamos cuando bajó el administrador y nos gritó que dejáramos de hablar, en la cocina la vajilla está a punto de acabarse, no les pagamos para que conversen, así que redoblamos el esfuerzo, hacía un buen rato que habíamos parado, eso era cierto, la gravedad del tema hizo que el tiempo pasara volando.

Antes de salir eché un vistazo a la cocina y el salón a ver si veía a Susi, pues tenía ganas de charlar con ella, pero no estaba, así que fui con Jung a tomar una cerveza. Lo importante ahora, le dije, es que tu pariente consiga el nombre de esa mujer, pero desde ya debes pensar que sí es ella y tomar decisiones, ¿tienes algo ahorrado? Sí, un poco, dijo, y yo repuse, pues bien, consérvalo. Lo segundo es buscar a alguien que traiga gente desde China o Birmania. Supongo que en el barrio chino habrá quién pueda ayudarte; se podría averiguar cuánto vale traer a alguien de China, así ya sabrás a qué atenerte. Traer una persona desde Latinoamérica cuesta unos 20.000 francos, no sé cómo será desde Oriente, a lo mejor es más barato porque vienen más, no sé, y él dijo, sí, eso es lo primero, saber cuánto cuesta, ¿tú crees que el dueño del restaurante me ayudará? Es posible, opiné, es tu compatriota y no es mala persona, al fin y al cabo trabajas para él, puede adelantarte algo de plata, tú sabes mejor que yo que es algo peligroso y caro, pero siempre será mejor para ella que la suerte que le espera en ese hospital.

Con esa seguridad nos despedimos y él se fue algo más tranquilo. Yo me fui corriendo a una cabina avergonzado de lo que estaba por hacer, pues la verdad es que mientras bebía la cerveza con Jung sólo deseaba una cosa, salir para llamar a Paula, saber qué hacía y si estaba sola, pues esa noche quería, o, más bien, *necesitaba* la compañía de una mujer, así que marqué el número, y a los tres timbrazos contestó con voz dormida, ¿aló? Le pregunté si estaba durmiendo y dijo, sí, ¿pasa algo? No, le dije, sólo quería verte, perdona, pensé que estarías despierta, y ella dijo no, no, mañana me levanto temprano, llámame por la tarde y nos vemos, hoy estoy rendida, vete a tu casa a dormir, ¿qué haces a esta hora por la calle? Acabo de salir de trabajar, le dije, felices sueños, te llamo mañana. Colgué sintiéndome frustrado. También Paula tenía sus límites, imposible pretender que el mundo girara al ritmo de mis caprichos, así que caminé hacia el bus nocturno, fumando un cigarrillo, cuando se me ocurrió buscar a Saskia y a Susi en la *peniche*. Con esa idea mi cuerpo se volvió a llenar de sangre y aceleré el paso, hasta que decidí tomar un taxi.

Pero al llegar vi con dolor que estaba a punto de cerrar. Eran las dos y media de la mañana y no había nadie. Ya me iba cuando escuché una voz gritando. Y fue el milagro. Era Susi, así que la llamé y le dije, ven, vine a recogerte. Se alegró de verme y de inmediato le propuse dormir en mi casa, ¿qué te parece? Dijo que sí, vamos donde quieras, me muero de sueño, y así nos fuimos a mi chambrita, y al llegar y verla dejar su falda y su camisa para ponerse el pantalón de una sudadera y una camiseta míos, sentí que ese cuartucho empezaba a ser mi hogar, un espacio pobre y lúgubre, pero en el que alguien que me apreciaba se sentía cómodo, y esa era Susi. Me acosté abrazado a ella, dejándome invadir por sus perfumes dulzones, y le dije, ¿tuviste una noche muy ajetreada? Más o menos, respondió, tres clientes, menos mal que viniste, me duele la barriga y no tenía ganas de llegar a mi casa. Yo sentía lo mismo y por eso había ido a buscarla, entonces me besó y dijo, mañana vamos a comprar cosas para comer y nos quedamos todo el día acostados, oyendo música, ¿puedes? Dije que sí y le di otro beso. Déjame poner la mano donde te duele y cierra los ojos, le susurré, verás que en un rato te pasa.

Luego pregunté, ¿qué te hiciste en la fiesta de Saskia?, prácticamente no te vi, y ella dijo, bueno, me encontré con amigos, bebí, ya sabes, estuve un rato en el baño con uno de ellos, nada del otro mundo, una pequeña guerra de cosquillas. Dormí cerca de donde estabas cuando caíste al suelo, y al despertar me fui, pues tenía que hacer una visita el sábado. Al escucharla recordé el dolor de Saskia por su padre, y pregunté, ¿qué sabes de Saskia?, ¿está mejor? Entonces Susi dijo: bueno, no sabe qué hacer y yo la comprendo, si sale de Francia pierde lo que ha construido, pero del otro lado está su padre, ¿tú qué harías?, me preguntó, y dije sin dudarlo, iría a verlo, nada puede ser más importante, y ella opinó, tú lo dices porque puedes entrar y salir a tu antojo, no puedes comprenderlo. Tienes razón, dije, mi situación es diferente, y Susi reviró: no es que sea «diferente», es sencillamente mejor, usa las palabras como están hechas, tu situación es privilegiada y por eso no puedes juzgar. Yo protesté: no estoy juzgando a Saskia, tú preguntaste qué haría y ya te contesté con sinceridad, sólo eso, y ella dijo, sí, pero habrías podido no subrayar tu privilegio al responder, ¿comprendes?, uno puede dejar de ser quien es para no herir a otra persona, es todo... Entonces le pregunté: ¿y a quién herí, a ti?, y ella dijo, sí, me hieres porque señalas que eres diferente, algo que es cierto, tú no vives lo mismo que nosotras y por eso puedes tomar distancia. Eres un privilegiado, al menos acéptalo, a lo que dije, está bien, Susi, lo acepto, aun si la palabra «privilegiado» suena un tanto extraña a mis oídos cuando veo la vida que llevo, pero ella de inmediato reviró, deja de quejarte y duerme, me estás haciendo venir más dolor, yo entiendo que sufras, pero piensa en las vidas de los demás, todo el mundo tiene algo qué contar y cree que es el único, por eso te doy un consejo y es que de vez en cuando te asomes a la ventana y observes la vida de la calle, pero le dije, Susi, mi ventana no da a la calle (en realidad quise decir «mi ventana *ni siquiera* da a la calle»).

Al día siguiente estuve recostado en mi colchoneta toda la mañana, leyendo con avidez un libro de V. S. Naipaul, el autor que Kadhim me había recomendado, en cuyas páginas había encontrado ya bastante. Susi decidió salir a hacer unas compras al Monoprix y luego a caminar por el Bois de Boulogne, pues no estaba lloviendo, así que estaba muy tranquilo, rumiando en la cabeza la siguiente cita de *El enigma de la llegada*:

«El impulso más noble de todos —el deseo de ser escritor, el deseo que dominaba mi vida— era el impulso más esclavizante, el más insidioso, y en ciertos sentidos también el más corruptor, porque, refinado por mi semi-educación semi-inglesa y al dejar de ser un impulso puro, me había dado una idea falsa de la actividad de la mente. El impulso más noble, en aquel marco colonial, había sido el más castrante. Para ser lo que quería ser, tuve que dejar de ser o salirme de lo que era. Para llegar a ser escritor tuve que desprenderme de muchas de las primeras ideas unidas a la ambición y el concepto que me había dado del escritor mi semi-educación».

Esta frase me trajo un aluvión de preguntas: ¿era necesario alejarse del propio lugar para escribir? Esto parecía ser la condición de quien proviene de lo que Naipaul llama un «marco colonial», que en su caso es muy claro: la isla de Trinidad, una colonia británica. Yo no provenía de una colonia en términos administrativos pero sí culturales, y por eso la frase se acomodaba con placidez en mi cerebro. Hay que alejarse para escribir, irse al otro extremo del mundo, observar de lejos, así las palabras y las experiencias se cargan de sentido, todo adquiere resplandor con la distancia, hay que irse siempre o dejar de ser, como dice Naipaul. Pero de inmediato emergían las ideas contrarias: ¿cuántos buenos escritores no se fueron nunca de sus lugares, empezando por Salgari y Jules Verne, y siguiendo con Arguedas, Rulfo y Borges? A la luz de tantos casos opuestos ninguna de las dos versiones parecía definitiva y mucho menos obligatoria. Supuse entonces que cada escritor forja su tradición y su propia teoría de lo que debe ser un escritor, momento en el que una voz retumbó en mi cerebro, vociferando: ¿y quién diablos eres tú para opinar sobre esto si no has escrito nada? Bueno, por suerte esto era sólo parcialmente cierto, pues al fondo de mi maleta había un sobre con una novela redactada a máquina, setecientas y pico páginas, nada del otro mundo, la prueba de que estaba dispuesto a hacerlo o de que podía hacerlo, nada distinto a la mera capacidad de realizar un esfuerzo sostenido, pues al fin y al cabo eso es una novela, un esfuerzo sostenido por narrar una historia o el conjunto de impresiones que nos sugiere una historia, y de hacerlo de un modo persuasivo, de un modo «correcto», y recordé un subrayado de Ciorán, ¿dónde estaba?, sí, en sus *Diarios*, dice así: «Lo que yo le pido a un escritor es escribir *correctamente*. El "estilo", que fue mi obsesión durante tanto tiempo, ya no me interesa», y más adelante agrega: «Es necesario hacerse comprender, y eso es todo. Ser inteligible es una meta a la vez difícil y modesta». Dios santo, cuánta razón, pensé, recostado en la colchoneta y esperando a que Susi regresara de su paseo para hacer juntos el almuerzo, ella con esa increíble capacidad de transformar en platos suculentos lo poco que se podía comprar.

Qué tranquilidad, qué paz, me dije, sabiendo que en los bordes de la conciencia me acechaban los consabidos diablillos o ideas fijas, filudas como el acero de una daga, y que eran Victoria y el posible amor o el regreso derrotado a Bogotá o mi vida de todos los días. O peor aún: el futuro, que parecía el abismo que veían en el horizonte los habitantes del mundo antes de Colón...

Me encontraba muy bien esa mañana, con el cuerpo caliente, como diría Lazlo, dispuesto al sueño o a la ensoñación, y entonces pensé, volviendo a la frase de Ciorán y a las novelas, que parte de la dificultad en ser comprendido («ser inteligible») consiste en que los lectores no tienen por qué interesarse en comprender algo si no se le da una buena razón para hacerlo. Nadie tiene la obligación de interesarse en un libro, por bueno que sea, del mismo modo que nadie está obligado a comprender lo que no le interesa, por mucho que sea verdadero o aleccionador, y entonces me dije, ¿qué escribir? Lo repetí en voz alta, dirigiendo la pregunta hacia el techo, ¿qué escribir? Nadie respondió, aunque sí ocurrió algo y fue que el teléfono se puso a sonar. Lo observé y me dije: ahora escucharé una respuesta, alguien oyó mi pregunta.

Era Kadhim, llamando desde una cabina de teléfono. Estoy en la Estación de Austerlitz, dijo, en unos minutos llegará Joachim, ¿lo recuerdas? Si quieres verlo podemos citarnos a las cuatro o cinco de la tarde, ¿te parece bien? No supe qué hacer, pues me cogió de sorpresa (pensando en literatura), así que le respondí, sí, claro que sí, sólo dime dónde. Si te parece podemos vernos en el mismo lugar de la vez pasada, dijo, a las cinco de la tarde, tomamos algo y luego cenamos. Muy bien, allá nos vemos, y colgué, y al hacerlo comprendí que mi mañana de tranquilidad había terminado...

Una molesta taquicardia empezó a fatigar mi pecho, ay, y las páginas del libro de Naipaul se convirtieron en ceniza, se escurrieron entre mis dedos y un poco más tarde, cuando Susi abrió la puerta (le había dado copia de la llave) me encontró sumido en intensas cavilaciones, así que se lo conté todo, le expliqué quién era Victoria y lo que ocurría, y ella opinó que no debía ir a esa cita como no fuera a darle un buen puñetazo a ese tal Joachim. El mundo no puede funcionar así, dijo enervada, uno no puede hacerse amigo de quien le robó a la mujer, porque entonces no habría ningún orden, y yo le dije, pero él no me robó nada, ella se fue libremente, fue su decisión, y entonces Susi repuso, pues no me contaste bien la historia, cuéntamela bien, ¿era tu novia o no?, y yo le dije sí, y muy terca, insistió, entonces te la robó, eso en África se llama así, te robo la novia, y si vas eres un imbécil, no me cuentes esas cosas porque me da mucha rabia, en el mundo tiene que haber respeto, si no esto sería peor que la jungla, ay, madre mía, ir a cenar con el hombre que te pone los cuernos, ¿dónde se ha visto?

Joachim Blau era tímido y de apariencia frágil, como si su piel fuera tan fina que no alcanzara a protegerlo y todo lo hiriera. Tras saludar a Kadhim estreché su mano y fuimos a sentarnos a nuestra mesa del Jardin d'Orléans, al principio envueltos en un silencio algo incómodo que yo interpreté del modo más obvio (que sabía quién era yo), pero luego, tras un intercambio de sonrisas, entramos en materia con algunas trivialidades: la lengua francesa y sus dificultades o el carácter desconfiado de los franceses, hasta que Joachim me dijo, así que eres escritor, joven escritor colombiano, un epíteto que me ruborizó, y repuse, bueno, es lo que quiero ser, he escrito un poco, no lo bastante como para merecerlo, y él intervino, lo que define al escritor es eso, escribir, poco o mucho no importa, ¿a partir de qué momento alguien que escribe puede ser considerado escritor?, preguntó, y Kadhim dijo, creo que el escritor es la persona que escribe y publica, aunque en tu caso (refiriéndose a mí) y a causa de tu juventud, ya puedes ser considerado escritor por tus aptitudes, tener una novela terminada a tu edad es algo importante, aunque no la hayas dado a la imprenta, y yo pensé, o, mejor, fui consciente de que eso era algo lejano y difícil, la entrega de un manuscrito a una editorial me provocaba miedo y atracción, miedo al rechazo, un golpe a mis aspiraciones, y atracción por el sueño de verlo celebrado y luego publicado; era más de lo que me atrevía a desear, una escena con la que había fantaseado infinidad de veces en mi chambrita, la llamada de un editor amable, ¿es usted el autor de x?, y luego una propuesta y un buen cheque que me permitiría alzar la cabeza, y la verdad es que, mientras hablaba, sentía vergüenza de ver en la literatura un modo de sustento, aunque tampoco podía evitarlo.

Agradecí las palabras de Kadhim y continué observándolos, con ganas de cambiar de tema, hasta que Joachim dijo: según Victoria tu novela es buena, trata sobre tu ciudad, Bogotá, y el modo en que viven en ella personajes de diversas clases sociales, ¿no es así? Su frase me afectó, pues no esperaba oír el nombre de ella tan pronto, pero tenía que contestarle, así que dije: la opinión de Victoria no es muy objetiva, hay que esperar y hacer correcciones, ya veremos, tal vez en un par de años me atreva a someterla a alguna editorial, y entonces Kadhim insistió, podrás darla a leer a Juan (Goytisolo), yo los presentaré, él es muy generoso, si le gusta puede hablar con sus editores, y si no, si tiene reparos o críticas, te las dirá y eso será de gran ayuda, todos los escritores han recibido ayuda al principio, es algo común, no debes avergonzarte, lo haremos muy pronto, de verdad que sí, y en ese momento, algo irritado por ser el centro de la conversación, le pregunté a Joachim, ¿y cómo está ella? Me miró con sus ojos azules que parecían de vidrio, de un vidrio opaco, y dijo, está muy bien, pero se preocupa por ti, dice que estás muy solo y lamenta no tener noticias, te recuerda mucho, y agregó, me ha contado cómo se conocieron y las cosas que vivieron juntos. Mientras él hablaba recordé nuestros viajes y la vida que había quedado atrás, un tiempo común que fue de felicidad, agresiones y dudas, como suele ser el tiempo compartido entre dos que se quieren, pero al oírlo no pude evitar imaginarlos juntos, con cierto desasosiego, Victoria y Joachim conversando en cualquier bar, sosteniéndose la mano con afecto. Al pensar esto noté que aún no había reparado en su brazo marchito. Sólo en ese instante, cuando su extremidad reposaba sobre uno de los cojines del sillón, vi que esa mano era algo más pequeña y que los dedos parecían enredados entre sí, como ramas secas, sin el orden natural de la vida.

Entonces Kadhim le preguntó, ¿cuándo viene ella?, y él dijo, la semana entrante, el martes, se quedará aquí unos días antes de ir a Estrasburgo, estoy buscando un apartamento más grande ya que el mío es un estudio de 35 metros cuadrados. Al principio estaremos ahí, pues no es fácil encontrar uno de dos piezas. Es lo que todo el mundo busca y los precios se han disparado, hay una gran cantidad de gente que viene de fuera, ¿saben? Es por el Parlamento Europeo, una desgracia. También le estoy buscando unos cursos de francés y alemán, por ahora está haciendo la tesis en la Universidad de Madrid y eso será suficiente. De todos modos tendrá que viajar a ver a su familia y lo mejor será que obtenga el título en España, luego ya veremos, dijo, y al hacerlo me miró de reojo, como si esperara mi aprobación, que de inmediato le di: qué bueno, dije, así será políglota, pues ya habla inglés, tiene mucha suerte, y él dijo, sí, espero que vengas a visitarnos a Estrasburgo, con el apartamento grande podrás quedarte el fin de semana, eso le dará mucho gusto y a mí también, y así continuamos hablando por un rato, más por evitar los silencios que por tener algo concreto qué decir, hasta que le pregunté por sus años de Leipzig, y él dijo:

—Mira, en realidad estudié gran parte de la carrera en Berlín, dos años en la Universidad de Leipzig fueron suficientes para comprender que debía salir, conocer otras ciudades, y Berlín era el centro, así que los tres finales y el doctorado los hice allá, en un apartamento de estudiantes, un edificio de fachadas ennegrecidas por la combustión del carbón, que era el modo de producir calor en el período comunista, pero que tenía una cierta belleza en medio de su oscuridad. Tanta que hoy, cuando veo edificios feos y tristes, mi corazón se acelera, lo digo en serio, éramos jóvenes, terminaba la década de los sesenta y se hablaba mucho de política, queríamos libertad, ser felices, palabras que en esos años eran terriblemente subversivas. Tras obtener los títulos me fui de viaje al exterior, pues al ser mi madre yugoslava yo podía salir de la República Democrática, y así, con mis libros debajo del brazo, estuve en Sarajevo y en Tel Aviv, luego en Nueva York y más tarde en Boston, hasta que vine a Francia a hacer un doctorado en literatura francesa. Luego me fui quedando como lector de alemán y después como profesor de Filología, ya en Estrasburgo. Esta es mi sencilla historia.

Una historia que, supuse, contó más para mí que para Kadhim, quien ya la conocía, así que inicié a esbozar la mía (¡una vez más!) en grandes trazos: Bogotá y Madrid y ahora París, profesor de español de un modo muy modesto, problemas para ganarme la vida. Al escuchar esto dijo que podría ayudarme. ¿Te interesaría ser lector de español en Estrasburgo?, y agregó: conozco a los directivos del departamento, podría presentártelos. Lo más seguro es que hagan concursos para adjudicar los puestos, pero si tienes la información podrías prepararte con tiempo, es bueno para un escritor tener una actividad remunerada que le permita escribir sin el peso añadido del sustento, lo que le resta frescura y verdad a los libros, sentenció Joachim, y en ese momento Kadhim intervino, y dijo, tienes razón, es algo que suele suceder con los novelistas pero nunca con los poetas, fíjate, son raros los poetas que pueden vivir de sus libros. Casi todos son profesores o agentes comerciales o trabajan para el Estado, y eso hace que la poesía se haya mantenido pura. No existe un subgénero que podamos llamar «poesía comercial», como sí existe en las novelas. El poeta siempre está con la guardia alzada y por eso dicen que es el último bastión de la estética literaria, en verdad, y entonces Joachim, curioso, le preguntó, ¿quién lo dice?, y Kadhim respondió, Mahmud Darwich, el gran poeta palestino, uno de los más grandes de la lengua árabe. Saqué una libreta y le dije, ¿puedes escribirlo?, no lo conozco, tengo un vergonzoso desconocimiento de la literatura árabe y por eso ando anotando cuanto nombre surge, más si dices que es el mejor poeta.

Les hablé del único que conocía, Khaïr-Eddine, y los dos hicieron gestos aprobatorios.

—Claro —dijo Joachim—, el gran narrador de Marruecos, y agregó: también conocí a Darwich en 1978, en Ramallah. Formaba parte de un grupo de estudiantes judíos que quería acercarse a la cultura palestina y fuimos a un encuentro en la universidad de Ber Zeit, en los suburbios de Ramallah, cerca de Jerusalén. Allá estuvimos, debatiendo sobre la necesidad de encontrar una cultura común, árabes y hebreos, basada en el origen del lenguaje, la lengua de Sem, pero la idea tuvo muchos detractores empezando por algunos compañeros israelíes que no aceptaban ese origen común. Recuerdo cómo Darwich fue creciendo, ganándose la autoridad y el respeto de todos, palestinos e israelíes, y al tercer día ya era el líder, él dictó los puntos del acta final, un documento más entre los papeles de esa guerra sin esperanza. Fue ahí que lo conocí y nunca olvidaré su mirada, un par de aguijones. Es el gran poeta del exilio. Y la vergüenza de Israel es que ese exilio lo provocaron judíos, la raza exiliada por definición... Qué lejos ha llegado todo en el mundo.

Escuchándolo recordé lo que Kadhim me había dicho de él. De verdad era una persona muy especial, aun si yo no lograba perder de vista lo que nos separaba. Eso tan terrible que es, al fin y al cabo, el afecto de alguien.

10.

Fue entonces que Paula empezó a leer *Los cantos de Bilitis*, de Pierre Louys. Los leyó una y otra vez y comenzó a recitarlos, incluso los aprendió de memoria y los decía en todo momento, subiendo las escaleras de su casa o a gritos en la ducha, e incluso, según me dijo, mientras hacía el amor (su frase fue: «cuando estoy tirando»), lo que le daba una cierta prosodia a sus violentos orgasmos. No supe quién se los dio, pero supongo que habrá sido alguno de sus amigos o amantes, con ella nunca se sabía ya que ambas condiciones eran casi idénticas, y la verdad me gustó, pues hasta esa tarde en que la escuché recitándolos el único libro que tenía siempre abierto en su mesa de noche, es decir «en activo» (pues tenía otros «intonsos», como ya vimos), era *Estructura del pensamiento vaginal*, de O. Lamborghini, un manual psicológico y filosófico que describía de forma analítica diversos significados sociales, metafóricos, estéticos, ayurvédicos y tántricos de la oquedad genital (el lema tántrico era «¡vagina llena, corazón contento!»), alguno de cuyos pasajes habíamos leído juntos y yo recordaba, como aquel que decía, «Desde el punto de vista de la biología una relación sexual es una cosa interesantísima, el encuentro de dos organismos con sus microbios y bacterias, con células, tejidos y secreciones. Cuando el coito termina, ambos sistemas quedan literalmente *invadidos* por el otro».

O esa idea de Paula, basada en el libro, de que los calzones de la mujer eran el recipiente final de los esfuerzos humanos, con el siguiente argumento: «Hombres y mujeres quieren seducir y el fin último de la seducción es el sexo, ¿estás de acuerdo? El sexo es orgasmo y eyaculación, esperma que se va a la vagina y luego sale, y al hacerlo, ¿dónde cae?, pues en este calzón, ¿lo entiendes? Todo el vino y las comidas exquisitas y las palabras románticas o los chistes lúbricos, los poemas de amor y la plata gastada en ropa y automóviles y gimnasios, toda esa masa incalculable de actividad y consumo que gira en torno a la seducción, al final se convierte en eso: una mancha en uno de estos calzones, ¿te gusta mi teoría? Bueno, deja por fuera el sexo oral y los condones, que están prohibidos por la iglesia, pero en fin, habrá que pulirla».

Esa tarde en que fui a verla estaba radiante, sentada sobre la cama con una bata ligera y desnuda debajo, las sábanas cubriéndole hasta los muslos y leyendo en voz alta. Tras saludarla dijo, escucha esto, escucha, «Ay, soy sólo una niña y los jóvenes no me miran, ¿cuándo tendré, como tú, senos de mujer que inflan la túnica y tientan los besos?», y prosiguió, abriéndose la bata a la altura del pecho, siguiendo el poema, «No hay curiosidad en los ojos si mi vestido resbala. Nadie se agacha a recoger la flor que cae de mis cabellos. Nadie dice que me matará si mi boca se abre a otro», y yo la oí extasiado, eran muy bellos los poemas de Pierre Louys, y sobre todo era bello escucharlos con su voz, así que la insté a continuar, y entonces dijo, escucha éste, se llama *Bilitis*:

> *Una mujer se cubre con lanas blancas*
> *Otra se viste de seda y oro,*
> *una tercera se cubre de hojas verdes y de uvas.*
>
> *Yo sólo sabría vivir desnuda.*
> *Amado mío, tómame como soy,*
> *Sin ropa ni joyas ni sandalia.*
> *Sólo Bilitis, desnuda y sola.*

Mi pelo es más negro que el negro
Y mis labios muy rojos.
Los rizos de mi pelo flotan a mi alrededor,
 libres y tersos como plumas.

Tómame tal como mi madre me creó
En una lejana noche de amor.
Y si así te gusto,
no olvides decirlo.

Al terminar le pregunté, ¿dónde los encontraste?, ¿quién te los dio? Pero Paula se limitó a decir: llegaron de un modo casual y que no vale la pena mencionar. Lo importante es que están en mis manos, que los puedo leer y repetir a mi antojo, son hermosos, y continuó recitando, su francés ya era bastante bueno y podía pronunciar con claridad, incluso les daba una música que le era propia, como si el encuentro de la poesía con ella hubiera provocado una chispa, el fulgor de algo nuevo. Escucha éste, se llama *Remordimiento*...

Al principio no respondí
Mis mejillas enrojecieron de vergüenza
Y el pálpito del corazón hizo doler mis senos

Resistí y dije: «No, no».
Retiré la cara y el beso no llegó a mis labios
ni el amor flanqueó mis muslos cerrados.

Entonces él pidió perdón,
besó mi pelo y sentí su aliento ardoroso.
Y se fue... y ahora estoy sola.

Miré el lugar desierto, el bosque desierto y la tierra sola.
Y mordí mis puños hasta sangrar.
Y ahogué en la hierba mis gritos.

Luego Paula, que estaba preparándose para la noche (no me dio detalles, no se los pedí), se esparció una crema en la cara, se colocó rodajas de pepino en los ojos y me dijo, acompáñame, lee algo mientras esto se seca. Tomé *Los cantos de Bilitis* pero ella dijo no, los conozco todos de memoria, lee otra cosa, en las estanterías de la entrada hay varios libros, y entonces elegí entre varios títulos, todos de poemas (¿a qué hora cambió sus gustos?), y sin dudarlo un segundo opté por Cavafis, así que mientras los pepinos se convertían en costras rugosas sobre sus ojos yo leía, tendido a su lado, poemas sobre héroes y hombres sencillos y me preguntaba si alguna vez, con alguna otra mujer (por ejemplo, con Victoria), volvería a vivir un momento de paz y cercanía tan perfecto como éste, tan difícil de lograr, y, al pensarlo, Paula estiraba su mano y me acariciaba el antebrazo o el muslo, y decía, repite esa frase, qué linda, ¿no?, repítela, por favor, y yo levantaba los ojos del libro y veía por los pliegues de la bata entreabierta la sombra de su pubis o el aro rosado de sus pezones, y así pasamos el fin de la tarde leyendo y repitiendo versos hasta que cerré los ojos y dormí, abatido por un sueño denso, algo que me sucedía en los lugares con buena calefacción por contraste con el frío de la calle.

No sé cuánto tiempo pasó ni qué territorios de ensoñación alcanzó mi cuerpo caliente. Lo cierto fue que al despertar estaba en calzoncillos, en la cama de Paula, en una apacible penumbra. Del salón llegaba una extraña algarabía, un rumor que pretendía ser silencioso y música de fondo que cubría los murmullos, ¿qué ocurría? Al acercarme a la puerta lo vi todo, una escena que nunca había visto y que me dejó atónito.

Sobre el sofá, a modo de cuadro renacentista, había algo que podríamos denominar *Pirámide fornicatoria con Paula al centro*, pues su bello cuerpo era asediado por cuatro varones (uno era Gustav, el alemán), todos potentemente dotados y dispuestos del siguiente modo: el primero, de aspecto latino, la penetraba por detrás y le servía de base, pues ella estaba sentada sobre él, de espaldas, con las nalgas rozando sus muslos a medida que el émbolo se hundía en su oquedad posterior, con tal naturalidad que la expresión «sodomizar» parecía realmente fuera de contexto; mientras tanto, Gustav clavaba su ariete en la hendidura frontal haciendo un curioso movimiento y, sobre todo, desafiando el equilibrio, como si lo que lo sostuviera en el aire fuera precisamente ese perno, atornillado a la vulva de Paula; a los lados, dos hombres le ofrecían sus voluminosas vergas, una de las cuales se perdía entre sus labios, mientras la otra, en disciplinada espera, recibía las caricias de una mano cubierta de anillos (regalos del novio) que frotaba con pericia, o que descendía a rascar y palpar entre sus vellos, hasta que le llegaba el turno de los labios, cambiando papeles con su vecino y exacto simétrico, en democrático sentido del equilibrio.

En el salón había otros grupos, y, oh sorpresa, en uno de ellos reconocí a mi anterior partenaire sexual, hipotética hija de Alá, la bella Yuyú de piel de porcelana y muslos blancos, ¿qué hacía?, ¿cuál era su lugar en este onírico contexto? Yoglú estaba tendida en la mesa central, cual frutero o naturaleza muerta, aunque con las piernas muy abiertas, sosteniéndose al borde con los dedos de los pies, lo que le permitía levantar el cuerpo en arco. Delante de ella, en un taburete, un hombre de mediana edad, rubio y sanguíneo, hundía su cara en el espacio abierto de sus muslos, tan cerca de su vulva cuanto podría estarlo un ginecólogo, si no fuera porque cada tanto introducía su lengua y, al hacerlo, se acariciaba el cincel recitando letanías, un miserere que parecía el rezo de un Archimandrita Copto o el cántico pendular de un rabino ante el Muro. Mientras la observaba, un joven francés se acercó a la abierta boca de Yoglú, que suspiraba con ansiosa necesidad, ofreciéndole su monstruo de Loch Ness, que ella de inmediato aceptó ingurgitándolo, cual lagarto que se hunde en la profundidad del lago, y así estuvo un rato, dándole cuerpo a la expresión «sexo oral» en sus dos posibles, hasta que el varón del cincel se paró, le alzó las piernas y, ajustando la mira, le introdujo la herramienta de un solo envión, gesto que Yuyú celebró con un resoplido, algo que obligó al francés a retirar (momentáneamente) el monstruo de sus labios.

Habían cubierto las dos lámparas con telas hindúes, lo que daba al ambiente una atmósfera volcánica, así que tardé en distinguir, detrás de la mesa y sobre unos cojines, a dos mujeres que se besaban y acariciaban con gran sensualidad, una de unos treinta y cinco años, de cabellera violeta, y otra más joven, de aspecto mediterráneo, y sólo al aguzar la vista comprendí el modus operandi de tal relación, que consistía, además de los besos, en que la mayor le iba metiendo un pepino a la más joven, no sé si artificial o natural, en medio de sollozos y jadeos... Todo esto vi desde la puerta del salón, en calzoncillos, hasta que bajé la vista y comprobé que mi Holofernes no era ajeno a lo que allí ocurría («nada humano me es ajeno») y que empezaba a manifestar un creciente entusiasmo. Di dos pasos hacia ellos para hacerme notar, algo que sólo logré a medias, pues Paula, al verme, no dijo palabra por dos razones: en primer lugar por no deshacer su complicada instalación, y en segundo porque tenía la boca ocupada. Saludó con un parpadeo.

Me acerqué a la mesa de Yuyú, que jadeaba ante las embestidas de su beneficiario, y dudé sobre el modo más oportuno de unirme a la fiesta, una duda que duró poco pues al segundo, como enviadas por un dios bribón y lascivo, salieron dos mujeres del baño, ambas desnudas, y una de ellas me saludó y se detuvo. Hola, me llamo Farah, soy iraní y sé quién eres... Ven, sentémonos, y señaló un cojín cerca del dueto lésbico. Antes de hacerlo miró mi calzoncillo con sorpresa, así que decidí quitármelo y liberar a Holofernes, pues la verdad es que todos estaban desnudos y yo hacía el ridículo, y luego Farah, como si eso fuera un salón de té en lugar de una orgía o *partouze*, rodeados de cuerpos fornicantes, empezó a hacerme preguntas, ¿eres amigo de Paula?, ¿estudias francés en la universidad? Su familia emigró de Irán a causa de la revolución islámica del Ayatollah Khomeini, y desde entonces vivieron entre Londres y París. Su padre había sido miembro del gabinete del Sha, y mientras hablaba yo la observaba curioso (era la primera vez que veía a una iraní): ojos negros, pelo ensortijado, piel cenicienta y dos pezones violáceos y muy parados. Sin que viniera mucho a cuento la toqué en un muslo, y entonces Farah interrumpió su charla para decir, ¿quieres hacerlo ya?, a lo que yo dije, sí, con la cabeza, hecho lo cual sacó un condón y lo puso a un lado. Ya apertrechados, la joven persa empezó a frotar mi Holofernes contra sus tetas, dándole rápidos chupones. Luego puso el trasero sobre un cojín, recostó la espalda y abrió las piernas, invitándome, hasta que escuché por el oído interno la llegada de Holofernes a su región húmeda, a sus labios carnosos, oscuros como el roast beef o los atardeceres de Ispahán, y Farah empezó a gemir en lengua farsi, a decir cosas como, ay, dios perdone este delicioso pecado, o al menos eso me pareció que decía, sin entender, y así estuvimos un rato, haciendo el amor, yo en decúbito prono, hasta que nos dimos vuelta y se colocó encima, empotrándose en el Holofernes como un melón en un cuchillo. Desde allí pude ver a Paula, que había cambiado de posición y, sacrificando algo de estética, parecía haber ganado en placer, pues estaba en cuatro sobre el sofá y era penetrada desde atrás por el mismo latino de antes (que luego resultó ser griego, de nombre Kosta), mientras que, con la boca, le hacía una *fellatio* a Gustav, cuya verga teutona parecía un bombardero a punto de lanzar su carga.

 Farah continuó sus movimientos rítmicos, subía y bajaba sobre el tótem haciendo círculos con la cadera, como una *faluka* del Nilo mecida por el oleaje de barcos más grandes, de modo que mi noble guerrero pudiera frotar todos los resquicios de su vulva, sin dejar una sola célula dormida. Nada, en ese salón oriental, podía interrumpir el ritmo de los cuatro coitos simultáneos, pues la mujer que llegó con Farah fue a unirse al dueto lésbico y ahora le hacía un *cunnilingus* a la joven del pepino. Olvidé decir, al principio, que el acompañamiento musical o banda sonora de esta *partouze* era nada menos que el *Bolero* de Ravel, una música realmente excepcional para acompasar el *animus fornicandi*, con su tempo lento, a manera de percutor, al cual, de algún modo, nos fuimos acoplando, Yuyú espernancada en la mesa, Paula en su sofá, cual Leda gozando al cisne, el triunvirato del pepinillo y nosotros, que tras la posición totémica pasamos a la del «corderillo», con Farah desplegando ante mis ojos la espléndida bahía de sus nalgas, caderas y hombros, algo hermoso de ver, créanme, y de sentir, pues Holofernes se acomodó en ella como en su casa (referido al concepto ideal, no a mi triste chambrita), tanto que empecé a notar en él una fuerte intención de «expresarse», lo que también estaba a punto de ocurrir en la contraparte persa, pues los anillos de su gruta se contraían en un ritmo de sístole y diástole, in crescendo, lo mismo que sus quejidos, que ahora semejaban rubayatas, así que arremetí sostenido de sus bellísimos glúteos, dos pulidas rocas salpicadas de vellos, fina capa vegetal que envolvía un soberbio trasero, hasta que alcanzamos el estadio superior ayurvédico, y quedamos exhaustos, y al tenderme, envuelto en sus olores de sándalos y áloes, como diría el poeta, adquirí una nueva perspectiva del salón y vi que Paula levantaba la cara hacia arriba, cual toro enamorado de la luna, y gritaba «¡me vineeeee!», con perfecto acento del barrio Chicó Alto de Bogotá, y su cuello se tensó antes de caer sobre los cojines, en brazos del moderno Poseidón, o Tántalo satisfecho (aunque aún yo no sabía que era griego, insisto, esto es una licencia).

Del otro lado, Yuyú y su beneficiario también tocaban puerto, ella sentada al borde de la mesa, cara a cara con él, imprimiéndole a sus caderas un ritmo endiablado que le permitía deglutir el cincel hasta la raíz, y que éste se clavara en ella hasta el fondo, lo que los llevó a una lúbrica extremaunción, con cruce de aceites, quedando agotados por lo exigente de la postura. Sólo quedaba por definir la suerte del triunvirato del pepinillo, que por haber recibido la tercería de esa mujer de última hora aún tenía para rato, así que los demás nos relajamos, Paula llenó vasos de whisky e invitó a la libación mientras Yuyú, abriendo una misteriosa bolsita, comenzó a hacer rayas de polvo blanco sobre un espejo, espejo espejito, y se metió de un golpe dos de ellas, quedándose con una huella blanca en la punta de la nariz, cuyas aletas enrojecieron. Luego pasó el espejo a Paula, quien se metió otras dos, y después los varones, que procedieron por turnos a empericarse, hasta que nos llegó el espejo a nosotros, pero Farah y yo nos mantuvimos con los whiskys y reanudamos la charla, y todos se sentaron a conversar, retomando con naturalidad lo que estaban haciendo antes del sexo.

Por fin Paula se dirigió a mí. ¿Qué tal dormiste? No te quise despertar cuando llegaron. Vi que lo hiciste con Farah, ¿qué tal? Ella no es del curso de francés, pues ya lo habla, pero nos conocimos en otra fiesta. Luego vino Yuyú, refrescándose con una toalla, y me dijo, hola, supe que estabas dormido, qué bueno verte. Al decir esto escuchamos una escala coral a tres voces, el Apocalipsis del triunvirato lésbico que ahora yacía en una curiosa disposición, pues la de pelo negro estaba de espaldas chupando a la mayor, de cuclillas sobre ella, mientras que la tercera le hacía el *cunnilingus* a la que estaba en el suelo, con la cabeza del pepinillo graciosamente asomado por su flanco trasero, un toque verde oscuro en la carne blanca, y así, con ese «finale capriccioso», nos sentamos en círculo y supe que la mujer que llegó con Farah se llamaba Deborah Adrassy y era húngara, estudiante de francés, una mujer de ojos muy bellos y cuerpo realmente escultural, con una picardía y es que se había afeitado los pelos del pubis dejando una línea negra, una raya de lápiz o grafito sobre el bajo vientre. Al saludarla me dio un beso en la boca. Deborah era la más bella de las mujeres, así como el griego Kosta era el más agraciado de los varones, mezcla de discóbolo con Ulises navegante y dotado de una enorme verga. Pensé que era un modelo, o algo por el estilo, y le pregunté, ¿a qué te dedicas? Soy crítico de cine, dijo Kosta, soy cinéfilo, pero luego, al profundizar en el tema, confesó ser sólo un empleado del Blockbuster de Tolbiac, en el distrito XIII, y sobre todo miembro del club *Los que queremos hacerle un cunnilingus a Sharon Stone*, una agrupación de más de 600 personas con un boletín semestral, y yo le dije, no jodas, ¿en serio existe algo así?, y él aseguró que sí y que su club había sido uno de los primeros, pues hoy hay centenares de clubes parecidos, como el francés *Los que queremos hacer el 69 con Sophie Marceau*, uno de los más activos, o *Las que queremos ser penetradas por Ray Liotta*, y así miles, ¿nunca has oído hablar de ellos? Uno de los más grandes y poderosos, dijo, con 3.000 afiliados, es el club gay peruano *Los que queremos que Brad Pitt nos rompa el poto*, con una revista bimestral y una gran kermesse el día del cumpleaños del actor.

El licor comenzó a irrigar nuestros cuerpos y supuse que muy pronto volveríamos al combate, así que me acerqué a Deborah, nieta de Atila, y le puse charla: ¿qué haces en la vida? Me contó que era de Budapest, más exactamente de un pueblito a orillas del Danubio llamado Leanyfalu, y que estaba en París haciendo un curso de francés pagado por su empresa, el consorcio farmacéutico alemán Bayer, pues después iba a dirigir una de las oficinas de la compañía en el África francesa, tal vez Senegal o Costa de Marfil, así que en eso estaba, y luego se interesó por mí y una vez más dije mi historia, agregando algún dato falso para hacerla menos dramática. Mientras hablábamos la elegante mujer extrajo un recipiente de metal, sacó un polvo oscuro y lo inhaló con fuerza, dos veces en cada fosa nasal, y me lo ofreció. ¿Qué es?, pregunté, y ella dijo: heroína, le tengo terror a las agujas y por eso la esnifo, ¿quieres? Se me helaron varias terminaciones nerviosas y dije no, gracias, haciendo esfuerzos por parecer natural. Luego me tomé dos vasos de whisky seguidos y seguí hablando, aunque más valdría decir, seguí «emitiendo sonidos», pues Deborah parecía no escuchar y las pupilas le bailaban dentro del ojo.

De repente, la princesa húngara se escurrió hacia el suelo y comenzó a besar apasionadamente a mi fiel Holofernes, que estaba en reposo, hasta lograr despertarlo. No tenía condones y me quedé algo perplejo, pero ella, adivinando mis dudas, soltó la cabeza del guerrero y me dijo, no te preocupes, soy negativa, me hago el examen cada tres meses, créeme, soy bióloga. Deborah Adrassy chupó y chupó ante la mirada impasible de los demás, y pronto debí cerrar los ojos y prepararme, pues esa noche Holofernes estaba realmente lujurioso. Al ver el modo en que lo recorría con su lengua, mordiendo los vellos, chupando el sudor y los restos de esperma, pensé que era una cosa animal, son los animales los que se chupan así, pero no alcancé a concluir la idea (era buena) porque el cerebro se nubló. La boca de la bella húngara, *née* Adrassy, se convirtió en enloquecida licuadora, y cuando me vine entre furiosos temblores pélvicos, inundándola, Deborah no dejó de chupar, y lo extraño fue que continuó haciéndolo incluso cuando mi noble capitán ya estaba en franca retirada, o decapitado, y lo que al principio fue delicia se convirtió en algo molesto y doloroso, pues Deborah no paraba, chupaba cada vez con más fuerza y concentración y no supe qué hacer, no me atreví a llamar la atención de los otros, que continuaban charlando en torno al sofá, y entonces, cuando mi guerrero era una triste pantomima, Deborah se detuvo, liberándolo de sus labios, y me dijo, oye, ¿no eyaculas? La pregunta me dejó perplejo, no sé si me explico, pues acababa de hacerlo, algo que ella parecía no haber notado o que no recordaba, así que le dije, absurdamente, ya lo hice, pero ella me miró incrédula, desde lo más profundo de sus alteradas pupilas. ¿Estás seguro?, y yo, sí, seguro, pero Deborah se levantó, contoneando su bello cuerpo de vikinga, y repuso con ironía, es extraño, puedo asegurarte que lo habría notado, no olvides que tu pene estaba dentro de mi boca. Decidí darle la razón, y dije, puede ser, a veces siento los calores y luego no es nada, y al decirlo le vi en la barbilla una mancha de esperma que no creí oportuno mencionar, así que se alejó al baño dando tumbos, pasando con dificultad por el vano de la puerta, hasta que Paula se acercó y me dijo:

—Deborah es un encanto pero tiene un problema y es que mete heroína y eso la aleja de los demás por un rato, debes comprenderla, es una extraordinaria persona. Si la vieras con su vestido de bióloga no lo creerías, en realidad sólo mete en este tipo de fiestas, es una mujer muy seria, ¿te estás divirtiendo?

Le dije que sí, mucho, y sobre todo estoy aprendiendo cosas nuevas, a lo que ella repuso:

—Me alegra, yo hago esto para aprender, saber quién soy, pues mi vida cambia a diario, el sexo y ahora la poesía… Cada segundo que pasa, desde que llegué a esta ciudad, soy una persona mejor, más libre y segura. Va a ser difícil volver a Bogotá. Ya no sé cuál de estas dos vidas es realmente la mía, pero debo vivirlas hasta el final y no pienso parar, por eso me gusta que estés cerca, que me acompañes sin juzgarme. Tú eres el único que me puede entender, y yo a ti. En el fondo sé que eres enamoradizo y tímido, por eso las mujeres te hacen tanto daño, pero créeme, sigue en tu búsqueda y cada vez que te vuelvan mierda ven a verme, siempre estaré cerca, al menos mientras esté aquí, en esta vida.

Le di un abrazo y la besé. Paula, eres una diosa protectora. Para mí también esta ciudad supuso un arduo aprendizaje, una sangrante lección de lo que era y, sobre todo, de lo que quería ser. La herida provenía de ese abismo, y enseguida pensé: no soy religioso, pero a veces creo que alguien maneja todo esto. Sólo quien me haya visto y comprendido con afecto pudo haber enviado a Paula, y sucedió, y aquí estoy, así que la abracé y le dije, reblandecido por el licor, siempre estaré a tu lado y lo único que te pido es que te cuides, también en el sexo hay grandes miserias y es un fuego que te puede quemar, pero ella dijo, no te preocupes, si el sexo es fuego yo soy un ser ígneo, las llamas me alimentan, y ahora ven, nos estamos poniendo serios, vamos a proponerles más juegos.

Al volver al salón vimos que ya habían empezado, pues Kosta introducía su adarga en la negra gruta capadocia de Yuyú, sodomizándola con extremo cuidado pues la turca advirtió que iba a ser su primera vez por Detroit (en francés, «par detruá»), y a medida que la cabeza de la poronga avanzaba, la mujer de pelo violeta ungía el amoratado orificio de la estambulita con una mezcla de vaselina y perica, diciéndole, esto te dilata y adormece, mientras Farah le sostenía las manos y le decía, aguanta el dolor, aguántalo y verás que luego es agradable. Yuyú respiraba fuerte, al borde del llanto pero con el trasero levantado, y cuando Kosta le preguntaba, ¿sigo?, ella decía, sí, sigue despacio...

Decidí dejarlos en su ritual y me fui a la cocina, pues volvía a tener hambre (el cuscús baja rápido a los pies). Allí encontré platos de todo tipo, un verdadero festín, así que me senté en un taburete a comer panes con paté de foi, restos de paella y papas fritas, y seguí pensando en las palabras de Paula: ella buscaba y en esa búsqueda tomaba riesgos enormes, se alejaba de su vida burguesa y descendía a los infiernos pisando fuerte, una entereza que envidié, pues yo no había sido capaz de hacerlo, y de nuevo me vino la duda, ¿para qué diablos vine a París? La respuesta cayó de la mente: porque quiero escribir y siempre creí, por influencia de tantos, que éste era el mejor lugar para hacerlo. Pero luego, siguiendo con esa idea, comprobé que no había hecho absolutamente nada por lograr mi objetivo, pues ni siquiera escribía, sólo intentaba mantenerme vivo, con el cuerpo caliente, como diría Lazlo. Los cursos de la universidad, cada vez más pobres, me interesaban muy poco, y por eso me pasaba el día pensando en lo que no tenía, añorándolo, fuera el amor de Victoria o la atención de Sabrina o algo de plata en el bolsillo para poder llegar, de una vez por todas, a esa ciudad con la que había soñado cuando quise venir y que hasta ahora no veía por ningún lado. Lo único que tenía sentido eran las charlas con Salim sobre libros, y ahora con Kadhim, o la búsqueda de Néstor Suárez, cosas que llenaban enormes vacíos.

Pero no había nada en mis manos. Cada día buscaba o añoraba tener algo hermoso. Una sola cosa habría bastado para continuar, pero no la tenía, y por eso la inquietud, ¿ocurrirá hoy? Podía ser una persona o un objeto, un pequeño objeto para atesorar entre los dedos y que al tocarlo me diera alivio, pero no lo tenía, no había nada hermoso en esas tardes grises y heladas, y por eso las calles de esta ciudad eran galerías pobladas de espectros. Pero... ¿qué estaba diciendo? Tenía el afecto de Paula y de Susi, el de Saskia y el amor lejano de Victoria. ¿No era suficiente? Jung tenía razón, si él tuviera un tercio de esto estaría más tranquilo, e incluso feliz, no lo sé. Recordé sus palabras y pensé: siempre hay alguien abajo, una sombra que se mueve entre las cloacas y que está al acecho. Hay más peldaños y nunca hemos terminado de caer.

Continué divagando un rato más, con rodajas de salchichón francés y sorbos de whisky, hasta que (harto de mis elucubraciones) regresé a la sala, donde una nueva «instalación» tomaba cuerpo en la mesa, con Paula, Yuyú y Farah como elementos centrales, y un fuerte predominio de la lengua. En el sofá central, la mujer del pelo violeta ofrecía su rosado ano a quien lo quisiera, abriéndose ella misma las nalgas con los dedos, en curiosa torsión, algo que conmovió a Gustav, cuyo dirigible empezó a crecer y fue a clavarse justo ahí, donde eran requeridos sus servicios. Incrédulo, noté que Holofernes volvía a la vida, no una llama oscilante sino un potente cirio pascual, así que fui en busca de la joven magyar, heredera de Adrassy, que ya había bajado de las órbitas opiáceas y que por su comportamiento de emperatriz en medio de sus lacayos, parecía entregada a lo que el poeta Martínez Rueda llamó «lollobrigidez», el deseo por poseer el espacio y agotarlo con la propia belleza, como si la realidad tuviera la obligación de rendirse a ella, y así, tras superar varios obstáculos, pude alcanzarla, para honra mía y de mis antepasados, y comprobar que su vulva lollobrígida (de augusta armonía) era implacable con los fieros guerreros, medusa de escalofriantes placeres.

Tras un final heroico en el que creí escuchar los sones de la *Marcha Radetyzky*, quedé knock out, cuerpo a tierra, así que me retiré con una venia y volví a las cálidas sábanas de Paula, y a pesar de que mi guerrero estaba satisfecho y abatido yo seguí cavilando un rato. Ese odioso malestar por la vida que me esperaba allá afuera había decidido no dar tregua.

11.

En el siguiente curso de literatura, Salim rompió su denso silencio para opinar sobre un cuento de Juan José Arreola llamado *La migala*, pero lo hizo en francés, algo que irritó a nuestro profesor chileno, megalómano y gritón, quien, de cualquier modo, no se atrevió a corregirlo y menos a insultarlo, como la vez anterior, pues algo en su conciencia le hacía saber que era el responsable del mutismo del joven marroquí, así que lo aceptó, aunque enrojeciendo de cólera, algo muy visible en su cuello y mejillas, y poco después acabó la aburrida clase y pudimos bajar a la calle. Salim estaba muy contento por haber participado con una idea que juzgaba original, y por eso sonreía. Yo en cambio no dejaba de pensar en Victoria. Al día siguiente llegaba a París (me lo había dicho Joachim), lo que me generó una tremenda ansiedad, pues no había llamado para que fuera a buscarla a la estación del tren. Había que tener paciencia y el tiempo es lento, así que nos dirigimos al café de siempre, dos calles más allá, donde nos esperaba Gastón Grégoire.

Le había dado cita tras una llamada suya el día anterior, y en efecto ahí estaba, en una de las mesas del fondo, con su gabardina y su bufanda puestas en medio del calor del local, algo que nunca comprendí (¿por qué calientan tanto los interiores?) y me desagradaba, y al vernos, o más bien al verme a mí, pues aún no conocía a Salim, levantó un brazo e indicó su mesa. Hola, amigo, dijo. Le presenté a Salim y se dieron un apretón de manos. Tenía un libro abierto, *Mil mesetas*, de Gilles Deleuze, que de inmediato cerró y guardó en su maletín, y volvió a decir: así que dos estudiantes de letras, un colombiano y un marroquí, son mis compañeros de investigación, eso está bien, vale la pena celebrarlo, pero al decir esto enrojeció súbitamente y una lágrima asomó detrás de sus gafas. Disculpen, estoy preocupado por Néstor, he estado buscando en comisarías y hospitales, incluso en las morgues, y no hay nada, absolutamente nada. No puedo creer que se haya ido, pero tendremos que considerar esa posibilidad, ¿tú averiguaste algo?, me preguntó, pero yo no había cumplido la promesa de buscar en los centros de asistencia a inmigrantes, así que le dije, no, lo siento mucho, sólo pude hablar con dos centros de ayuda médica gratuita y en ninguno registraron ese nombre.

Entonces Gastón dijo: bueno, amigos, debemos organizarnos mejor... Hay que buscar de un modo sistemático, partiendo de una premisa a la que espero encontremos una respuesta, y es muy sencilla: si no está herido o si no se hizo daño, quiere decir que no está en París, y bien, la pregunta es, ¿por qué se fue sin decirlo a nadie? Salim, que hasta ahora había permanecido callado, dijo con mucha seguridad: por vergüenza, no lo dijo a nadie por vergüenza. Sus palabras cayeron sobre la mesa como piedras, creando un silencio denso, ¿por vergüenza?, repitió Gastón, ¿vergüenza de qué?, y Salim dijo, no lo sé, no puedo saberlo, es muy humano escapar de las cosas que hemos hecho y nos avergüenzan. Gastón se quedó un rato callado, y dijo, podría avergonzarse de ser homosexual, pero eso no se soluciona huyendo, así que queda descartado, y yo dije, sí, queda descartado. Pensé en su noche con Sophie, pero no me atreví a mencionarla, pero supuse que debía hablarle, por fuerza mayor, e intentar saber qué había ocurrido, ¿se habrá enamorado de ella?, ¿habrá pretendido algo y al ser rechazado decidió escapar? Todas las hipótesis eran insatisfactorias, pues nada de lo que pasara con la joven profesora de francés debería suponer un impedimento para continuar su trato con Gastón, que pertenecía a otro mundo y era secreto, una vida distinta sin comunicación con la del inmigrante colombiano y los grupos de exiliados, pero en fin... Entonces le pregunté a Gastón, ¿cómo era Néstor?, quiero decir, ¿qué tipo de persona era en realidad?, y él dijo:

—Era sincero y fuerte, con esa dureza que se le supone a los hombres de pocas palabras, pero que en ocasiones esconde sufrimientos o fragilidad. Él era así, un hombre recio y a la vez frágil, que rumiaba en solitario sus problemas, aunque no sé cuáles eran. Casi nunca hablaba de Colombia y jamás logré que describiera a su esposa o a sus hijas, eso podía volverlo agresivo. Sólo silencio y más silencio. Verlo a él era eso, sentir el afecto y la cercanía, pero sobre todo callar. A veces me hacía preguntas y yo le contaba los problemas de mis alumnos o incluso los temas. Le hablé de Spinoza y Descartes y él oía, supongo, como quien oye llover, pues no podía comprender lo que yo estaba diciendo, y así pasábamos la tarde o la noche, una especie de terapia para mí, lo digo en serio, que no siempre era agradable. Las pocas veces en que hablaba solía referirse a los paisajes, las montañas del lugar donde nació, aunque sin dar nombres. A él le gustaba hablar de cosas relativamente inertes, si es que podemos decir eso de un paisaje. O hablaba de carros. Una vez dijo que le gustaría tener una camioneta Renault Espace, muy grande y con muchas sillas, y recuerdo que le pregunté, ¿y para qué quieres tener un carro de esas dimensiones?, ¿dónde te gustaría ir con él?, y él respondió, no sé, no sé a dónde, pero podría llegar muy lejos. Sus frases, por ser tan escuetas, parecían contener grandes ideas y yo las analizaba, pero al hacerlo me daba cuenta de algo extraño y es que con las mismas palabras se pueden sugerir grandes universos o cosas insustanciales, aun diciendo lo mismo, ¿me siguen?

Respondimos que sí y Salim tomó la palabra para opinar, y dijo: hay una gran sabiduría en la gente simple, no todo el mundo es Marcuse, pero todos hablamos, el lenguaje nos sirve a todos por igual, a lo que Gastón reviró, pero claro, estimado amigo, ¿no estará sugiriendo que veo a Néstor con una actitud superior, racista o paternalista? Salim, nervioso por su comentario, se disculpó y dijo, no, no, señor, lo siento mucho, hablé fuera de contexto, y Gastón continuó, tal vez usted no sepa que soy un verdadero comunista, que a pesar de haber nacido y vivido en París elegí vivir en Le Blanc Mesnil, por favor, ¡no son cosas que uno va contando por ahí! En fin, lo importante no soy yo, sino Néstor. Él era así, discreto. Ya no sé lo que estoy diciendo, disculpen.

Su piel enrojeció. Con un gesto llamó al mesero y pidió un Pastis. ¡Y apúrese en traerlo!, le dijo de un modo insolente, así que volví a decirle, Gastón, nosotros somos sus amigos, no debe sentirse juzgado. Estas charlas iniciales son difíciles, pero nos permitirán conocerlo mejor. Tal vez ni usted mismo tuviera una idea muy precisa de él y sólo ahora, al contarnos, empiece a comprenderlo. El Pastis, que rellenó con agua y bebió de inmediato, estaba muy fuerte. Tras beberlo Gastón pareció sentirse mejor, así que reanudamos el análisis.

Bien, dije, una de las posibilidades es que se haya ido por vergüenza, como dijo Salim, pero debe haber otros motivos, ¿por qué una persona desaparece?, a lo que Gastón dijo: excluyo las razones sentimentales, nadie deja su casa y una cuenta bancaria con cuatro mil y pico francos por eso, un argumento que Salim y yo aprobamos, y yo dije, sólo por agotar posibilidades, tal vez fue raptado, lo que provocó un gesto de burla en Salim, ¿raptado?, ¿y quién pagaría algo por él? Pero Gastón dijo, yo, yo pagaría si alguien me diera la oportunidad de hacerlo, aunque evidentemente no fue eso lo que sucedió. Nadie, excepto ustedes, se ha puesto en contacto conmigo. Bebió otros dos sorbos ansiosos de licor, y dijo, mirándonos: ¿no lo habrán secuestrado ustedes dos, verdad?, pregunta que provocó risas y distendió la charla, que se volvía espinosa, hasta que Salim dio un golpe en la mesa y dijo, ¡ya sé!, se me ocurre algo, escuchen: es posible que forme parte de una red mafiosa, por ejemplo de narcotráfico, y que haya sido convocado en algún lugar secreto o detenido por la policía, ¿han preguntado en las cárceles? Gastón se quedó perplejo, y dijo:

—A decir verdad no, sólo pregunté en la red de comisarías de París, donde van los detenidos comunes, pero es verdad, pudo tratarse de algo mayor y haber sido trasladado a una cárcel. Es bastante improbable pero hay que considerarlo. Tendré que hacer una nueva pesquisa esta semana. La idea de imaginar a Néstor como contacto o jefe de vendedores de droga de una región de París es bastante graciosa. La verdad es que no levantaría ninguna sospecha y desde ese punto de vista sería el hombre ideal, pero en fin, es una buena pista... Hay muchos motivos para acabar en una cárcel, por ejemplo ser confundido o estar en el lugar equivocado cuando ocurre algo, o incluso tener un accidente, cualquiera puede hacerle daño a otros de forma involuntaria.

Es una teoría posible, dije yo, aunque sería extraño que no hubiera llamado a nadie; sé que un detenido tiene ciertos derechos y puede hacer una llamada antes de ser encerrado, ¿no es así?

Entonces Gastón dijo:

—Claro, un detenido no desaparece, la policía lo entrega a la justicia y allí su archivo sigue un curso ordinario. Es cierto que podría haber llamado, pero pueden operar varios reflejos condicionantes: en primer lugar que no haya querido involucrarme, y en segundo lo que usted señaló al principio, estimado amigo, la vergüenza, o incluso una forma más tenue, un simple pudor. Es cierto que esto abre una posibilidad de búsqueda que me da esperanza, y les agradezco.

Al decir esto le señaló al mesero los vasos vacíos, y luego, en un gesto sumamente teatral, bajó la voz y nos pidió acercarnos, pues debía pedir un favor, algo importante, y dijo:

—Quiero llamar a Colombia y preguntar por él, tengo su número... Sé que es una posibilidad remota, pero es posible que se haya comunicado con ellos. El vínculo filial es uno de los más fuertes y dudo que haya podido estar mucho tiempo sin hablarles. De hecho, si tengo el teléfono es porque hace un tiempo, en un viaje a La Rochelle en el que, por cierto, nunca salió del hotel mientras yo daba unas charlas de filosofía, preguntó si podía hacer una llamada a Colombia, pues había un motivo importante, y yo le dije sí. Tal vez era el cumpleaños de alguna de sus hijas, no sé, lo cierto es que al pagar la cuenta pedí la factura y ahí estaba. Fue una llamada de 46 segundos en la que debió decir apenas, feliz cumpleaños, te recuerdo, gestos inusuales que sí tenía con sus hijas. Por eso quiero llamar.

Dicho esto se dirigió a mí: usted es colombiano y sabrá hablarles, invente algo que no las alarme y nos permita indagar por él, es muy importante para mí y tal vez encontremos la clave de todo esto, se lo pido de verdad. Yo acepté de inmediato, claro, y él dijo, mi casa está bastante lejos, así que lo mejor será llamar desde una oficina de France Telecom, a lo que Salim dijo, no, eso es carísimo, lo mejor son los locutorios de Belleville o del Sentier, ahí podrán hacer esa llamada por muy poca plata y está abierto hasta tarde, ¿quieren ir ahora?

Salimos hacia el Metro correteando de alero en alero, pues llovía un poco más fuerte de lo habitual, y un rato después estábamos en la estación Château d'Eau, rodeados de turcos y africanos. Salim nos guió entre negocios de estética y peluquerías de Mogadiscio y Dakar, hasta llegar a una puerta iluminada que decía, Centro de Comunicaciones. Los vidrios estaban cubiertos de carteles con los precios por minuto a diferentes destinos del mundo, así que pedimos una cabina. Convinimos que lo mejor era presentarse como un amigo del que había perdido sus señas y que lo buscaba para proponerle un trabajo. A partir de eso se podría improvisar, así que marqué el número y cerré la puerta. En la sala había un confuso griterío en diferentes lenguas que podía levantar sospechas, y cuando alguien respondió dije sin más, ¿Néstor, por favor? Hubo un silencio del otro lado de la línea, entonces volví a decir, ¿aló?, ¿aló? Luego una voz joven dijo, preguntan por mi papá. Enseguida contestó una voz adulta, de mujer, ¿aló? Yo volví a decir, buenos días, señora, ¿puedo hablar con Néstor?, a lo que ella respondió, él no está, y nada más, un silencio largo... Así que reviré, ¿lo encontraré más tarde? No sé, dijo ella, y de nuevo el silencio, hasta que dijo, ¿quién lo necesita? Soy un amigo de París, le dije, es que hace rato que no lo veo y surgió un trabajo para hacer juntos, pero creo que tiene dañado el teléfono y no contesta. Pensé que de pronto estuviera allá, una vez dijo que quería ir por estas fechas... De nuevo la línea se silenció hasta que la voz dijo, ¿quién le dio este número?, y yo respondí, Néstor, señora, ¿y para qué se lo dio?, volvió a decir, y yo, estrujando mi cerebro, respondí, para dárselo a mi esposa allá en Bogotá, por lo que fuera, y ella dijo, Néstor no está aquí, él no ha venido, y entonces pregunté, ¿no será que cambió el teléfono de París? No sé, respondió, yo nunca lo llamo, y al sentir que estaba por colgar le dije, ¿pero sabe algo de él?, y ella dijo, ¿cómo así?, entonces precisé, ¿ha hablado con él últimamente?, y ella dijo, él casi nunca llama, de vez en cuando escribe, ¿le va a dejar alguna razón?, y yo dije, sí, si habla dígale que soy Carlos, de la empresa de construcción, que lo ando buscando y que me llame, hay un buen trabajo pero no puedo hacerlo solo. Entonces ella dijo, ¿y por qué no va a buscarlo a la casa? Es que no sé dónde vive, señora, ¿y cómo así que no sabe dónde vive y sí tiene mi teléfono? Ay, le dije, no desconfíe tanto, dígale que soy Carlos y verá, un amigo... Entonces la voz dijo, vea, joven, Néstor no llama hace un mes, así que no sé dónde está, y hágame un favor, si lo ve, dígale que nos mande la plata, que hay que comprarle cuadernos a las niñas y la hermana está enferma, ¿oyó?, dígale eso y que nos llame, que necesito hablar con él… Le dije sí, señora, con mucho gusto, y colgamos.

Al salir vi a Gastón enrojecido por la ansiedad, ¿qué dijeron? Habría preferido no tener que dar lo que interpreté como malas noticias, pero no había otra posibilidad. Así que dije: no saben dónde está. La esposa me pidió que cuando lo viera le recordara enviar la plata del mes para las hijas. Creo que de verdad ocurrió algo, y al decir esto Gastón tosió y sacó un pañuelo, ¿qué le habrá podido pasar? Ahora sí la cosa es muy grave y no va a quedar más remedio que denunciar su desaparición a la prefectura de policía… Hay que hacerlo. Si está en una cárcel nos lo dirán, y si no ya es hora de que la policía se ponga a buscarlo.

12.

Todo lo que uno espera con ansia acaba por llegar, y así, al mediodía de ese martes, llegó por fin la llamada de Victoria. Pero vamos por partes. Yo estaba tendido en mi colchoneta leyendo un libro de Cioran, del que ya había copiado algunas frases que me provocaban alivio y que eran verdaderas bombas, lo único que podía atraer mi atención en medio de esa absurda espera. Eran frases como esta: «He buscado en la duda un remedio contra la ansiedad, pero el remedio acabó por unirse a la dolencia». O esta otra: «Sólo dios tiene el privilegio de abandonarnos. Los hombres únicamente nos pueden dejar», gotas de ácido que llegaban al alma (por cierto, provienen del libro *Del inconveniente de haber nacido*, aunque espero de todo corazón que nadie las necesite).

Pero en fin, retomo la historia: el teléfono sonó y, como siempre, levanté el auricular con miedo, sintiendo un derrumbe de galerías, un hueco en el estómago y, al mismo tiempo, gratitud. Mucha gratitud. Sólo cuando oí su voz volví a respirar. Hola, me dijo. ¿Me reconoces? Esperé un instante y dije, ¿cuándo llegaste? Esto pareció alterarla. Hace un rato, dijo, estoy donde la tía, ¿cómo sabes que estoy en París? Esta vez fui yo quien tardó en responder. Intuición, dije, ¿estás bien? Bien, muy bien, ¿y tú? Intento organizarme pero no es nada fácil, he logrado poco. Es una ciudad difícil. Luego ella dijo: ¿sales con alguien? Más o menos, nada serio, tú en cambio estás comprometida, ¿no es cierto?, y ella dijo, te lo habrá contado Kadhim (no quise revelarle que había conocido a Joachim). Sí, me dijo que te había visto en Madrid, por cierto, gracias por el libro y la carta, y ella, cuyo tono de voz parecía muy alterado, preguntó, ¿quieres que nos veamos?

Nos pusimos cita media hora después en un café de La Motte Piquet, y para allá me fui con el espíritu convulso. El encuentro me haría mucho daño, pero conservaba una hebra de esperanza. Tal vez Kadhim tenga razón y ella esté fascinada con sí misma, y lo que ama es su propia bondad o la imagen proyectada de su bondad. Ése era el clavo del cual yo colgaba, y mientras el convoy del suburbano iniciaba a frenar en la estación me volvieron las dudas. Aún podía volver a mi chambrita y proteger esa vida frágil que había iniciado, pero fue imposible. Una fuerza que emergía del pasado me hizo saltar del vagón, recorrer el túnel a zancadas y llegar sin aire al bar.

Tenía el pelo más corto y había adelgazado, y yo me fui derrumbando hasta la altura de sus zapatos, unos botines de gamuza. Cuando levanté la cara tenía los ojos en lágrimas. Hola, le dije, balbuceando. Hola, respondió antes de rodearme con sus brazos y apretar muy fuerte, y de repente, con sorpresa, sentí sus labios, un delicado aroma a tabaco y de nuevo su voz, salgamos de aquí, la casa de mi tía es aquí al frente.

Ya anochecía cuando volvimos a hablar, Victoria recostada contra el vidrio y yo observando su espalda desnuda. Esto tenía que suceder, dijo, era lógico, una relación como la nuestra no podía acabar a la distancia, siempre lo supe. Al escucharla comprendí que para ella el encuentro era una despedida, lo contrario de lo que yo tenía en mente, pero no quise interrumpirla, y continuó: estoy muy enamorada y creo que ya lo sabes, pero siento que estar aquí contigo es natural, los dos forman parte de mi vida de un modo esencial, por eso no creo estarlo engañando... Él sabe que esto debía pasar y de algún modo lo predijo, a veces las palabras no llegan a donde está la verdad, ¿no te parece?, y yo dije sí, Victoria, es difícil estar en la misma ciudad y no vernos, te comprendo, yo siento cosas parecidas.

Entonces preguntó, ¿tú también sentiste que para despedirnos tenía que pasar esto?, y yo respondí, ocultando mi verdad: hay cosas que sólo se deben hacer de cuerpo presente, como ir al entierro de un ser querido, si uno no va sigue preguntando por él, creyendo que está vivo, y ella dijo, sí, lo importante es que ninguno de los dos lo malinterprete, ¿verdad? Y yo le pregunté, ¿cómo lo conociste? Victoria se incorporó, encendió un cigarrillo y empezó a hablar:

—Mira, él iba a los cursos de español y literatura y pasaba mucho tiempo en la biblioteca, allí sentado, hasta que un día coincidimos de un modo casual. Él había pedido un libro que yo iba a devolver, *El pozo*, de Juan Carlos Onetti, y por eso terminamos charlando, él con su extraño acento. Me contó que hacía un curso de español y que era profesor de Filología Alemana, y nada, así lo conocí... Tras esa charla vino otra y luego me invitó a cenar, ya te imaginas, ¿no? Mejor no contar detalles. Sería hiriente.

Mucho de lo que hacemos hiere a otros, le dije, y no por eso dejamos de hacerlo, si es precisamente eso lo que queremos. Entonces me interrumpió para decir, debes estar triste, cuando estás triste te da por filosofar, y yo dije sí, esta escena es bastante triste, imagina que la estás viendo en una película: dos amantes viéndose por última vez en una ciudad llena de hostilidad y frío, y ella a punto de partir, pues alguien la espera en la estación de trenes de Estrasburgo. Pero Victoria me abrazó y dijo, riéndose: para, tío, que me vas a hacer llorar, joder, espera un poco, no seas tan dramático, ¿cuál ciudad hostil? Esto es París, la capital del amor, y además, ¿cómo que nos vemos por última vez? Supongo que lo dirás en broma, ¿no? Es para la escena, dije, así es más triste, pero ella repuso, nuestra relación va a ser muy buena, mejor que nunca, te lo prometo, sé que te vas a llevar muy bien con él, cuando lo conozcas vas a entenderme. Entonces, sin pensarlo mucho, le dije: ya lo conozco…

Se dio vuelta, con los ojos muy abiertos. ¿Qué dices? En su rostro había sospecha y un cierto temor, así que le conté la cena con Kadhim en el *Jardín d'Orléans* y la charla hasta muy tarde. Es una buena persona, tienes razón, pero ella se quedó perpleja, como diciendo, ¿por qué soy la única en no saberlo? Luego miró el reloj y exclamó, ostia, es tardísimo, mi tía va a llegar, vístete, salgamos a hacer algo. No puedo, le dije, esta noche trabajo en el restaurante.

Me fui con la promesa de verla al día siguiente, lo que en efecto ocurrió, lo mismo que los siguientes seis días, sin que ninguno volviera a mencionar a Joachim, o Joaquín, como ella le decía. Visitamos museos que no conocía y que me provocaron una sensación de irrealidad, tanto como el hecho de estar con Victoria, poder besarla o sostener su mano, seis días sin preguntas ni cálculos, hasta que llegó el temido lunes. Su tren salía a las nueve de la mañana y la acompañé a la Gare de l'Est en medio de un poderoso aguacero. La cosa iba a ser bastante triste y yo hacía acopio de fuerzas desde el día anterior. Fuimos hasta el vagón, subí con ella y encontramos el puesto en un compartimiento vacío, pues no parecía ir mucha gente a Estrasburgo esa mañana. Prometió comunicarse, darme un teléfono y una dirección lo más pronto posible. Dijo que volvería a París con frecuencia, frases que no me consolaban sino todo lo contrario, que alejaban lo que yo esperaba oír, que era algo muy distinto: me quedo contigo, vamos a tu cuartito y dejemos atrás el mundo… Yo añoraba esas palabras y el tren estaba a punto de irse (verdad que son tristes los trenes), así que al acomodar su maleta salimos a la puerta del vagón. La escena, de nuevo, iba a ser de cine: ella despidiéndose desde la ventana y yo corriendo abajo, así que cuando sonó el último timbre y las puertas empezaron a cerrarse di un salto y subí. La puerta se cerró a mi espalda y ella, sorprendida, exclamó,

¿pero, qué haces? Te acompaño un poco, quiero estar un rato más contigo. Cuando venga el revisor nos dirá cuál es la última estación antes de Estrasburgo y ahí me bajo. Supongo que él estará esperándote, ¿verdad? Dijo sí con la cabeza, y agregó: qué bueno que subiste, yo también quería estar un poco más contigo.

Y así hicimos el viaje, por fortuna solos en el compartimiento del vagón (nos besamos y tocamos), hasta que debí bajar, veinte minutos antes de llegar a Estrasburgo. Victoria no dijo la ansiada frase que yo esperaba, así que tomé el tren de regreso a París y llegué muy tarde a la rue Dulud, mi odiada calle. Mientras subía al sexto piso no pude evitar pensar que a esa misma hora ella estaba con otro hombre, diciéndole al oído palabras dulces: te extrañé, te amaré siempre... Yo, en cambio, daba vuelta a la llave, empujaba la puerta de mi casa y encontraba mi colchoneta y mi mesa, los pocos libros y la ropa en la maleta. Nada más. Era mi vida y sentí desconsuelo. Me tiré boca arriba y encendí un cigarrillo, imaginando cómo iba a sortear aquella noche, cuando el teléfono sonó. Dios santo, me dije, ¿será ella? Habrá ido a la esquina para llamar y querrá decirme, te quiero, estoy en la estación de trenes, regreso a París esta misma noche. Con el corazón dando golpes levanté el auricular... Pero el mundo me cayó encima, pues no era Victoria. Alguien hablaba en francés, una mujer cuya voz no lograba ubicar, ¿aló?, ¿quién es? Por fin dijo, hola, ¿ya no me reconoces? Soy Sabrina.

13.

Mi colega Jung continuaba con su aire triste, así que al llegar al restaurante preferí no mencionar lo de Victoria. Pugnaba por contarlo, y a gritos, pero me callé. Jung era un caso delicado, su sufrimiento y ansiedad debían ser tratados con especial atención, así que, simplemente, dije hola, Jung, ¿alguna novedad de Pyongang?, y él respondió, no, amigo, no hay noticias, gracias por preguntar, estas cosas toman tiempo, mi pariente debe estar haciendo los contactos con el cocinero del hospital, quien a su vez debe esperar el mejor momento para conseguir los datos, y eso puede durar un par de meses. Además cuesta dinero. La semana entrante, cuando nos paguen, tendré que enviar algo y aún no sé cómo hacerlo. Supongo que en el barrio chino habrá modo. Y tú, ¿cómo andas?, me preguntó. Bien, le dije, sin grandes novedades. Le propuse tomar luego una cerveza, cosa que Jung aceptó con agrado (a los orientales les encanta la cerveza). Al momento de salir encontramos a Susi y a Desirée, así que las invitamos.

Con una cerveza en la mano, Susi preguntó por lo que, para ella, era la noche de los cuernos o la cena con el cornúpeta, ¿cómo te fue? (se refería a Joachim). Bien, le dije, es una muy buena persona, profesor de Filología Alemana en Estrasburgo. Ofreció ayudarme a encontrar un trabajo, pero Susi me miró con desaprobación, ¿ah sí?, o sea que te está comprando. Primero te pone los cuernos y luego te compra, muy bonito, debe ser buena persona de verdad, si estuvieras en África le habrías dado con una botella en la cabeza, pero yo insistí: no seas tan negativa, aquí el mundo es diferente, por mucho que esté de acuerdo en otras cosas, lo que tú dices de África no tiene nada qué ver conmigo, a mí me parece bien haber ido y haberlo conocido. Esto no la convenció, y dijo, tú no eres africano, eso ya lo sé, pero tampoco eres europeo, y te doy un consejo, no trates de imitarlos, este modo de vivir no trae consigo nada bueno, nosotros estamos aquí por el dinero que tienen o por el que nos robaron, que es el mismo, pero no debemos creer que somos como ellos, no, señor, y entonces le pregunté, ¿tú crees que somos mejores?, y ella respondió, no sé si mejores, tal vez no... Pero tampoco peores, somos sencillamente diferentes, y esto no hay que olvidarlo, lo mismo que tú y yo, di-fe-ren-tes, ¿comprendes?, tú eres blanco y hombre, yo soy negra y mujer, y entonces le dije, pues bien, entonces trata de comprenderme, pero ella insistió, no lo haré cuando te comportes como un europeo, ése será mi límite, así que le dije, está bien, alértame cuando lo haga, y por cierto, queriendo rebajar la presión sobre mí, le pregunté: ¿y qué decidió Saskia?

—Está muy mal —dijo Susi—, no sabes cuánto. El papá murió, la llamaron durante el fin de semana y está desconsolada. Hace dos días, en el barco bar, se embriagó tanto que no pudo trabajar. El propietario debió llamar un taxi y devolverla a su casa. Desde entonces no sale, sólo bebe y bebe, está realmente mal. Tú tenías razón, ha debido ir a Bucarest, pero ahora ya es irremediable, no se puede cambiar el destino, en fin, supongo que le pasará. Lo más intrigante de las grandes tragedias es el modo en que las olvidamos, y a ella le ocurrirá lo mismo, ya verás, el secreto está en no destruirse uno antes, que es lo que ella intenta hacer, bebiendo y drogándose, Saskia tiene un sentimiento de culpa muy fuerte y quiere castigarse, sólo espero que no se haga mucho daño.

Sentí mucha lástima por la joven rumana, ¿drogándose? No sabía que tomara drogas. Imaginé a Lazlo a su lado, lo que era un alivio, dándole consejos y copitas de aguardiente hasta adormecerla. Todo acabará por pasar, me dije, pronto volverá a emerger a la luz (tal vez hablaba para mí).

Luego Jung me dijo, oye, amigo, olvidé decirte algo antes. Hice averiguaciones sobre el modo de traer a Min Lin... Sí es posible, aunque cuesta 30.000 francos, una suma enorme, no sé si sea capaz de conseguirla en caso de que haya resultados. Tendré que hablar con el propietario, ya veremos, pero al decir esto ocurrió algo extraño y es que la cara de Jung, habitualmente enrojecida cuando gesticulaba, empezó a palidecer, y, aún más extraño, dejó de articular palabra y su labio superior inició a temblar, dejando ver de forma intermitente sus oscuras encías, hasta que sus ojos se abrieron, saliendo de sus órbitas. Se llevó las manos al estómago, con gesto de dolor. Luego se escurrió hasta el suelo y quedó tendido a un lado de la mesa.

Los gritos de Susi y Desirée y los de algunos vecinos de mesa fueron creciendo, y yo empecé a mirar alrededor, intentando comprender qué había sucedido. Por el modo en que se apretó la barriga se diría que alguien le lanzó un dardo o un disparo, pero al acercarme vi que no sangraba, así que debía de ser algo interno. Las mujeres continuaron con sus gritos y alguien del bar anunció que ya venía una ambulancia. Me senté en el suelo, al lado de Jung, y le sostuve la mano que tenía libre (la otra seguía apoyada en el lugar del dolor), diciéndole, ya llegarán a ayudarte, no sé qué diablos te pasa pero recuerda que debes resistir para ella. Él no respondió, pues toda su fuerza parecía concentrada en el dolor. Por su extraño mutismo la escena transcurría en silencio y lo único que podría considerarse extremo era el modo inusual en que Jung abría los ojos.

De repente hizo irrupción una ambulancia de los Sapeurs-Pompiers, un cuerpo ciudadano de primeros auxilios, y Jung fue puesto en una camilla y atendido, ¿dolores abdominales?, ¿qué le ocurrió?, ¿qué edad tiene y qué enfermedades padece? Pensé en lo poco que uno sabe de los demás, aun entre amigos, y respondí, no sé, señor, yo estaba con él en una mesa y de repente se desplomó, sufre un fuerte dolor abdominal, eso es todo lo que puedo decirle. Susi y Desirée se habían apartado y comprendí su temor: si a Jung le ocurría algo y eran consideradas testigos podrían ser descubiertas como ilegales, arrestadas y expulsadas, por eso no se acercaban. De nuevo se hizo evidente lo que Susi llamaba «mi privilegio», y cuando lo subieron a la camilla y lo sacaron del local yo dije, voy con él, es mi amigo. Nos embarcaron en la pequeña unidad médica, él acostado y yo en un sillín lateral, al lado de dos enfermeros que le iban haciendo análisis básicos, pulso y presión, supongo, no sé nada de medicina, e iniciamos el recorrido, que a mí me pareció en cámara lenta, y vimos pasar calles y plazas con el sonido de la sirena, la ciudad desfiló por los cristales de la ambulancia como si fuera un diaporama, hasta que uno de los hombres me preguntó, ¿sabe si sufre de epilepsia? Yo respondí con la verdad: no lo sé, no lo conozco tanto, es coreano y se llama Jung, trabaja en el restaurante *Les goelins de Pyongang*, en Belleville, es todo lo que sé de él, volví a decir a uno que rellenaba una tablilla. ¿Jung es nombre o apellido? Tampoco lo sé, le dije, es así como él se presenta, supongo que será el nombre, a menos que en Corea la gente se presente con el apellido, no lo sé, ¿no habrá personal de origen coreano o chino en el hospital?, pregunté, pero ninguno de los dos contestó, los que preguntaban eran ellos así que me limité a mirar a Jung, que continuaba bastante pálido y que había retirado la mano del vientre. Ahora tenía los ojos volteados hacia atrás, algo que sólo había visto en los muertos, quiero decir, en los muertos del cine o en la televisión, y entonces les dije, ¿es normal que tenga los ojos así? Uno de los tipos me dijo, ya veremos, al llegar al hospital le harán otros exámenes, ¿usted no es pariente del enfermo?, reviró el asistente, una pregunta que se me antojó policial y, sobre todo, estúpida, ya que Jung era evidentemente asiático, así que respondí en broma, sí, es mi hermano... Al decirlo ocurrió algo inesperado y fue que los labios de Jung se movieron, dibujando una sonrisa. Me había oído, así que su estado no era tan grave, supuse. Viejo Jung, qué susto nos diste.

    A los enfermeros no les hizo ninguna gracia y continuaron controlando su ritmo cardíaco, su respiración, hasta que la ambulancia entró al patio de un hospital y nos hicieron descender, todo muy rápido, con puertas de vidrio abriéndose, personal de bata blanca recibiendo planillas, y una voz que me dijo con cierta autoridad, usted espera aquí, en esta sala, siéntese, ya le diremos cuando haya novedades. Obedecí con fatiga, quedándome en medio de un grupo de personas bastante alteradas y observé el reloj de pared: las tres y veintinueve minutos de la madrugada. Luego me senté al lado de una pareja mayor y esperé en silencio. El salón era de tamaño mediano y había nueve sillas ocupadas. Al fondo una mujer lloraba entre sollozos y un hombre le daba consuelo arropándola entre sus brazos, con una actitud de gran dignidad, como diciendo: no le debemos nada a nadie y saldremos de esto solos. Traté de imaginar los dramas de cada uno, hijos accidentados o agredidos, pues esta ciudad esconde mucha violencia, o ataques repentinos al corazón y al apéndice, o tal vez partos, en cuyo caso se trataría de una espera feliz, teñida de ilusión, pero al echar un vistazo descarté esa posibilidad pues no encontré a nadie a punto de explotar de la dicha. Las caras eran neutras, soñolientas y malhumoradas.

De repente se abrió una de las puertas y un enfermero condujo hasta el centro de la sala una silla de ruedas con una joven de unos veinte años, bastante pálida. La pareja que estaba a mi lado se levantó de un salto y uno de ellos dijo, «Céline». Era su hija. La joven tenía puesta una bata, el pelo negro le caía sobre los hombros y en torno a sus ojos había dos enormes moretones, como si la hubieran golpeado, que le daban una mirada cavernosa. Además había llorado. Todo eso vi en la cara de esa jovencita, Céline, que por lo demás hizo un gesto de pánico cuando sus padres se acercaron. El asunto podría ser de drogas (supuse por su cara de miedo, y pensé en Saskia), una sobredosis o intento de suicidio con barbitúricos. De cualquier modo, el enfermero dijo a los padres que pasaría la noche en el hospital, por eso tenía la bata y no su ropa de calle. Desde mi puesto noté que Céline retiraba el brazo cuando el padre intentó sostenerla, un gesto que me hizo pensar en un padre abusivo, o algo así, y en una madre voluntariamente ciega. Céline también la rechazaba a ella, tal vez por considerarla cómplice, en fin, todo esto imaginé y no es más que una hipótesis, pero la escena estaba a punto de convertirse en algo muy violento así que el enfermero se llevó a la joven y le hizo un gesto a los padres que bien podría querer decir, «mañana se sentirá mejor, vayan a descansar».

Un rato después salió Jung, también en silla de ruedas. El médico que lo acompañaba dijo que tenía estrés crónico, cefalea y la probable somatización de un estado de angustia, de ahí los dolores abdominales, algo que muy bien podía corresponder con la vida del pobre Jung, tan angustiado como andaba, así que lo tomé como una buena noticia, pues yo tenía en mente cosas graves como un infarto o un derrame cerebral o incluso una hemorragia interna, cosas de las que uno se muere, así que lo ayudé a levantarse y comenzamos a salir del centro médico, muy despacio, celebrando que no había sido nada grave, y entonces le dije, volteaste los ojos como un vampiro, no lo vuelvas a hacer, te ves ridículo, y nos reímos, ¿escuchaste lo que dijo el médico? Estrés, una enfermedad de ricos, de clases ociosas y dominantes.

Le habían vuelto los colores a la cara y a cada paso parecía recuperar su fuerza, así que fuimos hasta una avenida y me dijo, ¿sabes algo?, cuando estaba allá adentro y me hacían exámenes sólo tenía miedo de una cosa, ¿quieres saber de qué?, y yo dije, déjame adivinar, tenías miedo de que te internaran por loco o por tener sida, y él dijo, no, amigo, nada de eso, lo único que me preocupaba era la cuenta del hospital, sólo eso, la cuenta... Calculé que con el servicio de ambulancia y las pruebas clínicas la factura iba a ser costosísima. Entonces le pregunté, ¿y qué pasó?, ¿no te cobraron? Sí, dijo, me dieron un papel con una cifra pero yo dije que no tenía cómo pagar y entonces me dieron otro, una declaración de insolvencia. Lo firmé y salí a la calle. Yo quedé muy sorprendido, ¿quiere decir que no tendrás que pagar?, y él respondió, no, al parecer no, en todo caso firmé y aquí estoy, son buena gente estos franceses, ¿no es cierto? Dios santo, me salvaron la vida. Quién sabe qué habría pasado si esto me hubiera ocurrido en Pyongang. Vamos, ayúdame a conseguir un taxi que esta noche lo merezco.

14.

La siguiente cita con Gastón Grégoire fue cerca de la estación de trenes del Norte, en la rue du Feaubourg Saint Denis, un lugar equidistante desde el cual él podía regresar con facilidad a Le Blanc Mesnil, y allá llegué, a una hora en que la gente se preparaba para el almuerzo. Esta vez el libro que Gastón tenía sobre la mesa era *Las confesiones* de Rousseau, volumen que, al saludar y sentarme, fue a parar a su maletín.

Hola, ¿cómo van las cosas? Pero esto lo dijo sin esperar una respuesta, pues de inmediato agregó:

—La novedad de hoy es que no hay ninguna novedad, si es que me puedo permitir este fácil juego de palabras, creo que Néstor nos está dando una pequeña lección de Taoísmo, el centro de la nada o la densidad del vacío, por Zeus, una persona no puede desaparecer así, sin dejar nada atrás... ¡Ni siquiera con la muerte se puede obtener tal nivel de discreción! Algo que, como usted sabe, formaba parte de su personalidad, el deseo de «no ser». Esto ha afectado sustancialmente mi vida. Paso las noches haciéndole preguntas al vacío o recordando pasajes de esa extraña relación que a medida que se aleja me va pareciendo más irreal, como el recuerdo de un sueño, pues le confieso que estoy olvidando su cara. Lo digo en serio. Me cuesta trabajo verla y su presencia desaparece a cada minuto, ya sólo va quedando un croquis inhumano de su aspecto, unas cuántas líneas sin mucho sentido.

Al escucharlo noté eso mismo, yo tampoco lo recordaba, sólo el fulgor de sus ojos al jugar ajedrez o una impresión general, casi «conceptual» de él, igual que uno reconoce la presencia de alguien a quien no ha visto, en la oscuridad, y entonces Gastón continuó:

—No quiero que se haga una idea errada de mi relación con Néstor, amigo, usted es una persona buena y me está ayudando y por eso creo que debo ser sincero, aunque no sé si esto cambie algo, quiero decir, el hecho de que yo sea sincero... En fin, le explico, la idea moderna de «relación utilitaria» no era del todo extraña a lo que ocurría entre ambos o, para decirlo en palabras simples, yo le pagaba... Así es, amigo mío, no se sorprenda. Le pagaba. No una suma establecida o cosa por el estilo, pues él jamás pretendió cobrar, sino una especie de contribución, algo solidario que fue convirtiéndose en costumbre desde el primer día, cuando antes de despedirlo puse unos billetes en su camisa, y así fue siempre. Él se los llevaba sin mirarlos y mucho menos contarlos, y aquí debo abrir un paréntesis explicativo, mi amigo, y es que yo, por una serie de problemas con mi relación anterior, desarrollé un pequeño trauma o reflejo condicionado, no sé cómo pueda llamarlo pues no soy psicólogo, pero creció en mí una de esas molestas y casi perversas costumbres que consiste en llevar la contabilidad detallada de mis gastos, desde lo que destino a dentífricos o desodorantes hasta el alquiler o el teléfono, y entonces Néstor, cuando llegó a mi vida, entró también a mi contabilidad, ¿me comprende? Y aquí retomo la historia anterior, pues en virtud de esas «contribuciones» pasó a ser una fuente de egresos, una columna denominada N. y otra que bauticé N.d. (Néstor. *dépenses.*), siendo la segunda la de gastos ligados a su compañía, aunque no registrables como desembolso directo a N. Es algo sencillo y así mi vida económica está siempre en perfecto equilibrio. No encontrará usted un solo céntimo de mi salario sin justificar, con su fecha y su rubro preciso, y le cuento esto para decirle que la otra noche, desvelado por las dudas, decidí revisar los cuadernos de estos años, y al hacer la suma de lo que di a Néstor encontré un resultado de 4.800 francos, cifra igual a la que él dejó en el banco antes de desaparecer y que usted me señaló en su extracto, ¿no le parece curioso? He pensado mucho en esto y he intentado darle un sentido, fíjese. Lo primero que se me ocurrió fue que Néstor no se atrevió a mandarlo a su familia, pues su origen era, por decirlo así, incompatible con ellos, lo que prueba una gran sensibilidad y sobre todo pudor consigo mismo, ya que sólo él y yo sabíamos cómo lo había obtenido y por lo tanto nadie podría reprochárselo. Él se regulaba por una suerte de limpieza moral, qué sé yo, algo que encuentro muy respetable e incluso ejemplar, ¿estoy siendo realista? Bien, pero hay algo más y es que también percibo un mensaje. Él pudo imaginar que yo llegaría hasta su cuenta bancaria y entonces me habló a través de ella, y aguzando el oído, ¿qué escucho? Escucho lo siguiente: ahí está tu dinero, Gastón, nunca lo usé, nuestra relación fue limpia. O bien: el dinero sirvió para construir algo que prefiero no derribar, así sea sólo una cifra. En fin, él me habla, amigo, y lo que oigo son las mismas palabras que los hombres llevamos diciéndonos desde que habitamos este triste planeta, y ahora creo comprenderlo mejor y comprenderme a mí mismo. El andar perdidos en el mundo sin saber por qué habitamos esta época aciaga y no otra más feliz, o por qué en esta inmensa galería de sombras tuvimos que encontrarnos precisamente los dos, un albañil colombiano y un profesor de filosofía francés, o incluso usted y yo, amigo, en este bar, hablando de un tercero que no está y que es como un fantasma o una idea imprecisa. Muy pronto todos dejaremos de ser y sólo viviremos en el recuerdo de otros que, con el tiempo, también nos irán perdiendo, como pierdo yo a Néstor cada minuto que pasa. Esto no es nuevo, es el habitual trasiego del tiempo y de nuestras almas, dios santo, le pido disculpas, hoy estoy demasiado solemne y con cierta propensión a la lírica, he estado leyendo a Pascal y a Epicteto y no sé si estas ideas son de ellos o se producen en mí al contacto con sus lecturas, una reacción no siempre feliz, pero en fin, no le he pedido vernos con urgencia para hablar de mis cuitas filosóficas, que son muchas, sino para pedirle un inmenso favor y es lo siguiente: necesito entrar a la habitación de Néstor, y cuando digo «necesito» lo hago en la acepción más urgente del vocablo, aquello de lo cual es imposible sustraerse, y para ello preciso de su ayuda. En mi maletín hay un equipo eficaz para abrir la puerta, una ganzúa de tipo fino que, según me indicaron, puede abrir cualquier cerradura. Sólo me resta pedirle que me acompañe, pues usted sabe el código del edificio, y pedirle un consejo sobre la mejor hora para hacerlo. Tras reponerme de la sorpresa, le dije: la mejor hora, en teoría, será en la mañana. En la noche los ruidos resuenan y la gente, relajada en sus casas, está más atenta. Pero si lo desea podemos ir ahora. Pronto anochecerá, pero no importa. En el fondo, no tenemos nada qué perder.

  Esto creó un reflejo en los ojos de Gastón, y dijo, vamos entonces, vamos ya, y fuimos corriendo al Metro sin volver a hablar del asunto, y media hora después estábamos en la rue du Lys y él volvió a exclamar: qué feo lugar, cualquiera que deambule por esta calle podría arrastrar toda la melancolía del mundo, entremos, así que hice el código y pasamos al corredor. Luego subimos los seis pisos, hasta la puerta, y él, sudando por el esfuerzo y los nervios, limpiándose la frente con su bufanda gris, me dijo: vigile la escalera, no tardaré en abrir esto.

Sacó un punzón delgado con un relieve similar al de una almena y lo introdujo por el orificio de la llave, girando en varios sentidos, mientras yo observaba escaleras abajo. Si alguien nos sorprendía muy pronto esto estaría lleno de policías. Por mucho que tuviera en mi billetera una tarjeta de estudiante me metería en un buen lío. Pero en fin, ya estaba ahí y sólo cabía esperar. Gastón sudaba y le daba vueltas a la ganzúa diciendo en voz baja, ¡mierda, esto no se abre!, así que le propuse cambiar. Creí que podía hacerlo, y al darle una tercera vuelta a la ganzúa algo hizo clic, el pasador cedió pero la puerta continuó cerrada. Supuse que el sistema estaría herrumbroso por falta de uso y le di un golpe con el hombro. La puerta se abrió de par en par y fue a golpear el muro del otro lado, algo que provocó en Gastón una expresión de júbilo, ¡al fin!

Lo que vimos nos dejó sumamente sorprendidos. Al venir intenté imaginar lo que habría detrás de la puerta y se me ocurrieron gran cantidad de cosas, empezando por el hallazgo de algo truculento, su cadáver envuelto en plástico o un pequeño salón de tortura, no sé, las casas son un curioso espejo de sus dueños, mucho más si viven solos y de forma precaria, pero no, en este caso lo que vimos fue la absoluta normalidad y el más puro ascetismo, un catre con la ropa de cama bien tendida, una mesa con varios sobres y portarretratos ordenados, una caja de cartón con una lámpara y un reloj despertador de plástico con un fondo que decía «I love Bucaramanga». Un armario de pared cerrado y debajo una maleta de tela, todo ordenado con un cierto desasosiego, y nada sobre las paredes, sólo el horrible papel de colgadura que se suele usar en Francia, de un color entre el amarillo y el crema, como la piel de los que sufren ictericia, y una ventana que daba al patio del edificio desde la cual podían verse las huellas del mugre que el agua de lluvia iba dejando en el muro, algo poco estimulante para el ánimo.

Gastón se sentó en la única silla y dijo (o pensó, en voz alta): así que aquí vivías… Y de inmediato se concentró en los retratos enmarcados, que enseguida me mostró. Mire, dijo, son imágenes de París que yo le envié por correo, y en efecto eran postales de avenidas, iglesias y palacios de esa ciudad a la que tal vez jamás llegó, como era mi caso, y las observamos un rato, él en silencio rumiando quién sabe qué recuerdos y yo adoptando una respetuosa distancia, hasta que le dije, Gastón, no quiero parecer un intruso, pero si queremos averiguar sobre su vida habrá que registrarlo todo, quiero decir, abrir cajones, maletas, sólo así encontraremos pistas, ¿está de acuerdo?, y él dijo, sí, claro, adelante, yo me tomaré un segundo de respiro, entonces comencé a vaciar el contenido de la mesa sobre la cama: sobres de correo, cartas, cuadernillos publicitarios, casetes de música colombiana, una libreta en blanco, en fin, ya habría tiempo para revisar con calma, había que encontrar algo concluyente. En la caja que le servía de mesa de noche vi algo que no me sorprendió, un libro de ajedrez, *Cien partidas magistrales*, y un tablero con fichas plásticas magnetizadas en el que debía estudiar.

Luego abrí el armario: tres vestidos, unos tenis y unas chanclas de caucho. Néstor resultó ser muy ordenado, pues tenía en cada gancho un pantalón, dos camisas y una chaqueta, y nada en los bolsillos, así que continué con los cajones: medias y ropa interior, un cinturón, un pantalón de baño y una toalla, y en el otro una caja de galletas cerrada. La abrí y encontré algunos recortes viejos: Néstor Suárez Miranda recibiendo un trofeo de ajedrez en un club de Bucaramanga, otros en Manizales y Pereira, muchos recortes ajados de periódicos regionales, *El Liberal* o *La Patria*, que se referían a él como la «joven promesa del ajedrez nacional», artículos que me hicieron sentir una extraña familiaridad a pesar de que mi nivel de juego era sumamente bajo. Le mostré todo a Gastón, traduciéndole las entradillas y títulos, y se quedó muy sorprendido, ¿así que jugaba ajedrez de modo profesional?, nunca lo habría imaginado. Jamás me lo propuse, pues a mí también me gusta jugar, y ahora que recuerdo en alguna ocasión hablé del tema y él se limitó a mirarme, como hacía siempre. Tal vez no lo mencionó para no tener que contar una parte de su vida, qué hombre más introvertido y extraño, y seguimos sacando artículos al azar hasta encontrar un recorte de un diario francés, *France Soir*, y me dije, sólo falta que haya ganado competiciones en Francia, aparte de nuestro torneo de inmigrantes colombianos, pero revisé el artículo y no encontré su nombre, ni siquiera una mención al ajedrez. Era una media página en la que había noticias de otro tipo: un robo en un supermercado de Ivry, una denuncia por malos tratos a una empleada del almacén Darty de Cochan, la muerte de un joven en circunstancias extrañas en Saint Denis, en fin, una página de hechos judiciales que mostré a Gastón y que él observó al principio con desinterés, pero luego se detuvo y la acercó a sus gafas. Había una foto y él dijo, ¿qué diablos hace esto aquí?, quiero decir, no sabía que se había publicado esta noticia… Sin agregar nada más la guardó en su bolsillo y dijo, vamos, llevemos esto a otra parte y salgamos de aquí, se hace tarde.

Fuimos al corredor e intentamos colocar el pasador de la puerta desde afuera, algo que sólo logré a medias. Luego bajamos a la calle y salimos, vaciando el buzón del correo en el maletín de Gastón, que estaba muy nervioso y se había puesto de nuevo a sudar, y cuando llevábamos unos metros de la rue du Lys le pregunté, ¿y ahora? Ahora cada uno a su casa, dijo, a descansar. Le propongo encontrarnos otro día en *Le Pétit Montrouge* para analizarlo todo, creo que esta historia empieza a tener algo de sentido, pero debo reflexionar antes, ¿le parece bien? Yo le aviso por teléfono cuándo, y le dije sí, Gastón, claro que sí, hasta la vista.

15.

¿Sabrina?, pregunté incrédulo, y luego dije, hola, perdona, no te reconocí la voz, hace mucho que no llamas, y ella repuso, bueno, supuse que no querías verme, tú tampoco volviste a llamar, la última vez que te vi estabas algo nervioso, el día del torneo, ¿recuerdas? Lo recuerdo perfectamente, dije, te devolví tu tarjeta; la verdad es que no fue algo muy alegre lo que pasó, y agregué, con tono sarcástico, ¿y cómo está Javier?, pero Sabrina dijo, no estoy con él, es sólo un amigo, alguien que me corteja y halaga, que me hace sentir bien, pero nada más, y entonces me preguntó, ¿sigues dando clases de español? Sí, le dije, estoy en el mismo lugar en el que me dejaste, también trabajo en un restaurante tres noches por semana, lavo platos, nada muy heroico, pero intento organizar mi vida, ¿y tú? Bueno, me van a operar del apéndice, dijo, a partir de mañana estaré interna en el hospital por dos días, te doy los datos, escribe. Me dictó un teléfono y un número de habitación, algo un poco extraño. Ojalá te vaya bien, dije, esa operación es muy sencilla, te llamaré. Colgamos y me quedé mirando el teléfono: ésta sí que no me la esperaba, pero la verdad es que en ese instante la ausencia de Victoria fue más suave...

Al día siguiente le conté a Paula lo ocurrido con Sabrina y con Victoria, y me escuchó con atención y algo de risa. Vas a ver, dijo, la sartén se voltea a favor tuyo, te dije que lo mejor era mantenerse a la espera, me alegro por ti, ¿cómo te sientes?, y yo le dije, bueno, la verdad estoy muy confundido, no quiero dejarme ir con la mente, soy muy dado a fantasear y la realidad casi nunca se parece a lo que quiero, no comprendo bien eso de que tengo la sartén por el mango, ¿cuál sartén? y ella dijo, querido, espera un poco, no te preocupes por la realidad, yo intento destrozarla a cada segundo, te acordarás de estas palabras, y entonces le pregunté, ¿y tú, cómo te sientes? Bien, dijo, estoy en gran armonía. Leyendo poemas he descubierto que las palabras contienen una gran sensualidad y que ese efecto me produce placer, me da estabilidad y me limpia el espíritu de los desafueros, los de esa Paula nocturna que, de todos modos, ya empieza a aplacarse, y entonces me dijo, ven, léeme un poco, y se recostó en la cama, dándome *Las canciones de Bilitis*, y mientras yo iba diciendo los versos ella los repetía en silencio, apenas moviendo los labios, con los ojos cerrados.

Luego quiso cambiar: leamos algo en español, me dijo, y trajo una novela, *Sobre héroes y tumbas*, léeme el principio, el personaje de Alejandra me intriga y fascina, yo quisiera ser como ella, así de fuerte. Recordé la primera vez que leí esta historia oscura y me pareció que conservaba toda su fuerza saturnal. Paula, de algún modo, estaba emparentada a ese endiablado y adorable ser, la Alejandra de Sábato. Dos frutos del mismo árbol, del bien y del mal y de los placeres, capaces de dar vida y de quitarla a su antojo. Tras una pausa quiso regresar a la poesía, así que trajo un libro de un poeta que yo no conocía, y dijo, mira, es algo muy bello, se llama Adonis y es de Siria, lee, y me entregó un volumen de color verde, en francés, titulado *Cantos de Mihyar el damasceno*. Le pregunté, ¿cuál es tu preferido?, y ella señaló uno, éste, dijo, lee éste, y cerró los ojos, el título del poema era *Sísifo*, y mi inexperta traducción (aunque en ese momento lo leí en francés), es más o menos lo que sigue:

> *Juré escribir sobre el agua*
> *Juré ayudar a Sísifo a levantar la roca*
> *Juré quedarme con él*
> *Y someterme a la fiebre, a los fulgores,*
> *Buscar en las órbitas ciegas*
> *Una última pluma*
> *Que escribiría sobre la hierba y el otoño*
> *El poema del polvo*
> *Juré vivir con Sísifo.*

Qué bello, ¿de dónde lo sacaste?, pero ella respondió entre brumas, fiel a su nueva personalidad, ya te lo he dicho, simplemente llegó, como han llegado tantas cosas importantes en estos días, y ahora te voy a confesar algo, ven, acércate, y al decir esto me rodeó el cuello con los brazos: yo llegué a la poesía a través del sexo, eso tú lo sabes, el sexo ha sido mi camino, a través de él estoy aprendiendo a vivir una vida propia, ¿lo entiendes?, y dije sí, claro que sí, y continuó, ya hablé con mi novio de Bogotá y se lo conté todo, le dije que se olvidara de mí, pues ahora soy otra, la jovencita que él acompañó al aeropuerto hace un tiempo ya no existe, ¿y quieres saber cuál fue su reacción? Se llevó una sorpresa y lloriqueó un poco, y luego, pretendiendo herirme o provocar una reacción, me dijo que se estaba acostando con Liliana, una amiga, y entonces le respondí, haces muy bien, pero déjame darte un consejo, cuando le chupes el clítoris acaríciale las nalgas y métele un dedo, es delicioso, y él gritó, ¡puta!, ¿quién te enseñó eso?, ahí acabó todo. Luego hablé con mi familia, les dije que quería hacer la universidad en París y que aún no había decidido, pero que seguramente no sería ni economía ni ciencias políticas, como antes, sino filosofía o literatura, y bueno, se lo tomaron bien, mamá se impresionó un poco pero al final dijo, es tu vida, hija, y papá opinó igual, así que las cosas empiezan a tomar un rumbo, ¿lo ves?, todo adquiere sentido, y al decir esto se levantó y fue a la cocina, y volvió con un plato de empanadas y una cerveza, y continuó diciendo:

—Para ti, en cambio, el sexo es una forma de cargar fuerzas y recuperar la autoestima. Por vivir como vives, con tantos esfuerzos, tienes tendencia a andar con el ánimo por los suelos, ¿me equivoco?

Le dije, sí, tienes toda la razón, la verdad es que en este período no siento una gran admiración por mí, y ella continuó:

—Me di cuenta de esto la otra noche, cuando te acercaste a Deborah. Es la mujer que un latinoamericano busca para afirmarse: mona de ojos azules, cuerpo bronceado en un tono parecido al cobre... Todos los requisitos excepto uno y es que no sabe tirar. Está tan fascinada con su belleza que no logra entregarse, como sí lo hacen Farah o Yuyú, que son menos bellas pero más generosas, y esto es muy importante en la cama: la generosidad. No sé cómo sean Victoria o Sabrina, pero las imagino como dos tipos contrarios. Victoria parece más interesante, pero la que más te atrae, al menos por ahora, es Sabrina, pues nació en el país que te ha humillado. Por eso quieres tenerla. Un modo de doblegar esa fuerza que te rechaza, pero así no serás feliz, acuérdate de estas palabras.

La escuché impávido. Las cosas que decía estaban escritas dentro de mí, pero yo aún no las había leído con claridad, y de nuevo tenía razón, así que le dije, te iré contando, lo que dices es cierto pero hay una diferencia entre tú y yo y es que tú puedes elegir, lo que te da una posición de fuerza que yo no tengo, y así la vida es distinta. Yo debo esperar que otras personas me acepten o quieran, y hoy por hoy lo único que puedo elegir es desaparecer, no volver a llamarlas e inventar otra vida, algo para lo cual mis fuerzas no alcanzan, y ella dijo, me tienes a mí, yo puedo ayudarte, y te digo una cosa: si lo haces las tendrás a tus pies, lo importante es que decidas hacerlo y que eso tenga un sentido en la vida que quieres construir, de lo contrario serán sólo dos nombres en tu lista de mujeres, y para eso sí no te ayudo, y entonces le dije, no sé qué vida quiero construir, Paula, sueño cosas inconexas y siento que delante de mí hay un portón de acero, cerrado con llave... Igual que en el sótano del restaurante. Como si la vida estuviera arriba, en el salón al que no puedo ir, y al escucharme insistió, pero no jodas, sé sincero conmigo, ¿qué es lo quieres hacer tú de verdad?

Me quedé mudo.

—Nunca te he dicho que escribo —le dije—. Eso es lo que quiero hacer, de verdad.

¡¿Quéé?!, dijo Paula, torciendo la cara, y continuó, muy exaltada:

—Yo te he dado todo, mi intimidad y mis secretos... ¡¡Y tú no me has contado que quieres ser escritor!! Carajo, te perdono sólo porque es una noticia buenísima, pero ni se te ocurra volver si no traes debajo del brazo un manuscrito, ¿me oyes? No has entendido nada, gran pendejo. Yo necesito saber quién diablos eres para ayudarte, y que tú me ayudes cuando yo te necesite.

Al decir esto la abracé fuerte y le dije, déjame ser cursi, Paula, pero es que me nace decirte algo cursi: tú eres la prueba de que dios sí existe, y ella respondió, recuerda lo que acordamos al principio: nada de amores entre tú y yo, somos dos guerreros que se cubren las espaldas, nada más, ¿entendido? Y no digas esas bobadas de dios, si él de verdad existiera estaría avergonzado de las cosas que hago y sobre todo de las que pienso y quiero hacer. De verdad que puedes ser cursi.

 El viernes Victoria llamó muy temprano a anunciarme que tenía reserva en el tren de las nueve de la mañana. Venía a París a pasar el fin de semana con la tía, y agregó: me gustaría verte, ¿podrías venir a la Estación? De nuevo quedé en estado de ansiedad, pues entendí que venía sola, sin Joachim, y comencé a preparar la chambrita, aseo y orden por encima de todo, luego una revisión realista de las finanzas para ver qué podía gastar y qué no, estudio que arrojó una cifra tan pobre que el decoro me impide precisar, y que de todos modos no habría alcanzado para una cena completa en un restaurante modesto. Victoria era una mujer sencilla y comprensiva, que conocía mi situación, así que fui a comprar cerveza, cosas para picar y una botella de vino barato al supermercado, y así esperé y esperé, mirando las manecillas del reloj, hasta que decidí salir, pues supuse que la espera sería menos ardua en la calle, vagabundeando entre las vitrinas.

 Pero al dirigirme a la puerta ocurrió algo inesperado y fue que el teléfono volvió a sonar, alterando mi equilibrio, temiendo que Victoria hubiera cancelado el viaje, pero no, era... ¿Ya lo adivinaron? (quien haya llegado hasta aquí, debe saberlo). Claro, era Sabrina. No viniste a verme al hospital, dijo, te esperé, y yo respondí, perdona, tuve que trabajar, ¿cómo te fue en la operación? Bien, dijo, me estoy acabando de despertar de la anestesia, no puedo concentrarme en lo que dices, apenas puedo hablar, entonces le dije, debes reposar, cuelga y hablamos más tarde, yo te llamo, y ella dijo, ¿recuerdas los datos del cuarto? Sí, los tengo sobre mi mesa, ¿te duele?, y ella dijo, no, tal vez me duela un poco cuando despierte del todo, estoy con mi hermano y con mi madre y ya no los soporto, así que te ruego, ven a visitarme, de tres a seis, y yo dije, sí, Sabrina, cambiaré unas clases para verte, y nos despedimos.

Me sentí mal por no haber ido, pero no entendía nada, ¿cómo era posible que me llamara despertándose de la anestesia? Es el tipo de cosas que uno hace cuando está enamorado y es imposible que ella lo esté, no de ese modo. No podría ir al hospital esa tarde, pues por nada del mundo dejaría a Victoria. Si había tiempo haría una llamada, no más que eso. Con esa idea salí a la calle, y al cerrar el portón caí en un charco helado. Esta maldita llovizna otra vez, así que corrí al Metro y fui al andén a esperar.

Victoria llegó puntual, con un pequeño maletín de mano, y al verme saltó a mis brazos, como si yo fuera el marido o el hombre de su vida, y me dijo, qué bueno verte, tío, me hiciste falta estos días, de verdad que sí, y yo al escucharla toqué el cielo, tanto que evité cualquier precisión sobre nosotros, aun si ahora me sentía con algún derecho a soñar, sobre todo cuando me susurró al oído, oye, le dije a mi tía que llegaría un poco más tarde, ¿podemos ir a tu habitación? Di gracias por haberla arreglado y pensé que, al fin y al cabo, mi chambrita no estaba tan mal si uno tenía buena compañía.

Al llegar le ofrecí una cerveza y papas fritas, pero ella se sentó en la silla y comenzó a desvestirse muy rápido, como una adolescente, y me dijo, venga, tenemos el tiempo justo, la cerveza la tomamos después en casa de mi tía... Nos quitamos la ropa y caímos sobre la colchoneta. Qué bella era Victoria y cuánto la quería, tanto que al estrecharla contra mí sentí ganas de llorar. Pensé en Joachim y en ella y supuse que no tardaría en hacer alguna confesión al respecto. Lo imaginé deshecho y triste, bebiendo en algún bar de Estrasburgo y sintiendo lo que había sentido yo hasta hacía muy poco, pero no fue así, pues de inmediato la oí decir, ¿te puedo contar algo?

—Joachim sabe esto. Quiero decir, sabe que tú y yo follamos, pero lo respeta porque es importante para mí, ¿no te parece grandioso? Es una persona extraordinaria, ¿eh?, ¿a que sí? Perdona si hablo de él en este momento, pero estarías esperando que yo dijera algo, ¿no? Bueno, ésa es la situación y él la acepta.

Le pregunté, curioso, ¿qué es lo que acepta exactamente?, ¿que vengas a París los fines de semana y te acuestes conmigo?, y ella dijo, algo turbada, las cosas se pueden decir de mil maneras y no es eso, lo que él respeta es lo que yo siento por ti, y comprende que esto es cosa mía, o cosa tuya y mía.

Me quedé en silencio, pues la verdad esperaba bastante más. Al menos había claridad y dijo que me necesitaba, cosa muy importante, y pensé, aunque sin decirlo, que sería más justo si ella vivía conmigo una semana al mes, o algo por el estilo. Si íbamos a compartir su tiempo nada me impedía pretenderlo, pero yo era la parte frágil del acuerdo, aquel al que nadie consultó, pues yo no podía exigir nada. Sólo podía retirarme (como dijo Paula), pero no me sentía con fuerzas, así que no agregué nada, sólo dije, qué bueno. Y ella preguntó, ¿qué bueno qué? Qué bueno que él entienda, así podré verte con frecuencia.

Me dio un abrazo, volvió a besarme y dijo:

—Sé que no es fácil para ti, no creas que soy una desalmada o una idiota. Pero es lo único que puedo ofrecerte. Si no lo aceptas y me mandas a la mierda lo comprenderé, y hasta creo que lo merezco. Lo que pido es abusivo, nadie puede exigir algo así, pero ya sabes cómo son los sentimientos: el reino de la oscuridad y lo irracional. Pido algo que necesito y tú tienes, y yo estoy dispuesta a dar lo más que pueda de mí. Lo demás es tiempo, dejar que pase y convierta esto en algo normal y feliz. Uno se acostumbra a cosas peores.

Al decir esto me dio un beso y me golpeó con la almohada: siento mucho que no te vayan bien las cosas, dijo, debe ser difícil vivir así en esta ciudad, que ofrece tanto al que tiene, ¿no has pensado en volver a Colombia? No, dije. Volver a Bogotá sería deseable, pero ahora no puedo. Cuando me fui era un joven de 19 años, feliz pero sin nada entre las manos, y ahora, si regreso, debería tener algo, no sólo un título universitario, algo más significativo, y ella, abrochándose el pantalón, dijo, ¿y tu novela?, ¿has seguido trabajando?, una pregunta que me hizo daño, pues debía responder con la verdad: no, ni siquiera la he tocado. Está en el mismo sobre en que tú me la devolviste cuando te la di, antes de venir a París. Aquí todo es distinto, las necesidades de mi vida son otras, ahora prefiero leer y releer mis libros, creo que esa vieja novela tiene que ver con una época pasada, no con lo que soy ahora y he vivido en estos meses, y entonces ella preguntó, ¿has tenido muchas mujeres? Tú qué crees, le dije, responde tú misma a tu pregunta, a ver si aciertas, y ella, con cierta picardía, dijo, sí, has tenido muchas, esta ciudad está llena de estudiantes y tías jóvenes que les pica el chocho y se mueren por follar, una frase que me hizo reír, pero me quedé en silencio, hasta que dije, he tenido algunas relaciones que han sido felices y otras tristes; llegué incluso a enamorarme sin éxito. Sobre todo he hecho amistades, eso sí, ¿y tú?, ¿cómo te fue en Estrasburgo? Al escuchar la pregunta me miró a los ojos y dijo: oye, dejemos algo claro, no quiero contarte las cosas de mi vida con Joachim ni a él las tuyas, si no vamos a acabar los tres chalados, ¿te parece bien? Yo dije, sí, tienes razón, hay cosas que es mejor no saber y tú verás cómo lo manejas, sólo quiero que sepas que me importa tu vida en Estrasburgo en el sentido de lo que hagas o dejes de hacer, lo que leas y aprendas, todo lo que tiene que ver con tu vida a secas... No puedes venir aquí pretendiendo salir de la nada. Algo tendrás que compartir conmigo.

Ella me miró, ya lista para salir, y dijo:

—Está bien, tienes razón. Te contaré de Estrasburgo como si viviera sola, pero hay algo más que debo pedirte y es que nunca me llames. Tendré que ser yo la que se comunica, y ahora ven, vamos a ver a mi tía, le dije que iría a cenar con un amigo a su casa.

Y para allá nos fuimos, aún si esa noche, pretextando una salida, Victoria regresó a mi chambrita y se quedó casi toda la noche, lo mismo que el día siguiente y el domingo, hasta que la acompañé a la Gare de l'Est, de nuevo, a eso de las cinco de la tarde, una hora que empezaba a convertirse en algo aciago. Esta vez no pude saltar al tren para acompañarla. Sólo un beso en la puerta hasta que la locomotora emitió un silbido, y Victoria partió hacia esa oscura ciudad y hacia Joachim, a quien yo imaginaba revisando el reloj con ansiedad, espiando el teléfono, temeroso de recibir alguna noticia que cambiara los horarios previstos.

16.

Esta vez Gastón llegó tarde a *Le Pétit Montrouge*, y al sentarse y ordenar un vaso de cerveza noté que continuaba alterado. Hola, ¿lleva mucho tiempo esperando? La puntualidad es una de mis obsesiones, pero el suburbano tuvo un problema y debí hacer una parte en bus, en fin, esta ciudad es un caos cada vez mayor, amigo, pero entremos en materia: estuve reflexionando sobre los hallazgos del otro día y llegué a la conclusión de que debo contárselo todo, sin temor a que usted juzgue. Sólo debo pedirle discreción y un compromiso verbal de que, a partir de ahora, seamos sólo usted y yo los informados del tema, por eso le pedí no venir con su amigo árabe, que es una persona deliciosa y amable, pero ya sabe, las cosas personales es bueno tratarlas entre pocos, recuerde, con la boca cerrada el cuerpo flota, y al decir esto me miró, esperando una respuesta. Tenía los ojos enrojecidos, como si hubiera pasado la noche bebiendo. No se preocupe, Gastón, le dije, es usted quien dicta las reglas de lo que debemos hacer y el modo de hacerlo. Entonces se bebió la cerveza de dos sorbos largos, pidió otra, encendió un Gitanes y comenzó a hablar, y esto fue lo que dijo:

—Escuche, amigo, ya le referí cómo había conocido a Néstor, en los jardines de las Tullerías, pero en realidad omití algo y fue que nuestra primera cita, es decir la primera vez que él vino a mi casa, no fue ese día sino otro, el fin de semana siguiente. La verdad es que el día que lo conocí sólo hablamos e intercambiamos algunas opiniones; y entonces, por ser una persona tan silenciosa, quise saber más de él y lo invité a una fiesta en un local gay bastante moderno del suburbio de Saint Denis, un lugar, ¿cómo decirle?... En el que usted nunca se imaginaría encontrar a alguien como yo, frecuentado por jóvenes homosexuales de chaquetas de cuero, un gran espacio donde se baila música moderna, lleno de luces, ¿me sigue? A pesar de ser fanático del orden y la tranquilidad, también me gusta, de vez en cuando, perder los papeles y dejarme ir, hacer cosas alocadas y, a fin de cuentas, buscar sexo fácil. Ese lugar es ideal para eso, lleno de jóvenes dispuestos, alcohol y drogas, y allá fui sin la esperanza de ver a Néstor, pues era un sitio para iniciados. Al llegar comencé a hacer lo de siempre: pasear por la barra con un vaso en la mano e ir de aquí para allá, admirando los cuerpos fuertes y recios que esos jóvenes cultivan, a veces a costa de su cerebro, son hermosos y despiertan deseo; claro, usted se imaginará que no soy el prototipo sexual de ninguno de ellos, lo que probablemente sea cierto, pero le sorprenderá saber que a veces esos jóvenes se sienten atraídos por su contrario, un hombre sin atractivos físicos pero dotado de buena conversación, simpatía y, en el último de los casos, de un bolsillo generoso para invitarlos, y eso fue lo que encontré esa noche, ya bastante bebido, al recalar con un grupo de suburbio que bailaba y hacía escándalo, así que me dediqué a invitarlos a beber y a escucharles historias sobre lo que se comprarían si ganaran la lotería y, sobre todo, fascinados por las vidas de las actrices, una atmósfera que a un hombre como yo, que pasa el tiempo entre filósofos y libros, le permite respirar un aire distinto, y así estuve hasta muy tarde, obteniendo algunas caricias, hasta que salí con tres de ellos... La idea, un poco loca, era llevarlos a mi casa, pero ocurrió algo y fue que uno me pidió la tarjeta de crédito de forma violenta. Al yo negársela comprendí la situación y empezó la violencia: me golpearon, traté de escapar, sin éxito, hasta que llegamos a un descampado. Uno de ellos comenzó a insultarme y le dijo a los otros que me sostuvieran. Tras un par de golpes me bajó los pantalones y amenazó con violarme, gritando que tenía sida, algo que me aterrorizó. Les dije que se llevaran mi billetera, pero las cosas ya estaban fuera de control y los tipos siguieron golpeándome. Uno de ellos me empujó contra un muro y me sostuvo las piernas, y luego, el que parecía ser el jefe, se acercó diciendo, te vas a acordar toda la vida de esta noche, maricón. Yo supliqué y lloré, pero el tipo se reía, hasta que les dijo, ténganlo, pero un segundo antes de que me violara una sombra apareció en la esquina y en menos de un segundo los dos hombres que me sostenían rodaron por el suelo. Yo traté de correr, pero resbalé y lo vi. Era Néstor. La sombra que me había salvado, poseído de una extraña furia: su cara estaba descompuesta y sus ojos echaban fuego. Empezó a golpear al jefe hasta derribarlo, y una vez en el suelo estrelló su cabeza contra el asfalto. También golpeó al otro joven, tendido al lado, quien se quejaba dando gritos histéricos. Lo que más me aterró de Néstor fue el silencio. Golpeaba sin decir nada, ni un insulto o palabra, como si toda su energía estuviera concentrada en castigar al adversario. Entonces me acerqué y le dije, basta, ya está bien, pero él continuó golpeando hasta que el joven perdió el conocimiento, y Néstor siguió, manchándose las manos de sangre. Debí detenerlo, pero no lo hice, y sólo se incorporó al notar que otro de los muchachos se levantaba. Néstor se puso en guardia, pero éste no quería pelear y escapó, así que nos quedamos solos en el descampado, quiero decir, Néstor y yo con esos dos jóvenes derribados y sangrantes, y le dije, vamos, la policía vendrá, entonces me agarró con una mano de acero y echó a correr, llevándome a rastras hasta mi carro, que estaba estacionado unas cuadras más allá, y fuimos a mi casa.

En este punto Gastón detuvo la narración y llamó al mozo para pedirle algo de tomar, sólo que en lugar de una cerveza le ordenó un whisky, diciéndome, necesito algo más fuerte, esta historia me pone la carne de gallina, y continuó: así pasó lo que pasó, y más tarde, al llegar a mi casa, debimos lavarnos la sangre de esos muchachos que todavía teníamos encima, sobre todo él, pues yo también sangraba por los golpes que me dieron, y al hacerlo tuvimos cuidado pues recordé la amenaza sobre el sida, así que procuré que esa sangre no tocara mis heridas ni las de él, aunque al desnudarlo vi que no tenía ninguna, Néstor había derribado a esos tres jóvenes musculosos sin hacerse un solo rasguño, algo increíble, como Daniel cruzando la jaula de los leones. Le di ropa limpia y preparé algo caliente, cuando ya clareaba el día, pero él continuaba en silencio, como una fiera que aún está ebria por la sangre de sus adversarios, y le juro, amigo, sentí miedo de estar con él. Recuerdo que me dije, ¿quién es este hombre y dónde estaba mientras yo estuve en la discoteca? Algo muy extraño. Al beber el café por fin habló, dijo que había venido a buscarme pero que se había quedado afuera al ver el lugar, no apto para él. Prefirió esperarme, distraído con las parejas que entraban y salían, hasta que me vio en la puerta con los tres jóvenes y decidió seguirme. Supuso que no andaban en nada bueno conmigo y no se equivocó.

Luego dormimos, y el día siguiente lo pasamos juntos curándonos las heridas, sobre todo las mías, y él, en silencio, intentó digerir lo que creía haber hecho o lo que temía haber hecho, pues los golpes que le había propinado al joven y el modo en que éste quedó tendido no presagiaban nada bueno, ni para él ni para mí. Recuerdo haber pensado lo absurdo que era todo, empezando por mí mismo, y me sentí ridículo y culpable, todo por mi deseo de seducir y buscar sexo, con un resultado catastrófico: un joven tal vez muerto y otro malherido, y Néstor con la conciencia deshecha. Los problemas de un hombre surgen cuando busca divertirse, pero nunca lo había experimentado a tal punto, y ahí nos quedamos, en la sala de mi casa, en silencio, y en la tarde miramos con temor las noticias en las que, por suerte y para nuestra tranquilidad, no se mencionaba nada de un joven muerto, claro, era domingo, habría que esperar aún varios días para que la prensa de la capital se ocupara del caso, y entonces, cuando estábamos ya bastante calmados y en confianza, le pregunté por qué había atacado con tanto odio a esos jóvenes, y sobre todo con ese ímpetu, como una fiera protegiendo a sus crías, algo desproporcionado con respecto a la relación que existía entre él y yo, y Néstor se quedó mirando un rato el techo antes de contestar, hasta que dijo, allá en Colombia siempre me defendí a patadas, los de anoche eran palomas, y volvió a callarse, bebiendo sorbos de café y fumando, siempre fumando, pero yo insistí, y le dije, entiendo que hayas tenido que defenderte, Néstor, pero por qué ese deseo de acabarlos, quiero decir, con un par de bofetadas habría bastado, esos tipos no estaban armados, no sacaron cuchillos ni pistolas y lo más probable es que ni siquiera fueran verdaderos delincuentes, sólo jovencitos drogados aprovechándose de un intruso, pues eso era yo en ese lugar. Pero Néstor volvió a decir, era gente mala, tres contra uno es maldad, usted no podía defenderse y le iban a hacer daño, eso tiene que castigarse, el que ataca así no puede quejarse si luego queda en el suelo, echando sangre, es la ley de la vida, y entonces, encendiendo un nuevo cigarrillo, me dijo, le voy a contar algo de mi vida, Gastón, y esto fue lo que dijo Néstor. La única vez, tan alterado estaría, que me contó algo personal:

—Cuando era niño raptaron a mi hermana de trece años. Mi papá fue a poner la denuncia y mi mamá rezó para que volviera, pero nada, nadie llamaba a pedir nada y como nuestra familia no era rica nadie entendía lo que estaba pasando. Días después la niña volvió sola, llorando y con la ropa sucia, y cuando le preguntaron qué había pasado no habló, dijo que se había perdido, que era culpa de ella, que la perdonaran y le dieran de comer. Nos hicieron ir a los cuartos y ella se quedó sola con papá y mamá, pero yo me escondí debajo de la mesa y oí la charla. Les dijo que el tío la había encerrado en el cuarto de los arreos de la casa y que no la dejaba salir, y entonces papá se levantó y le dijo, no se lo cuentes a nadie, esto no puede salir de aquí, y luego mamá la llevó al baño y de lejos vi que le lavaba la entrepierna y que le salía sangre —dijo Néstor, y mientras contaba esta historia adquiría una expresión de horrible frialdad, como si estuviera describiendo hechos lejanos que no lo afectaban, aunque tal vez era el modo de sobreponerse a ellos, no sé, y continuó diciendo—. Mi hermana nunca contó nada y después empezaron a llegarle regalos del tío, vestidos de mujer y zapatos, porque el tío era rico comparado con nosotros, que no teníamos nada, y pasaron los años hasta que yo cumplí trece, y un día el tío me encerró en el cuarto de arreos y durante cuatro días supe lo que le había pasado a mi hermana y por qué sangraba. Yo estaba en ese cuarto porque ella no había sido capaz de contarlo.

Esta fue su historia, palabras más o menos, ¿me entiende?, y al escuchar a Gastón comprendí el silencio de Néstor, esa actitud de estar y no estar entre la gente, y el horror del niño encerrado, pero Gastón continuó diciendo: por eso Néstor era así, odiaba que se ejerciera violencia sobre otros, pero ese odio, dentro de él, se transformaba en violencia, ¿no es curioso?, y yo le dije, no, me parece absolutamente normal después de haber vivido lo que vivió, pero Gastón repuso, claro que yo también entiendo eso, me refiero a que el odio por la violencia lo convirtiera en un ser violento, es eso lo que me produce curiosidad, y yo le dije, bueno, es que la violencia es un concepto muy grande, supongo, el filósofo es usted, Gastón, yo sólo puedo expresar opiniones, y él dijo, sí, está bien encaminado, la violencia a la que él se rebelaba era de orden físico y psicológico, mientras que la que él ejerce es sólo física, en ese caso ambos temíamos la muerte, que al final fue lo que pasó, según vi en ese recorte, yo no sabía nada, se lo juro, y Néstor nunca lo comentó, es más, recuerdo que una semana después hablamos de lo ocurrido con tranquilidad y dijimos que si no había salido ninguna noticia en los periódicos no habría sido tan grave, y me olvidé del asunto hasta que apareció el recorte. Es verdad que por esos días no me dediqué a analizar la prensa amarilla de la ciudad, y la muerte de un joven gay a la salida de una discoteca no es noticia para los periódicos nacionales, *Le Figaro* o *Le Monde*, sino para los de barrio, pero en fin, no sé por qué decidí olvidar el asunto. Lo cierto es que él no lo olvidó, dios santo, fue una impresión que debió acompañarlo todos esos años.

Entonces me animé a hacerle una pregunta a Gastón, algo que no había quedado claro en la historia de Néstor: ¿a qué se refería cuando dijo que los jóvenes de la discoteca no eran nada y que en Colombia se había defendido a patadas?, a lo que Gastón respondió: bueno, me dio a entender que allá se había visto en situaciones duras y que siempre había reaccionado en defensa de la víctima, aunque no me contó escenas o episodios precisos. Fue lo que entendí ese día y nunca más quise precisar, después de haberlo visto golpear a esos tres tipos cualquier cosa que dijera para mí sería cierta. Yo creo, sin ser un psicólogo, que Néstor tenía mucha rabia contenida. Su interior debía ser una mezcla de pasividad y baja autoestima, con la sensación de haber sido ultrajado, abandonado por todos, y que su drama no importó a nadie. Cuando una situación le permitía evacuar esa rabia, lo hacía, se desbordaba, ¿me sigue?

Asentí con la cabeza, y, sin decirle nada a Gastón, comprendí lo que había visto en sus ojos la noche del torneo: esa misma rabia rompiendo el dique y desbordándose, corriendo a raudales sobre el tablero de ajedrez. Usted habló de los ojos de Néstor, y él dijo, sí, una expresión volcánica, sus ojos echaban fuego, algo aterrador, y yo le dije, lo sé, yo vi esos mismos ojos, sé de qué me habla.

Nos quedamos en silencio, sobre todo yo, que al obtener esa comprensión sentí cerrarse un círculo, hasta que Gastón volvió a hablar. Bueno, amigo, dijo, aquí sigue habiendo un problema, ¿sabe cuál? Se lo digo en palabras simples: saber todo esto no nos ayuda a encontrarlo, y yo dije, tiene razón, no sabemos dónde está ni qué fue de él, pero lo estamos conociendo, y conocerlo es un modo de acercarse a él. Tal vez en la siguiente información encontremos la clave y podremos interpretar muchas cosas, o imaginarlas, si es que lo conocemos bien. Por ejemplo, ¿qué hace ahora o qué ve por la ventana? Estará vivo y en algún lugar. Será un ejercicio interesante imaginarlo, ¿no le parece?

Gastón, que estaba algo ebrio ya que había ordenado varios whiskys, dijo: es algo sobre lo cual he reflexionado mucho, ¿dónde va la gente que uno cree desaparecida? Los que mueren, pues mueren y son objeto de otras disquisiciones filosóficas, pero los vivos permanecen. El asesino de John Lennon está en una cárcel de Estados Unidos. Parecen desaparecer, pero siguen vivos, despiertan y comen y sueñan, lo mismo que nosotros, sólo que detrás de unos barrotes. Es un modo de desaparecer. Luego están esas personas que le dicen a su mujer, oye, bajo un momento a comprar cigarrillos, y nunca más regresan, sin llevarse nada y sin que haya mediado algún conflicto. Algunos aparecen años después en Brasil o Corea, pero dudo que sea el caso de Néstor, no sé, ahora que sabemos de la muerte del joven gay debemos contemplar con más seriedad la posibilidad de que haya sido detenido. Dios santo, empezaré a averiguar en las cárceles por detenidos recientes o personas pendientes de un juicio, ya veremos, lo llamaré.

Al dejarlo fui a ver a Salim, pues consideré que, aun si Gastón quería máxima discreción, no era correcto dejar a mi amigo por fuera, pues él había ayudado en los inicios. Lo encontré en la clase de literatura y fuimos al bar de siempre a charlar, y allí lo puse al día de novedades, que escuchó con gran interés, diciendo, ay dios, amigo, esto se complica cada vez más, fíjate, esa vida aparentemente plana y desabrida acabó por esconder una cantidad de cosas, ¿ah?, me alegro de que haya progresos, y te digo una cosa: para mí, el único modo de saber algo más es que te decidas a hablar con la francesa que estuvo con él la última noche, es ella quien nos va a decir qué fue lo que ocurrió. Salim tenía razón, pero no era fácil llegar a Sophie, a menos que… Me dije, y Salim preguntó, ¿a menos qué? A menos que lo haga a través de Sabrina. Sí, ésa puede ser la forma correcta de llegar a ella.

17.

El patatús de Jung trajo como consecuencia que el propietario del restaurante le diera unos días de reposo y contratara a un reemplazo, un joven coreano que no hablaba una sola palabra de francés ni de ningún otro idioma occidental, con lo cual mis noches de trabajo se convirtieron en largos soliloquios, momentos de silencio en los que mis preocupaciones, es decir el futuro o la plata o la extraña relación con Victoria, se apoderaban de mí a su antojo, haciéndome llegar por exceso a conclusiones disparatadas, como la idea de que debía ir a Estrasburgo y presentarme en su casa exigiendo de Victoria una decisión (que eligiera de una buena vez), amenazando con desaparecer si no lo hacía, algo que de inmediato me parecía estúpido y suicida, pues yo era la parte menos sólida del triunvirato, la más prescindible... El tiempo que pasaba conmigo era un mordisco a su vida con Joachim, y así continuaba pensando, maquinando, hasta que llegaba a la conclusión contraria: mostrarme liberal y abierto para que ella comprendiera que estaba dispuesto a todo, realmente a todo, y esperar que con eso su corazón reaccionara.

No tenía más opciones, y mientras pensaba esto repetía una canción de Silvio Rodríguez, «la prefiero compartida, antes que vaciar mi vida», y mis ojos se llenaban de lágrimas, y maldecía por no tener delante a mi amigo Jung, pues su sola presencia me reconfortaba en estas noches. Al alzar la vista debía contentarme con este silencioso Wo, que sólo podía sonreír cada vez que cruzábamos los ojos, hasta que el turno terminó.

Al subir al comedor encontré algo inusual y fue que Susi me esperaba con Lazlo, el polaco, y ambos tenían caras preocupadas. ¿Qué ocurre?, pregunté, aún si era obvio que se trataba de Saskia, y en efecto Lazlo dijo, ven, acompáñanos a su casa, ella necesita compañía, esta mañana la saqué del hospital y está débil, necesita ver amigos, y yo pregunté, ¿hospital?, ¿qué le pasó? Lazlo me respondió en voz baja: sobredosis, tú sabes, e hizo con los dedos el gesto de pincharse el antebrazo. Ella está muy mal y se aferra a cualquier cosa, hay que acompañarla.

Y fuimos.

Lazlo tenía las llaves de su casa y al entrar un tremendo olor a encerrado nos pateó el olfato. El aire de la chambrita parecía no haber circulado desde hacía días, y lo primero que hizo Susi fue abrir la ventana. Saskia estaba en la cama, pálida y ojerosa. Tenía puesta una camiseta gris y su piel parecía un pergamino. Susi la abrazó y le dijo, mi amor, ¿qué te hiciste?, pero Saskia no respondió, mirando al vacío, con las órbitas de los ojos de un color violáceo, el pelo reseco y los labios partidos... Por fin nos miró.

Primero a Susi, después a Lazlo y al final a mí, pero al hacerlo sus pupilas se demoraban en enfocar y sólo entonces una leve sonrisa aparecía en su boca, con rastros de coágulos. Gracias por venir, dijo, estuve muy enferma y no he podido bajar a la calle… No hay café en la cocina, ¿puedes preparar té, Lazlo?

Al oírla su amigo se levantó y fue a encender la estufa. Luego Susi le dijo: querida, tienes que pensar en ti, cuidarte. Sé por qué te sientes mal pero ya no se puede hacer nada, la vida sigue y tienes la obligación de sobreponerte, debes hacer un esfuerzo. Al escucharla Saskia me miró y yo me quedé paralizado. No supe qué decir. Era una anciana con los labios hundidos (se había quitado la prótesis dental) que recordaba vagamente a Saskia, y no pude sonreír. Me acerqué y le sostuve la mano, que estaba fría, y le dije: debes comer, recuerda lo que dice Lazlo. Hay que mantener el cuerpo caliente.

El té estuvo listo y Lazlo trajo cuatro tazas, pero ella apenas probó el suyo. Encendió un cigarrillo y tragó el humo con fuerza, mirando hacia el techo, y sus ojos se llenaron de lágrimas. Soy una mala persona, dijo, no merezco estar con ustedes, ni con nadie. Se tapó la cara, pero Susi la abrazó y le dijo, no digas eso, tómate el té y descansa, me quedaré aquí acompañándote. Pidió que las dejáramos solas, así que fuimos del otro lado de la cortina, y Lazlo me dijo: lleva tres semanas inyectándose heroína y bebiendo. Al principio pensé que debía frenarla, pero fue peor. Si no la obtenía conmigo iba a buscarla a la calle. Ella la había probado antes, pero ahora su cuerpo se acostumbró, está intoxicada y sufre, y entonces pregunté, ¿tú le traes la droga? Sí, respondió él, no me quedó otro remedio, se la he traído y la he ayudado a ponérsela, aunque durante un par de días que debí viajar no sé dónde la consiguió y temo por ella. El mundo al que entró es una verdadera cloaca y estoy seguro de que algunos *dealers* quisieron aprovecharse. Sólo espero que no haya caído tan hondo, ya veremos. En el hospital le hicieron pruebas y no tiene ningún virus, lo que ya es algo, pero hay que sacarla del infierno.

¿Y qué se te ocurre hacer?, dije, y él respondió: una solución es que viaje a Bucarest y vea a su madre. Esto no es fácil, pues tendría que regresar clandestina. La otra es que su madre venga, y es lo que estoy intentando. Le hablé por teléfono y le expliqué, grosso modo, lo que ocurre. Marta, así se llama la madre, quedó muy preocupada y me dará una respuesta mañana, cuando vea si puede conseguir la visa en la embajada de Francia, algo bastante difícil, y así están las cosas. Saskia se resiste a aceptar la muerte del padre y quiere castigarse.

¿Hay algo que yo pueda hacer?, pregunté, y él dijo, sí, ven a verla. Mientras está con nosotros el impulso de drogarse será menor, sobre todo después de lo que le ocurrió y el tiempo que pasó en el hospital. Entonces me atreví a preguntar, ¿y no crees que la sobredosis haya sido voluntaria? No, creo que no, dijo, ella no sabe las cantidades ni cuánto es capaz de soportar, pues en realidad no fue exactamente una sobredosis sino una reacción exagerada, con taquicardia. Lo que encontraron en su sangre es para ponerte la piel de gallina, pero es poco si lo comparas con lo que se inyecta un drogadicto experimentado, y por eso creo que podrá salir. Su cuerpo no está completamente intoxicado y puede pasar largos períodos, aunque al final siente la abstinencia y le duelen los huesos.

¿Le seguirás dando?, pregunté, y él dijo, no lo sé, eso dependerá más de ella que de mí. Si es absolutamente necesario tendré que hacerlo, y por eso fui a buscarlos a ustedes. En el hospital le pusieron drogas sedativas y hasta ahora no ha sentido la carencia, pero muy pronto su organismo se despertará y ahí veremos. Ha estado pinchándose todos los días durante tres semanas y llevaba 72 horas en el hospital. Muy pronto tendrá necesidad. Habrá que ayudarle a resistir o dársela, y agregó: según los médicos tendría que estar una semana sin drogas para limpiar el organismo, pero lo que me preocupa es la posibilidad de continuar con los sedantes, pues son muy caros. Al salir compré una tableta pero en ésta hay sólo dos pastillas, y ya las terminó, ¿ves el problema?

Al escucharlo tuve una idea, y le dije, dame el nombre del sedativo, tal vez yo pueda conseguirlo. Lo escribí en un papel y lo guardé en el bolsillo, y justo en ese instante escuchamos un quejido proveniente del cuarto. Saskia empezaba a sentirse mal. Mientras Susi le ponía paños de agua fría Lazlo comenzó a hablarle: lo que sientes es absolutamente normal, la prueba de que te estás curando, ¿comprendes? Debes sentirlo para pasar al otro lado. El organismo se está limpiando y por eso se resiente, Saskia, agárrate de mi brazo con fuerza, no es nada que no puedas soportar y aquí estoy a tu lado, estamos los dos en esto. Le dio una pantufla y le dijo: cuando sientas dolor pégame en la cara, así estaremos juntos, y mientras más fuerte sea lo que sientas, más fuerte me pegas, ¿lo prometes?, y ella, en medio de los retortijones, alcanzó a sonreír, y dijo, no es necesario que a ti te duela, pero él insistió, si no me golpeas tú lo haré yo, mira, y agarró la pantufla y se dio un golpe en la mejilla que lo dejó de rojo, y exclamó, ésta me dolió mucho, ¿es más o menos así?, tal vez me quedé corto, y volvió a darse un tremendo golpe, algo que la hizo reír, pues parecía una extraña escena de payasos, y entonces Saskia le dijo, no seas tonto, el dolor es diferente, viene de adentro, y él dijo, entonces me clavaré algo en el hueso de la pierna, observa, y sacó una aguja del bolsillo y empezó a enterrarla en su carne, un hilo de sangre le tiñó el pantalón, hasta que Saskia dijo, ya, basta, prefiero los golpes con la pantufla, ven, te los doy yo, y él se recostó al lado de ella, en el colchón, y recibió un golpe suave. ¿Es así que te duele?, dijo él, ah, yo pensé que era algo peor, puedes resistirlo, y ella volvió a reír, y al hacerlo comprobé lo que ya había supuesto, y es que que no tenía puesta la prótesis dental, era ese pequeño detalle el que la hacía ver como una anciana, exagerando su rictus, y entonces Lazlo siguió abrazándola y ella volvió a golpearlo, esta vez un poco más duro, hasta que Susi, que estaba muerta de risa, se retiró del cuarto diciendo, voy a preparar algo de comer, si lo hubiera sabido habría traído cosas del restaurante, ay, dios, nos vas a matar con estos sustos, y yo me quedé en medio de la habitación, acompañándolos, y así transcurrió el tiempo hasta que Susi volvió con un plato de arroz y verduras, y dijo, fue todo lo que encontré, querida, tienes que hacer un esfuerzo por comerlo, y entonces Lazlo, que ya tenía las mejillas hinchadas, comenzó a darle, cucharada tras cucharada, alternando con sorbos de leche. Saskia tragó con gran dificultad hasta que no pudo más y dejó el plato a un lado, y dijo, lo más difícil es dormir. No había acabado de decirlo cuando su cara se contrajo y, tras una violenta sacudida, vomitó lo que acababa de comer sobre la colcha y el brazo de Lazlo, que intentó sostenerla, así que Susi la ayudó a levantarse mientras limpiábamos el estropicio con papel de cocina, hasta que miré por la ventana y vi que había amanecido. Eran más de las siete de la mañana, y dije, debo salir un momento, intentaré conseguir algo.

Al salir de la chambrita sentí un gran alivio, y me dije, dos veces que vengo y dos veces que salgo de día. Corrí al Metro y fui a la casa de Paula. Era temprano y lo más seguro es que estuviera durmiendo, pero se trataba de una emergencia así que me abrió, con una camiseta que le llegaba a las rodillas y el pelo recogido en un moño. ¿Qué pasa, por qué vienes tan temprano? Necesito hablar con tu amiga Deborah, la húngara que trabaja en Laboratorios Bayer. Una amiga sufrió un colapso, tal vez una sobredosis, y necesitamos darle ciertas drogas que no podemos comprar. Entra, dijo Paula, voy a llamarla, siéntate. Un minuto después tuve a Deborah al teléfono. Le expliqué la situación y le di el nombre del sedativo, y ella dijo, claro que lo tengo, ¿puedes venir ahora a mi casa? Por fortuna no vivía muy lejos y llegué en poco tiempo. Volví a ver su bellísima cara y su cuerpo espléndido, aunque la ansiedad no me permitió detallarla, y me dijo, tengo muchas medicinas aquí, por si acaso, toma, ésta es la que me dijiste por teléfono, pero dale también esta otra para que pueda dormir y se le reduzca la irritabilidad, y ponle estas inyecciones, que le permitirán recuperar el apetito. Le agradecí. Cuando ya me iba escribió su teléfono en un papel y dijo: llámame y dime si está mejor. No sé quién es, pero espero que se cure. Si necesitas metadona también tengo, es un sustitutivo, ella sabrá.

Con todo ello en una bolsa regresé a la chambrita de Saskia. Inútil describir la emoción de Lazlo y de Susi, que ya no sabían cómo contenerla ni aplacarle los dolores Lazlo leyó los indicativos de las medicinas y de inmediato se apersonó del asunto. Déjame a mí, dijo, que yo hice un par de años de farmacia en Bucarest, y le suministró dos sedativos y una inyección, lo que la dejó en un estado de relajación casi inmediata. Pudo dormir un rato y luego comer sin vomitar, así que al mediodía Susi y yo decidimos irnos, la situación estaba bajo control y Lazlo prometió llamar al día siguiente a informar sobre la recuperación. Ya en la puerta me atreví a decirle: no le traigas más droga, aunque te lo suplique, si te ves en esa situación dímelo, puedo conseguir cosas más fuertes, y él dijo, está bien, te lo prometo.

18.

Al llegar a mi chambrita caí sobre la colchoneta y me dispuse a dormir una larga siesta, sin preocuparme por la hora, pero un rato después, cuando la tarde empezaba a pasar del gris lluvioso a la oscuridad, me despertó el teléfono. Ya no era una sorpresa, sin embargo me alegró escuchar la voz de Sabrina.

Hola, ¿te despierto?, y yo dije, sí, pasé la noche ayudando a una amiga enferma y apenas ahora pude dormir, ¿cómo estás de tu operación? Bien, dijo, no fue nada grave, tengo la molestia de los puntos pero ya me está pasando, una semana y me los quitan, y entonces tuve una modesta revelación, y fue el modo en que, a veces, la realidad se presenta con series paralelas, asimilables a un mismo sistema, lo que podía llegar a ser un tanto monótono. Observen si no: primero Jung al hospital, luego el drama de Saskia y ahora Sabrina, tres historias de argumento médico. Al pensarlo ella preguntó: ¿y tu amiga está bien? Bueno, le dije, se está recuperando o al menos eso es lo que esperamos, y dijo, ¿quiénes?, cuando dices «esperamos» ¿a quién te refieres? Son amigos que no conoces, gente del trabajo, todos estamos muy preocupados por ella.

Luego Sabrina preguntó, con cierta acidez: ¿y por qué pasaste la noche cuidándola?, una pregunta que escondía otra, a quien tuviera buen oído, y que decía, ¿es tu novia o algo por el estilo? No quise bajar las cartas tan rápido y disimulé, diciendo, estaba muy mal, y al decir esto comprendí otro de los matices en la ansiedad de Sabrina: yo no había ido a visitarla al hospital y en cambio pasé la noche cuidando a Saskia, ¿comprenden? Esto imprimía una queja a su tono, pero sentí que no debía esconder nada, así que cambié alegremente de tema.

¿Y has vuelto a ir a cine?, pregunté por preguntar, y ella dijo, no, si estaba en el hospital. No me refería a estos últimos días, le dije, sino antes, hace mucho que no te veo, y ella dijo, bueno, déjame pensar, sí, fui a ver una de Woody Allen, no recuerdo el nombre, es una película vieja, se llama *Annie Hall*, ¿la viste? No, le dije, casi no puedo ir a cine, no tengo plata. Vi *Le mari de la coiffeuse*. Yo también la vi, dijo, me alegra que te haya gustado, pero oye, ¿te puedo hacer una pregunta? Sí, le respondí, y dijo: hay una cosa que no entiendo, si casi no puedes ir a cine, ¿para qué me preguntas por las películas que he visto? Bueno, supongo que por estar informado o por hablar de un tema que sé que te interesa, no sé por qué, realmente, y ella dijo, a lo mejor no se te ocurre nada más qué decirme, ¿te molesta que te llame? No, le dije, me gusta, pero acabo de despertarme y no sé muy bien lo que digo, ¿puedo llamarte mañana? Sí, dijo, estaré en la casa, aún tengo baja médica. Entonces mañana conversamos con calma.

Al colgar me hice varias preguntas. ¿Quería Sabrina acercarse a mí? Parecía improbable, lo habría podido hacer cuando la busqué, así que debía tratarse de otra cosa. Tal vez Javier la dejó o tuvo algún problema y ahora busca una compañía transitoria que le permita darle celos. Era una versión relativamente humillante, pero no siempre somos el protagonista de la película (por esos días no andaba sobrado de autoestima). A veces toca el papel del actor secundario o del extra, o incluso del malo, depende de cómo vayan las cosas. Pensando estas cosas desperté del todo cuando ya anochecía, una sensación algo extraña, y fui al pequeño estante a ver qué había de comer.

«Revisión de la despensa», habría podido decir, pero sólo encontré una lata de alverjas y pan duro, pues lo que había comprado el fin de semana anterior, con el presupuesto de quince días, lo había acabado con Victoria. Encendí el fogón eléctrico y coloqué los tres pedazos de pan. Abrí la lata de alverjas y cuando todo estuvo listo llevé un vaso al corredor y lo llené de agua. Tenía algunas monedas, pero faltaba una larga semana para cobrar en el restaurante. Intenté dominar el hambre con lo que había, pero fue imposible, y al terminar, con más apetito que al principio, decidí salir a comprar algo. Las monedas sumaban siete francos y pensé en dos barras de pan, pero la panadería estaba cerrada, lo mismo que el supermercado. Quedaba sólo el McDonald's de la avenida, y para allá me fui, pero mis siete francos sólo alcanzaban para una bolsita de papas fritas. Hice la fila y cuando me llegó el turno pedí las papas. La joven de la caja dijo, ¿no va a comer hamburguesa? No, respondí, sólo las papas, gracias. ¿Alguna bebida?, y yo, no, gracias, sólo las papas, para llevar, por favor.

Un rato después volví a mi chambrita con la bolsa de papas, escuálido tesoro que fui comiendo poco a poco. Al terminar fumé un cigarrillo en la ventana, y recordé, como siempre que tenía hambre, las veces que dejé de comer por estar lleno o porque algo no me gustaba, y me dije: eso te pasa por pendejo.

Al día siguiente, a la misma hora, llamé a Sabrina. El teléfono sonó y sonó muchas veces hasta que desistí. Se habrá olvidado, supuse, pero pasados unos minutos fue ella la que llamó, diciendo que estaba en el baño, escuché el timbre pero no alcancé a contestar, sabía que eras tú. ¿Cómo estás? Bien, dijo, ya casi ni siento la herida, ¿y tú qué haces? Nada, estoy aquí, en la casa. Qué lástima que vivamos tan lejos, dijo, pues me encantaría invitarte a cenar. Al escuchar el verbo «cenar» me puse alerta, y le dije: no me importa ir hasta donde tú estés, y ella dijo, ¿en serio vendrías? Claro, le dije, y me dio las indicaciones. Era en Le Blanc Mesnil, el suburbio de Gastón, y le dije, calcula una hora, voy para allá enseguida, y ella dijo, qué bien, comienzo a preparar cosas, y colgamos.

Cogí mi chaqueta y salí al corredor, pero antes de cerrar la puerta elevé los ojos al cielo y dije: dios, allah o yahvé, no sé quién seas ni cómo te llames, pero te doy las gracias, una oración de gracias referida a la comida, aunque también a estar con ella, a entender qué diablos quería de mí. Yo estaba dispuesto a jugar cualquier papel para darle celos a un tercero, pues no era la mejor época para andar con escrúpulos, así que me precipité escaleras abajo y corrí al suburbano. Tenía por delante un larguísimo trayecto, con cambio en la estación de Châtelet y desvío al norte, y fui acompañado en el vagón por una multitud de extranjeros soñolientos que regresaban a sus casas de la periferia, después de haber trabajado en París, quién sabe en qué restaurantes o negocios. Todo esto analicé hasta que vi el aviso azul y blanco, Le Blanc Mesnil, y bajé en medio del frío. Había mucha gente a esa hora y todos abrían sus paraguas o se levantaban las solapas de las gabardinas. A un lado estaban los contenedores de basura, los vagones de viejos convoys varados en las vías muertas, y la verdad es que sentí miedo, una profunda desolación, como si todo aquello fueran los escombros de una vida pasada... Pero, ¡ánimo! Iba a cenar a la casa de Sabrina así que deseché estos pensamientos y, pasando el torniquete, salí a la calle.

Era un edificio multifamiliar, enorme y gris, y su apartamento estaba en el piso 19. Al verlo recordé la tarde con Elkin y el robo de las herramientas, pero ahora todo parecía distinto y mientras subía en el ascensor empecé a hacer cábalas: ¿qué ocurrirá esta noche?, ¿me propondrá dormir con ella?, ¿haremos el amor? No hay nada qué perder, pensé. Comeré y tomaré un poco de vino, y luego ya veremos... Y lo más importante: subiendo en el ascensor, me sentía protegido de la ansiedad y el recuerdo de Victoria. Esa caja de metal era mi refugio. Sabrina era mi refugio. Me miré en el espejo del ascensor, y me inquietó mi aspecto algo pálido y huesudo. Una polilla se paró en el cristal a la altura de mi nariz y la aplasté con el dedo. Justo en ese instante la puerta se abrió y vi a Sabrina en el corredor, esperando con una sudadera y unas sandalias. Hola, me dijo, viniste rápido, entra.

Sabrina compartía el apartamento con una amiga llamada Christelle, que no estaba pero que debía llegar más tarde, pues, según dijo, había recibido la visita del novio canadiense y habían salido a tomar algo, así que me invitó a la sala. Siéntate, dijo, ¿qué quieres tomar? Al decir esto abrió un arcón de madera lleno de botellas. Elige lo que quieras, así que me serví un brandy. Ella bebió una copa de vino, ¿tienes hambre ya? Un poco sí, le dije, pero puedo esperar, tomemos el aperitivo.

Observé lo mucho que había cambiado: tenía el pelo más corto y estaba delgada. Seguía siendo bonita, sus ojos verdes aún resplandecían, y le pregunté, ¿cómo te va en el trabajo? Muy bien, dijo, tengo muchos pacientes, niños que sufren de autismo y personas mayores con accidentes cerebrales; ahora trabajo en un consultorio nuevo con una amiga. Es un buen lugar, los tratamientos los paga la Seguridad Social y todo el mundo sale ganando.

¿Y tú, te va bien en la Academia? Le conté algunas generalidades, y dije: cada vez hay más alumnos, ejecutivos que van a trabajar a países de habla hispana donde sus compañías tienen filiales, Elf, Renault, Total y Atochem, empresas así. La verdad es que aún tengo pocos cursos porque nos pagan por horas, y, claro, la directora privilegia a los profesores con más antigüedad. Por eso busqué otro trabajo, lavo platos en un restaurante coreano en Belleville. ¿Ah sí?, dijo, a lo mejor lo conozco, ¿cómo se llama? *Les goelins de Pyongang*, dije, y agregué: Tienes que venir. Cuando te pongan un plato limpio en la mesa sabrás que lo he lavado yo. A lo mejor he ido, dijo, pero no recuerdo el nombre. Me encanta la comida asiática y voy mucho a ese barrio. Es el lugar donde ocurren las novelas de Daniel Pennac, ¿lo conoces?

He visto sus libros en las librerías, pero no lo he leído, y ella dijo: si quieres te presto alguno, sus personajes son una familia, los Malausenne, y las historias ocurren en ese barrio, entre árabes, africanos y chinos, es buenísimo, y los fue sacando, todos en Gallimard, la gran editorial de Proust y Céline y sobre todo de Camus, de quien había leído hacía poco *La peste*, comprado de segunda. Observé los libros de Pennac, que Sabrina tenía muy leídos y subrayados, y acabé de beber el brandy, comiendo pistachos y aceitunas, hasta que me invitó a pasar a una mesa en la cocina y sirvió la cena: carne con verduras calientes y una ensalada. Como no tenía previsto que vinieras te toca la comida del día, que es esto. Yo siempre estoy a dieta. Luego sacó una botella de vino tinto ya destapada y sirvió dos vasos. Salud, dijo, y empezamos a comer.

Había nacido en París y crecido en Estrasburgo (y yo me dije: de nuevo las series, ahora el tema será esa ciudad de Alsacia), tenía tres hermanos. Sus padres se divorciaron de un modo traumático y difícil. Hubo sospechas, celos, violencia. El padre maliciaba de las relaciones entre la madre y un cura, algo que en cualquier otra familia sería alocado pero no en la suya, pues su propio padre había sido sacerdote. La madre, con tres hijos pequeños, debió valérselas por sí sola. Los abuelos se hicieron cargo del hijo menor y ella fue a trabajar a un hotel a Lille, con Sabrina y el hermano mayor, de algo más de diez años. Al cumplir 16 regresó a París y entró a la escuela de ortofonía, una profesión con la cual muy rápidamente pudo trabajar, pues duraba apenas tres años, y luego, a los 19, se fue a vivir a Montreal, donde hizo cursos y especializaciones. Allá conoció a Christelle, su compañera de apartamento. Vivieron tres años y regresaron juntas.

Le pregunté por la vida en Montreal y Sabrina se puso muy nostálgica: es una ciudad maravillosa, la gente es amable, todo es barato y fácil, nada qué ver con esto de aquí, te juro, es un país en el que dan ganas de vivir. Regresé por la familia y porque el plan original no era quedarse, sólo por eso. Al decir esto se escuchó una puerta, y un segundo después aparecieron Christelle y Rodney, el novio canadiense, un tipo musculoso y grande, que me dio un fuerte apretón de manos, y acto seguido se sentó a la mesa, sirviéndose lo que quedaba de vino. Christelle tenía ojos negros y fuertes, de intensa personalidad, y era muy delgada. Parecía difícil imaginarla en brazos de Rodney.

Terminamos de comer y continuamos con el brandy, y ellos se hicieron un cigarrillo de hashish, producto al que Rodney era muy aficionado. Y comenzaron a bombardearme con preguntas sobre Colombia, mi llegada a París, pero sobre todo a compartir las quejas sobre lo difícil que es sobrevivir en esta ciudad, el deseo de estar en otra parte donde haga sol y la vida sea más feliz, tema del cual los parisinos hablan sin cesar cuando se reúnen, pues no hay otro lugar donde todos los que viven anhelen irse y, al mismo tiempo, hagan hasta lo imposible por permanecer en él.

Era casi la una de la mañana cuando Christelle y Rodney se fueron a dormir, y yo, mirando el reloj, comprendí que había dejado pasar el último Metro, así que me quedé a la espera de cualquier propuesta, y en efecto ésta se dio. ¿Quieres dormir aquí?, dijo, pregunta retórica que contesté de inmediato: claro que sí, gracias, aunque no quisiera molestar. Sabrina trajo una bolsa de dormir, la extendió en la sala y dijo, yo salgo muy temprano, ¿quieres que te despierte? Le dije que sí y así se hizo. Al día siguiente, a las siete mañana, Sabrina preparó un par de cafés y luego bajamos juntos a la calle.

Cuando íbamos en el ascensor le pregunté, ¿eres amiga de Sophie? Y ella dijo, ¿Sophie Gérard, la de los cursos de francés? Sí, de ella, ¿eres amiga? Más o menos, dijo, estuvimos juntas en el último año de universidad y nos vemos en las clases, es simpática, ¿por qué lo preguntas? Me gustaría hablarle, y entonces Sabrina dijo, ve a buscarla a su trabajo, en el dispensario de salud de Gentilly, aunque no ahora, se fue a hacer un curso a Bélgica y regresa el mes entrante, ¿sabías que se retiró de las clases de francés? No, le dije, ¿en serio? Sí, ahora tiene un trabajo por las tardes y ya no puede. ¿Y para qué quieres hablar con ella?, preguntó. Lo pensé un par de segundos y dije, es por un amigo común, nada importante.

Le agradecí la invitación a cenar y el alojamiento y quedamos de hablar el siguiente fin de semana. Luego caminé hasta la estación del RER, contento de estar lejos de mi chambrita, donde me esperaba mi habitual soledad y el cúmulo de preguntas, y fui directo a la academia de idiomas, pues tenía una clase al mediodía.

Al llegar la directora me llamó a su oficina.

—Siéntate, tengo una buena noticia para ti. Los resultados de tus cursos son buenos y he decidido darte un grupo de Elf Aquitaine. Tienen diez horas semanales y las clases se dan en el edificio de la empresa, en La Défense. Empiezas hoy a las dos de la tarde, ¿te parece bien?

¡Claro que me parecía bien! Diez horas semanales significaban 3.000 francos al mes, el doble de lo que ganaba habitualmente, así que, por la tarde, salí a la carrera y fui a La Défense. En el edificio de Elf me esperaba la directora de programas. Me enseñó el salón donde se darían los cursos y luego fuimos a una de las oficinas de seguridad, donde debí firmar varios impresos. Me dieron una identificación de empleado y me explicaron que con ella podría usar los diferentes servicios, como el comedor o el gimnasio. ¿El comedor?, y ella explicó, sí, puedes pagar el almuerzo al precio subvencionado, que es de 18 francos, y yo pensé, es más caro que el restaurante universitario, pero vale la pena ver de qué se trata, así que fuimos al comedor, eso que los franceses llaman «cantina», y vi que el almuerzo era copioso y rico, muy balanceado y con posibilidad de beber algo más que agua, quiero decir, una cerveza, vino o refrescos, algo realmente extraordinario.

¿Será ésta la señal de que las cosas empiezan a cambiar? Ojalá que sí, me dije, mientras pasaba con la bandeja y elegía pasta al brócoli, pollo asado, verduras calientes y ensalada fría, más un postre, salpicón de frutas, una botella de refresco y un café, esto sí que era un almuerzo, las raciones eran generosas, dignas de empleados que recibían buenos salarios, ¡y todo por 18 francos! Fui a sentarme con la bandeja al lado de una ventana, en medio de ejecutivos de todas las razas, y por un momento me sentí igual que ellos: una persona solvente y bien instalada, sin esos nubarrones en el porvenir que veía a cada rato, y comí y comí, y al terminar me sentí satisfecho, con ganas de saltar y rugir.

Esa misma tarde, al terminar las clases, fui a ver las instalaciones del gimnasio. Me interesaban sobre todo las duchas, pues la verdad es que no quedaba lejos de mi casa y era gratis, y al verlas no me cupo ninguna duda de que vendría todos los días. Tenían bellos azulejos y eran individuales, lo que me permitiría no ser observado. Había una muy buena piscina y el horario era amplio, así que pregunté al manager si no tenía un vestido de baño de sobra, y para mi sorpresa dijo sí, claro que sí, y al segundo volvió con uno, entonces pude entrar a nadar y luego quedarme en la ducha 40 minutos. El nuevo trabajo cambiaba mi vida y por eso, al llegar a mi chambrita, me sentí con el ánimo renovado. Cuando reciba el sueldo del mes volveré a ir a cine, me dije, y tal vez compre algún libro. Luego, con gran nerviosismo, saqué de la maleta el manuscrito de mi novela y empecé a releerlo, y dos horas después aún estaba en él, haciendo anotaciones y tachaduras. Al filo de la madrugada me recosté y dormí apaciblemente, sin esas náuseas y ese dolor que me habían acompañado desde la llegada.

19.

La voz de Kadhim sonaba agitada, y no era para menos, pues, según anunció, acababa de pasar a limpio la versión definitiva de su poema *Iraknéides*, que más tarde publicaría con otros dos poemas. Nos citamos cerca del boulevard de Sebastopol, en la zona del Sentier, pues ese día iba a presentarme al escritor Juan Goytisolo, que acababa de llegar de Marrakesh, donde pasaba una parte del año.

A Goytisolo lo había leído en Madrid y sentía predilección por sus novelas *Makbara*, *Paisajes después de la batalla* y *Las virtudes del pájaro solitario*, lo mismo que por sus ensayos (sobre todo *Disidencias*) y sus dos libros biográficos, así que estaba algo cohibido, pues lo rodeaba una fama de huraño y malhumorado que yo creía adivinar en sus artículos y en las entrevistas que rara vez concedía. Por todo eso se iba apoderando de mí un intenso nerviosismo, agravado por el hecho de que Kadhim, con una extraordinaria buena fe, no paraba de decir que Juan era una persona maravillosa y que sin duda me ayudaría con mi novela cuando fuera necesario.

Al cabo de un rato llegamos a la esquina de la rue Poissonière, justo donde está el cine Rex que, según infidencias de Kadhim, pertenecía a Monique Lange, la esposa de Goytisolo, que también escribía (poco después compré una novela suya, *Las casetas de baño*), una mujer tan legendaria como él, pues había sido secretaria de Gallimard y amiga íntima de William Faulkner, nada menos, un mundo que ella ofreció al joven Goytisolo recién llegado a París, a finales de los cincuenta, y que le permitió codearse con intelectuales como Jean Paul Sartre y Simone de Beauvoir, o tener amistad con Jean Genet, algo que era para mí, recién llegado, una especie de cuento de hadas, pero en fin, me dije, fuera diablillos de mi mente, prohibido establecer comparaciones, pues lo único comparable, si acaso, era la edad en la que llegamos a esta ciudad. En todo lo demás yo salía perdiendo.

Nos detuvimos delante de un portón, en el edificio a continuación del cine, y Kadhim tocó el timbre un par de veces. Los segundos comenzaron a pasar y nadie respondía, así que pensé, se habrá olvidado, pero al instante escuchamos una voz por la rejilla, ¿sí? Kadhim se presentó y él portón emitió un silbido, y al subir vi que Goytisolo nos esperaba en su puerta. Sigan por aquí, nos dijo.

Era un hombre de unos 55 años, pero tenía aspecto joven, ojos muy claros y cara afilada. Hola, dijo, mucho gusto, y me dio un apretón de manos. Luego nos hizo seguir por un corredor angosto y repleto de libros hasta una habitación con un sofá y algunas sillas, y ahí nos sentamos. Entonces Goytisolo trajo una carta en árabe y le pidió ayuda a Kadhim, diciéndole: no entiendo qué dice aquí, mira, ¿qué palabra es ésta? Él hablaba y leía el árabe, pero la grafía de la carta era confusa. Tras aclararlo nos ofreció un té, algo que, supuse, sería una costumbre traída de Marruecos, pues a esa hora yo me habría tomado una cerveza o incluso un trago, era media tarde, pero no me atreví a pedirlo y dije sí, un té, gracias. Tampoco me atreví a encender un cigarrillo, pues la habitación era pequeña, y Kadhim, que era una chimenea industrial, se retenía, por lo que supuse que las reglas debían ser severas.

Me quedé a la espera escuchándolos, hasta que Goytisolo, muy amablemente, se dirigió a mí y me hizo varias preguntas, ¿acabas de llegar a París?, ¿de qué parte de Colombia eres?, frases de cortesía que yo recibí con un poco de vergüenza, pues la verdad es que no había ningún motivo para que yo estuviera en su casa. No me pareció que Goytisolo fuera el tipo de persona que disfruta conociendo gente nueva. Kadhim había traducido algunos de sus libros al árabe, y noté entre los dos un gran afecto. Pensé que mi ansiedad por conocer a los escritores que admiraba era algo absurda, pues, ¿qué podía obtener de ellos que no tuviera ya en sus libros? Pero sentía curiosidad por Goytisolo, pues sabía mucho sobre su vida y sobre las circunstancias en las que había escrito sus libros.

Pasado un momento Goytisolo dijo, ya debe estar el agua, y se fue a traer el té, con lo cual pude echarle un vistazo a su biblioteca, que era lo que estaba esperando hacer. Había infinidad de títulos en español y agarré uno al azar, creo que era de Vargas Llosa, y me atreví a leer el inicio de la dedicatoria: «Para Monique y Juan». Luego vi una vieja edición de *Paradiso*, de Lezama Lima, que de inmediato me atrajo, y comprobé que también estaba dedicada.

Goytisolo regresó de la cocina con tres humeantes tazas de té y las colocó en la mesa de centro. Al ver lo que yo hacía me dijo, ¿te interesa Lezama? Sí, ésta es una primera edición, respondí, una vez vi una igual en una librería de viejo, pero no pude comprarla. No sé si este comentario le cayó en gracia, pero lo cierto fue que a partir de ahí se puso a hablar de Lezama, de cómo lo había conocido en Cuba, a mediados de los sesenta, y del valor que tenía para las letras en español. Luego enunció algo que yo ya había leído en un ensayo suyo, y fue lo siguiente: La literatura moderna nace de la relectura que Borges hizo de Cervantes y de la que Lezama hizo de Góngora.

Así dijo, y yo, que lo sabía, se lo comenté con destreza, pues conocía los argumentos e incluso había leído la teoría del barroco caribeño de Severo Sarduy. Él mostró interés y preguntó por mi trabajo universitario, que era sobre Lezama Lima. ¿Qué enfoque tiene? Bajtín y el dialogismo, le dije, rematando la charla, pues yo sabía que ese era uno de sus teóricos favoritos, con lo cual Goytisolo abrió los ojos, satisfecho por mi pirueta intelectual, y a partir de ahí, con el examen aprobado, fue como si el lugar que ocupaba en la sala ya fuera mío, por propio derecho.

Luego Kadhim dijo: él escribe, Juan, no ha publicado nada pero quienes lo han leído dicen que es bueno, una frase que me hizo sonrojar y sentir mal, y que Goytisolo apenas registró. ¿Ah sí?, dijo, y luego se quedó en silencio, un silencio denso que me abochornó y que sólo pareció importarme a mí, pues ellos siguieron tomando té y conversando de sus cosas. Entonces me levanté y dije: bueno, señor Goytisolo, tengo que irme, mucho gusto. Kadhim me dijo, espera, vamos juntos, y Goytisolo, que debía estar esperando que nos fuéramos, agregó: salgo con ustedes. Bajamos los tres en el ascensor y nos despedimos en la esquina del boulevard.

Al quedarnos solos Kadhim preguntó: ¿qué pasó? Era el momento ideal para que le hablaras de tus proyectos, él te puede ayudar, pero lo miré y dije, gracias, Kadhim, pero antes de convencer a alguien de lo que hago primero debo estar convencido yo, ¿me entiendes?, y eso no ha sucedido aún, así que por ahora prefiero dejarlo, no sé si me explico, y él repuso, está bien, te entiendo, pero, ¿cómo te vas a convencer si no le muestras a nadie lo que haces? No sé, tal vez tengas razón. No creo que todo el que quiera escribir tenga por ello la capacidad de hacerlo, la literatura no es uno de los derechos humanos. Hay ciertos espacios que uno se debe ganar solo y a pulso, si es que los merece, ¿no crees?

Sí, dijo Kadhim, pero no olvides que a Juan también lo ayudaron y que él ha ayudado a muchos. Me ha ayudado a mí, por ejemplo, pero le dije, tu caso es distinto, ya has publicado y tienes un camino recorrido, tus cosas son apreciadas por otros sin que haya de por medio amistad o prebenda, y entonces Kadhim, encendiendo un Camel, se alzó de hombros y dijo, está bien, ya me dirás cuándo quieras mostrarle algo, y continuamos por el boulevard, pues tenía cita en la rue du Feaubourg St. Denis con Salim.

La idea original de la tarde era que Kadhim me leyera su poema, por eso le pregunté si no le importaba hacerlo delante de mi amigo, y él dijo, no, al revés, me interesa otra opinión y así podré leerlo también en árabe, con lo cual empezamos a subir por esa estrecha calle hasta el café. Al llegar Salim tenía una sorpresa y es que con él estaba Mohammed Khaïr-Eddine, el novelista marroquí, que bebía de una jarrita de medio litro de vino, así que nos sentamos. Kadhim estaba muy contento de conocerlo y yo me dije, de nuevo las series, este es el día de los escritores.

Khaïr-Eddine nos recibió con gran alegría y saludó a Kadhim con un abrazo. Le dijo en francés que ya lo conocía y que había leído sus poemas en revistas. Pedimos dos copas y otra jarrita de vino y brindamos, y yo hice cuentas: me alcanza para la mitad de una jarrita, hay que estar alerta. Luego anuncié que Kadhim había terminado un poema y le pedí que lo leyera, lo que Kadhim se dispuso a hacer, entonces lo leyó primero en francés, *Iraknéides*, y yo escuché con gran atención, pues la poesía siempre me causó dificultades de apreciación, pero retuve algunos versos que consideré notables, como éste:

morirás cuando ya nada logre emocionarte y el mundo
cesará de lanzar en tus pupilas sus valijas de colores

O estos otros, en la tercera parte, que ahora releo (y traduzco):

¿Aló...? Aquí al habla los iraquíes sin elegía
Ellos buscan en los bolsillos del desierto

Un bizcocho que el alma dejó olvidada para la próxima
                              /guerra de estrellas:
Ellos desean reiniciar ese diálogo platónico
Que cubrió el ruido de un porta aviones.
Buscan el tercer volumen de las obras completas
                              /de Dostoievski
Perdonado por las bombas.

Quien encuentre todo aquello, o un brazo cortado
O bien una errante imaginación,
Lo llevará al poeta, nuestro eterno y benévolo secretario.

Los versos de Kadhim nos dejaron pensativos, pues hablaban del sufrimiento de su pueblo y de la guerra y también del desierto, la gran metáfora de la poesía árabe, pero también de la vida cotidiana. Tras escucharlo, Khaïr-Eddine sugirió repetirlo en árabe, y se dirigió a mí pidiendo disculpas. Pero fui yo quien se disculpó, y dije:

—Mohamed, yo hablo con ellos en español y contigo en francés, pero ustedes hablan la misma lengua, que yo desconozco. Por favor, Kadhim, léelo.

Volvimos a servirnos vino y Kadhim leyó en árabe, y así pude oír la verdadera música del poema, una melodía seca y llena de tristeza, y comprendí que el exilio de ellos era distinto, pues lo que habían perdido ni siquiera se encontraba en sus países, donde fueron perseguidos (no era el caso de Salim), ya que sus raíces habían sido cortadas desde antes, durante la colonización... De ahí la importancia de escribir y leer en su lengua.

Luego hablaron de literatura árabe, de autores de Marruecos y Túnez e incluso del Líbano. Criticaron a algunos, acusándolos de escribir de acuerdo al estereotipo del maghrebí en Europa, o, lo que es igual: satisfaciendo la imagen que los europeos tienen del mundo árabe y sustituyendo la realidad por el cliché, algo similar, pensé, a lo que hacen ciertos autores de América Latina, que escriben para los europeos, dándoles exactamente lo que esperan de un latinoamericano, es decir exotismo y evasión.

Se los dije, y Khaïr-Eddine repuso: estoy de acuerdo, pero en la literatura de tu continente hay también un elemento político, pues está unida al sueño del socialismo y a la revolución cubana. Exotismo, evasión y revolución, dije, la revolución latinoamericana *es* el realismo mágico de la izquierda europea.

—La consecuencia de esto —seguí diciendo— es que ciertos escritores no muy talentosos se refugiaron en el «compromiso» como salvoconducto literario. Están en la primera fila de todas las actividades político-culturales organizadas por el *establishment* europeo y cumplen el papel que se espera de ellos, que es provocar lástima…

Kadhim opinó que ese tipo de autor se podía encontrar en todas las literaturas del Tercer Mundo, y dijo: es un producto de la crisis. Khaïr-Eddine asintió. Y dijo:

—Quienes venden *eso* a los lectores del Primer Mundo están vendiendo un sufrimiento que no les pertenece. Un dolor que dicen representar y, sobre todo, denunciar, pero del que también obtienen ganancias… ¡Yo los he visto! Viven muy bien, van y vienen, agasajados en todas partes, y su cuenta bancaria se hincha en proporción al dolor por el cual militan.

Khaïr-Eddine, después de llenar su vaso, continuó diciendo: sobre el mundo árabe sobrevuelan otros imaginarios que son igualmente impuestos, como el mito de la sabiduría y el placer, que ellos van a buscar en lo que los franceses llaman «el viaje a Oriente», y así el mundo árabe es sólo una estupenda escenografía, como en *Aída*, de Verdi, un Egipto de faraones en traje de luces, pirámides y cocodrilos donde ellos ejercen su personalidad y crecen como artistas, y bueno, dijo, yo veo las cosas de otro modo, sólo escribo sobre la gente común de mi país, sobre todo de los beréberes, que son mi cultura, ¿y saben qué les digo? No me importa cómo lo leen los franceses ni quién lo lea. Escribo lo que debo escribir, algo que tiene que ver con mis raíces, un discurso que Salim escuchó con orgullo, en silencio, pues, según me dijo luego, reconocía en él la suerte de tantos que emigraron de Marruecos a lo largo del siglo y que vinieron a trabajar en lo más duro, en medio del frío y con las botas puestas en trabajos que ningún francés quería hacer.

Por eso sus raíces también eran eso: un árabe de uniforme en las cloacas de París reparando un tubo del agua o un árabe lavando platos en un restaurante por unos cuantos cientos de francos, como hacía yo en *Les goelins de Pyongang*, y entonces Kadhim dijo, lo único que nos queda es inventar ese mundo con palabras, un mundo que ya no existe o que tal vez jamás existió, y así es, y yo pensé en lo que decían, sobre todo en lo que dijo Khaïr-Eddine sobre su deber de escritor, y me dije, debe ser por eso que yo no logro convencerme, pues la verdad es que no me sentía portador de ningún mensaje especial ni mucho menos responsable o con el deber de hacerlo ante nadie. Lo único que sentía era ganas de escribir. Mi vida por esos días, ya lo dije antes, era como una hoja en un remolino. Recordé a Victoria y se me oprimió el corazón, pensé en Sabrina y luego en Saskia, la pobre Saskia... Lamenté no haber llamado a Lazlo antes de salir, pero aún podía hacerlo. Me disculpé un segundo y fui al teléfono público.

Lazlo respondió, y me dijo, está bien, duerme y come, le está volviendo a salir color en las mejillas, pero te digo una cosa, tengo que verte antes del fin de semana pues los sedativos se acaban, ¿podrías?, y yo dije sí, creo que sí, espero que la persona que me los da tenga más, haré lo posible, dale a Saskia un saludo de mi parte, iré a verla mañana sin falta, ¿bueno?, y luego colgué sintiendo el corazón en paz, y volví a la mesa.

Habían pasado al árabe y al llegar alcancé a escuchar algunas palabras. También habían pedido más vino y recordé que no tenía un cobre en el bolsillo, así que le dije a Kadhim, a un lado, oye, yo no puedo pagar ese vino, creo que debo irme, pero obviamente él dijo, estás loco, tú te quedas aquí con nosotros, para eso yo tengo plata, ni hablar, luego vamos a ir a comer un buen cuscús y tú vendrás con nosotros, así que agradecí y volví a sentarme, y entonces, mientras Salim y Khaïr-Eddine hablaban, Kadhim me dijo, tú tienes que encontrar un trabajo de periodista, algo que te reporte dinero suficiente para vivir pero que al mismo tiempo te permita escribir, pues si no, no tendría sentido, podrías conseguir algo como periodista, ¿no?, tú sabes escribir, y repuse, sería el ideal, pero nunca he escrito para un periódico, y él dijo, eso se aprende sobre la marcha, grandes escritores se han ganado la vida con el periodismo.

Todo eso sonaba estupendo, pero se caía ante la primera consideración realista: ¿cómo entrar en contacto con una redacción y por qué habría ésta de tomarme en cuenta? Bueno, dijo Kadhim, aquí en Francia pasan muchas cosas, podrías escribir artículos para algún periódico de tu país, o de España, habría que estudiar las posibilidades, y bueno, tenía razón, era algo que no había considerado, y luego Kadhim añadió, además está la propuesta de Joachim, ¿has vuelto a hablar con él? No, le dije sorprendido, claro que no, he visto a Victoria, pero de él no volví a saber nada, ¿tú has vuelto a verlo?, y él dijo, la Universidad de Estrasburgo está organizando una semana de estudios árabes y él dio mi nombre, por eso hablamos, me dijo que estaba bien, contento con la compañía de Victoria, es un buen tipo, y al decir esto preguntó, tú te has estado viendo con ella, ¿no es verdad?, y le dije, sí, ha venido a París un par de veces a visitar a su tía y nos hemos visto, y de pronto, como recordando nuestras charlas anteriores, me dijo, oye, ¿y lo tuyo con ella cómo va?, ¿crees que hay algo qué hacer?, una pregunta que me dejó sin ideas, y se lo dije: no sé qué responder, Kadhim, cuando nos vemos ella es afectuosa, y él dijo, dios mío, esa mujer te quiere, ya lo verás...

20.

Gastón estaba muy alterado cuando lo encontré en un café de Gentilly, cerca de la estación del suburbano, pues la ausencia de noticias y el descubrimiento de la muerte del joven lo habían llenado de miedo. Lo dijo poco después de saludarnos: siento miedo, amigo, un miedo no localizado en ninguna parte, pues no es una amenaza física, sino un malestar irracional, ¿comprende? Esta situación me llena de preguntas que son como gotas heladas de agua. Llevo varias noches sin dormir o durmiendo con somníferos, y cuando lo logro caigo en terribles pesadillas: veo a Néstor y a ese joven ensangrentado en el suelo, veo los ojos de Néstor escupiendo fuego, como cráteres de un volcán en erupción, y me lleno de angustia, no sé cómo interpretar esas imágenes de desiertos y rocas áridas, tengo que encontrarlo y hablarle para sentir un poco de alivio.

Caminamos hacia la obra en la que Néstor trabajó, pues Gastón quería hablar de nuevo con su jefe o su compañero de trabajo, y al llegar vimos que ya habían terminado de refaccionar la fachada y estaban retirando los andamios. Gastón se presentó al capataz y le dijo: buenas tardes, señor, vengo a interesarme por un colombiano que trabajó para usted, Néstor Suárez Miranda, pero de inmediato el hombre movió la cabeza hacia los lados y dijo, mire, usted no es el primero que viene a preguntar por él, y debo decirle lo que ya he dicho antes: Suárez no viene hace más de un mes y debí reemplazarlo, ya lo habría olvidado de no ser por usted, ¿se metió en algún lío?, a lo que Gastón respondió, intentando ser amable: no sabemos qué ha podido pasarle, simplemente desapareció, y las personas que frecuentaba están alarmadas. Como no tenía los papeles en regla no hemos dado el parte a la policía, pero pensaba hacerlo ahora mismo. Quise charlar antes con usted a ver si había alguna novedad.

El capataz miró con recelo, ¿la policía?, yo no quiero tener problemas con la policía, dijo. Cuando llegó le pedí los documentos en regla y por eso trabajaba conmigo, de lo contrario no lo habría contratado, en fin, espere un momento. Al decir esto se acercó a las barreras metálicas, llamó a varios de sus hombres y les dijo, ¿alguno de ustedes sabe algo de Suárez Miranda? Los trabajadores se miraron entre sí, repitieron el nombre y alzaron los hombros, pero del medio de ellos salió Carlos, el colombiano. Dio un paso al frente y dijo: yo era amigo de él, pero lo que sabía ya lo dije, no lo he vuelto a ver por acá ni he escuchado noticias suyas. Supongo que estará enfermo o que habrá regresado a Colombia. ¿Lo ve?, dijo el capataz a Gastón. Aquí no sabemos nada. Y le voy a decir algo: si aparece dígale que me llame a la oficina, pues se le debe algo de dinero. Poca cosa, pero prefiero estar en regla. Aquí no ocultamos nada.

Dicho esto se dio vuelta y regresó a su trabajo, así que nos fuimos. Al andar calle arriba Gastón dijo, dios mío, no va a quedar más remedio que declarar su desaparición. Ellos sabrán qué se debe hacer en estos casos, pero yo le sugerí que fuéramos antes a la casa de colombianos en la rue des Evêques. A pesar de ser algo remoto, cabía la posibilidad de que supieran algo. Y para allá nos fuimos.

Al llegar, Elkin nos hizo seguir a la cocina, puso en el fogón una cafetera y dijo:

—No he vuelto a verlo por acá, es verdad que antes venía bastante, pero por su forma de ser nadie notó ni echó de menos su presencia, era un tipo raro. La otra noche hablé de él con unos amigos por lo del torneo de ajedrez y un compañero dijo que se le había parecido a alguien, pero no logró acordarse del nombre. Había un tipo muy parecido en una escuadra del EPL por los lados del Urabá chocoano, el mismo bigote y el mismo mechón sobre la cara. Por aquí hay mucho ex guerrillero y puede que haya estado en algún Frente.

Entonces Gastón dijo: y ese amigo que creyó recordarlo, ¿quién es?, ¿podemos hablar con él? Claro, dijo Elkin, espérese lo llamo. Vive aquí arriba.

Un minuto después regresó con alguien y, para mi sorpresa, era Freddy Roldanillo, el caleño, quien me saludó con una gran sonrisa y dijo, entonces qué?, ¿todo bien? Le presenté a Gastón y le conté lo que sucedía, y él dijo, en español (yo debía traducir de vez en cuando):

—Mirá, cuando vi a ese man me pareció conocido, yo no lo había visto antes. Entonces le eché cabeza a ver de dónde era que me venía el recuerdo y creo que es de cuando se hizo el Congreso del Partido-ML en Montería, allá por el año ochenta, una reunión de mandos del EPL que hicimos. Esperá que me acuerde. Yo había ido con la célula del regional Pedro Vásquez Rendón y al que se me pareció fue a un man de la Naín Piñeros Gil, de Urabá, pero no a un directivo sino a un escolta, no sé si de Ernesto Rojas o de quién, eso no me acuerdo. Un man flaquito, tímido y muy callado. Siempre tenía Pielroja en la boca y no se le caía porque no hablaba, a lo mejor es el mismo. El día del torneo pensé preguntarle pero luego me emborraché y se me olvidó, lo único que les digo es que si no es él, es igualito. Me impresionó que no hubiera cambiado, vos sabés, uno con el tiempo se engorda, se le cae el pelo, pero ese man sigue idéntico, o parecido a lo que yo me acuerdo.

¿Y cómo es que se acuerda tanto de alguien con el que no conversó ni una sola vez?, le pregunté, y Freddy dijo, allá en el monte uno se acostumbra a mirar bien, a fijarse en las caras, porque los nombres van cambiando, ¿me entendés?, y es que el man estaba siempre al lado de la puerta con su fusil, sentado en un taburete de fieltro y fumando, y yo que soy conversador a lo mejor le puse charla y nada, el man callado, sonriendo o mirándolo a uno como con miedo, de eso sí me acuerdo, pero como te dije, ya pasaron más de diez años, quién sabe si de verdad sea el mismo.

Al decir esto Freddy se sirvió una taza de café y preguntó, ¿y fue que el man se voló o qué? No sabemos qué pudo pasar, dije, no volvió a aparecer ni en su trabajo ni en su casa y aquí el señor era amigo, es profesor y le daba unas clases de francés de beneficencia (esto lo inventé para justificar), y por eso está interesado, y entonces Freddy dijo, dejame un teléfono y yo averiguo por ahí entre la gente, si sé algo te llamo.

Nos despedimos y volvimos a la calle, y al caminar hacia la avenida le pregunté a Gastón, ¿quiere que lo acompañe a la policía?, y él dijo, no sé qué debo hacer, de nuevo me vino esa sensación de miedo de la que le hablé al principio, ¿usted cree posible que haya sido guerrillero? Me parecería extraño, dije. Aquí hay muchos y todos se conocen, hay una jerarquía que tiene que ver con el pasado en las luchas colombianas. Sería raro pero no sé, y luego le dije, venga, la comisaría de Gentilly está cerca de la plaza, pero él repuso: no, vamos a esperar todavía unos días, será mejor.

Yendo hacia la casa de Paula pensé en lo que habíamos averiguado. Ahora sólo falta que Néstor tenga un pasado en la guerrilla, de guardaespaldas o escolta de algún jefe. Es sólo una hipótesis, pero yo empezaba a tener de Néstor una visión magnificada por la curiosidad y el misterio, tanto que no comprendía cómo alguien con una vida tan rica pudiera tener esa personalidad evasiva, como si su único objetivo fuera escabullirse, diluirse en el aire, y entonces, vapuleado por los movimientos del tren, volví a preguntarme, por enésima vez, qué pudo haberle pasado. Cada nuevo elemento de su vida abría a nuevas conjeturas, como la historia del joven asesinado: ¿sería ése el motivo de su desaparición? Se podría pensar en un arresto, pero de ser así, ¿por qué no está en el registro de reclusos y detenidos? Tampoco era descabellado suponer que la pandilla de amigos del joven gay lo haya encontrado y asesinado, y luego enterrado en algún descampado de Le Blanc Mesnil, todo era posible, pero ahora, con la hipótesis guerrillera, surgían nuevas posibilidades. Una misión en alguna capital europea o latinoamericana, una desaparición planeada con miras a algo, y al pensar en esto lo imaginé de guayabera en un hotel de Porte au Prince o Kingston Town, redactando un informe para su organización, mientras un joven musculoso lo espera desnudo en la piscina, bebiendo un daiquiri, ¿por qué no? ¡Néstor un agente confidencial!

Pero al llegar a este punto, que en estaciones de Metro equivalió a la parada de Saint Sulpice, una idea explotó en mi cerebro: ¡Era un agente del gobierno infiltrado entre los ex guerrilleros de París! Sentí calor en las mejillas al llegar a esta conclusión, pues, de pronto, me pareció obvio: de ahí su secreto, de ahí el extraño relato de su vida, y pensé que podía serlo desde antes, cuando aún era escolta de un jefe guerrillero, o tal vez después, durante los procesos de paz o en la vida civil, todo era posible con esa vida extraña, llena de misterios y sorpresas. Al concluir esto me levanté y salí del tren, recordando a Cortázar. Era como si el recorrido mental de ciertas ensoñaciones pudiera medirse en trayectos de Metro, y bueno, ahí terminó, la idea quedó congelada en algún lugar fresco del cerebro, pues salí escaleras arriba dando saltos.

Tenía ganas de estar al lado de Paula, y además lloviznaba. Cuando entré le di un abrazo y vi que estaba en piyama, así que le pregunté, curioso, ¿no sales con nadie esta noche? No, dijo, hace más de una semana que no tiro.

Y agregó:

—Mi Princesa Loca está tranquila, sosegada… Me siento muy bien, algo que no pensé que ocurriera nunca. He seguido leyendo poesías, Louys y Adonis, y ahora, por recomendación de Yuyú, los versos de Nâzim Hikmet, el gran poeta de Estambul, un hombre que vivió entre la cárcel y el exilio y que estuvo preso quince años en un buque, en el Bósforo, y luego en una cárcel en el mar de Mármara. Murió desterrado.

Entonces sacó el libro y dijo, déjame leerte algo, tú que has sentido tristeza por estar lejos, creo que esto te va a gustar. Se llama *Sofía*, escucha:

Llegué a Sofía un día de primavera, mi amor
La ciudad en que naciste huele a tilo
No podría contarte la acogida de tus
  conciudadanos
La ciudad en que naciste es para mí la casa
  de un hermano
Pero ni aun la casa de un hermano podría
  hacer olvidar la propia casa
Es un oficio duro el exilio,
  bien duro.

Era hermoso y estaba lleno de verdad, tanta que al oírlo sentí una bola en la garganta y calor en las mejillas, y entonces le rogué a Paula, sigue leyendo, quiero escuchar más, y ella agarró el libro y dijo, está bien, escucha este, es un poema aleccionador sobre el exilio real, porque nosotros, tú y yo, vivimos aquí por gusto, nada nos impide regresar, pero los verdaderos exiliados son otros. Nosotros no sabemos nada de eso. Escucha, éste se llama *Notas de Hungría*, y volvió a leer:

> Allá en Praga tomamos el avión
>   En Budapest bajamos
> Es bueno ser un pájaro
>   todavía mejor ser una nube
> pero yo estoy contento de ser hombre
> La tierra es mi elemento preferido
> Y tal vez es por eso
> cuando pego mi frente al cristal de un avión
> cuando en la barandilla de un navío me apoyo
> de la tierra alejándome
>   me invade una tristeza
>   Como aquel día, amor, en que tu mano
>   fue arrancada a la mía
>   Como aquella mañana
>   en el umbral de casa
>   en Estambul

Era el exilio del atropello, como Jung en Corea del Norte o Elkin en Colombia o Kadhim en Irak, todos perseguidos… ¿Qué efecto le provocaría a Jung escuchar este poema? Tal vez no encuentre gran belleza en él por estar inmerso en la misma materia. Se lo comenté a Paula, pero ella repuso, mira, perdona lo que te voy a decir, pero es que aquí en París al único sufriente que conozco es a ti, de verdad, mis otros amigos están encantados de vivir en esta ciudad tan bonita, estoy hablando en serio, y yo le dije, te creo, supongo que les irá bien, y Paula dijo, sí, tienen plata, la vida con plata es mucho mejor, y por eso quiero insistirte en algo… Puedes seguir allá afuera sufriendo si no puedes remediarlo, pero cuando ya no puedas más ven aquí, siempre habrá un plato caliente y la posibilidad de ducharse. Por cierto, ¿quieres ducharte?, y le dije sí, claro que sí, pero antes saqué de mi maletín un pesado sobre y se lo entregué: toma, lee un poco mientras me baño, es el manuscrito de mi novela, algo que Paula recibió con un grito, ¡Wau!, estaba por decírtelo, puedes llenar la tina si quieres, hace un poco de frío y te hará bien una siesta entre el agua caliente, y así se hizo, me desnudé en el baño y entré a esa deliciosa agua hirviente colocando el tapón de la tina, cerré los ojos y me dejé ir pensando no sé qué cosas, alguna de las frases del poeta turco o Victoria y la incógnita de Sabrina, ¿cómo será desnuda? Algo me dijo, al borde del sueño, que estaba por conocerla, que la realidad caminaba a paso seguro hacia ese momento en que ella se quitaría la ropa ante mí, y traté de imaginarla, y lo que vi me gustó, y pensé de nuevo en Jung y en Saskia y en todas las cosas extrañas que ocurrían por esos días.

No sé qué hora era cuando sentí algo y al abrir los ojos vi a Paula entrando al agua muy despacio, como intentando no despertarme, pues había apagado la luz... Entonces dijo, ay, ya está fría, así que volvió a abrir los chorros humeantes y se sentó del otro lado, acomodando sus piernas sobre mis muslos, y dijo, ya se va a calentar otra vez, espera. Luego encendió dos enormes velones y el baño adquirió una atmósfera de iglesia, y me dijo, leí tres capítulos de tu novela y te voy a decir la verdad: creo que es muy mala, está plagada de imprecisiones y estereotipos, de personajes falsos, pero la escritura tiene buen sabor, supongo que si trabajas en serio podrás corregirla, no pienso que haya que tirarla a la basura, se le puede dar una segunda oportunidad si es que tú estás dispuesto a trabajar, y subrayó: recuerda que soy una lectora reciente y tú eres formado, o sea que, ya sabes, mi opinión no es tan valiosa... Luego se sumergió y me acarició un pie por debajo del agua.

Habría dado la vida por darle motivos de admiración, pero no sucedió y finalmente le dije, tu opinión tiene mucho más valor que la de mil eruditos, pues la mayoría de los lectores son como tú, y agregué: aprecio que me digas lo que piensas, intentaré traer algo bello la próxima vez. No seas sensible, dijo ella, me haces sentir mal. Si te digo lo que pienso es porque estoy de tu lado, ¿lo ves? Si no me importara te diría, es buenísima, te felicito, pero yo quiero que seas un escritor de verdad, y para eso hay que ser crítica, entonces le dije, agradezco tus palabras, sólo que la escena habría sido mejor si te hubiera gustado, no hay ningún resentimiento en decirlo, y ella repuso: las escenas se construyen, así que dedícate a construirla, es muy sencilla, te digo cómo es: yo entro a la tina y te digo, me encantó tu novela. Construye esa escena, porque quiero vivirla tanto como tú, ¿ok? Le dije sí, me incorporé y le di un abrazo, pero al buscar su boca se retiró y me dijo, no quiero sexo, estoy desintoxicándome. Ven, deja que te recite algo de *Bilitis*:

Para empezar, no respondí,
mis mejillas se tiñeron de vergüenza
y los latidos de mi corazón me hicieron doler los senos.

Enseguida me resistí, y dije: «No, no».
Alejé mi cara y el beso no pudo superar los labios,
ni el amor traspasar mis muslos apretados.

Entonces él pidió perdón y me besó el pelo.
Sentí su aliento de fuego y enseguida se fue...
Y ahora estoy sola.

Cuando el agua volvió a enfriarse salimos y nos secamos el uno al otro, y ella dijo, ahora tú te vas a sentar a trabajar en tu manuscrito, ¿hace cuánto que no lo relees? Desde que llegué a París una sola vez, la semana pasada, pero no todo, sólo unas páginas. Y ella dijo, ¿lo ves?, las cosas se logran trabajando, siéntate que yo me voy a la cocina a preparar unos espaguetis al pesto y una ensalada, hay que hacer algo de dieta, ¿viste cómo he engordado? Le dije que no, pero no le bastó. He tomado demasiado trago estos días, hay que parar. Bueno, tú ponte a trabajar, tienes una hora antes de que nos sentemos a comer, y yo pensé, ¡¿una hora?! Me voy a morir de hambre, pero no lo dije, sólo asentí con la cabeza y agarré el manuscrito. A regañadientes empecé a leer, y al terminar la primera página me dije: la verdad es que esto es muy malo. Y lo peor es que tras esa primera dormían otras setecientas que pintaban ser igual de malas o incluso peores. Leí un poco más y la impresión fue la misma, así que traté de recordar la historia, lo que había querido realmente escribir o los motivos por los que lo había escrito, ¿cuáles eran? Regresé al principio y empecé a tachar, escribir en los bordes, cambiar palabras, rehice frases con más sencillez, en fin, pasé la hora pactada con Paula y apenas iba por la mitad de la tercera página, pero en fin, ya era algo. Ella tenía razón, sólo escribiendo lograría mejorarla o empezar algo distinto que tuviera que ver con mi vida actual, y así continué un buen rato y dejé enfriar los espaguetis, y más tarde, mientras ella leía en la cama una novela de Naghib Mahfouz, todavía continué un rato más, tachando y maldiciendo.

21.

Esperar y esperar, era eso lo que hacía todo el tiempo en esa época, y una vez más estaba esperando, en la Gare de l'Est, pues Victoria debía llegar en el tren de las cuatro, pero eran más de las seis y no había llegado, ni en ese tren ni en los siguientes, y entonces pensé en regresar a mi chambrita y esperar su llamada, pero al final miraba el tablón, estudiaba las posibles rutas y decidía quedarme, en medio de la gente que se abrazaba y saludaba, envidiando la tranquilidad que tenía todo el mundo en ese lugar. Mil veces me levanté de un banco para sentarme en otro, observando el reloj y haciendo cálculos, el siguiente vendrá en 45 minutos, debía ser ése, tal vez se retrasó por algún imprevisto, y la perdonaba hasta que al fin, después de fumar media cajetilla de unos cigarrillos que Paula me había regalado (una marca danesa que alguien dejó en su casa), llegó el tren y me puse a mirar entre la gente, ejecutivos arrastrando maletines, un grupo de sacerdotes que reían a carcajadas y varios orientales, y al fondo, Victoria moviendo la mano, corriendo hacia mí. En ese instante olvidaba todo el sinsabor y las esperas, y el mundo parecía recién inventado.

Perdona, me dijo, tenía cita con una compañera en la estación y se retrasó, así que debí dejar pasar dos trenes, pero tengo una sorpresa para hacerme perdonar, vamos, y al llegar a mi chambrita sacó tres botellas de un vino blanco llamado Gewürstreminer, y dijo, quería hacértelo probar, es un vino delicioso, y yo pensé, Victoria no hace cálculos ni piensa en las cosas que pueden herirnos, a Joachim o a mí, es la ventaja que tiene sobre ambos, simplemente vive cada instante con alegría, sin ver las consecuencias, y bueno, tomamos el vino y después hicimos el amor, y entonces me explicó sus planes, quería pasar la noche contigo y mañana, si quieres, podemos dormir donde ella, pues se fue a Madrid y me dejó las llaves, y yo dije sí, pero cuando estábamos abrazados y desnudos, ya al borde del sueño, el teléfono sonó haciéndome pegar un salto.

Era Lazlo, con voz preocupada. Estoy con la muñeca, dijo, y es preciso que nos ayudes, se acabó el sedativo y está desesperada, no sé cómo contenerla. Espera ahí, le dije, veré qué puedo encontrar. Por fortuna Deborah estaba en su casa y respondió al teléfono a esa hora, así que le expliqué la situación y dijo, mira, yo tengo muchas cosas que le pueden servir, si puedes venir por ellas te las doy. Victoria se extrañó al despertarse y verme vestido, así que le dije, lo siento, debo salir, lo mejor es que te quedes, pero ella no aceptó, si tienes que hacer algo voy contigo, entonces le dije, ¿me puedes prestar plata?, habrá que ir en taxi, y ella dijo, claro que sí, vamos, por el camino me cuentas qué es lo que pasa.

Salimos a la Avenida de la Grande Armée, donde había una parada de taxis, y fuimos a la casa de Deborah, que abrió con gesto preocupado, y me dijo: no sé quién es tu amiga, pero si quieres voy contigo, sé hacer reconocimientos. Le presenté a Victoria, quien la miró de arriba abajo, y luego bajamos. Deborah tenía carro y así llegamos muy rápido al apartamento de Saskia, y mientras subíamos las escaleras hasta el sexto piso pensé, Victoria está a punto de conocer mi otra vida de un modo algo abrupto, pero en fin, ésa era la realidad y alguien estaba muy mal, así que golpeé en la puerta y al cabo de un segundo Lazlo, sudoroso, nos abrió diciendo, amigo, no logro contenerla, menos mal que llegaste, ¿quiénes son estas personas? Nos van a ayudar, le dije, son amigas.

Saskia estaba en la cama, ojerosa y en los huesos, y Deborah cerró la cortina diciéndonos, ustedes esperen afuera, si necesito algo los llamaré, así que Lazlo preparó una tetera y nos sentamos sobre unos cojines. Mientras él buscaba en la repisa una botella de aguardiente para bajar la ansiedad, Victoria preguntó, oye, explícame algo, ¿quién es toda esta gente y qué le pasa a esa tía? Son amigos, le dije, gente que he conocido en estos meses. Lazlo volvió con tres copitas servidas, pero Victoria, tras olerla, la rechazó, y me dijo en voz baja, qué asco, ¿qué coño es esto? Yo sí la bebí y Lazlo vino a sentarse a mi lado. Luego me contó lo que había ocurrido: Saskia estuvo muy bien hasta hace un par de horas, pero de repente tuvo una recaída y empezó a vomitar y a ahogarse, así que debí llamarte, perdona, veo que fui inoportuno. Luego se dirigió a Victoria, y le dijo, ¿española? He tenido amigos de tu país en Varsovia y Bucarest, te aseguro que habría emigrado a España si el idioma no fuera tan difícil, pero Victoria lo miró con desconfianza y en lugar de respuesta hubo un denso silencio. Entonces hablé yo, y le dije a Lazlo, es una amiga de la universidad y ahora vive en Estrasburgo. Ah, Estrasburgo, dijo Lazlo, hermosa ciudad, ¿ya visitaste la línea Maginot? Pero Victoria no dejaba de mirar, sorprendida, la pobreza del apartamento y la suciedad de los platos, y siguió sin responder. Luego me miró a los ojos y dijo: oye, joder, ¿este tío es amigo tuyo? Sí, respondí. ¿Y la alemana es una médica o qué? Sí, sí, no te preocupes por nada.

Lazlo se levantó y fue a la ventana comprendiendo que su presencia estaba de más, pero yo me levanté, fui hacia él y le puse una mano en el hombro. Se alentará, le dije, no te preocupes, Deborah trabaja en Laboratorios Bayer, y entonces él recostó su cabeza en mi hombro y lloró, lloró todas las lágrimas que tenía guardadas desde el principio de la crisis de Saskia, y dijo, todo esto es culpa mía, ella es frágil como una porcelana y yo la traje a este mundo y le di ese veneno creyendo que le ayudaría, *merde!*, la vida y el reto de ser felices y libres, libres de qué, libres para morirnos en el vómito y en la mierda, dijo, y yo pensé, tiene razón, pero intenté consolarlo, y le dije, Lazlo, el mundo es muy grande y todos queremos llegar a algún lugar. Ella eligió esto, lo eligió sola y tú le ayudaste, pero no es tu culpa. Si se hubiera quedado en Bucarest sería desdichada, lo importante es que ahora saldrá y que tendremos que ayudarla, el camino por el que ella viaja está lleno de obstáculos y no sé si valga la pena caminarlo, tal vez lo mejor es que regrese, te lo digo con el corazón en la mano, sé que no puedo sentir lo que tú y ella sienten, yo puedo ir y venir a mi país cuando me plazca siempre que encuentre el dinero, pero no sé si el sacrificio que Saskia está haciendo vale la pena. No es un sacrificio, amigo, dijo Lazlo, es sólo la fuerza de la vida, fíjate, son pocas las cosas que podemos comprender, ¿qué comprendes tú?, ¿cuáles son tus verdades?, y cuando Lazlo dijo esto algo en mi mente salió de esa chambrita y recordé un verso del poeta turco Hikmet, a cuyos poemas me había aferrado gracias a Paula, que decía, *cada vez que la libertad se alzó a luchar / en la primera fila hubo un polaco*, y se lo dije a Lazlo, y agregué, yo creo en estas cosas, creo en la poesía como otros creen en el juicio final o en las matemáticas, igual que en el poema tú estás luchando una gran batalla al lado de ella, ésas son las batallas que debemos luchar y ganar, las pequeñas, pues las otras, amigo, las grandes de este mundo están en manos de otros y las perderemos, por eso debemos ganar éstas, las nuestras, las más importantes... La vida tuya y mía, hoy, se está jugando detrás de esa cortina, y de repente, como si fuera un acto de magia, la cortina que yo acababa de señalar se abrió y apareció Deborah, sudorosa, y dijo, necesito ayuda, rápido, vengan. Lazlo se apresuró a dejar su copa, pero Victoria se levantó y dijo, será mejor la ayuda de una mujer, voy yo, así que Lazlo, emocionado, volvió a llorar, y entonces fui yo quien sirvió más aguardiente en las copitas. Me gustaría saber polaco o rumano para hablarte, le dije, y me abrazó y siguió llorando, y me dijo entre sollozos, soy una porquería, amigo, una absoluta porquería y ahora te voy a decir por qué, y cuando te lo diga espero que abras la ventana y me empujes, pues no merezco otra cosa, y yo pensé, le habrá dado heroína, se habrá debilitado y al verla sufrir terminó por ceder, así que le dije, no te preocupes, lo que hiciste está en la extraña lógica del afecto, te comprendo, y él dijo, ¿del afecto?, espera que te lo cuente, tendrás ganas de escupirme, y entonces, bebiéndose la copa de un golpe, se acercó a mi oído y dijo, las cosas que trajiste la última vez, las vendí, ésa es la verdad, las vendí... ¿Lo ves? Soy la peor basura, creí que Saskia saldría más rápido y no iba a necesitarlas, ¿comprendes? Se dio un golpe en la sien y otro en la mejilla, con el puño cerrado, hasta que le dije, Lazlo, yo no vine aquí a juzgar a nadie, tus razones tendrías y no quiero saberlas, lo importante es que Saskia está detrás de esa cortina con alguien que la puede ayudar, que conoce el organismo y sus reacciones, así que no me cuentes nada, todos estamos llenos de pequeños secretos, tampoco te he dicho por qué esta amiga alemana está aquí ni qué hice para conocerla, y espero que no me lo preguntes, y entonces Lazlo cambió de expresión, como un buen actor, se limpió las lágrimas y preguntó, con picardía, ¿tiene qué ver el sexo en esto? Ojalá que sí, porque está buenísima, mejor que la española, con perdón... Ante esa extraña mezcla de sentimientos y palabras decidí servirme otra copita.

Luego nos acercamos a la cortina y me atreví a mirar hacia adentro, y vi a Victoria y a Deborah limpiando a Saskia, que estaba muy sucia. De ese armonioso cuerpo que había visto e incluso disfrutado hacía algunos meses quedaba bastante poco: una bolsa de huesos azulosa que parecía dormir y que, por no tener puesta la prótesis dental, tenía la boca hundida. Lo peor fue el hedor a cuerpo descompuesto que se apoderó de la sala, algo que me hizo retroceder hasta la botella de aguardiente y volver a servir las dos copas hasta arriba, dios santo, y entonces Lazlo volvió a decir, amigo, tú eres una persona buena, si esta noche Saskia se recupera es gracias a ti, y te lo agradezco porque fui yo quien la llevó a ese estado, la destruí y ella se destruyó, pero tú la estás reconstruyendo, y eso no lo olvidaremos jamás. Entonces volví a pensar en Paula, en la *partouze* a la que me invitó y en Deborah chupando a mi capitán sirio, y me dije, hay una extraña prosodia en todo esto que es salvajemente real y que tal vez no deba comprender, igual que las razones de Lazlo para vender las medicinas que le traje, y así pasó el tiempo y, al filo del amanecer, las dos mujeres salieron de la habitación y Deborah dijo, mirando a Lazlo, dormirá al menos doce horas. Si te parece bien, regresaré mañana a verla, al anochecer, y Lazlo dijo, gracias, nos salvó la vida, quien quiera que sea usted, y Deborah, sudorosa y cansada, le dijo no debe tomar alcohol, espero estar aquí cuando despierte.

Victoria se estaba poniendo la chaqueta. ¿Qué tal? Bien, dijo, estoy llena de preguntas, pero a la vez contenta, creo que Saskia lo logrará, ya lo sé todo, y así bajamos y tomamos un café en la brasserie de la esquina, que ya había abierto. Luego Victoria le dio a Deborah la dirección de su tía, que no era muy lejos, y fuimos a dormir.

Ese fin de semana fue de intensas conversaciones entre ambos, pues al conocer a Deborah, Lazlo y Saskia, Victoria vio el tipo de gente que frecuentaba y se interesó aún más por mis cosas. Ella era muy severa con la gente, y con respecto a Saskia dijo, ¿por qué la conoces?, ¿tú también te estás pinchando o qué?, cosas así. Lazlo no le cayó muy bien y eso que no le conté lo que había hecho con las medicinas. Sólo Deborah le había parecido una persona normal, es decir como ella consideraba que éramos ambos y que al fin y al cabo tenía que ver con una situación económica. Me preguntó, ¿y has tenido algo con ella?, ¿de qué la conoces? Por casualidad, le dije, estaba en la fiesta de una amiga colombiana, la conocí esa noche y me contó su vida, y luego, cuando Saskia tuvo problemas, la llamé. Es la primera vez que la veo en la calle, pero Victoria me miró con ojos escrutadores, y dijo, ¿te gusta? Sí, es muy atractiva, respondí, ¿a qué vienen todas estas preguntas? Es que creo que hay algo extraño en todo esto, dijo Victoria, se supone que tú estabas solo y triste, y de repente me entero de que tienes un montón de amigos y, sobre todo, de amigas, una drogadicta rumana, una húngara que parece una modelo de Versace, ¿qué más hay escondido por ahí, cuéntame? Bueno, le dije, tú sabes que nadie, por mucho que lo intente, puede prescindir de los demás, y yo he conocido a mucha gente, igual que tú, seguro que si algún día voy a Estrasburgo me podrás presentar a un montón de personas, y ella repuso, ah, pero no es lo mismo, yo conozco a una cantidad de gente porque vivo con alguien que está allá hace tiempo, y entonces, escuchándola hablar de su otra vida, me atreví a preguntarle, ¿y cómo está Joachim? Al oír el nombre se detuvo, algo golpeada, pero me respondió, y dijo, está un poco nervioso con todo esto, no se acostumbra a la situación, y yo repuse, ya veo, no creas que para mí es fácil, y entonces Victoria volvió a decir con un extraño tono de voz, como si le hablara a una amiga imaginaria, a veces pienso que les estoy haciendo daño a ambos y eso no me pone muy feliz, ¿sabes una cosa? Joachim quiere que tome una decisión, desea casarse conmigo y rehacer su vida, pero para eso debo estar con él al 100%, lo que implicaría dejarte, ¿me entiendes? Claro que sí, dije, y creo que tiene razón, tarde o temprano tendrás que elegir, esto es un poco triste para todos, incluso para ti, y ella dijo, sobre todo es triste para mí, pues no quiero perderlos, pero veo que para allá voy, y no me gusta nada tener que hacerlo.

 Entonces le dije, mira, te propongo una cosa: piensa muy bien qué quieres hacer y toma una decisión, pero te pido algo, mientras no estés decidida a quedarte conmigo no vuelvas a París, o al menos no vuelvas a verme a mí, ¿aceptas? Está bien, dijo, es lo mismo que me pidió Joachim, ¿te pusiste de acuerdo con él? Joder, vaya casualidad. Dijo que este viaje debía ser el último, no permitirá que haya otros de este tipo, fíjate, al fin y al cabo sois iguales, habéis llegado a lo mismo sin poneros de acuerdo, y yo le dije, bueno, tal vez sea la conclusión obvia, si tiras una porcelana al suelo no debes sorprenderte de que se rompa, es el efecto natural, o al menos así lo veo yo, y creo que él también.

    La tarde del domingo la acompañé a la estación del tren y antes de subir me dio un beso muy largo. No sé si volveré a verte, me dijo, te llamaré cuando haya tomado una decisión y ahí veremos, y al escucharla sentí que mi ánimo caía al piso y se hacía añicos. Poco faltó para que dijera, oye, espera, estoy dispuesto a seguirte viendo a escondidas con tal de no perderte, pero no lo dije, me tragué las palabras y esperé en silencio, mientras varias lágrimas rodaban por sus mejillas, y luego subió al tren y se fue sin darse vuelta. Supuse que ésa sería la última imagen de ella, con la cual debería luchar en el recuerdo, pues la verdad es que su vida estaba decidida hacía tiempo, desde que eligió hacer con Joachim lo que nunca estuvo dispuesta a hacer conmigo. En fin, me dije regresando a mi chambrita, todo esto fue un tiempo suplementario, unos segundos más en el aire antes de que la moneda cayera a tierra, y al entrar a mi cuarto sentí opresión y soledad, pero al menos tenía el futuro algo más despejado, y en ésas estaba cuando el teléfono sonó…

    No era Victoria, no podía ser. Era Sabrina, curiosa por saber dónde diablos había estado el fin de semana. Por ahí, le dije, y luego escuché una frase bastante irreal, pues su voz decía, oye, estoy cerca de tu casa y es tarde, ¿me invitas a dormir? Claro que sí, respondí, aunque debes saber que mi chambrita es lo más bajo que existe en términos inmobiliarios. No te preocupes, dijo, yo también he vivido en *chambres de bonne* y sé lo que es, dame la dirección, y así, media hora después, pude por fin verla desnuda, aunque sólo verla… Tenía el período y no quiso hacer el amor. Me quedan un par de días y luego podremos, dijo, ven, dame un abrazo y déjame dormir. Mañana tengo que salir temprano.

    22.

Serían cerca de las seis de la tarde cuando Jung y yo bajamos en la estación del suburbano de Porte de Choisy, en pleno barrio chino, y nos internamos por una de sus pintorescas calles, repletas de ideogramas y olores a jengibre, teniendo como paisaje de fondo los horribles edificios de cemento horadados por la humedad, esos multifamiliares grises levantados al cielo como gigantescas chimeneas industriales, y al llegar al supermercado Tang Hermanos Jung se encontró con un joven chino que nos dijo, síganme, es aquí cerca, así que subimos varios tramos de escaleras en medio de restaurantes y *traiteurs*. El objetivo de esta peculiar visita era hablar con alguien que podía ayudar a Jung a traer a su mujer de Pyongang, una empresa difícil pero que él quería —y debía— intentar, aunque tuviera que gastar hasta el último litro de su sangre, pues si bien su pariente aún no le había confirmado la identidad de la mujer del psiquiátrico, él quería estar preparado, así que seguimos al joven chino por un vericueto de puertas de vidrio hasta una especie de gimnasio en desuso, y luego, por una puerta lateral, entramos a una oficina donde varios chinos fumaban y, al parecer, esperaban.

Ahí hubo un parlamento que no entendí, en lengua china (que Jung hablaba), pero uno de ellos me señaló diciendo algo que, a juzgar por el sonido y la expresión rabiosa, sólo podía ser «¿y quién diablos es este intruso?», así que le dije a Jung, oye, amigo, lo mejor es que te espere afuera, pero él dijo, no, quédate, todo está bien, en un momento vendrá la persona que estamos buscando. Luego todos se acurrucaron como si fueran a buscar algo en el suelo, pero en lugar de eso encendieron cigarrillos y continuaron bebiendo un líquido verde en frascos de vidrio, y así pasaron unos minutos hasta que una puerta se abrió dando paso al chino más bajito que debe existir sobre el planeta, un hombre-niño que sólo revelaba la edad en la calvicie y en las uñas largas, pues por lo demás parecía un estudiante de primaria, quien tras saludarnos con una venia y decir retóricamente, ¿qué puedo hacer por ustedes?, nos invitó a seguir a otra oficina, donde había un escritorio y algunas sillas. Una vez sentados se presentó: soy el señor Fred, dijo en un francés bastante aceptable, bienvenidos, pónganse cómodos, ¿quieren un té? Aceptamos y él continuó diciendo, muy bien, supe a grandes rasgos de qué se trata y ya hice algunas averiguaciones, ustedes saben que viajar no es nada fácil, el mundo de hoy se llenó de visas y puestos de policía, en fin, señor Jung, haga el favor de explicarme los detalles del transporte que necesita para determinar de cuánto estamos hablando, y al decir esto levantó tres dedos al aire y los refregó, arqueando las cejas, un gesto que no parecía adecuarse del todo a la situación, y entonces Jung le dijo, se trata de mi mujer, habría que traerla desde Pyongang y es posible que haya que sacarla de un hospital psiquiátrico, estoy esperando que un pariente me confirme los detalles, es una mujer de unos 35 años. Al decir esto sus manos temblaron, tanto que debió bajarlas de la mesa y ocultarlas. Entonces el señor Fred, que tenía un computador delante, tecleó algo y esperó una respuesta diciendo, ¿Pyongang...? Un momento, por favor, ¿a ver? Ya está, aquí lo tengo. Uy, allá las cosas están complicadas, y bueno, tenemos un agente y algunas personas que podrían iniciar el transporte hasta... Bueno, podría ser Seúl. Levantó el teléfono y dijo algo en chino, luego colgó y siguió murmurando entre dientes, a ver, a ver, Seúl, tal vez Moscú, un tren a Varsovia y de ahí una expedición hasta... Bien, ya tengo establecida una posible ruta, veamos, dijo, y siguió tecleando, tres personas, más otras dos, un kilometraje abierto, mordisqueó el lápiz con el que tomaba notas antes de teclear y se quedó esperando con la nariz muy cerca de la pantalla, hasta que escribió una cifra en un papel. Luego se dejó caer en el respaldar de la silla observando lo que había escrito y nos dijo, bien, aquí tengo un primer presupuesto, ya sabe usted que es algo arriesgado y que sería necesario pagar muchas cosas, en fin, mire, dijo, y le tendió a Jung el papelito con la cifra escrita, 9.000 dólares... ¡Nueve mil dólares! Jung tragó saliva y levantó los ojos, pero el señor Fred dijo, y la cifra podría aumentar según el hospital psiquiátrico, usted sabe que es ilegal y que habría que alegrar muchos bolsillos, así dijo, «alegrar».

Jung habló muy lento y le dijo, no tengo todo ese dinero, señor Fred, soy una persona humilde, trabajo como lavaplatos en un restaurante, ¿me comprende? El hombre se ajustó las gafas con un dedo y dijo: en ese caso se me ocurren varias soluciones, una es que le pida un préstamo a su jefe y la otra es que nos dé una parte y luego nos pague cada mes con un porcentaje de su salario, digamos un 50% y, claro, esta posibilidad encarece el precio porque debe sumar intereses, que están alrededor del..., sí, del 35% anual, tendría que ver los documentos de su sueldo para ver cuánto podemos financiar, tal vez la mitad, o al máximo dos tercios del costo, depende de lo que usted gane, ¿cuánto es su salario, señor Jung? Más o menos 3.000 francos, dijo mi amigo, y entonces el hombrecillo escribió el número en su libreta de notas, mordisqueó de nuevo el lápiz y exclamó, humm, es poco, menos de 500 dólares, veamos, podría darnos, digamos, 300 al mes, y con los intereses sería algo en torno a los tres años, siempre y cuando nos abone un tercio del pago, pues hay un dinero que debe ser adelantado a nuestros agentes, en fin, señor Jung, déjeme estudiar el caso y vaya hablando con su jefe, y si lo desea venga a verme la próxima semana, llame el lunes a mi secretario para fijar una cita, ¿está bien? Sí, gracias, dijo Jung, bastante cabizbajo, y salimos.

Afuera llovía y con la oscuridad las luces de neón de los restaurantes, con sus ideogramas de colores, resplandecían como planetas. Jung caminó en medio de la lluvia con las manos en los bolsillos, sin decir nada, y yo lo seguí hasta la estación del suburbano, pues en pocos minutos debíamos trabajar en *Les goelins de Pyongang*. Al sentarnos en el tren le dije, habla con el jefe, háblale esta misma noche, él te ayudará, estoy seguro, dile que se trata de tu mujer, cuéntale todo con detalle, él no es mala persona, tú lo sabes, pero Jung me observó con miedo, aún le temblaban las manos y comprendí que no era por el frío sino por algo distinto, lo mismo que le había ocurrido en la oficina del señor Fred, y repitió, ¡9.000 dólares!, toda mi vida no alcanza para pagar eso, sólo tengo ahorrados 800, no soy nada, y se quedó callado, mirando entre la gente como si buscara a alguien, y de repente volvió a decir, bueno, esperemos a ver si la mujer es Min Lin, y volvió a bajar la cabeza.

Al llegar al restaurante Jung pidió hablar con el jefe y éste lo recibió en la oficina del segundo piso, y allá estuvo cerca de media hora. Cuando regresó al sótano yo ya había llenado la alberca y me disponía a mezclar el detergente, y entonces me dijo, bueno, el jefe me ayudará con una parte, es mucho dinero y sugiere que no acepte ese precio, que trate de negociarlo, pero, ¿qué puedo hacer yo? Todos olvidan que no soy más que un inmigrante sin papeles que tiene miedo de la policía, no puedo exigirle nada a nadie, absolutamente nada, ¡es que no se dan cuenta! Al decir esto enrojeció y sus manos se pusieron a temblar muchísimo, y al ver que yo las miraba dijo, mira, dentro de poco no podré trabajar, no sé qué diablos tengo, y las sumergió en el agua agarrando un montón de platos, pero éstos resbalaron y se hicieron añicos, así que me agaché a recoger los pedazos, y le dije, no te preocupes, tranquilízate un poco que yo me hago cargo, y empecé a lavar con brío para que arriba no notaran nada hasta que media hora después las manos de Jung se quedaron quietas y pudo trabajar, dándome el relevo, algo que, dicho sea de paso, esperaba con ansia, pues ya sudaba y me dolían las articulaciones, así que encendí un cigarrillo y me acerqué a la trampilla, dejando escapar el humo hacia arriba, y al rato, sería casi medianoche, pensé de nuevo en Victoria.

Con todo lo de Jung la había olvidado. ¿Qué hará ahora? ¿Cuál será su decisión? La imaginé en su casa de Estrasburgo, recostada cerca de la ventana observando la noche, o al lado de Joachim en una cena, o viendo una película, no conozco Estrasburgo y no sé cómo son sus calles para imaginarla mejor, sólo podía suponer que llevaba una vida normal y tranquila, sin grandes sobresaltos, entre cenas y lecturas y ese tiempo sencillo de todos los días que yo tanto extrañaba, y entonces pensé, debería estar loca para dejar eso, pues además lo quiere, eso es algo que ya demostró, y al pensar esto me di cuenta de que el nudo en la garganta ya no era tan grueso como otras veces, y esto gracias a Sabrina, que halagaba mi vanidad con su interés y me daba fuerza, o un espacio de protección, pero esto era algo frágil ante la idea colosal de Victoria diciéndome, por ejemplo, voy a vivir contigo, tomé la decisión, dejo a Joachim este fin de semana y me traslado con mis cosas, y al imaginarlo me llenaba de dudas, ¿dónde la recibiría? La verdad es que mi chambrita era un lugar poco apto para iniciar una relación de pareja más allá de un par de noches, y entonces hice las cuentas con el nuevo salario que iba a ganar en la academia de idiomas más lo del restaurante y llegué a la conclusión de que podría pagar 2.000 francos, o incluso 2.500, así que decidí buscar, a ver si encontraba algo mejor... Lo más probable era que Victoria no viniera a vivir conmigo, pero igual quería estar preparado, y con esa idea acabé el trabajo, me despedí de Jung dándole ánimos y me fui a la casa de Paula, que me había invitado para que la ayudara, pues debía escribir una larga carta a su familia explicando sus razones para quedarse en París.

Nos sentamos a trabajar, pero muy pronto nos desviamos del tema y acabé confesándole mis dudas sobre Victoria y la noche con Sabrina, lo que, por supuesto, la llenó de curiosidad, y dijo, ay, al fin te la comiste, alabado sea el Señor, ¿al menos es buen polvo? No, le dije, en realidad no lo hicimos porque tenía la regla, quedó pendiente, y ella se rió, ja, ja, no lo puedo creer, francesas pendejas, si la regla se corta cuando la vagina se dilata y entra el pene, o al menos así me pasa a mí, en fin, cuéntame, ¿entonces nada? Caricias y besos, le dije, pero fue suficiente, te lo juro, y ella dijo, tú y tus mujeres, no se sabe cuál es más rara, pero a ver, ¿cuál te gusta más? No es una cuestión de gustos, dije, ambas son muy atractivas y en el fondo cualquiera de las dos estaría bien, aunque en el fondo prefiero a Victoria, y ella dijo, pues claro, la quieres porque es la que te está dejando, ay, los hombres, y entonces le pregunté, ¿y tú?, ahora que dejaste a tu novio tendrás pretendientes, ¿no?, y ella dijo, pues no creas, eso depende de la actitud de uno y yo siento que he cambiado. Como te dije, me estoy desintoxicando del sexo, no es que ya no me interese, al contrario, sigue siendo lo más fascinante que hay en la vida, sólo que debo encontrarle la dimensión correcta, y cuando eso suceda ya veré, ¿enamorarme?, creo que nunca he sabido qué diablos quiere decir esa palabreja, a pesar de haber estado con tantos hombres, y es ahora, con la poesía, que empieza a tener algo de sentido, no sé, te iré contando, y luego le dije, yo también estoy en período de cambios, hice cuentas y creo que puedo pagar algo mejor para vivir, ya no soporto mi cuarto, y entonces ella dijo, ¿en serio?, y se le iluminó la cara, oye, el otro día un amigo dijo que quería dejarle su *chambre de bonne* a alguien de confianza, por unos meses, se va a hacer no sé qué cosa a la India, ¿quieres que lo llame a ver si todavía la tiene libre? Sí, claro, le dije, pero ahora es tarde, son las tres de la mañana, pero ella dijo, no te preocupes, es un tipo que vive por la noche, así que marcó un número y habló en inglés, y al rato, dejando el auricular a un lado, me preguntó, ¿podrías ir a verlo mañana a las once de la mañana? Sí, le dije, perfecto, así que arregló la cita y colgó diciendo, listo, había hablado con alguien antes pero no está comprometido, si te gusta será para ti, y entonces pregunté, con cierta timidez, ¿te dijo cuánto cuesta? Ah, sí, respondió Paula, se me olvidaba, cuesta mil francos solamente, es un viejo alquiler y es por eso que no quiere perderlo. Entonces me llené de emoción, ¡costaba menos que mi chambrita!

Tras dormir juntos fuimos a verlo. La cita era en un bar al lado de la estación de Cambronne, y ahí estaba él, un gringo bastante estrafalario al que le decían Vince (supongo que se llamaba Vincent), con una cantidad de aretes y argollas colgando de los lóbulos. Saludó a Paula de beso y me dio un apretón de manos, y dijo, ven a verlo, seguro que te va a gustar, es más amplio que los estudios normales, y dijo así, «estudio», que era la palabra que usaban las agencias inmobiliarias para las chambritas. Estaba en los altos de un edificio que quedaba exactamente al frente de los rieles aéreos del Metro, pero no se entraba por la puerta principal, la de los apartamentos burgueses, sino por una puerta trasera que daba a un oscuro corredor, en los sótanos del edificio, hasta subir por un ascensor de hierro.

Al abrir la puerta vi la chambrita más hermosa y cómoda que había visto desde que llegué, con un corredor de entrada y una habitación doble, salón y cama, y algo que no creía yo posible, ¡un baño completo con ducha!, y entonces le dije a Vince, ¿cuánto tengo que pagarte?, y él respondió, mil francos al mes, ¿está bien? Perfecto, le dije, ¿cuándo puedo pasarme? Si quieres hoy mismo, dijo, yo estoy en la casa de mi novia mientras nos vamos a Calcuta, la única recomendación es que cuides los muebles y pongas una línea de teléfono, ya cancelé la mía.

Dicho esto me entregó la llave, y le dije, oye, espera, dime una cosa, ¿y cómo te pago? Me dio un papel y dijo, este es el número de mi cuenta bancaria en el BNP, gira ahí el dinero antes del día cinco de cada mes y no habrá problema, ¿podrás? Claro, le dije, quédate tranquilo. Luego se fue y nos dejó, y Paula dijo, te ayudaré a arreglarla bien bonita, pues es un poco triste, pero yo tenía ganas de gritar y de abrazarla, y le dije, ¡celebremos! Tú espera acá mientras voy a comprar una botella de champagne, y ella me esperó, muy contenta, y cuando la terminamos dijo, caray, ésta sería una buena ocasión para romper mi ayuno sexual, pero creo que no lo haré, y yo le dije, ya lo hemos hecho muchas veces, más bien ven a mirar por esta ventana, se ven la calle y las luces de las casas vecinas.

23.

La salud de Saskia había mejorado notablemente esa noche, cuando llegué a visitarla. Donde antes había inmensas ojeras violáceas, grutas de dolor y espanto, ahora su piel resplandecía, lo mismo que sus ojos, aunque algo cansados. Sus mejillas habían retoñado después de un largo invierno o, como diría el poeta, de una temporada en el infierno, así que me senté a su lado y le estreché la mano, y le dije, qué hermosa estás, pareces una novia. Ella se rió con su sonrisa de antes (se había puesto la prótesis). Gracias, dijo, supe lo que hiciste por mí, o por esa otra mujer que se metió en mi cuerpo e intentó acabar conmigo. Lazlo puso música y exclamó: es un día feliz para todos así que lo celebraremos por lo alto, cocinaré un faisán. ¿Un faisán?, dije, ¿y dónde vas a conseguir un faisán a esta hora? Entonces abrió un maletín y me mostró una red circular, parecida a las que usan los coleccionistas de mariposas, y un lazo, y dijo, lo cazaremos, como hacían nuestros antepasados, sé dónde hay, vamos.

Fuimos en Metro hasta el puente de Saint Denis, una gigantesca construcción de cemento con dos anillos laterales que daban a una vía rápida. Serían pasadas las diez de la noche y había poca gente atravesando el Sena. Ven, me dijo Lazlo, y empezó a cruzarlo a pie. Había decidido acompañarlo por no parecer aguafiestas, pero la verdad empezaba a preocuparme. ¿Pensaba realmente cazar un faisán? Sí, dijo, sé dónde podemos hacerlo sin problemas, sólo que habrá que esperar. Del otro lado del río, sobre el costado izquierdo, había una especie de península y que resultó ser un cementerio de perros. Estaba cerrado, pero Lazlo sabía por dónde se podía entrar a los jardines, desde los cuales se accedía a la orilla. ¿Ya lo hiciste alguna vez?, le pregunté, pero él respondió que no, aunque lo he estudiado y no puede fallar, ten confianza en el viejo Lazlo, descendiente de cazadores y del Rey Estanislao, lo único que hay que hacer es esperar a que la luz del guardián se apague, y eso sucederá más o menos en media hora, dijo mirando el reloj. Entonces le dimos la vuelta a la empalizada que protegía el jardín del cementerio hasta un lugar bajo por el cual se podía trepar. Lazlo fue adelante encendiendo su linterna, y desde el otro lado gritó, ¡salta, no hay nadie! Yo tenía frío y el agua de la llovizna comenzaba a traspasar mi abrigo, así que le obedecí con la esperanza de encontrar un cobertizo. Luego corrimos en la oscuridad por un sendero lleno de tumbas de animales hasta una caseta abierta, desde la cual se veía la luz del guardián. ¿No tendrán perros?, pregunté, pero Lazlo dijo, aquí todos los perros están muertos, cálmate, lo único que podemos hacer es esperar.

Encendimos dos cigarrillos (cubriendo la llama con la mano) y Lazlo extrajo de su maletín una botella de aguardiente. Me alegró el calor del líquido en la garganta y por charlar de algo le dije, ¿nunca te has enamorado de Saskia? Lazlo le pegó un sorbo a la botella y me dijo, mira, amigo, sólo una vez estuve enamorado, y te voy a contar lo que pasó. Yo vivía en Bucarest y trabajaba en una compañía de transportes, de esto hace más de diez años, y una noche, en una fiesta, conocí a la mujer más hermosa del mundo. Se llamaba Vera y era de origen polaco, tan bella que ni haciendo un esfuerzo podrías imaginarla. Desde esa noche decidimos no separarnos. Conseguí un apartamento para dos y nos trasladamos, y durante dos meses hice turnos dobles en la empresa para amoblarlo y decorarlo. Vera entró de secretaria en una filial de automóviles Peugeot, la marca francesa, pues había estudiado contabilidad y economía, y la vida empezó a discurrir de modo apacible. Ay, amigo, ¡cuando la vida se vuelve quieta los peligros acechan! Llevábamos un año juntos cuando, una noche, llamó a decir que regresaría tarde, pues tenía una fiesta en la empresa, creo que era el cumpleaños de uno de los directivos. Yo me quedé en la casa, y a eso de las tres de la mañana sentí ruidos en la puerta. Me levanté y fui a abrir, y al hacerlo la encontré sentada en el pasillo, tan ebria que no había sido capaz de meter la llave en la cerradura. Verla en ese estado me provocó ternura así que la alcé y la llevé a la cama, pero al desvestirla comencé a notar cosas extrañas. Tenía restos de esperma en las comisuras de los labios, las cejas y la correa del reloj. Sus medias estaban rasgadas en las rodillas y noté en su calzón una densa mancha blanca. Tenía hileras de semen en los muslos y el pubis, y en los pelos se le formaban motas con un líquido espeso, aún fresco. En torno al ano había un halo violáceo. Le di un poco de agua y, al despertarse completamente, pregunté qué había ocurrido. Vera me miró con una expresión helada y dijo: te juro que todo proviene del mismo hombre, y agregó, estaba borracha, no es importante. Le creí y dejé pasar el tiempo, pero ya algo se había roto. Luego empezó a consumir cocaína de un modo tal que era extraño no verla con un billete de cincuenta slotis en la nariz. Un día, bebiendo una cerveza con los compañeros, decidí no regresar. La dejé en la casa con todo lo que había en ella. Ni siquiera fui a retirar mi ropa. Dormí en un hotel esa noche y ahí me fui quedando hasta que cambié de trabajo y la olvidé. Me curé de ese amor bebiendo aguardiente y leyendo a Maiakovski. Pensé en suicidarme. Estuve una tarde entera en una tina de agua caliente raspándome las venas con una cuchilla, pero decidí esperar unos días, y aquí estoy, vivo, y sin olvidar una cosa: quienes le hicieron eso a Vera fueron franceses. Ellos la convirtieron en una mala mujer con su dinero y sus promesas. Ahora yo estoy aquí y algún día obtendré lo que me quitaron. Dicho esto fumó en silencio, y pasado un rato volvió a hablar: el amor no ha sido algo que pudiera llamar parte integrante de mi vida, ¿me explico? Te voy a contar algo. Cuando fui concebido, mi madre estaba ebria de vodka y probablemente drogada. Fue en un concierto de los Spellan Joraschó, un grupo ruso de rock portuario, algo bastante heavy. La escena fue en un estacionamiento del puerto de Dansk. En medio del concierto conoció a un tipo y a la cuarta o quinta canción se fue a fornicar con él al asiento trasero de un Lada. No recuerda si era polaco o ruso, pues estuvo con él sólo el tiempo que tardó en eyacular dentro de ella. Luego se fue a dormir la mona a un cobertizo y mientras soñaba quién sabe qué alucinaciones ese pequeño espermatozoide que era yo entraba en uno de sus óvulos formando un cigoto, y cuando despertó al otro día, sin recordar lo que había hecho, yo ya estaba adherido a sus trompas. En realidad, amigo, el hombre que me crió no era mi padre, pero en fin, te estoy aburriendo...

La luz del guardián se apagó y Lazlo dijo, vamos, es el momento, y agregó: en estos casos, amigo, debes enfriar el alma. Tu interior es un glaciar y tú un explorador perdido, alguien que observa y se echa el vaho en las manos, ¿me sigues? Nos acercamos al terraplén que daba al río y vimos los faisanes nadando en las aguas negras (estaba muy oscuro). Yo pensé que al atraparlo éste gorjearía o haría escándalo y temí por el guardián, pero Lazlo me dijo que era un viejo que debía estar acostumbrado a cualquier ruido. Nos deslizamos en silencio por el terraplén, que estaba húmedo, y al llegar a la orilla un viento helado nos golpeó la cara. A unos metros, sobre nuestras cabezas, se alzaba el puente, y de vez en cuando la oscuridad se iluminaba con los faros de los carros. Caminamos por la orilla hasta un arbusto y desde allí vimos a los faisanes. Era un grupo de seis, de color blanco o gris, no alcancé a distinguir. Lazlo se emocionó y me dijo, es muy sencillo, basta con tirarles un poco de pan para que se acerquen y luego ¡zas!, cazarlos con la red, ¿no es genial? Al repartir las labores quedé encargado de lanzar la carnada, así que buscamos un lugar apropiado y empecé a tirarles el pan. Los faisanes tardaron en notar de qué se trataba y los pedazos de pan, flotando, fueron tragados por enormes peces que, al comerlos, dejaban un remolino en el agua. Seguí tirando migas, cada vez más pequeñas para economizar, hasta que los faisanes se acercaron hundiendo su larga cabeza en el agua. Sospeché que estaban más interesados por los peces pero seguí tirando carnada, a ver si alguno se ponía a tiro, lo que sucedió poco después, cuando uno de ellos se atrevió a seguir un pedazo de pan empujado por la corriente hacia nosotros. Entonces Lazlo tiró la red amarrada al lazo, pero ésta cayó a un metro del faisán, que al sentir el golpe se alejó batiendo las alas contra el agua, en gran estrépito. El ruido nos asustó y fuimos a tendernos al terraplén, empapados. Las luces de los carros sobre el puente me recordaron que estaba en París y que eso era un delito, y empecé a ponerme realmente nervioso. Lazlo, le dije, es mejor que regresemos, podemos comprar un pollo asado en alguna tienda árabe, yo tengo algo de dinero. Pero él no aceptó: espera, amigo, vamos a terminar lo que vinimos a hacer. Volvimos a la orilla con nervios, pues supuse que el escándalo del primer faisán había alertado a todo el mundo y alguien debía estar mirándonos. Pero fui y lancé más trozos de pan. Los faisanes, que ya habían comprendido, empezaron a disputarse la carnada con los peces, dando furibundos aleteos. Lazlo volvió a lanzar su red y esta vez golpeó a un faisán, pero éste se liberó sin dificultad y voló, correteando sobre el agua. Los demás se quedaron cerca. Para atraerlos me paré en el borde del agua y lancé más pedazos, calculando que cayeran en fila y en dirección a nuestro escondrijo. Entonces, atraídos por los peces, nadaron hacia nosotros, aunque precavidos. Esta vez Lazlo amarró unas piedras a los bordes de la red para que se hundiera sobre la presa y le diera tiempo a izarla, y esperamos. Cuando yo te diga, gritó, tira una manotada grande. Los faisanes, maliciosos, empezaron a nadar con pachorra hacia la orilla, curiosos, y yo preparé un puñado de pan, viendo con inquietud (y algo de alivio) que la carnada estaba a punto de terminarse. De repente Lazlo dio la seña, ¡ahora! Lancé la manotada hacia adelante y al hacerlo resbalé y quedé arrodillado en el agua, sobre piedras fangosas cubiertas de líquenes. Los faisanes se agolparon por llegar primero y Lazlo lanzó muy alto su red. ¡Tengo uno!, gritó, ¡tengo uno! Mis nervios se erizaron por el estrépito del faisán, y Lazlo lo arrastró con fuerza hacia la orilla, recogiendo el lazo. Al sacarlo del agua el animal chilló, hasta que mi compañero le cortó el cuello con su navaja, dejando una nube de sangre y plumas en la corriente de la orilla. ¡Buena cacería!, gritó, ¡podemos regresar!

Luego Lazlo envolvió el faisán en una manta oscura y lo guardó en el maletín, pero al subir por el terraplén vimos la luz del guardia encendida. Al suelo, dijo Lazlo, ¡desde allá no puede vernos! Permanecimos tendidos sobre el cemento mojado hasta que la luz volvió a apagarse y pudimos salir. Yo estaba empapado y me pregunté cómo diablos iba a subir al Metro, pero Lazlo me dijo, no serás el primero que se moja en un día de lluvia, y agregó: vigila que la sangre del faisán no atraviese la tela de la maleta.

Tres horas después, hacia las dos de la mañana, el faisán estaba limpio y arreglado, listo para entrar al horno en una bandeja repleta de papas, puerros, cebolla y rodajas de manzana, y poco antes del amanecer Lazlo nos llamó a la mesa. Amigos, dijo, las cenas verdaderas se realizan antes que despunte el día. Saskia, halagada por el peligro que corrimos en su honor, abrió una botella de espumante y sirvió tres copas. Y brindó diciendo: hoy es el día de mi resurrección y éste es el faisán que lavará mis pecados. Comimos y bebimos hasta las siete de la mañana, cuando afuera, en la vida real, todo el mundo se disponía a ir a sus trabajos, a llenar oficinas y salones de clase.

24.

¿Dormimos juntos esta noche?, propuso Sabrina, y yo acepté, claro, y un rato después ya estaba en mi casa, bebiendo un café y charlando, dándome clases de pronunciación francesa, para lo cual me dio los siguientes consejos, debes relajar tu lengua, relájala, de lo contrario no podrás pronunciar las vocales cortas y largas, ni los sonidos nasales, ni esas extrañas «u» del francés, y yo hice lo posible por relajarla, relájate, malvada, le pedí, relájate, si no quieres convertirte en una lengua muerta, como el latín, pero las palabras seguían atascadas y los sonidos parecían emerger del fondo de una mina, así que ella sacó una botella de coñac que traía en el bolso y bebimos unos tragos, y lentamente mi lengua (o «apéndice hispano») fue adquiriendo esa languidez que a nuestros oídos requiere el idioma de Gide y de Rabelais, pero mi hispanidad logró tal relajación que salió de mi boca y empezó a lamer los labios provenzales de Sabrina, su cuello y sus rosados pezones, hasta llegar a los vellos diseminados alrededor del ombligo, el vientre liso de Sabrina que en términos poéticos podríamos llamar su «plaza soleada» (Paz). Mi lengua hispana y lúbrica, aficionada a los sonidos bruscos, a los golpes de tambor de nuestro acento en palabras como «cajón» o «melón», siguió tan relajada que abordó el elástico de su slip («calzón») y fue a internarse en sus carnes más tiernas, allí donde la lengua pierde su dicción y se convierte en órgano, y ella empezó a suspirar muy fuerte, a enrojecer, a hundir ya no sólo mi hispanidad sino toda mi cara entre sus muslos lánguidos («langue d'Oc»), a levantar sus caderas contra mí, sofocándome... Hasta que se dejó caer en la cama y abrió tanto las piernas que hubiera podido tocar con los pies las dos mesas de noche (si las tuviera). Su rosada vulva me recibió con alegría y empujó las caderas con fuerza, hasta que emitió un suspiro, algo así como «ooooh», y al retirarse, con la tersa piel enrojecida, me susurró al oído, fogosa: tu m'as bien baisé!

Esa relación fue el preludio de una semana dedicada al perfeccionamiento de la lengua. Siete días en su apartamento de Le Blanc Mesnil donde la realidad pareció haberse evaporado, pues sólo salí dos noches para ir al restaurante, lo que me permitió, bastante sosegado, dedicarme a otras cosas, leyendo y escribiendo en los ratos libres, que eran muchos, pues su amiga Christelle se había ido a Canadá con Rodney y cada día, hasta las seis de la tarde, estaba solo en la casa, lo que me permitió releer mi manuscrito, tachando y escribiendo al margen. Tanto que muy pronto se hizo necesario redactar una nueva versión para incorporar las más de 15.000 correcciones, lo que me pareció una empresa titánica, y fue entonces que Sabrina dijo: ¿sabes?, deberías pasarlo a computador, así lo guardas en un disquete y podrás corregirlo cuantas veces quieras... Fue una frase tan simple que me pareció iluminadora, ¡un computador!, pero, ¿cómo hacer para conseguir uno? Se lo comenté a Salim la siguiente vez que lo vi, en la facultad, y me llevó a los tablones de ofertas de la Ciudad Universitaria... Allí había de todo, desde carros hasta animales, pero encontramos pocos computadores. Los alumnos que podían permitirse uno no lo vendían (era un objeto costoso y excepcional). Entonces fuimos a verlos a un almacén del Boulevard de La Motte-Piquet (cerca de mi nueva casa) y me quedé fascinado: eran hermosos, con sus pantallas negras, su teclado y sus mil posibilidades. El más bello era el MacIntosh Classic, una cajita rectangular de color hueso que parecía una torre de ajedrez, con una ventana en la parte superior. ¿Y el precio? ¡Dios santo! ¡21.000 francos! Más de 3.000 dólares, un lujo que obviamente no estaba a mi alcance. Soñé con el computador y seguí trabajando a mano sobre las hojas ya escritas, aplazando el momento de pasarlo a limpio en mi Olivetti portátil. Por cierto que en el almacén pregunté si no recibían máquinas de escribir como parte de pago, y dijeron que sí, pero tras pedirme los datos dijeron que la recibían por sólo 500 francos. Se lo conté a Paula, que a todo le encontraba solución, pero ni ella pudo hacer nada. Más bien me dijo: la literatura que te gusta ha sido escrita a mano o a máquina, así que no te obsesiones. Ya llegará el momento de comprar un computador.

Por esos días pensé poco en Victoria, pues las noches con Sabrina empezaban a definir mi vida y a darle un grato sosiego. La extraña mentalidad del inmigrante hacía mella y estar con una francesa me hacía sentir menos vulnerable. Pensé en Lazlo y su trágica historia de amor, y concluí que las motivaciones para estar en esta ciudad eran muchas y variadas. La mía, por utópica e irrealizable que fuera (iniciar una vida honorable y escribir), necesitaba de un apoyo como el de Sabrina, y eso me hacía sentir relajado, dispuesto a los buenos sentimientos. Hay mil motivos para irse del propio país, y el mío fue una decisión personal y voluntaria, lo que me situaba entre los privilegiados. Entonces decidí hacer perdurar esa relación con Sabrina.

El siguiente fin de semana mi teléfono no sonó y supuse que para Victoria las cosas no habrían cambiado. No tenía modo de saber nada así que preferí seguir olvidando, aun si mis sentimientos colapsaban cada vez que una voz me hacía la siguiente pregunta: ¿correrías si te llamara? Tal vez la respuesta más sincera fuera sí, aunque Sabrina empezaba lentamente a formar parte de mi vida. Conoció a Salim y de inmediato lo apreció, interesándose por sus gustos literarios y sus originales teorías sobre el amor. Conoció a Kadhim y se llevó muy bien con él, tanto que al poco tiempo Sabrina le presentó a Nadja, su amiga de origen argelino, y ésta se convirtió en el objeto de amor del poeta. Por esos días no pensé en Gastón ni en Néstor, pues quería centrarme en mi vida. Ya llegaría el momento.

Una noche, después de mi clase de español en La Défense, Sabrina me dijo: alquilé un apartamento en Clichy. Podríamos vivir en él, si quieres. Su propuesta me alegró y lo celebramos, pero también me dejó desconcertado, así que al día siguiente fui a pedirle consejo a Paula, quien me recibió con una bata transparente de seda, entre sahumerios y olores aromáticos. ¿Qué diablos es ese olor?, le pregunté, y ella dijo, aceite de la India, ¿has leído a Gurdjeff? Tras explicarme sus nuevos descubrimientos desocupó un cigarrillo y mezcló el tabaco con hashish, fumándolo luego con parsimonia. Es lo mismo que marihuana, dijo, algo súper relajante, y yo le pregunté, curioso, ¿y para qué quieres estar tan relajada? Miró con sorpresa y dijo: es un período complicado, mi antiguo novio, ¿lo recuerdas?, anda diciendo que soy una puta y una drogadicta, y la cosa llegó a oídos de mis papás. Ahora quieren que vaya a Bogotá. ¿Crees que soy una puta y una drogadicta? No, le dije, ni una cosa ni la otra. Lo pensó un instante y dijo: si nos atenemos al pie de la letra, lo que ese pendejo está diciendo es verdad. He cobrado por tirar y meto drogas. Pero eso no te convierte ni en puta ni en drogadicta, le dije. Olvídalo y pasa a otra cosa. Ve a Colombia y habla con ellos, quédate unos días de vacaciones o diles que vengan, y Paula repuso, noooo, ni loca, este es mi mundo y no quiero que entren por esa puerta, no lo comprenderían. Entonces ve y déjalos que te vean, opiné, eso los calmará.

Le hablé de la propuesta de Sabrina y ella, encendiendo otro cigarrillo de hashish, me dijo, no hagas eso, si te vas a vivir con ella en seis meses volverás a estar solo. Sigue viéndola, pero conserva tu casa, no es hora de compartir la vida con nadie. Supuse que tenía razón y decidí quedarme con la chambrita de Cambronne, que tanto me gustaba. Antes de salir le pregunté, algo inquieto: oye, ¿qué drogas estás metiendo? Sólo marihuana, el perico no me gustó porque me acelera y la heroína esnifada me da dolor de cabeza. Nada que se inyecte me atrae, no te preocupes. Sólo hierba. ¿Y sales con alguien? Ya sabes que mi vida está llena de gente que entra y sale, dijo, igual que en el sexo. Entra y sale, pero nada importante. Le di un abrazo y al hacerlo sentí su cuerpo desnudo detrás de la tela. Cuídate, le dije. Paula me miró a los ojos, como si fuera a darme un beso, pero en lugar de hacerlo dijo: ya no eres el jovencito asustado y frágil que vino el primer día a esta casa. Y eso me alegra.

Sabrina comprendió mis razones, y lo aceptó, siempre y cuando fuera a dormir la mayoría de las noches a su nueva casa. El apartamento era un pequeño local con dos espacios, situado en el sexto piso de un edificio bastante viejo. Pero era cómodo y tenía un bonito balcón, con vista a un hotel de techos negros en el que, tiempo después, presencié cómo una jovencita sueca que venía en un paseo escolar copulaba con uno de sus profesores. Ese era nuestro lugar, y fue así que mi llavero fue creciendo. Sabrina dijo que debía considerarla mi casa, pero yo siempre daba dos golpecitos en la puerta y esperaba a que ella abriera. ¿Y tu llave?, preguntaba, ¿la perdiste? No, aquí está, y ponía cara de tristeza y me invitaba a pasar. Ya no estaba solo, ése era el gran cambio, aunque cada día que iba a Clichy lo hacía atraído por diferentes razones. A veces sólo por hacer el amor con Sabrina, otras porque quería verla y escuchar sus historias de niños con problemas, y otras porque sí, sin razón específica, como un animal que regresa al establo.

La verdad, era mucho más agradable llegar a un apartamento (modesto pero cómodo, repito) y preparar una buena cena en compañía de alguien, escuchando música o viendo las noticias en la televisión, y luego acostarse abrazado a alguien y leer hasta tarde oyendo su respiración. Era obviamente mejor, claro, pero también me gustaba estar en mi chambrita de Cambronne, quedarme con la luz apagada mirando al techo, pensando y pensando, o sentado en las baldosas de la ducha durante horas, o comiendo latas de atún con galletas, como un animal que recupera sus costumbres salvajes. Me agradaba porque tenía otra vida posible y porque en esta chambrita me sentía algo mejor.

Una mañana, tras un par de horas sentado en la ducha, escuché un ruido, y al salir resultó ser el teléfono. ¿Adivinan quién era? Exacto, era Victoria. Habían pasado tres semanas desde la última charla y a mí ya me parecía una vida, así que le dije, ¿qué tal tus estudios en Estrasburgo? No apreció mucho la entrada en materia y repuso, ¿y desde cuándo eso te importa? Me limité a escucharla, y agregó, llevo más de diez días llamándote, tío, ¿dónde coño te habías metido? Al notar que lloraba le dije, no me he movido de París, pero ella insistió, ¿y es que tienes otra casa o qué? ¡Te he llamado a las dos, a las tres, a las cinco de la mañana, y nada! Yo empezaba a tiritar de frío (recuerden que estaba en la ducha) y sobre todo me sentía muy pero muy culpable, así que le dije, oye, primero que todo dime dónde estás, y ella respondió, estoy en Estrasburgo, en casa de una compañera, ¡me separé de Joachim y hace una semana que te busco como una gilipollas, ¿me comprendes? La frase me dejó seco, pues el tono no parecía el de alguien que estuviera a punto de decir, «te he extrañado y te amo y quiero vivir contigo toda mi vida». He estado ocupado, le dije, frase que no hizo más que hundir el cuerpo en la arena, pues ella replicó, ¿ocupado hasta las cinco de la mañana?, ¿estás haciéndole de enfermero a Saskia o qué?, y yo dije, no, se recuperó, he estado ocupado en cosas, tenemos que hablar, y ella dijo, ¡no me digas que tienes una tía!, ¿es eso? Me quedé mudo. Por mucho que intenté decir algo fue imposible y el silencio se apoderó de la línea del teléfono, entonces ella repitió, ¿es eso?, ¿te conseguiste otra? Sí, hay alguien, le dije por fin. Tenemos que hablar.

25.

A quien sí llamé fue a Gastón, disculpándome por haber desaparecido tanto tiempo, algo que, por cierto, él no había notado, ya que dijo, ¿tiempo? No tengo idea de cuánto ha pasado desde la última vez que nos vimos, pues no he salido de casa, pedí una licencia en la escuela. Y es que he estado pensando, recordando, tomando notas sobre esta extraña historia, ¿podemos vernos? Dije que sí y una hora después lo encontré en el café de siempre, cerca de la Gare du Nord, y esta vez, en lugar de su consabido libro de autor filosófico, tenía sobre la mesa un cuaderno de notas. Al verme dijo, oh, amigo, qué gusto encontrarlo de nuevo, tenía usted razón, hacía tiempo que no charlábamos, una frase que me hizo pensar que no había ninguna novedad sobre Néstor, y se lo pregunté, ¿se ha sabido algo?, y él dijo, no, no he tenido noticias, mi teléfono se obstina en permanecer callado, las pocas veces que suena no es él, ya ve.

Es extraño, como si una parte de mi vida hubiera sido arrancada de cuajo y ahora resulta que nada existe, puro vacío, entonces he estado escribiendo, claro, no lo voy a cansar con mis disquisiciones, pero sí quiero que vea algo, mire, dijo, y abrió el cuaderno, en la primera página se leía *Diario de una desaparición*, y debajo había pegada una foto, una curiosa imagen en la que se veía a Néstor muy difuminado, como si Gastón hubiera ampliado y recortado su figura de una foto más grande cuyo foco o tema central estuviera en otro lado, y así pude reconocer de nuevo su cara, los bigotes de cepillo sobre el labio y el mechón caído sobre la frente, los ojos hacia abajo, huyendo del lente, y al fondo, más difuminado aún, la fachada de un edificio y una calle cualquiera, y detrás otra cara, un rostro para mí muy familiar que, no obstante, tardé en reconocer: era Elkin. ¿Y esta foto? Gastón me observó en silencio y dijo, reconoció a su amigo, ¿eh? No tiene importancia alguna, agregó, es sólo una foto de un grupo, supongo que de colombianos en París o algo por el estilo, esas fotos grupales de recuerdo, la dejó en la casa dentro de un librito de calles de la ciudad, seguramente alguien se la había dado, la guardó ahí y luego la olvidó, pero yo la encontré y decidí ampliar su imagen, es lo único que me queda de él, la prueba de que Néstor existió realmente. Luego me invitó a leer algo de sus apuntes, y leí la primera página, «Hoy no ocurrirá nada, escribo desde la total desesperanza». En la siguiente decía: «Aguardo pacientemente, pero aún no ocurre nada». Después había dos días en los que sólo había escrito la palabra «Nada», y un tercero que decía: «Hoy, sólo el vacío». Seguí pasando las páginas algo nervioso, sintiendo los ojos de Gastón sobre mí, hasta que me detuve en una frase: «Regresará, regresará. Incluso Cristo regresó al tercer día, y eso que estaba muerto». Gastón llamó al mesero y le pidió dos tragos de brandy, y yo seguí leyendo: «Hoy pasé dos horas en la ventana y vi a una multitud de espectros. Ninguno era real, todos estamos muertos», y más adelante: «Dormí un poco y soñé una conversación en la que alguien me decía: observa con atención debajo del agua», y así, páginas rellenas de notas breves, pero al mirar a

Gastón y beber un sorbo de brandy él dijo, continúe, amigo, por favor, y entonces seguí ojeando el cuaderno, «Lo encontraré, lo encontraré. Esto es cierto porque es imposible (frase de Tertuliano)». En una de las páginas estaba pegado el recorte de *France Soir* con la noticia del joven muerto, que yo no había vuelto a ver desde el día que lo encontramos, y por eso no recordaba que tenía una foto, Jean Christophe Beyle, 23 años... La imagen había sido reproducida de algún documento de identidad y por lo tanto era vieja y borrosa, pero se veía a un joven atlético y rozagante a quien nadie imaginaría en un lance como el que Gastón me había contado, pero en fin, me dije, no es en la cara donde se ve la maldad, y volví a leer la nota, que decía simplemente, «El cuerpo sin vida del joven Jean Christophe Beyle, de 23 años, fue hallado anoche en un descampado, al lado de un estacionamiento en la circunscripción de Saint Denis, al norte de París. Los vecinos, alertados por una anciana que descubrió el cadáver mientras sacaba a su perro, dieron el parte a la policía, la cual procedió al levantamiento en horas de la mañana. El occiso presentaba contusiones múltiples y su cráneo estaba hundido en las partes frontal y occipital, lo que le causó la muerte, según informó la policía. El joven no tenía antecedentes penales y se indaga en las causas del crimen, del que no hay, por ahora, testigos».

Al terminar de leer le pregunté a Gastón, ¿has averiguado algo sobre él?, y respondió, con gesto apesadumbrado, no sé si deba hacerlo, he pensado que ahí puede haber algún hilo que nos lleve hasta Néstor, pero significaría desmadejar algo horrible, y además, ¿qué sentido tendría? Fue él quien conservó este artículo, le dije, y Gastón repuso, pues claro, ¡si lo había asesinado con sus propias manos! No creo que haya nada qué indagar, agregó, pues han pasado ya cuatro años. Los que estaban con él ya habrán dado mil y una descripciones de nosotros a la policía, si es que se atrevieron a declarar lo que realmente estaban haciendo, cosa que dudo, y en todo este tiempo nadie llegó hasta mí a preguntarme nada. No creo que hayan seguido investigando, el caso debe estar archivado. Y si los jóvenes querían venganza, ¿cómo hacer para encontrar a alguien a quien vieron durante unos minutos, en la oscuridad, y del que no sabían nada? Es imposible que su desaparición tenga qué ver con esto, pues, como le digo, antes de encontrarlo a él, quien quiera que lo busque tendría que llegar a mí, lo que no ha ocurrido.

Seguí leyendo su diario, o, más bien, ojeándolo, hasta encontrar la siguiente frase: «La vida también es lo inadmisible, lo que no soportamos, lo que no se puede explicar», y entonces le dije, más que un diario, Gastón, esto parece un conjunto de máximas, y él respondió, halagado, es lógico que siendo yo un filósofo acabe por darle forma filosófica a todo lo que escribo, está en mi naturaleza, ¿de verdad lo parece?, pues vea usted, de serlo, de llegar a convertirse en un verdadero libro de máximas, se lo deberé todo a Néstor, sí, ése habrá sido su regalo de despedida, y entonces le pregunté, ¿ya no lo va a buscar más?, y él dijo, no, amigo, usted y yo ya sobrepasamos todos los límites de lo racional, ahora hay que detenerse y esperar a que algo ocurra o se manifieste, y es lo que estoy haciendo, amigo, esperar y esperar, sólo eso, sé que es un recurso débil pero, en el fondo, humano, Néstor desapareció y sus huellas se borraron, algo sucederá o a lo mejor ya está sucediendo, esperemos, esperemos...

26.

Estás de cachondeo, tío, me dijo Victoria, ¿qué coño es eso de que tienes a alguien? Hace dos semanas querías vivir conmigo y me pediste que eligiera, dijo con voz grave, y agregó, mañana voy a París y hablamos cara a cara, ¿vale? Esto no se puede por teléfono. Dijo que se quedaría conmigo los tres días del fin de semana y que no pensaba advertirle a su tía del viaje, lo que me causó un problema inesperado, y era, ¿qué decirle a Sabrina? No podía desaparecer todo un fin de semana, así que esa noche fui a dormir a Clichy y le conté todo. ¿Y no puede quedarse donde otra persona?, preguntó desconfiada, y yo le dije, no, no tiene conocidos, sólo una tía que no está y con la que casi no tiene trato, y entonces se fue a la ventana, sosteniendo en la mano un plato de rodajas de mandarina, y dijo, qué lástima, pensaba proponerte que fuéramos a visitar la casa de Monet y el lago de las «nympheas», que es cerca de París, pues este es el primer fin de semana que tengo realmente libre, no trabajo el sábado, quería darte esa sorpresa, dijo con voz temblorosa, y yo veía su cara reflejada en el vidrio de la ventana y supe que lo que estaba por suceder era algo nuevo: iba a llorar, o, mejor, ya lloraba, pues aunque hacía esfuerzos por evitarlo su voz empezó a quebrarse y el plato de rodajas tembló en su mano. Con gran esfuerzo logró evitar la escena completa de llanto. Sólo un par de lágrimas le atravesaron las mejillas, y entonces dije, iremos el próximo fin de semana, debo resolver esto con Victoria, pero Sabrina se apresuró a decir, ¿el próximo?, tengo turno hasta las seis de la tarde, el sábado, y unas horas del domingo, pues tendré que pagar lo que no trabajé en éste y que tendré que pasar sola… Lo siento, le dije, pero ya me comprometí, y entonces ella dijo, no es nada, y fue al baño, y un rato después dijo desde adentro, acuéstate si quieres, voy a darme una buena ducha.

Al día siguiente Victoria llegó puntual a la Gare de l'Est y, al verla bajar del tren, por primera vez sentí que su presencia no me exaltaba, pero fui a darle un abrazo y sonreí, y ella dijo, me moría por verte, vamos en taxi a tu casa, yo invito. Al llegar a la nueva chambrita pegó un grito de sorpresa, qué mona y qué amplia, y con ventanas a la calle. Luego se desnudó y dijo, ven, quiero follar, ya hablaremos luego, y se tendió en la cama. No fui capaz de mantener la distancia, y acabé sobre ella, como en los viejos tiempos, hasta que dieron las seis de la tarde y le dije, perdona, me tengo que vestir, debo ir a trabajar, cosa que no pareció gustarle mucho, pues exclamó, ¿qué dices?, y yo, sí, lo siento, tengo turno en el restaurante y regresaré a las tres de la mañana, mira, puedes usar esas otras llaves si quieres salir, y cuando estaba en la puerta ella me dio un beso en la boca, aún desnuda, y dijo, te esperaré aquí, y agregó, oye, no has dicho nada de mi separación, no parece que te hubiera alegrado, ¿eh? Pero le dije, cuando regrese hablamos, si estás despierta, ahora me voy, chao, y salí a la calle y abrí los brazos al frío y a la noche, queriendo limpiarme o desaparecer, pues entre sollozos románticos le había dicho a Victoria que la amaba, y entonces caminé por la avenida de La Motte-Piquet cuando sentí unos extraños algodones cayendo sobre mi abrigo, y entonces, al levantar la vista hacia una farola encendida, vi que nevaba, era de ahí que provenía esa extraña quietud y ese silencio, y con una pueril alegría corrí hasta el Metro, pero no para ir al restaurante, pues era mentira que tuviera turno esa noche, sino a la casa de Paula, mi bella protectora y consejera, a quien llamé desde una cabina y pregunté, ¿estarás?, y ella dijo sí, no sé en qué condiciones pero sí, y al llegar la encontré algo bebida, había estado tomando whisky toda la tarde en una fiesta (no me dio detalles, no se los pedí) y ahora tenía en los dedos un cacho de hashish, así que entré, aterido de frío, y le dije, qué bueno que pude venir, no sabes el lío en que estoy metido, y ella, que llevaba puesta una bata transparente y estaba desnuda debajo, me dijo, espera, espera, y fue a la cocina, trajo dos vasos, una cubeta de hielo y una botella de whisky, y dijo, a ver, cuéntame qué es lo que pasa, y entonces le describí en detalle la situación con Sabrina, en la nueva casa de Clichy, y el repentino cambio en Victoria y su deseo de estar conmigo, mis dudas sobre una y otra, y entonces ella dijo, ay, cómo te quiero, he debido grabar tus lloriqueos de los primeros días, cuando te sentías un miserable por causa de ellas, y entonces le dije, yo las amo a las dos, realmente, cada una a su modo, pero ahora ellas quieren algo más, no sé, y entonces Paula dijo, pues claro, se mueren de celos la una de la otra, quieren vivir contigo y poseerte, que es lo que antes buscabas. Querías entregarte a alguien y ahora tienes miedo, pero le dije, no sé si sea miedo, lo que no quiero es hacerles daño, y Paula dijo, ay, no exageres, tú no eres más huevón porque no tienes tiempo, mira que ellas, cuando tuvieron la posibilidad de elegir, les importó tres pitos que sufrieras o lo que tú sentías, o sea que piensa en lo que quieres, sólo en eso, y después se verá, que no viniste al mundo a darle gusto a los demás, ven, me dijo, recostando mi cabeza en su pecho, bebamos, por ese jovencito triste y romántico que ahora tiene que hacerse hombre, y porque tiene que hacer sufrir a alguien, a ver, levanta tu copa, y así bebimos y bebimos, Paula leyendo frases alusivas al amor y a los celos (¿entiendes ahora por qué detesto la posesión?, me dijo) haciéndome oír canciones de Pablo Milanés o del Trío Matamoros, siguiendo la letra y cantándola, hasta que la botella de whisky se acabó y apareció otra, traída por una especie de Paula odalisca, bailando y sonriendo, que en cada paso dejaba ver una estupenda pierna de muslo firme y la sombra del pubis. A pesar de los tragos se mantuvo firme en su desintoxicación sexual, y la verdad es que yo ya no podía más, pues recuerden cómo había pasado la tarde y con quién.

Abrí el ojo a eso del mediodía, con la cabeza a punto de estallar, y encontré delante una estupenda espalda de mujer, pero que no era de Victoria sino de Paula, lo que quería decir que tenía un problema. Un enorme problema, pues a varias estaciones de Metro, en mi chambrita, Victoria debía estar haciéndose muchas preguntas. Bajé de la cama para ir al baño y en ese instante Paula se despertó, y dijo, ¿es muy tarde?, a lo que respondí, lo suficiente como para que Victoria me ejecute, voy a la silla eléctrica, pero Paula dijo, no seas exagerado, llámala, dile lo primero que se te ocurra y vete a verla, recuerda que tienes la sartén por el mango, tienes que aprender a ser duro, dale, ahí tienes el teléfono. Marqué el número de mi chambrita, pensando si respondería o no, pero a la mitad del primer timbre me encontré con su voz, ¿aló? Soy yo, le dije, en quince minutos llego, espérame, pero ella replicó, ¿dónde coño te metiste?, anoche llamó una tal Sabrina y preguntó por ti, le dije que estabas en el restaurante y ella dijo que no, que no tienes turno los viernes, ¿se puede saber qué es lo que está pasando y dónde dormiste? Ahora nos vemos, voy para allá, le dije, y colgué, y antes de salir, al darle a Paula el beso de despedida, ella dijo, sé que la quieres, pero recuerda que te ha hecho sufrir, no te disculpes, dile algo impreciso y pasa a otra cosa, o cuéntale la verdad, dile que viniste a ver a una amiga que necesitaba hablarte, al fin y al cabo tú no le pediste que viniera a París y aquí tienes tu vida, ¿no?, dile eso, tendrá que comprender…

Bajé corriendo al Metro, pero mientras me acercaba a mi casa tuve una extraña sensación. En realidad no quería llegar, y habría dado la vida por tener dinero y poder, por ejemplo, parar a almorzar en un buen restaurante y luego pasar la tarde en algún cine, solo, y en la noche ir a dormir con Sabrina, o regresar a la casa de Paula, pero no podía y ya había que bajarse, estación Cambronne, así que me acerqué al portón trasero del edificio y bajé los escalones con lentitud, atravesé el sótano y llegué al ascensor de carga, pensando en ese verso de Lezama que dice, «lento es el paso del mulo hacia el abismo», pues era como me sentía, y al llegar frente a la puerta, con la llave en la mano, todavía dejé pasar unos segundos, detrás de esos centímetros de madera me esperaba algo difícil, pero metí la llave y abrí, y al dar dos pasos hacia delante me quedé de piedra, pues Victoria no estaba, y no sólo eso, tampoco estaban su maleta ni el bolso con el libro que estaba leyendo, ni el cepillo de dientes que había puesto en el baño, nada… Sobre la mesa había un papel doblado, una carta que me apresuré a leer: «Es evidente que hay algo extraño o nuevo en tu vida y que ya no puedes cumplir con lo que prometiste hace unas semanas, cuando me pediste que me separara de Joachim. Por eso me pareció absurdo estar aquí, esperándote, así que decidí irme. Si quieres que nos veamos llámame a la casa de mi tía, te dejo el teléfono (aunque sé que lo tienes). Estaré allí hasta el lunes. Victoria.» Leí la carta varias veces, perplejo, y di una mirada alrededor, como queriendo comprobar que de verdad estaba solo, y lo que hice acto seguido fue desvestirme, abrir la ducha caliente y sentarme debajo del chorro, con la luz apagada, una terapia que tenía la virtud de lavar las heridas y que me hacía sentir protegido, en el vientre materno, y así estuve cerca de una hora, hilando un pensamiento con otro, recordando la charla con Paula y pensando en mi situación actual, que sin duda había mejorado, sobre todo en lo que tenía qué ver con lo económico, pues por encima de cualquier otra consideración en mi cuenta quedaban 1.680 francos después de pagado el alquiler, lo que quería decir que este mes podía subir el presupuesto diario a 50 francos, que era modesto pero digno, y tras paladear esta relativa tregua pasé al tema número dos, es decir Victoria y Sabrina, pero no llegué muy lejos, sólo me dije lo que ya estaba en el aire, y es que la muy abierta y libre relación con Sabrina estaba más cerca de lo que era mi vida actual, y esto aún aceptando que la idea de vivir con Victoria seguía siendo un mito, algo que había deseado tanto y por lo cual había sentido infelicidad, que ya no sabía si era lo que de verdad quería, así que dejé de pensar en ello y, como había dicho Paula, pasé a otra cosa, hasta que el teléfono, que había dejado cerca, empezó a sonar, y contesté algo nervioso, pero en lugar de ser Victoria resultó ser Kadhim, hola, amigo, ¿cuánto tiempo?, me dijo, y agregó, te llamo porque esta tarde presento la *plaquette* de poesía en una de las salas del Georges Pompidou, ¿podrás venir?, y sin pensar le dije, sí, claro que sí, y luego agregó, invité a Khaïr-Eddine y le dije que viniera con tu amigo Salim, si es que puede, por cierto, te he llamado toda la semana para invitarte pero no estabas, y entonces le dije, sí, he estado un poco por fuera, pero ya nos vemos esta tarde, y pensé, es perfecto, así que marqué el número de la tía de Victoria.

Me respondió con voz dura e irónica, y dijo, ah, veo que leíste mi nota, y sin darle tiempo a agregar nada le dije, mira, acaba de llamar Kadhim, presenta un librito de poemas esta tarde en el Georges Pompidou, ¿quieres venir conmigo? Se quedó en silencio un rato y dijo, no sé si pueda, no me apetece mucho salir por ahí, ¿vas a ir de todos modos? Dije que sí, Kadhim es un amigo y es algo importante para él, creo que debo estar, y ella dijo, muy bien, veo que eso cuenta mucho para ti, ¿pues sabes qué te digo? Lo mejor es que vayas, y que vayas solo, yo me quedo aquí con mi tía, ¿vale? Apreté los puños con fuerza y pensé en las palabras de Paula, «tienes que aprender a ser duro», así que le dije, oye, pues lo siento mucho, hablemos mañana, y colgué, y al hacerlo sentí un increíble alivio. Sin dejar pasar un instante llamé a Sabrina (estaba en su casa) y se lo propuse, y ella preguntó, ¿en el Georges

Pompidou?, está bien, ¿a qué horas? Allá nos vemos, y al llegar a la sala la vi, con su falda roja y su abrigo color caqui, y dijo, ¿es un amigo tuyo? Kadhim ya estaba en la mesa y alguien hablaba a su lado, así que lo saludé de lejos.

   El salón estaba lleno y tras una extensa presentación de la obra de Kadhim hecha por un intelectual francés, el poeta leyó sus versos. En un lateral de la primera fila vi a Juan Goytisolo, vestido de verde oliva, y un poco más atrás vi a Khaïr-Eddine y a Salim. Todo el mundo seguía la lectura con atención, primero en árabe y luego en francés, hasta que terminó y hubo un fuerte aplauso que Kadhim agradeció con varias venias, moviendo la cabeza nervioso y sonriendo. Entonces se pasó a las preguntas y tras un breve silencio una mano se levantó, alguien le pasó un micrófono, y se escuchó: «¿Cómo ha influido el exilio en su lírica?», y Kadhim, que parecía esperar la pregunta, se lanzó a hablar con gran propiedad: la poesía y el exilio son viejas compañeras; el exilio conlleva la tristeza de lo que se ha perdido, que ya es en sí un sentimiento lírico; el exilio forzado acude a la lírica para ser denunciado; el exilio saca a la lírica de los consabidos lugares, el amor o la gesta patria, y le da una nueva temperatura, lo acerca a la realidad del mundo, y habló de Hikmet, el poeta turco que yo había leído con Paula, y dijo que el exilio trabaja un material poético relativamente nuevo, y que claro, en su caso, como en el de tantos, esta lírica del exilio iba ligada a una idea del mundo, a una visión política de la historia y de las relaciones entre los seres humanos, y al instante había otras tres manos alzadas y las preguntas, a partir de ahí, salieron del ámbito de la poesía y se centraron en la política, y entonces Kadhim dijo que no estaba de acuerdo con la Guerra del Golfo (la primera, pero en ese momento no lo sabíamos), y que a pesar de ser un militante anti Saddam estaba convencido de que cada país o región debe resolver sus asuntos políticos solos, incluso cuando se trata de una invasión, como fue el caso de Kuwait, y alguien tomó la palabra y se quejó de la participación francesa en esa guerra, y del modo en que tropas francesas eran comandadas por un general norteamericano, y de la desconfianza de Europa hacia el mundo árabe, y del odio árabe hacia Estados Unidos, que iba en aumento, y del malestar hacia Europa, y muy pronto, en la sala había varias personas hablando al tiempo, unos sobre el derecho de Palestina a un Estado libre e independiente, otros sobre la reivindicación kurda de tener una patria, y así, en pequeños corrillos, la velada poética se fue convirtiendo en un estrado político y, al cabo de unos minutos, Khadim bajó y saludó con un apretón de manos a algunos de los asistentes, entre ellos a nosotros, y entonces Kadhim preguntó, ¿y por qué no vinieron con Nadja?, a lo que Sabrina le dijo, has debido invitarla personalmente, y luego dijo, cuando esto se acabe nos vamos a cenar todos juntos a un restaurante tunecino cerca de mi casa, ¿bueno? Y siguió su ronda de saludos, y al llegar a la parte delantera del salón llevó a Goytisolo hasta donde estaba Khaïr-Eddine y los presentó, pero por el saludo que se dieron me pareció que ya se conocían, y al instante vino Salim, hola, amigo, dios tenga provecho de ti, dijo, y saludó a Sabrina, y de inmediato se marchó, diciendo, sé que van a ir a cenar, Mohammed (Khaïr-Eddine) va a ir pero yo no puedo, debo regresar temprano a la casa, te veo el martes en la facultad, dijo, y se fue hacia la explanada que está al frente del Centro Cultural, y Sabrina y yo esperamos que el grupo saliera, con Goytisolo a un lado, quien, para mi sorpresa, se acordaba de mí y me saludó muy amable, ¿cómo andamos?, ¿bien?, y yo sí, señor Goytisolo, ¿y usted?, y él dijo, bien, bien, los poemas de Kadhim son muy buenos, lástima que todas las reuniones árabes de París acaben en mítines políticos, en fin, y luego preguntó, ¿cómo te va, estás trabajando en algo?, y yo le dije, bueno, hago pequeños trabajos para sobrevivir, sigo con el doctorado, y él dijo, ah, es verdad, sobre Lezama Lima, ¿no es cierto?, y le dije, sí, exactamente, y agregó, ¿tienes relación con los escritores latinoamericanos de París?, y yo le dije, no, la verdad ninguna, tengo pocos amigos latinoamericanos, entonces él dijo, deberías ver a Severo Sarduy y a Julio Ramón Ribeyro. Luego alguien vino a despedirse de él y lo perdimos entre la gente que salía de la conferencia, pero yo me quedé pensando en Julio

Ramón Ribeyro, pues había leído sus libros, y me dije que Goytisolo tenía razón, podría buscarlo, proponerle una entrevista, no se perdía nada con intentarlo, y con esa idea fui a la cena, un exquisito cuscús al lado del Parque Montsouris con mucho vino gris de Marruecos y algunas copas de arak (Sabrina pagó por los dos), y muy tarde fuimos a dormir a mi chambrita, extenuados y ebrios, y en algún momento, viéndola a mi lado, acaricié su cara con las manos y le dije, gracias por estar aquí, y ella sonrió, y luego dormimos.

27.

Al día siguiente despertamos temprano y ella dijo, ¿tienes algo qué hacer? Le dije que no sabía, así que se levantó, entró a la ducha y luego anunció que bajaba a comprar algo para desayunar, pero en su expresión noté que había comprendido, yo debía hacer una llamada y era mejor estar solo, así que al salir le di vueltas al teléfono, alcé el auricular varias veces con el número delante, pero no me decidí, así que bajé detrás de Sabrina y la alcancé en la plazoleta, en la panadería, y le dije, no tengo nada qué hacer, ¿tienes alguna propuesta? Estuvimos juntos todo el día y luego, en la tarde, fuimos a Clichy. Supuse que en mi chambrita el teléfono debía estar sonando, o peor, silencioso y a la espera, y que Victoria debía estar pasando un mal rato.

Cociné un par de carnes de hamburguesa y una pasta con tomate y cenamos viendo la televisión, como cualquier pareja, hasta que Sabrina se durmió y yo me quedé leyendo (*Lolita*, de Nabokov, en edición de bolsillo), sin pensar ni un momento en Victoria o, mejor, pensando de vez en cuando en ella, pero repitiéndome la frase mágica de Paula, al fin y al cabo si ella tuvo todo el tiempo del mundo para elegir, yo también podía tenerlo.

Al día siguiente Sabrina se fue muy temprano y yo me quedé con la idea de buscar en el Minitel el número de Julio Ramón Ribeyro, y lo increíble fue que lo encontré sin ningún problema, allí estaba con una dirección, así que lo copié y me decidí a llamarlo de inmediato, aunque luego, nervioso por lo que consideré una intrusión, esperé a tomar un café y planeé qué debería decirle, hasta que por fin, hacia las once de la mañana, marqué el número, y entonces escuché uno, dos, cuatro timbres, y en eso una voz apagada contestó con un débil, ¿aló?, y dije, ¿el señor Julio Ramón Ribeyro?, y él respondió, soy yo, ¿quién habla?, así que le dije, usted no me conoce, soy un lector colombiano, quisiera pedirle una entrevista para un semanario cultural de Bogotá, a lo que él respondió, ¿un semanario de Bogotá?, ¿y qué interés puede tener alguien en Bogotá por mis libros?, y yo le dije, bueno, señor Ribeyro, allá tiene muchos lectores, entonces él dijo, pues mire, la verdad es que estoy un poco deprimido por estos días, si lo desea llámeme la próxima semana y ahí veremos, y yo dije, muy bien, señor Ribeyro, lamento que esté deprimido, espero que le pase pronto, buenos días, y colgué, contento de haber hablado con él, alguien a quien tanto admiraba, y entonces me recosté en la cama a recordar sus libros, los cuentos de *La palabra del mudo*, sobre todo *Silvio en el rosedal* o *Una aventura nocturna*, su novela *Crónica de San Gabriel* e incluso *Cambio de guardia*, que comenzaba con una divertida frase, «Como todo hombre bajito y por lo tanto presuntuoso, el doctor...», hasta ahí recordaba, y cómo no, las *Prosas apátridas*, esos textos extraños y exquisitos, y entonces sentí unas ganas enormes de releerlo, pero no tenía sus libros a la mano, así que decidí ir a la biblioteca del Centro Pompidou, sección en español, a ver si los tenían, y para allá me fui, contento de tener algo qué hacer, pues debía preparar la hipotética entrevista, y al llegar encontré todos sus cuentos y novelas, incluido un libro que no conocía, una recopilación de ensayos llamada *La caza sutil*, así que me senté en una banca a leerlo, y cuando me di cuenta de la hora ya eran más de las tres de la tarde, lo que quería decir que Victoria debía estar montada en su tren hacia Estrasburgo, y pensé que así era mejor, cada uno estaba en su lugar, y seguí leyendo y tomando hasta que dieron las seis y oscureció y decidí regresar a mi chambrita, pues tenía ganas de llamar a Paula y contarle lo que había ocurrido.

Soy yo, le dije al teléfono, y ella, sin dejar pasar un segundo, exclamó, cuenta, cuenta, ¿qué cara puso cuando llegaste? Entonces le dije, no estaba, se había ido y dejó una nota sobre la mesa, espera te la leo. Paula escuchó en silencio. ¿Y eso fue todo?, ¿hablaste luego con ella? Sí, le dije, la invité a una presentación poética pero no quiso venir, así que llamé a Sabrina y fui con ella. Luego dormimos aquí y el domingo lo pasé en su casa, en Clichy. No sé nada de Victoria, supongo que habrá regresado a Estrasburgo. Te lo dije, repuso Paula, al final ambas quedaron a tus pies. Valió la pena haber sufrido. No, le dije, yo sigo sufriendo. Me siento culpable. Pero ella insistió: es mejor eso que ser abandonado, al menos así me habías dicho, y bueno, lo importante es que estás bien con Sabrina, y por el tono de voz supongo que te quedarás con ella por un buen tiempo, y yo dije, no lo sé, no tengo nada claro, ahí te iré contando, y colgamos, y como hacía mucho frío me metí entre las cobijas a leer, ya iba por la mitad de *Lolita*, hasta que a eso de las siete el teléfono sonó. Como siempre, lo observé con alarma. Estaba seguro de que era Victoria, y claro, al levantar el auricular oí su voz: ¿ya regresaste a tu casa?, ¿ya acabó la reunión poética de Kadhim? En su voz rápida y nerviosa alcancé a percibir una ira inmensa, y le pregunté, ¿regresaste a Estrasburgo?, pero ella dijo, no seas imbécil, estoy aquí abajo, al frente de la puerta de tu casa, baja a abrirme.

Victoria tenía los ojos hinchados y una expresión de infinito cansancio, y por eso al abrir la puerta quise darle un abrazo, pero ella lo rechazó y dijo, vamos arriba, tío, no soporto más, así que caminamos sin hablar por el sótano hasta el ascensor de hierro y subimos, y al entrar a la chambrita encendí el fogón y puse a calentar agua para un Nescafé. Ella se sentó en silencio en la mesa y, después de un minuto, se echó a llorar, un llanto sordo, sin quejas ni lamentos, que parecía tener contenida la rabia y la tristeza de dos días completos a la espera. Me sentí desfallecer y fui a abrazarla, pero de nuevo lo rechazó, y sólo dijo, déjame.

No me toques. Le serví el café pero al probarlo hizo un gesto de asco, ¿qué es esta porquería? Nescafé, respondí, no lo tomes si no te gusta, así que siguió llorando y llorando con los codos sobre la mesa, sin mirarme o decir algo, y yo decidí esperar a su lado, con santa paciencia, y me encendí un cigarrillo y empecé a mirar al techo, y de pronto el teléfono sonó, algo que nos puso aún más nerviosos, y al cuarto timbrazo, al ver que yo no contestaba, ella me dijo, joder, contesta ya que no soporto el ruido que hace, y al levantar el auricular era Sabrina, dios santo, quería saber si pensaba ir a Clichy más tarde, iba a pasar por el supermercado, ¿compro un poco de vino?, y yo le dije, mira, me quedo aquí, tengo cosas qué hacer, y claro, al decir esto Victoria empezó a mirarme con odio, un odio frío, y dijo: dile a la puta ésa que sí vas esta noche, díselo, no voy a quedarme mucho tiempo, y empezó a gritar hasta que Sabrina me dijo, ¿con quién estás?, y debí decirle, mira, es Victoria, mi amiga española, después te explico, y colgué justo en el momento en que Victoria gritaba, ¿quién es esa puta?, ¿cómo se llama?, así que le dije, se llama Sabrina, alquiló una casa para los dos, pero yo preferí quedarme aquí hasta no resolver las cosas contigo, ¿estás contenta?, y entonces Victoria siguió llorando y dijo para sí, con una voz algo menos alterada, no me lo puedo creer, pero qué gilipollas que soy, yo creyendo en ti y tu follando con una francesa, joder, qué rostro tienes, y yo me senté delante de mi taza de Nescafé, sin decir nada, y cuando acabó con los insultos le dije, no es una puta, y además la quiero, y también te quiero a ti, igual que te ocurrió con Joachim y conmigo, ¿lo entiendes?, la diferencia es que ahora soy yo, y ella dijo, pero qué cínico, ¿cómo te atreves a decir que es lo mismo?, ¿no ves que me acabo de separar de él para venir a estar contigo?, joder, ¡es que no lo entiendes!, y yo dije, sí, lo entiendo, y me sigue pareciendo igual, y ella insistió, pero yo estoy aquí, ya lo dejé, y no creas que fue fácil, y entonces le dije, pues mira, tal y como están las cosas hoy, casi sería mejor que siguiéramos como antes, pues habría equilibrio, pero ella dijo, no seas cerdo, cómo puedes decir eso cuando yo ya jugué mis cartas, y entonces le dije, sólo te estoy diciendo que conocí a otra mujer y que me gusta, pero eso no cambia las cosas, te quiero y quiero que nos sigamos viendo, pero ella dijo, mira, tío, no seas jeta, yo vine a estar contigo, tú y yo solos, sin nadie más, ¿eh?, ya aprendí que las relaciones de tres no funcionan, quiero estabilidad y la quiero contigo, ¿comprendes? Dicho esto se levantó, cogió su abrigo y caminó hasta la puerta. Piénsalo, dijo, y salió dando un portazo.

Lo pensé un rato, pero la verdad es que tenía muchas ganas de llamar a Sabrina, así que marqué su número, pero no estaba. Entonces salí al ascensor y corrí al Metro. Desde Cambronne hasta Mairie de Clichy es lejos, casi una hora entre los túneles, pero fui, rogando por que Sabrina estuviera en la casa, y al llegar, ya de noche y lloviendo, saqué mi llavero, y por primera vez abrí la puerta sin golpear. Al escuchar la cerradura se dio vuelta y miró con cierta alarma, una expresión de sorpresa que se fue diluyendo en una sonrisa, y dijo, hola, empecé a cenar porque no sabía nada de ti, y se levantó, pues estaba en el canapé, tomando una sopa delante del televisor, y al hacerlo vi que sólo tenía puestos unos calzones, así que cuando me dio un beso de saludo retiré el plato y la alcé, cubriéndola de besos en la cara y el cuello, y le dije, casi me muero en el Metro, creí que no llegaba nunca, y ella dijo, ¿se arregló el problema con tu amiga?, y yo, más o menos, está muy sensible, mañana tendré que verla otro rato, no sé, hablemos de otra cosa, ven.

28.

Por estar en Clichy, tan lejos de todo, llegué un poco tarde al restaurante, así que al bajar al sótano Jung ya había preparado la mezcla de detergente y, en medio de vapores y con su delantal empapado, se dedicaba a frotar la vajilla con fuerza. Hola, viejo, le dije, y él respondió, bonitas horas, últimamente te veo muy relajado y puedo imaginar por qué, y entonces me puse a trabajar yo también, hundiendo los brazos en el líquido abrasador, llenándome la cara de vapores, y sólo al cabo de un rato, cuando logramos llevarle la delantera a la avalancha de platos y cubiertos, Jung me miró y dijo, hay noticias de Pyongang, y sí es... Recibí la carta esta mañana.

Al acabar el turno fuimos a tomar algo al bar de siempre, y allí, en una de las mesas del fondo, el viejo Jung se desfogó, dejando caer alguna lágrima y bebiendo de forma precipitada varias cervezas. Ha estado todo este tiempo en ese lugar, dijo, es lo que mi pariente supo. Ha intentado quitarse la vida otra vez, cortándose las venas, pero no lo logró, y por eso sigue allí, como una huésped permanente sin posibilidad de salida, una especie de fantasma entre esas paredes que imagino sucias, yendo de aquí para allá, en silencio, pues dice mi pariente que es conocida por eso, no habla con nadie, sus palabras se cuentan con la mano, tiene aspecto joven y tal vez la han violado, pero en fin, cree que sería fácil sacarla, como saben que está sola en el mundo no tiene vigilancia, la dejan entrar y salir de la crujía de los dormitorios al salón o las cocinas, y dice que sería muy fácil esconderla y hacerla salir con alguna de las camionetas de reparto, siempre y cuando haya con qué pagar, pues si se paga todo es posible, amigo, pero yo he intentado imaginar la vida de ella todos estos años, sola, haciéndose preguntas, pensando tal vez en mí, que será su gran pregunta, ¿por qué la dejé?, y lo peor, amigo, ni yo mismo lo sé, éramos dos desesperados, dos animales heridos que debían correr al bosque a salvarse y yo corrí más rápido, o en la dirección correcta, es extraño, la vida nos pateó, nos hizo trizas, y ahora, años después, somos dos cadáveres, dijo, bebiendo un sorbo largo de cerveza y encendiendo un cigarrillo, y continuó, yo no puedo creer que aún esté en el mundo, que su respiración y sus palabras toquen el aire y que eso exista en algún lugar y que sea real, por dios, debe ser la única persona sobre el planeta que piensa en mí o que tal vez me añora, quién sabe, o a lo mejor me odia, pero para odiarme tengo que existir dentro de ella, si es que no he muerto también ahí, en su memoria, en su vida miserable, más aún que la mía, ella con el dolor y las preguntas y yo con la culpa, amigo, esta vida no valió la pena de vivir, te lo aseguro, pero yo iré hasta el final, y hoy mismo le escribí una nota, mi pariente se la podrá hacer llegar, le digo que me espere, que estoy en París y que iré a buscarla, que enviaré a alguien para que la traigan aquí, eso le escribí, amigo, y no sé si ella crea esas palabras, tal vez piense que le fueron escritas por alguien enloquecido y ausente que está más solo que ella, y si lo piensa tendrá razón, o creerá que son palabras escritas desde la muerte, y también tendrá razón, y mientras Jung hablaba yo lo observaba en silencio, con mi cerveza en la mano, con temor a decir algo e interrumpir con alguna banalidad sus largos soliloquios, así que me mantuve en silencio, y él dijo, intento imaginar su cara cuando lea la carta, si su corazón y su alma no están marchitos puede que sienta alegría, o tal vez miedo, no lo sé, anhelo darle un instante alegre, uno solo, ojalá que sea así, y al decir esto escuché el ruido de un vidrio rompiéndose en algún lado, y al reaccionar vi que Jung había dejado caer la botella y que sus manos temblaban nerviosas, como las extremidades de un cadáver al que se le aplica electricidad, eso fue lo que me pareció al vérselas, y él intentó levantarse pero no pudo y cayó de espaldas sobre la silla, y entonces me levanté y le dije, tranquilo, Jung, respira, y me puse tras él, masajeándole la espalda, sólo respira muy profundo, lo más profundamente que puedas, y cierra los ojos, recuerda lo que dijo el médico, es un estado de estrés, nada grave, te viene por los nervios, porque me estás hablando de cosas que te tocan muy profundo, por eso te viene, pero ya va a pasar, respira profundo y no pienses en nada, y entonces sus manos empezaron a calmarse, y de pronto abrió los ojos y me miró, con una sonrisa, y dijo, oye, se supone que el oriental soy yo, ahora siéntate y serénate tú, y le dije, debes pensar menos y actuar más, Jung, mañana vamos al barrio chino, donde el señor Fred, y le damos los datos, tienes que traerla, no importa cuánto cueste, piensa sólo que cuando ella esté aquí ambos volverán a la vida, y él me miró de nuevo, y dijo, tienes razón, muchacho, ya lo había pensado pero suena bien como tú lo dices, ella vendrá, eso es seguro, ya te lo dije: aunque sea lo último que haga en esta vida miserable, pero yo le dije, deja de quejarte, muy pronto las cosas van a cambiar, te lo aseguro.

Al otro día, a eso de las cuatro de la tarde, lo acompañé de nuevo al barrio chino, estación Porte de Choisy, lejísimos (cuando empecé a moverme, me di cuenta de lo grande que era esta ciudad), y volvimos a ese centro comercial algo decadente, junto a Tang Frères, y nos internamos por sus corredores hasta el gimnasio, donde nos esperaba el mismo chino de la primera vez, el secretario del señor Fred, quien al vernos hizo una pequeñísima venia y nos invitó a pasar. Jung tenía en su bolsillo un cheque de 10.000 francos que el dueño del restaurante le había dado poco antes, y por ello lo noté muy nervioso. Entramos y, tras una corta antesala, estuvimos de nuevo frente al señor Fred, quien recibió el cheque y los datos con toda la información de la viajera (incluía el contacto con el pariente de Jung). Luego, tras un par de interrupciones telefónicas, el señor Fred hizo firmar a Jung una serie de documentos en los que él, además, debía estampar su huella digital (las manos le temblaban, pero hizo esfuerzos por contenerlas), más un montón de cosas que no entendí, pues hablaban en chino, y media hora después salimos a la calle, entre aromas de raíces chinas y basura, y caminamos con las manos bien hundidas en los bolsillos de las chaquetas, pues hacía frío y ya oscurecía, y entonces Jung me dijo, bien, amigo, ya todo está decidido, el señor Fred dice que la cosa podrá tardar unas cuantas semanas y que intentarán hacer un trayecto diferente, sin tantas escalas, dijo que tal vez podrían llevarla a Seúl con un pasaporte falso y luego directo a París, que dependía de las posibilidades que hubiera allá, en Pyongang, en fin, me dijo que me avisaría la fecha de llegada, pero que sus agentes le habían dicho que había muy buenas expectativas para traerla directamente, lo que sería muy bueno, ella es frágil y no creo que resista un viaje muy largo y accidentado, sería un riesgo hacerlo de ese modo, y le supliqué que la trataran bien, y él dijo que sí, que siempre trataban bien a sus viajeros y que muy pronto, cuando estuviera con ella, se lo agradecería, además de pagarle puntualmente las cuotas, firmé papeles para toda una vida, con él y con el propietario, pero al fin y al cabo mi vida es algo poco valioso, en realidad creo que los engañé, amigo, je, je, dijo, y empezó a reírse con una risa entre nerviosa e histérica, y al verlo recordé haber leído en algún lado que la risa de los asiáticos, sobre todo la de los chinos, rara vez corresponde a algo gracioso, y sólo así pude comprobar la risa de Jung, y entonces le dije, oye, viejo, deberíamos celebrar esto, por qué no nos damos una buena cena, y él dijo, está bien, conozco un lugar barato, ven, y fuimos a una casa de comida china, el Tricotin, y comimos un par de enormes sopas con pasta, bolas de carne, raviolis y carne de pato, algo delicioso que nos devolvió el calor, y por supuesto cerveza Tsing Tao, y mientras comíamos Jung me contó cómo había sobrevivido en la cárcel de Onsang, cuando fue arrestado: comíamos insectos, cucarachas y gusanos, amigo, que por fortuna había muchas, salían de la tierra por los agujeros de la piedra o se metían por las cañerías, y nosotros las guardábamos en tarros de metal, una especie de provisión, y cada noche y cada mañana me comía una, al principio era algo feo por el sabor amargo, pero uno se acostumbra, gracias a eso conservé los dientes y mis huesos no eran tan frágiles, pero en esa prisión vi cosas espeluznantes. Una tarde, en una de las células vecinas a la nuestra, un preso murió en una pelea. Alguien le rajó el cráneo con una piedra, o algo así, y el caso fue que el cuerpo desapareció, los guardias sólo encontraron la cabeza, los pies y las manos y tampoco les importó, pues eran funcionarios, les bastaba eso para saber que no había escapado, y entonces corrió el rumor de que los presos de esa célula, que eran soldados con problemas psiquiátricos, se habían comido el cuerpo, que lo cortaron en pedazos y lo repartieron entre todos, y así, en varios días, se alimentaron con su carne, yo no supe si esta historia era cierta o no, pero sí recuerdo que por esos días, cuando veía a los presos desde nuestra reja, me parecían extrañamente alterados, y entonces, a partir de esa historia, nadie volvió a meterse con ellos, se ganaron el respeto de todas las otras células de convictos, e incluso de los guardias, y cuando Jung acabó su historia lo miré y le dije, tu historia es buena, pero tal vez la habría apreciado mejor en otro momento, y seguí comiendo, y Jung dijo, oh, lo siento, amigo, no me di cuenta, por desgracia yo convivo con todos esos recuerdos, e incluso te diría que yo soy esos recuerdos, y entonces le pregunté, o más bien le pedí, por favor, que me contara algo bello, y dijo, está bien, amigo, te voy a contar cómo conocí a Min Lin, bueno, después de haber estado en la cárcel la primera vez, el gobierno me quitó el título de ingeniería que había obtenido en la universidad y me enviaron al norte, a trabajar al campo, en la región de Rajin-Sonbond, en las plantaciones de arroz, y te puedo asegurar que la cosa era muy dura, pues cada turno de trabajo era de catorce horas, del amanecer a la noche con los pies hundidos en la tierra y el agua por las rodillas, algo muy insano, y entonces en el día libre íbamos a Ondok, el puerto, a beber cerveza o aguardiente, y allí, en una taberna, la conocí. Min Lin trabajaba en la cocina y una noche la vi salir, así que la invité a beber algo y a charlar, pero ella tenía a su madre enferma y dijo que no podía, pero dejó escapar varias sonrisas y yo insistí, y unas cuantas semanas después aceptó tomar un té después del trabajo. Y así la vi varios meses, tomábamos el té y yo la acompañaba al bus, hasta que un día, en un parque cerca de la estación de buses, Min Lin me besó, un beso que me llenó de amor a la vida, amigo, y que me hizo seguir creyendo en mi país, el que yo odiaba y quería abandonar, pero después de ese beso quise quedarme y ser un buen norcoreano, quise ayudar a construir un país mejor, al lado del padre Kim, por el cual todo lo perdimos y quien todo nos dio, pues debes saber, si has estudiado historia, que en la guerra Pyongang recibió algo así como 18 bombas por metro cuadrado, quedó convertida en una montaña de cenizas, y yo lo recuerdo, si cierro los ojos aún puedo ver las llamas en el cielo, era un niño y me llevaron a las montañas, y desde allí lo vi, hierros retorcidos del color de la lava, cadáveres chamuscados, edificios convertidos en gigantescas antorchas antes de derrumbarse, y yo lo veía y me decía, eso fue mi ciudad, nunca más la volveré a ver como la vi, ¿te das cuenta?, siempre he tenido poco, y eso tal vez tiene que ver con que mi país lo perdió todo, y yo, como Corea del Norte, he debido siempre rehacer, recuperar, he perdido lo poco que he tenido, varias veces, y la verdad, amigo, es que me he acostumbrado a vivir así, no puedo siquiera imaginar cómo será la vida de otro modo, la vida de los demás, de toda esta gente que veo por las calles, llegar a una casa cálida y ser recibido por una familia, cenar viendo las noticias, son cosas irreales, que ya no logré en esta vida, y entonces le dije, Jung, estás haciendo trampa, dijiste que ibas a contarme algo bueno y agradable, y él dijo, ahí tienes la historia de Min Lin, ¿qué más quieres?

Un rato después volvimos a salir al frío y caminamos hasta la boca del Metro, en la Place d'Italie, y nos despedimos, pero antes le dije, bien, amigo, hoy tu vida empezó a cambiar de nuevo, me alegro, y él me miró y me dio un abrazo, y al hacerlo noté que temblaba, como si tuviera escalofríos, y también noté que sudaba, siempre con esa enigmática sonrisa, y luego se fue hacia su ruta, caminando a pequeños saltos. Cuando lo perdí de vista fui a buscar la ruta que me llevaría a Clichy.

29.

Un nuevo encuentro con Victoria era necesario, supuse, así que la llamé al final de la semana (aún estaba en la casa de su tía), y le dije, quiero verte, hablemos, y un rato después nos encontramos, no en mi chambrita sino en un lugar que yo detestaba pero que ella eligió, el Parque de Luxemburgo, y entonces ahí, en medio de esa belleza fría y de esa armonía que nada tenía qué ver ni con mi vida ni con la de las personas que me rodeaban, le dije lo que ya por dentro era una gran verdad, y es que no quería vivir con ella. La quería, necesitaba de su afecto, pero no creía que ése fuera el camino, algo insólito si recordaba lo mucho que había sufrido hacía tan poco, pero era como si un barniz muy oscuro hubiera cubierto el rostro anterior y ya no reconocía nada, sin duda esta ciudad me había cambiado, sin que hubiera vuelta atrás, y así se lo expliqué, del modo más afectuoso que pude, y ella me escuchó en silencio, al principio incrédula y luego con gran tristeza, pero no había nada qué hacer, no tenía otras palabras para ella, sólo ésas, y entonces quiso saber de Sabrina, cuándo la había conocido, cómo y por qué y el modo en que nos habíamos acercado, e incluso pidió ver una foto y, al no tenerla, me pidió que la describiera (monita, de ojos verdes, estatura media, típica francesa); a todas sus preguntas respondí con sinceridad, y de repente dijo, pero hay algo que no me cuadra, ¿nunca pensaste en mí cuando salías con ella?, y le dije, es al revés, salía con ella para no pensar en ti, y así hablamos y hablamos, llegando siempre a los mismos puntos, sus quejas por haber dejado de creerle, las mías por haberse ido con otro, hasta llegar a ese punto en que la discusión se agota, como un fuego que ha quemado toda la madera, y por eso hubo un largo silencio. Cuando la vi llorar me sentí un criminal, pues en el fondo sólo deseaba que la escena acabara y ella se fuera, y entonces, cuando dijo que regresaría a Estrasburgo a intentar rehacer su vida, sin Joachim y sin mí, yo me sentí muy aliviado, profundamente aliviado (habría preferido que regresara con él, a quien imaginé sufriendo... Ambos sufriendo por una decisión equivocada que parecía irreversible). Luego la acompañé a la estación del Metro, nos dimos un abrazo y ella bajó las escaleras sin darse vuelta. Lo último que vi de Victoria fueron sus botas de gamuza, recubiertas de lana, y la orla de sus bluejeans, de un azul índigo muy oscuro. Pero supuse que pronto habría llamadas telefónicas, recaídas y llantos, pues ninguna relación termina así, por arte de magia, y tal vez por eso al perderla de vista caminé hacia la facultad, en la rue de Gay-Lussac, muy cerca de ahí, silbando y pateando charcos, y al doblar la esquina ya la había olvidado o, más sencillamente, pensaba en otra cosa, debía ir con Salim al bar y ponerlo al día sobre la última reunión con Gastón, por ejemplo, o pensando que debía llamar a Sabrina para decirle que iría a dormir a su casa o si tenía algo qué hacer (ya dos veces me había llevado a conocer amigos suyos, quería mostrarme a todos).

Tras un par de horas escuchando disertar sobre Miguel Ángel Asturias a un profesor francés pretencioso, fuimos al bar húmedo y barato de siempre, y ahí le conté todo. Salim escuchó con atención y luego opinó, siempre muy perspicaz, y dijo, sigo pensando que ese hombre huyó por vergüenza, tal vez por su condición de homosexual o porque su conciencia lo atormentó, al fin y al cabo había cometido un crimen y eso es algo difícil de tragar, sobre todo si uno es una persona común, como al parecer él era, ¿no es verdad?, el hecho de haber guardado ese recorte con la foto y el nombre del joven evidencia una culpa, algo que pudo estar latente durante años y que de pronto, por cualquier razón, explotó, haciéndose insoportable, y entonces decidió huir para escapar de la culpa, como Lord Jim y como tanta gente, hasta el día en que verá que la culpa se le coló en la maleta y, esté donde esté, volverá a retoñar, obligándolo a irse aún más lejos, y al escucharlo dilucidar con tal pasión le dije, oye, Salim, me estás contando *Lord Jim*, no sabía que te gustaba tanto esa novela, y él dijo, bueno, es la que sirve a lo que intento explicar, y continuó, levantando un dedo en el aire: es posible que existan más secretos en esa vida… Visto el tamaño de los que hemos descubierto se puede imaginar cualquier cosa, que sea un terrorista o un estafador, o un gigoló prostituto, piensa que entre los hombres prostitutos hay muchos crímenes, puede ser que lo hayan contratado para una fiesta sadomasoquista en algún castillo, le hayan puesto cadenas y ahora esté recluido en una mazmorra, no sé, todo parece posible, o a lo mejor puede que sea válida tu idea de que trabaje para algún organismo de seguridad, infiltrado en las redes de inmigrantes colombianos, para el Estado colombiano o para el francés, ¿no hay espías que se infiltran tanto en ciertas organizaciones que acaban siendo sus jefes?, yo creo que eso fue lo que sucedió, pues es imposible que haya muerto, ya habrían encontrado su cadáver, y está visto que no volvió a Colombia, ¿no?, y yo le dije, pues no, tienes razón, logramos saber mucho sobre él y sin embargo es como si estuviéramos en la periferia de su verdad, no sé si podamos saber más cosas, pero me aterra imaginar que ese hombre existe, que está en algún lugar de esta ciudad o del planeta y que pudo abandonar una vida sin dejar ninguna huella, como un ave que se aleja por los aires hacia donde nadie puede seguirla, es muy extraño, le dije a Salim, pues al mismo tiempo tengo la sensación de que alguna vez, un día cualquiera entre la multitud del Metro o en alguna calle, veré su cara de lejos, y he imaginado que esa visión dura sólo un segundo, pues de inmediato alguien se interpondrá, la enorme masa humana que se pasea por las calles volverá a devorarlo, y esta vez para siempre.

PARTE III

EL SÍNDROME DE ULISES

1.

Salía de una de las clases de *Langues dans le monde,* en la sede de la rue Tilsitt, cuando la directora me llamó a su oficina y me dijo, siéntate, hay algo que debo decirte. La cosa me alegró al principio, pues la última vez que había estado en su despacho, detrás de la secretaría, obtuve mi mejor grupo, el que tantas ventajas me había traído. Pero esta vez la cosa parecía diferente a juzgar por su cara. Tengo una mala noticia, dijo, y es que habrá que quitarte el grupo de Elf Aquitaine (diez horas semanales). La señora Dumont se quejó de tu acento colombiano. Dice que lo poco que sabe de español proviene de España y no puede usarlo contigo o le parece raro. Les pondremos a Clara, y lo lamento, sé que era un buen grupo, espero que entiendas que nos vimos obligados a hacerlo. Al oírla sentí un leve temblor. El miedo a la pobreza volvió a atenazarme y salí abatido, acababa de perder el 60% de mis ingresos de la Academia sin contar con el acceso al comedor, el gimnasio y la piscina. Menos mal no dejé el trabajo en el restaurante, una idea que había acariciado días atrás. Adiós a los pocos lujos, habría que volver al plan de emergencia.

Fui a un café en la esquina a tomar un vino, tratando de olvidar el episodio, y ahí me acordé de Ribeyro. Aún tenía su teléfono y ya habían pasado varios días, así que bajé al aparato de monedas (en los bares de esta ciudad está siempre al lado de los orinales). El timbre alcanzó a sonar diez veces antes de que alguien contestara, y de nuevo era él, con su voz frágil y aguda, ¿aló? Saludé y dije, soy el periodista colombiano del otro día. Pero él repitió la frase de la vez anterior: estoy muy deprimido, le pido el favor de llamar la semana entrante. Entonces le dije, yo también, señor Ribeyro, yo también estoy muy mal, disculpe, adiós. Ya me disponía a colgar cuando lo escuché decir algo. Espere, espere, ¿qué le ocurrió? Perdí un trabajo importante, murmuré, sólo eso. Hubo un silencio en la línea y luego dijo: eso cambia todo, lo espero mañana a las siete. Luego me dio su dirección y algunas señas. Era cerca de Étoile, podría ir a pie desde la Academia. Cuando salí a la calle mi ánimo estaba algo mejor. ¡Tenía una cita con Julio Ramón Ribeyro! Entonces empecé a elaborar la entrevista y me fui a mi chambrita a prepararlo todo.

Ribeyro vivía en un lugar muy elegante. Un edificio que colindaba con el Parc Monceau, a pocas cuadras del Arco del Triunfo, con esa arquitectura de Haussmann que hace de la zona algo imponente y endiabladamente simétrico. Mientras subía las escaleras, cohibido por la elegancia del inmueble, me pregunté si la persona que iba a conocer era la misma que había escrito sobre residencias miserables en Madrid, Berlín y París, pero al llegar al cuarto piso y verlo en la puerta reconocí al escritor con todas sus verdades, un hombre delgado y tímido, de cara angulosa, con una mirada que tan pronto chocó con la mía bajó hacia la alfombra, y me dijo, mucho gusto, siga. Me guió por un ancho corredor repleto de libros y obras de arte hasta un enorme salón con sofás de cuero, jarrones y estatuillas, paredes forradas en madera de cedro con estanterías de libros y espacios para adornos orientales y precolombinos, cuadros de Miró y Botero, dos móviles de Calder, algo sumamente exquisito. Y por supuesto centenares de libros, de todos los tamaños, y uno abierto en la mesa central, con un marcador de página, que resultó ser la *Historia de la Revolución Francesa*, de Jules Michelet, en una edición de La Pleiade, lo que Ribeyro debía estar leyendo mientras me esperaba.

Llamó a alguien y al rato apareció un joven servidor de la India. Le pidió que trajera vino y algo para picar, lo que había previsto para mi visita, pero noté que tenían problemas de comunicación y él mismo se levantó y trajo las cosas. Mi mujer tuvo la idea de contratar a este joven, explicó, que es de Sri Lanka, pero no habla francés y yo no sé inglés, así que no puedo pedirle nada, algo que me pareció gracioso y que coincidía con la imagen que iba teniendo de él, el verdadero mayordomo de esa casa en la que se movía con cierta torpeza.

Por fin nos sentamos, saqué una grabadora y empecé la entrevista.

¿Cree usted que los cuentos pueden describir una realidad de forma más completa y variada que la novela?, le pregunté, y él, antes de hablar, se cercioró de que el srilankés no estuviera cerca, sacó un paquete de cigarrillos de detrás de una estantería, encendió un aparato eléctrico que parecía un ventilador y que en realidad era un extractor de aire y se puso a fumar, con gran avidez, mientras saboreaba el vino.

Ciertamente, dijo, una colección de 40 o 50 cuentos puede cubrir todo el espectro geográfico, social y humano de un país y hacer el inventario de sus problemas y aspectos más significativos, en forma más completa y variada que una novela, pero es obvio que la novela, como género, permite calar más hondo. Probablemente una novela que trata un solo problema a fondo puede expresar mejor una realidad que 100 cuentos que la tratan en forma más superficial. Así, la sociedad francesa del siglo XIX está tal vez mejor representada en una novela como *La educación sentimental*, de Flaubert, que en los 250 cuentos de Maupassant, o, para poner un ejemplo más cercano a nosotros, podemos entrar más profundamente en México gracias a *Pedro Páramo* que con *El llano en llamas*.

Mientras Ribeyro hablaba sentí instalarse una cierta calidez en su rostro, y continué diciéndole: en los años cincuenta, cuando aparecen sus primeros cuentos, usted se interesa por los temas urbanos, pero en ese momento la sociedad latinoamericana era más rural que urbana, ¿cómo ve usted hoy ese proceso, cuando nuestras sociedades son mayoritariamente urbanas? Se rascó un segundo la barbilla y dijo: si mis primeros relatos tratan de temas urbanos se debe esencialmente a que soy un producto de la urbe, pues nací, me eduqué y crecí en Lima. Lima era lo que yo conocía mejor y sobre lo que podía entonces hablar —me refiero a los años cincuenta— con ciencia y experiencia. Escribir sobre el Ande o el campesinado, como los dos grandes escritores peruanos de esos años, Ciro Alegría y José María Arguedas, me hubiera resultado imposible. Ellos sí podían hablar con autoridad del mundo rural pues eran naturales del lugar. Aparte de eso, lo que me incitó desde el comienzo a escribir sobre el mundo urbano limeño fue asistir a los inicios de la transformación de Lima, de ciudad colonial a urbe moderna. La modernización de Lima trajo naturalmente problemas de todo tipo: de vivienda, de trabajo, de seguridad, etc., y Lima se convirtió por ello mismo en espacio novelístico, con situaciones tan graves, urgentes y atractivas literariamente como el latifundismo, la reforma agraria o la situación del campesino, que eran los temas tradicionales de nuestra narrativa. Diré de paso que a partir de los años sesenta Lima sufre una segunda mutación y pasa a convertirse de ciudad moderna en megalópolis demencial, una megalópolis ruralizada, pues su incontenible crecimiento se debe a la migración masiva de campesinos hacia la capital. Puede decirse que el 90% de la población actual de Lima y suburbios (unos siete millones de habitantes) está formada por provincianos. Los limeños de vieja estirpe, como es mi caso desde hace cuatro generaciones, se han visto sumergidos por este alud migratorio y no reconocen ya su ciudad ni la población que la habita. El centro histórico de Lima, por donde en mi infancia paseaban las guapas damas limeñas y los dandis que las piropeaban, es ahora un mercado persa, por llamarlo de algún modo, donde miles o decenas de miles de vendedores ambulantes, cambistas de dólares, vagos y carteristas, copan íntegramente las calles al punto de que es casi imposible caminar por ellas. Esa Lima abigarrada, india y mestiza, en plena ebullición y transformación, no es la Lima en la que yo crecí y pasé mi juventud. Es una Lima que nunca llegaré a entender, así pasara en ella el resto de mi vida, concluyó, y al hacerlo encendió otro cigarrillo y volvió a llenar las copas.

La realidad a la que aluden sus cuentos, le dije, se sitúa alrededor de los años cuarenta y cincuenta, como sucede en casi toda la literatura latinoamericana de su generación, ¿no cree que la realidad posterior a esos años puede quedarse inédita?

Su observación es muy justa, repuso, pues la mayor parte de los narradores de mi generación tratan en sus libros esa sociedad latinoamericana que se sitúa entre los años treinta y cincuenta, cuando más hasta el comienzo de los sesenta, ¿por qué motivo? Supongo que muchos de ellos dejaron su ciudad natal hacia los años cincuenta, como es el caso de Severo Sarduy, Héctor Bianchiotti, García Márquez, José Donoso, Julio Cortázar y yo mismo, que dejé el Perú en 1952. Muchos hemos regresado al país esporádicamente e incluso pasado allí temporadas largas o cortas, pero ya la fractura se ha producido, el país que visitamos es otro, no lo entendemos, no podemos escribir sobre su realidad actual con el conocimiento, la intensidad y la confianza de quienes no se movieron de allí... En lo que concierne a los años posteriores a 1960, no veo aún con claridad quiénes son los narradores que los están contando. Pero debo decirle que no sigo muy de cerca la literatura latinoamericana. Probablemente hay jóvenes escritores que están abordando los temas más candentes de las últimas décadas, como son las dictaduras militares y su caída, el exilio y el retorno del exilio, la subversión y el terrorismo, el narcotráfico y la corrupción, el endeudamiento y la hiperinflación, con las incidencias que tiene todo esto sobre el individuo, el ser humano en concreto, que es a fin de cuentas el sujeto de la literatura.

En este punto de la entrevista gruesos goterones comenzaron a golpear contra el vidrio del salón. Afuera llovía y estaba muy oscuro, pero la vista de los techos iluminados era algo muy bello, una fotografía de la ciudad. Esta vez fui yo quien encendió un cigarrillo, y le dije, pero señor Ribeyro, de cualquier modo, a pesar de no vivir en ella, Lima sigue siendo el territorio privilegiado de sus relatos, y él exclamó, pues fíjese, menos de lo que yo quisiera. Actualmente estoy leyendo sólo novelas policiales, en especial las de Phyllis Dorothy James, y lo que me encanta de ella es la fortísima presencia de Londres, una presencia tan tangible como el Londres del siglo xix en las novelas de Dickens o los relatos de De Quincey. Lo mismo ocurre con la ciudad de Los Ángeles en las novelas de otro gran autor de policiales de nuestra época, el norteamericano James Ellroy. Pero volviendo a P. D. James, lo que me subyuga es que esa presencia de Londres, con sus calles, plazas, parques, muelles, suburbios y quienes los habitan, corresponde a un Londres actualísimo, el Londres de nuestros días. ¿Cómo es posible que esta señora, que tiene más de 70 años, siga escribiendo novelas donde el Londres de hoy esté tan presente? Se siente, se respira, por ejemplo, la asiatización de la ciudad por la masiva inmigración de hindúes, pakistaníes, ceilaneses, con todos los cambios que esto ha traído a la ciudad. Al leer estas novelas yo me decía, ¡esto es lo que he debido hacer con Lima! ¿Por qué demonios no lo he hecho? Tal vez porque no estoy en ella desde hace 40 años. La Lima actual ya no la conoceré nunca, y por ello debo acantonarme en la de los años treinta y cuarenta, la de mi infancia y adolescencia. Mis últimos relatos transcurren antes de la guerra del 40 o durante ella, y menciono la guerra porque para nosotros, los niños sudamericanos, fue una especie de novela por entregas que duró cinco años.

 Como había anunciado que la entrevista era para un medio colombiano, le dije: en Colombia no es frecuente encontrar literatura urbana, ¿a qué cree que se debe? Y él respondió: quizás a que en Colombia no hay una megalópolis como Ciudad de México, Buenos Aires, Sao Paulo o Lima. En Colombia la población urbana está equitativamente repartida entre varias ciudades grandes. Falta la macro urbe mítica, que sea para los provincianos el único polo de atracción, terreno de ilusiones y frustraciones de las que se nutre la novela urbana. Pero esta explicación no es suficiente, pues podría argumentarse el contrario, y es que a más ciudades principales debería corresponder mayor literatura urbana.

El vino, en cuya etiqueta se podía leer Burdeos, y más abajo Saint Emilion, me pareció muy sabroso (no lo conocía), pero con la última servida se terminó, así que Ribeyro fue a traer otra botella, justo en el momento en que el empleado srilankés se iba (eran ya pasadas las ocho de la noche). Con las copas llenas seguí preguntando y él dando respuestas sesudas, generosas y llenas de ideas. Era un hombre muy analítico, todas sus opiniones parecían fundadas en largas reflexiones. No tomaba nada a la ligera. Y le dije: lo fantástico está a veces presente en sus cuentos, ¿lo busca de un modo consciente?, ¿qué opina del Realismo Mágico?

En mis cuentos, como dices, hay una corriente que va hacia lo fantástico, pero es una corriente minoritaria. Del centenar que he publicado habrá unos diez fantásticos, pues me considero más bien un escritor realista, realista a secas. Del Realismo Mágico, o lo «real maravilloso», como se le ha llamado también, pues no sé qué decir. Eso de que el Realismo Mágico es lo típico de la literatura latinoamericana me parece una invención de Alejo Carpentier, en el prólogo a una de las ediciones de *El reino de este mundo*. Él inventa el término y el concepto, que luego ha sido moneda contante y sonante no sólo por parte de los críticos, principalmente europeos, sino por los propios escritores latinoamericanos. Las obras de García Márquez ilustran la teoría de lo «real maravilloso» de Carpentier, pero yo, la verdad, no estoy muy convencido de lo específicamente real maravilloso de nuestra literatura y nuestra realidad. Si lo maravilloso, en su acepción más amplia que acepta Carpentier, es lo insólito, lo extraordinario o raro, en todas las literaturas se da lo real maravilloso y no veo entonces por qué razón circunscribirlo a nuestra literatura. Carpentier parte del principio de que nuestra realidad y nuestra historia son ya maravillosas, pero lo cierto es que todas las historias lo son. Basta pensar en la Roma antigua: la historia del Imperio Romano con sus Nerones, Tiberios y Heliogábalos es mucho más extravagante e insólita que la de nuestros dictadores tropicales, y un hecho como la Revolución Francesa es tan fantásticamente real o realísticamente maravilloso como lo fueron la conquista de América o la búsqueda de El Dorado...

En este punto ocurrió algo y fue que el casete se terminó, una cinta de 90 minutos que, había pensado, bastaría y sobraría, pues no podía prever que la charla fuera a extenderse tanto. Se lo expliqué, pero él sirvió de nuevo las copas y dijo, bueno, guarda eso, así podremos seguir conversando, y agregó, caray, he hablado mucho, ahora dime, ¿qué fue eso de que perdiste el trabajo? Le conté lo de *Langues dans le monde*, la muy modesta seguridad que acababa de perder por mi acento colombiano, lo que le pareció muy extraño pues, por el contrario, es un acento que la gente aprecia. Sigo teniendo clases, le dije, pero muy pocas, así que habrá que seguir buscando. Al oír esto Ribeyro preguntó: ¿y de qué vives exactamente? Le dije que de la Academia y también de hacer la *plonge* en un restaurante coreano, y él dijo, París es una ciudad complicada y cruel, si uno quiere quedarse debe aguantar un poco. Con el tiempo las cosas se van arreglando. Ver esta casa, señor Ribeyro, le dije, me llena de esperanza. He leído sus escritos parisinos de pobreza y pensiones sórdidas, y entonces él precisó: la verdad es que esta casa la paga mi esposa, ella es marchante de obras de arte, ¿ve?

Pero volvió a insistir en el tema, y preguntó, pensando en un trabajo, ¿qué podrías hacer? Me quedé pensando un momento y contesté, bueno, soy filólogo, licenciado en Filología, y él dijo, podrías trabajar en prensa, dame tu teléfono por si sé de algo. Mientras lo escribía preguntó: ¿tienes alguna experiencia? Muy poca, contesté, sólo artículos culturales como el que estoy haciendo con usted. Es un buen inicio, dijo, ¿quién será tu próximo entrevistado? Le respondí que no sabía, pues no tenía muchos contactos, así que me sugirió hablar con Severo Sarduy y con Fernando del Paso. Luego seguimos charlando de literatura, de sus amigos Bryce Echenique y la juventud parisina de Vargas Llosa, hasta que la tercera botella se acabó y nos despedimos.

Al salir a la calle me di cuenta de que era tarde, más de la una. El Metro estaba cerrado y me dispuse a caminar hasta mi chambrita de Cambronne, cortando el frío con las uñas pero contento, con la sensación de que las cosas podían mejorar. Y así vi que la ciudad empezaba a mostrar una cara distinta. El otro lado de la luna.

2.

Salim quiso escuchar la grabación de Ribeyro, pues también lo había leído y lo admiraba, y me bombardeó con preguntas sobre él y su personalidad, si aún escribía y cómo era su casa, y luego dijo, qué bueno que en París sigan viviendo escritores de todo el mundo, qué bueno que nos toque vivir en una época en la que todavía quedan escritores, a lo que yo respondí, siempre ha habido y seguirá habiendo, esta ciudad tiene un poderoso imán para ellos, no hables con esa nostalgia, pero él repuso, ¿sabes que Mohammed regresa a Marruecos?, y yo le dije, ¿Khaïr-Eddine?, ¿y por qué? Para él todo esto es un mundo acabado, respondió, quiere volver a su gente y además tiene problemas de salud, puede que un cáncer, no lo sé, dios lo guarde. Está bebiendo mucho y aquí el clima es insano. Regresa, es una lástima. Me quedé en silencio un rato, observando una gota de agua que resbalaba por el vidrio, y le dije, a lo mejor tiene razón y esto es un mundo acabado.

—No te entiendo, amigo —dijo Salim—, ¿cuál mundo?

—Este, el único que hay. Está acabado, obsérvalo bien y lo verás. Mohammed tiene razón.

—Sigo sin entender, pero creo que no importa —sentenció Salim.

Caminamos un poco por el boulevard de Belleville, viendo peluquerías africanas y ventas de ropa usada, y después de un largo silencio le pregunté, ¿cómo va tu estudio de Leopoldo Marechal? Salim respondió que muy bien, de un tiempo a esta parte ya no se sentía tan subyugado por el libro. Había logrado una cierta «serenidad de lectura», y pasó a explicarme en detalle.

—Es algo que nunca te he contado, y es que, de algún modo, la estoy viviendo o, mejor, estoy rehaciendo mi propia novela a partir de *Adán Buenosayres*, ¿me explico?

—No —le dije—, no realmente.

Así que continuó:

He escrito un *Cuaderno de Tapas Azules*, como el de Adán, pero con mi vida, y también hice mi propio *Viaje a la oscura ciudad de Cacodelphia*. En el caso del *Cuaderno* sencillamente recordé mi vida en Oujda y los amores que he tenido, la mayoría platónicos, y con todos ellos armé una mujer ideal, un rostro muy poco humano, ¿me vas comprendiendo?, y así he seguido el hilo del libro, ese viaje de Ulises en torno a una ciudad que tiene un espejo o un doble subterráneo, la ciudad infernal, y se convierte en una ciudad enajenada, como la Orplid de cúpulas de oro, la ciudad de las estalactitas o el mundo del descenso, todo eso está en el libro, Marechal la llama «Cacodelphia», un mundo debajo de la ciudad, una vía helicoidal en descenso con nueve espirales donde están los barrios o, como los llama Adán, «cacobarrios», y que corresponden a círculos dantescos. Quise tener esa experiencia o algo parecido, amigo. Sé que ya Cortázar habló de los subterráneos de París y los socavones del Metro, pero para vivirlo hacía falta algo concreto, así que acudí a un amigo del tío, un argelino que recorre las cloacas de París recogiendo lo que la gente tira por los sumideros. Fíjate, trabaja para la alcaldía y es parte de una escuadra de recogedores que hacen turnos y se reparten la red de aguas negras, él siempre nos contó historias de objetos encontrados, armas de fuego o cuchillos que de inmediato entregan a la policía y por lo general corresponden a crímenes, o joyas, todo eso que las mujeres se quitan en el baño y de vez en cuando cae al sifón y desaparece, pues en realidad no desaparece, va allí mezclado con la mierda y el orín y todas las inmundicias que produce la vida, y ellos, este escuadrón de africanos con uniformes de la alcaldía, cascos y linternas, recorren esos caminos subterráneos y van poniendo todo en bolsas, señalando la ubicación donde fue encontrada cada cosa, y así recorren kilómetros y kilómetros solos en esa hedionda oscuridad a la que están habituados, pasando de galerías anchas a canales estrechos, conviviendo con ratas y cucarachas e incluso serpientes o lagartos, aunque muy rara vez, y claro, imaginando por las coordenadas donde se encontrarían si estuvieran en la superficie, que puede ser una iglesia o el hotel Ritz o la calle de las putas y los Sex Shops de Saint Denis.

Al escuchar a Salim pensé, inevitablemente, en *Les goelins de Pyongang*, mi más segura fuente de sustento, y en cómo Jung y yo también estábamos en las cloacas. Nuestro espacio vital comenzaba un poco más abajo del nivel de los comensales, pero Salim siguió con su historia. Este amigo argelino nos contó que una de las cosas más comunes de encontrar, a la vez extrañas y algo macabras, eran partes humanas, dedos, manos, pies completos, incluso un pene, en una ocasión, y que es precisamente en estos casos cuando pueden (y deben) usar los walkie-talkies para hablar con su central y que ésta comunique el hallazgo a la policía, lo que supone el fin del turno ya que hay que esperar a los guardias en el punto de salida más cercano y guiarlos hacia el hallazgo, dándoles todas las explicaciones sobre la red de aguas de modo que puedan establecer con cierta exactitud de dónde provino, y entonces, escuchándole estas historias, le había dicho a Addib, así se llama, que quería bajar una noche con él, y él siempre dijo, ¿pero crees que podrás aguantarlo?, y yo, eso no se puede saber sin bajar, así que esta semana fui dos veces, hicimos varios trayectos fáciles, en galerías grandes, y pude al fin vivir el descenso de un modo real. Ahora entiendo mejor eso del espejo enterrado y la otra ciudad e incluso lo del inconsciente. Es verdad que existe una zona de la realidad donde se viven los contrarios, donde va a parar el vómito y el excremento de esas hermosas mujeres y de aquellos dandys que, arriba, en la ciudad solar, representan los ideales del mundo, y fíjate, también ocurrió algo curioso y es que cuando llevábamos unas dos horas caminando por un socavón, mientras Addib me contaba historias, vimos una luz al fondo, el chorro de una linterna yendo de un lado a otro. Sentí un miedo paralizante, como si estuviera en un planeta desconocido y algo muy grande y peludo empezara a moverse detrás de una roca, pero Addib encendió y apagó un par de veces la linterna, según un código, y me dijo, ven, vas a conocer a un amigo. Lo vi acercarse, y al bajar la capucha del impermeable apareció un africano llamado Moses. Hola, compañero, gritó de lejos, y se dio un abrazo con Addib, estaban contentos de verse pues, según dijeron, no era fácil encontrarse, había que coincidir en el límite de dos zonas. Sacaron cigarrillos y fumaron. Luego el africano sacó una petaca y nos convidó a un trago alcohólico que no pude rechazar, dios me perdone, pero lo más conmovedor fue verlos sentados al lado del arroyo de inmundicias y mierda, charlando de su trabajo, contándose los pequeños problemas de la noche, cosas nimias, una rejilla taponada que fue necesario reabrir, un pequeño derrumbe de ladrillos en tal otro, y así estuvieron charlando un rato hasta que nos despedimos, Moses siguió por su lado y nosotros por el nuestro, y luego yo salí, pues los olores acabaron por marearme, y pensé en Adán Buenosayres y su descenso con el astrólogo Schultze, primero a Cacodelphia, la ciudad atormentada, y luego a Calidelphia, la ciudad gloriosa, y tomé notas sobre mi personal descenso, que será menos literario, pues los antecedentes de Marechal son Ulises y Eneas y sobre todo Dante, guiado por Virgilio, mientras que yo fui con un modesto inmigrante argelino que apenas sabrá leer y escribir y que nada debe saber de Dante o de Ibn Arabi, con sus seres ígneos, pero que me mostró esa otra realidad. Y bueno, amigo, entre una cosa y otra intento completar mi propia versión de la novela, pues hay pulsaciones que se dan en cualquier vida, por miserable que sea, ¿no crees?

Bueno, le dije, todos hacen en algún momento un descenso a los infiernos, o varios descensos, y hay quienes se quedan a vivir en ellos o no conocen otra cosa y por lo tanto no saben que están en el infierno, pero tienes razón, el infierno existe y de qué modo. Y existe aquí.

Habíamos llegado a las puertas del Metro aéreo de Belleville, así que le entregué los libros de Ribeyro que había pedido, *Prosas apátridas* y la novela *Crónica de San Gabriel*, y nos despedimos.

Yo ansiaba regresar a mi chambrita a escuchar de nuevo la entrevista y, sobre todo, a pasarla a limpio o «desgrabarla», como se dice en jerga periodística. Al llegar preparé un café y lo bebí casi hirviendo, pues estaba aterido de frío, y empecé a trabajar con el audífono, hasta que a eso de las siete sonó el teléfono. Casi me caigo para atrás al escuchar la voz de Ribeyro, quien dijo: ven el próximo martes al mediodía al restaurante Old Navy, en la Place de la Contrescarpe, te presentaré gente que podrá ayudarte.

3.

Paula abrió la puerta y dijo, lo único que no te perdono es que te desaparezcas, y agregó: no sé qué tengas que decirle a tu novia pero esta noche te quedas aquí, quiero que comamos y nos emborrachemos, y además tengo una sorpresa. Mientras hablaba ponía cubiertos y servilletas para tres en una mesa muy elegante, con candelabros al centro, copas y cubiertos antiguos. Al fondo se oía una música tradicional árabe. Me encantan tus sorpresas, le dije, ¿qué es? No es plata, no he vuelto a prostituirme. Alguien que quiere verte vendrá esta noche, y yo dije, ¿Deborah? Paula negó con la cabeza, pero adiviné al segundo intento: Yoglú. Quise saber qué se celebraba y ella respondió, dos cosas, pero por ahora sólo sabrás una, y es tu despedida de soltero. Me reí y le dije, estás loca, Paula, no me voy a casar. Pero ella insistió: vas a convivir con una mujer, que hoy por hoy es lo mismo.

La hermosa turca llegó un poco más tarde. Tenía puesta una falda gruesa de espejos y medias pantalón de lana, y muy pronto estuvimos sentados en la mesa, bebiendo vino y comiendo un exquisito plato con verduras y carnes de tres tipos que, según dijo, había cocinado con especias de acuerdo a una receta de Somalia, así que brindamos varias veces. Yoglú nos contó que había decidido dejar París al final del curso, pues tenía parientes en Alemania, en Hamburgo, y quería pasar allá una temporada con vistas a perfeccionar su alemán, pues uno de sus proyectos era ser traductora profesional de turco y lenguas europeas, algo que iba a ser muy requerido en unos años, cuando al fin Turquía pueda entrar a la Unión Europea, para lo cual será importante conocer lenguas. Ya sabía inglés, francés y algo de alemán, y ése era su proyecto. De este modo la cena empezó a tener una atmósfera de despedida o de fin de época que nos fue llenando de nostalgia, a lo cual la música contribuía enormemente. Paula en cambio se quedaría en París haciendo estudios de filosofía en la Sorbona, pues la literatura, su pasión recién descubierta, debía quedarse en un ámbito privado.

—No entiendo cómo en una facultad se puede enseñar algo más de lo que ya está en los propios libros —dijo.

Les conté de mis problemas laborales, pero ambas me dieron ánimos diciendo que sería algo pasajero. Recordé a Ribeyro y les narré mi encuentro con él, lo mismo que la cita del día siguiente, una tabla de salvación en medio del mar. Paula opinó que gracias a Ribeyro encontraría algo mucho más estable que las clases de la Academia, y que debía ser optimista y paciente. Si te invitó será por algo, dijo Paula, le caíste bien y quiere ayudar. Es una persona influyente, así que no vas a tener ningún problema.

Celebramos el futuro con varios brindis y, al acabar de comer una carne al estilo de Borgoña y un tabulé, Paula recogió la mesa, trajo hielo y abrió una botella de Ballantine's, que empezamos a beber con avidez. Con el trago vino la música caribeña, El Gran Combo de Puerto Rico y Héctor Lavoe, y nos pusimos a bailar. Paula bajó la luz y, para mi sorpresa, se pegó a mi cuerpo como una serpiente. A la tercera canción, cuando Lavoe empezaba *Mi gente*, me besó en la boca, y me siguió besando hasta que propuso un cambio de pareja y esta vez fue Yoglú quien acercó sus labios.

Los tres nos abrazamos y Paula dijo, mi Princesa Loca se acaba de despertar de un largo sueño, y me dio la orden de llevarle un esclavo, ¿lo entiendes? Claro, dije, y de inmediato sentí a Yoglú chupando mi cuello, su lengua en mi oreja. Varias manos (¿una diosa Baal?) levantaron mi camisa, luego el cierre del pantalón, así que les dije, queridas mías, dense la vuelta, y al tenerlas de espalda empecé a descubrir sus dos traseros, tan diferentes, dos escuelas o sensibilidades contrapuestas, la del Caribe y la de Capadocia, el de Paula moreno y redondo, una esfera de carne partida en dos hemisferios por una tanga naranja, y el de Yoglú más blanco, casi marmóreo, un disco lunar arropado en un calzón celeste. Encontré también dos recias espaldas repletas de pecas que de inmediato empecé a besar, cuando ya mi Holofernes tenía su espada en alto y parecía a punto de gritar, «¡al asalto, mis nobles guerreros!». En una vuelta de la música nos dejamos caer al sofá y mientras besaba a Paula, con su exquisito sabor a whisky y tabaco, Yoglú atesoraba en sus manos el yelmo de mi capitán y se lo metía a la boca o lo frotaba con sus estupendas tetas, y así nos fuimos turnando hasta que Paula acercó sus labios a los de Yoglú y la besó con timidez, de un modo inexperto, y al hacerlo ambas parecieron bullir, tanto que me pregunté, sintiendo su ardorosa respiración, si mi papel en el triunvirato no sería, además de *factotum*, el de intermediario o agente posibilitador. Supuse que debía ser así y me pareció justo, también Paula me había acercado a Yoglú, estambulita libertina, que ahora turnaba sus labios entre el yelmo de Holofernes y la boca de Paula, al tiempo que yo las exploraba en la región sur o zona baja, dos rajitas felices e inflamadas, y cuando Paula se recostó en el sofá y, abriendo las piernas, me dijo, métemelo, Yoglú resbaló sobre ella y la chupó, y siguió chupándola mientras Holofernes se internaba en las rosadas carnes paulinas, creando un ritmo, una lujuriosa prosodia. Pasado un rato la anfitriona me dijo, ahora méteselo a ella. Hice caso y Paula nos lamió en el interior apretado y cálido de la estambulita, y después las dos se pusieron de rodillas en el sofá y levantaron las nalgas, mirando a Constantinopla, y esta vez la orden fue, nos lo metes por turnos, dale. Las dos se besaron y lamieron, y vi sus espaldas ondularse, temblar sus muslos como lunas en el agua (cita de Cortázar, ¿lo recuerda alguien?), y vi sus tetas meciéndose en el vacío y sus pezones como agujas señalando el suelo, como el bastón afilado de un rabdomante que indica la corriente de agua subterránea, y dice, aquí, aquí, todo eso vi hasta que Paula gritó, seguida del asalto de guerra de Holofernes, lo que nos permitió atacar juntos a la estambulita hasta hacerle gritar algo incomprensible, un suspiro trágico que quería decir, sin duda, me estoy viniendo, y tras eso, satisfecho el cuerpo, seguimos bebiendo whisky, oyendo música de Lou Reed y de Bob Dylan hasta que llegó la hora de dormir. Entonces Paula me susurró al oído, gracias, de parte de la princesa. Lo disfruté mucho, después del período de abstinencia.

Nos despertamos al mediodía. Yoglú se había ido temprano dejando una nota en la que decía, «ça a été très mignon, superbe, à bientôt», y yo me metí a la ducha corriendo, pues mi cita era dentro de 50 minutos, no había tiempo qué perder. Me vestí y, tras la aprobación de Paula, que aún estaba desnuda y me arregló el cuello de la chaqueta, bajé corriendo a la calle, lleno de esperanzas sobre lo que podría acarrear este almuerzo para mi porvenir, y contento de ver otra vez a Ribeyro, lo que me permitía imaginar que ya era un amigo.

Caminé por las callejuelas del Barrio Latino, que tantas veces vi citadas en los libros de Cortázar y de Bryce Echenique, pero que no había pisado desde mi llegada, y llegué a la Place de la Contrescarpe, a tiempo para buscar el restaurante. Allí estaba Ribeyro, el señor Ribeyro, como le dije al saludarlo, pero él, con elegancia y afecto, me contravino, llámame Julio Ramón, dijo, y acto seguido me presentó a los demás comensales, que eran todos peruanos, el filósofo Fernando Carvallo, el escritor y periodista Alfredo Pita y otros a quienes no volví a ver.

Ribeyro me sentó a su lado y dijo que yo era un joven escritor y periodista colombiano, algo que me halagó, aun a sabiendas de que era falso, y gracias a eso los peruanos me hicieron un lugar en su charla. Se habló por un rato de la situación de Colombia y de la política latinoamericana, hasta que recalaron en el que sería el tema del resto del almuerzo, es decir el Perú, Alan García y Vargas Llosa, y por supuesto el misterioso ingeniero de origen japonés, Alberto Fujimori. Mientras los escuchaba y bebíamos vino, pensaba con angustia en la cuenta, pues Ribeyro no especificó que fuera una invitación ni tenía por qué serlo. Me inquietaba el modo regalón con que los comensales pedían más vino, una botella y otra más, y al final, cuando se acabó lo que había sobre la mesa y se pasó al café, pidieron copas de whisky, a las cuales me sumé, calculando que el costo de todo estaría en torno a un mes de alquiler de mi chambrita.

Segundos antes de salir, Ribeyro dijo: nuestro amigo necesita una mano y he pensado en la Agencia France Presse, y se dirigió a Alfredo Pita, que trabajaba allí. Entonces Alfredo dijo, claro, claro, Julio, lo primero es entregar un currículum con copia de algunos artículos y solicitar un test de ingreso, y luego, una vez que tengas una fecha de examen, vendrás a la agencia a aprender a usar los aparatos, y eso lo harás por la noche, cuando yo esté de turno y no haya jefes. Así quedamos, Ribeyro pagó mi parte del almuerzo (¡qué alivio y qué gratitud!) y nos despedimos, y yo me fui a la chambrita a buscar entre mis papeles algunos de los artículos culturales que había publicado el año anterior. Los encontré al fondo de la maleta, por fortuna, lo mismo que mi título de filólogo, y con eso, al día siguiente, me presenté en la Agencia. Alfredo me ayudó a rellenar un impreso y me llevó al lugar donde debía entregar la solicitud. Hecho eso dijo, ahora sólo debes esperar a que te convoquen para el test.

Sabrina estuvo muy entusiasta al saber que había entregado los papeles, y me dijo, ya verás, te llamarán muy pronto. Observé desde su ventana la noche parisina, e hice una plegaria, pedí ser llamado y luego aceptado en la AFP. A cambio ofrecí devoción y arrepentimiento, como el que ya sentía por la deliciosa *partouze* que Paula me había regalado y con la que aún fantaseaba, esos dos traseros sobre el sofá, y a pesar de que más tarde hice el amor con Sabrina y dormí abrazado a ella, juré repetirlo. Al día siguiente ocupé la mañana revisando el manuscrito de mi novela, cosa que hice o empecé a hacer, pues al poco tiempo las torpezas de la narración y la falsedad de los personajes me llevaron a encender un cigarrillo y acodarme en el balcón, gracias a lo cual presencié una increíble escena que ya anuncié hace algunas páginas: ya dije que al frente había un hotel de dos estrellas que vivía de los viajes organizados, alojando buses completos de turistas polacos o nórdicos que pagaban muy poco por conocer París, y entonces, en una de las habitaciones, vi a una hermosa jovencita de pelo amarillo fumando como yo un cigarrillo, sólo que en calzón y sostén, pues a pesar del invierno hacía un sol agradable. De repente un hombre mayor entró a la habitación y, sin que mediaran muchas palabras, la joven se arrodilló, le bajó la bragueta y extrajo un rosado pene que de inmediato empezó a chupar. La visión me turbó, pues la jovencita, que luego se acostó en la colcha con las piernas abiertas, no debía tener más de quince años, y el hombre, en cambio, tenía el pelo cano. Terminaron y él se fue, pero hacia el mediodía, cuando bajé a la calle, los vi salir. Ahí me di cuenta de que era un viaje escolar proveniente de Finlandia —eso decía el bus—, y que el hombre de pelo cano era uno de los profesores. Imaginé a la joven escribiéndole postales a sus padres, y diciéndoles, París es muy lindo, estoy aprendiendo mucho, y me dije, bueno, la vida es así, todo el mundo está lleno de terribles secretos, y mucho más yo, que tenía en la mente a Paula y a Yoglú mientras hacía el amor con Sabrina.

Pasé el día pensando en eso y por supuesto no escribí una línea, hasta que Sabrina llegó por la noche y le conté la escena. Curiosa se asomó a la ventana y me dijo, mira, ¿es ella? Volví a ver a la joven. Estaba con dos amigas y abrían paquetes, se probaban ropa. Luego Sabrina se acostó a dormir —debía levantarse siempre muy temprano— y yo intenté trabajar en mi novela, cosa difícil, pues tenía en la cabeza el almuerzo con Ribeyro y la jovencita y Paula y Yoglú, y sobre todo la angustia por mi presente, que gracias a Sabrina no era trágico, pero que debía resolver de algún modo, y al final me dormí. Al otro día la acompañé a desayunar y le di un beso en la puerta —nos habíamos acostumbrado a este ritual—, y cuando pensaba en qué ocupar el tiempo (las cortinas del pequeño hotel estaban cerradas) sonó el teléfono y era de la AFP. Me daban cita para dos semanas después.

Me quedé echado en la cama, fantaseando y leyendo, hasta que a eso de las nueve volví a mirar por la ventana. La joven preparaba su ropa y tenía puesta una piyama muy corta, poco apropiada para la estación invernal, aunque es bien sabido que en esta ciudad se exagera con la calefacción de interiores, lo que, por cierto, hace que todo el mundo en los meses de enero y febrero esté estornudando y sorbiendo mocos y tenga una estupenda disculpa para no bañarse. A media tarde, antes de ir a *Les goelins de Pyongang*, llamé a Alfredo Pita y le conté lo de la cita, y él me preguntó, ¿cuándo puedes venir a recoger unos despachos? Le dije que inmediatamente, así que me dio cita en la esquina de la AFP, que quedaba (queda) en la Place de la Bourse, y ahí lo encontré a eso de las seis, bebimos un café y me entregó un archivador lleno de cables de AFP organizados por temas, en inglés y francés.

—Debes practicar a leerlos rápido —dijo—, comprender el sentido de un golpe de vista, escribir encabezados de tres líneas y media y continuar con la información a modo de pirámide invertida, de manera que se pueda cortar desde abajo; si hay alguna mención a América Latina debes ponerla en el encabezado. El fin de semana tengo turno en la «grand nuit» —desde la medianoche hasta el amanecer—, así que puedes venir desde la noche del viernes a practicar en los aparatos.

Dicho esto nos despedimos y yo me fui al restaurante, ojeando los despachos y organizándolos por temas.

Al llegar a *Les goelins de Pyongang* le conté todo a Jung y el viejo se puso alegre, y dijo, por fin podrás salir de esta pocilga, debemos celebrarlo, pero yo le advertí, espera un poco, lo celebraremos cuando se confirme, aún debo hacer el test de ingreso, pero él insistió, lo pasarás, eres una persona educada y con un título, y además provienes de una familia de universitarios. Aquí en este sótano parece que fuéramos iguales, pero en el fondo tú eres diferente. Los que nacemos abajo por lo general permanecemos abajo.

Lo interrumpí y le dije, no digas tonterías, tú también tienes un título, fuiste educado en Corea, eso tiene valor, y él dijo, sí, tiene valor en el único país donde no puedo vivir, ¡en el mío! Seguimos trabajando, invadidos por una mesada de platos sucios, y al rato le dije, oye, ¿has tenido noticias de tu mujer? Sí, dijo, había recibido una carta del pariente confirmando que le había hecho llegar su nota a Min Lin, aunque sin respuesta de ella por ahora.

Y dijo, ¿la imaginas? ¿Cómo habrá sido su cara al leerla, si es que la leyó? Le escribí que estaba en París y que iba a enviar por ella, sólo eso. Tal vez se esté preguntando si no será una broma, después de tantos años. No sé, ya veremos. Trato de ver su cara y compruebo que la he olvidado, será algo muy duro para ella.

Unas horas después recibí una nota del comedor. Era de Lazlo y decía: «Estoy con la reina de Rumanía cenando encima de ti, te esperaremos para beber unos aguardientes». Me pareció una estupenda idea y se lo propuse a Jung, que aceptó encantado. Al subir vi que también Susi estaba en el grupo, así que nos fuimos a la parada de los buses nocturnos. Saskia estaba realmente muy bien, aún si no lograba recuperar su aspecto de antes. Sus mejillas ya no estaban pálidas y había subido unos kilos, pero tenía huellas en los ojos, una expresión que, por momentos, parecía la mirada de un loco.

Al llegar a la chambrita Lazlo sacó copas, alzó una botella y anunció, ¡recién llegada de Bucarest! Luego Jung contó lo de la AFP y se explayó en que supuestamente mis días de miseria estaban contados, y todos brindaron sin atender a mis protestas.

Oyéndome, Lazlo dijo, es mejor dar por hecho hoy lo que vendrá mañana, por si no sucede, recuérdalo siempre. Pidió un segundo brindis por mi nuevo cargo de periodista y dijo con solemnidad:

—Para que no olvides a tus compañeros de infortunio.

Todos bebieron sus copas hasta el fondo y a partir de ahí hubo música rumana y otros brindis, por lo bien que estaba Saskia y el adiós a la convalecencia, por la próxima llegada de Min Lin, por la República del Senegal, por una carga de brújulas del ejército ex soviético que Lazlo debía recibir y que ya tenía vendida a muy buen precio, en fin, por todo lo que debía alegrarnos la vida en las próximas semanas, y mientras bebía observé a Saskia con alarma, pues gesticulaba de forma exagerada o permanecía suspendida en una sonrisa idiota. Algún fusible se debió quemar dentro de su cabeza, sin duda, y luego pensé en lo lejos que estaba de Sabrina y su apartamento de Clichy, dos vidas que tarde o temprano debía intentar conciliar.

El resto de la semana, exceptuando los días de trabajo en el restaurante, los pasé en la escritura de despachos de agencia y aprendiendo a usar los aparatos de la AFP con Alfredo, quien me explicó el principio, dejando claro que lo más importante era ser veloz y preciso. Los aparatos eran unos inmensos computadores IBM de pantalla negra y letras verdes. Una serie de controles abrían los hilos informativos, según el origen de la noticia, pero lo más importante era una serie de teclas clave para grabar y enviar lo escrito al jefe adjunto, que es quien corrige y valida, quien manda a los diarios que tienen comprado el servicio noticioso de la agencia. El proceso parecía complicado, pero al segundo día ya lograba encontrar todo tipo de cables con facilidad. Lo difícil era escribir con rapidez, pues a pesar de ser un servicio en lengua española, los computadores tenían teclados en francés, lo que obligaba a hacer continuos errores. El jefe de la noche era un español de apellido Belmonte, un hombre simpático y dicharachero que apreciaba la literatura y que al saber que era amigo de Ribeyro me recibió con gran afecto.

Y llegó el lunes del test, y a las tres de la tarde, con mi mejor camisa y chaqueta, me presenté a un jefe de servicio adjunto, quien me instaló en una oficina y me dio los despachos sobre los cuales debía trabajar. Unos eran en inglés y otros en francés. Con ellos debía redactar varios cables de 350 palabras. Gracias a la preparación de Alfredo los hice bastante rápido y bien, así que entregué todo y salí en menos de dos horas. El jefe adjunto leyó por encima y dijo: está bueno, lo revisaremos con calma y apenas sepa algo te llamo. Salí de la agencia y corrí al Metro, en Place de la Bourse, y desde un teléfono público llamé a Sabrina. ¿Qué tal?, preguntó, y yo, nervioso aún, le contesté: fue fácil, el adjunto dijo que me avisarían cuando se supiera algo.

—Va a salir bien —dijo ella—, te invito a cenar al chino del barrio, apúrate.

4.

La espera por el resultado del test en la AFP me provocó un estado comparable al sonambulismo, así que decidí quedarme en mi chambrita, recostado en la cama y concentrado en el humo del cigarrillo, mientras hacía cábalas sobre la vida, o debajo de la ducha (mi otro lugar privilegiado), lejos de la realidad y del frío. Pero la noche del viernes Sabrina me sacó del letargo para que la acompañara a una cena en la casa de su amiga Sophie. Al oír el nombre sentí un golpe de campana, y le dije, claro, te acompaño. Incluso mostré un cierto entusiasmo que la dejó perpleja, aunque no preguntó nada, fiel a su carácter reservado. Mientras me vestía para salir pensé en Gastón y en sus noches en vela intentando conservar la imagen de Néstor, queriendo saber que lo que vivió fue real. Y volví a preguntarme: ¿dónde estará?, ¿por qué se fue?, ¿habrá muerto?, ¿qué le ocurrió? Todas las hipótesis seguían siendo posibles. Esta noche, con un poco de suerte, podría encontrar alguna pista que nos permitiera avanzar.

Al llegar a la casa de Sophie, que en realidad era un estudio de 35 metros cuadrados en un tercer piso del distrito XVIII, me encontré a bocajarro con una verdadera fiesta. En una mesa había papas fritas, pâtés, pan y galletas, aceitunas, diferentes clases de vino (sobre todo del tipo «el más barato»), dos botellas de ron agrícola de Martinica y una de Martini, y sobre todo mucha gente, así que me dediqué a observar cada detalle de lo que sucedía, de la casa y la propia Sophie. Como era de esperarse, los invitados provenían del gremio de la fonoaudiología, y la mayoría eran viejos conocidos o colegas. Por eso las charlas versaban sobre accidentes neuronales, autismo, pérdida del lenguaje o de las inhibiciones y otras patologías. Sería difícil establecer, en los corrillos a los que me acerqué, cuál de los casos era el más insólito o desconocido. En uno se hablaba de una mujer alsaciana que había perdido el francés, su lengua, lo que hizo que en su cerebro emergiera el alemán, que había aprendido de niña. Sabrina me presentó a todo el mundo, pero al cabo de un tiempo se dedicó a charlar con sus colegas, lo que me permitió sentarme en la esquina del sofá, beber unas cuantas copas de ron martiniqués (dulcísimo) y seguir observando a Sophie. Intenté imaginarla junto a Néstor esa noche, después del torneo y la fiesta. Ella bastante ebria y risueña, y él serio, tímido. Lo habrá invitado a sentarse en este sofá y servido una copa de algo, ¿y después? Y esto sólo en el caso de que Néstor haya llegado hasta acá, pues nada permitía asegurarlo. ¿Habrán llegado a algo sexual? El hecho de que Sophie no quisiera hablar de ello (así me fue referido por Elkin, de acuerdo a lo que su esposa le había contado) permitía imaginar una hipótesis: que Néstor haya sido demasiado directo o que de algún modo la haya fastidiado, pues un mal paso o un salto apresurado en la seducción puede cambiar el polo de las cosas, convertir una valencia positiva en su contrario y pasar de objeto del deseo a compañía molesta e incluso ridícula. «Qué tipo tan imbécil y cursi», puede decir una mujer de alguien que poco antes le atraía, si no se cumple con los pasos requeridos por ella. La gracia —pensé al servirme el tercer ron— está en descubrir el esquema que lleva dentro cada mujer, pues no siempre es el mismo, y lo que en unas es grosería en otras puede ser de gran delicia (algo así podría ocurrir entre Paula y Victoria).

Sophie era una mujer muy tímida que al liberarse a través del licor o el hashish saltaba a la orilla contraria y se volvía rabiosamente seductora, celebraba cualquier chiste con risas y gritos y penaba por ser el centro de atención, fuera aplaudiendo al ritmo de la música o bailando cual ninfa. Ése era precisamente su ánimo al salir con Néstor de la fiesta, un ánimo que, de cualquier modo, debió disminuir al quedarse a solas con él, pues ya no había escenario ni público, con lo cual su deseo debió irse diluyendo al acercarse a la casa. Traté de imaginar a Néstor con Sophie en el sofá pero no pude. Lo que sabía de él me impedía representarlo en ese lugar, era algo imposible y, sin embargo, era muy probable que hubiera sucedido. Mientras pensaba en esto Sophie pasó a mi lado y me hizo una sonrisa, entonces le dije, ¿cómo acabó tu experiencia con los colombianos? Respondió en español, con los ojos brillantes (estaba algo bebida), fue algo súper simpático, muy importante para ellos y para mí, hubo algunos que progresaron bastante, es verdad, y decían muchas cosas. Fue una lástima que no tuve más tiempo, mi agenda estaba demasiado llena y ya no pude seguir.

Tenía ganas de hablar, así que la invité a la mesa de bebidas y ofrecí llenar su vaso. Aceptó un Martini. Yo me serví un ron agrícola. Luego siguió diciendo, son gente muy buena, es verdad, tienen una vida muy difícil y no sólo ellos, los inmigrantes en general. Tengo otros conocidos que están peruanos y es la misma cosa, no es evidente, un trabajo o una casa, no es nada evidente, y aquí, esta ciudad es cara y difícil y complicada y los parisinos son muy serios, ¿no crees?

Bebimos otra copa cerca de la ventana y miré hacia arriba. La noche estaba muy clara por el resplandor de la luna y de algunos planetas, y le dije, ¿cómo será la vida allá, en esos lugares? Sophie observó un rato y dijo, debe ser igual que acá, habrá ciudades llenas de tráfico, inmigrantes, gente que bebe, parejas que hacen el amor y luego se pelean, personas deprimidas y personas felices. La miré a los ojos y se rió. Entonces, en voz baja, le dije, jugué el torneo de ajedrez, quería ganar tu premio. Volvió a reírse, aunque ya no tan fuerte. Su expresión quedó detenida, como un tocadiscos sin corriente en mitad de una canción, y dijo, ah, habría sido mejor. En ese instante agarré la botella de Martini y llené su vaso. Hice lo mismo con el ron agrícola y me atreví a preguntarle, ¿cómo te fue con el ganador?, ¿valió la pena? Ella se quedó en silencio y al verla temí haberme apresurado.

Pero al fin dijo, fue muy extraño, hablaba poco y pensé que estaba bebido, al menos tan bebido como yo, pero no, sólo era un hombre callado... Yo estaba verdaderamente dispuesta al llegar a la casa, ¿me entiendes?, quería divertirme y ocurrió algo como esto: le serví una copa de vino y al ver que no hablaba le dije, ¿te gusta mirar en silencio?, ven. Lo agarré del pull y lo llevé a la habitación y le dije, siéntate en mi cama, ahora vengo. Entré al baño y me quité esa ropa sudada. Creí que íbamos a besar de inmediato así que me quedé muy ligera. Un poco de rouge, eso sí, y un control en el espejo, ¿y sabes lo que ocurrió? Cuando abrí la puerta saqué una pierna y canté, *La vie en rose*, luego la cadera y finalmente salí, y la reacción a todo eso que hice fue nada, absolutamente nada, por la razón más simple y es que no había nadie, el dormitorio estaba vacío. Fui a la sala diciendo, te escondiste, te encontraré, y canté un poco más, *rien de rien, non, je ne regrette rien*, y avancé dando pasos de diva por el mini corredor, que aquí es pequeño, ya ves, no hay mucho dónde esconderse, pero un minuto después yo estaba sentada en el taburete de la cocina, sola y con una copa de vino en la mano, porque el tipo se marchó sin decir nada, se fue cuando yo estaba en el baño. No sé qué pasó, tengo 24 años y tampoco estoy tan mal, ¿no crees?

La botella de ron agrícola había terminado y al dar vuelta vi que Sabrina nos espiaba, así que le dije, gracias por la historia, no estás nada mal e incluso diría que muy bien, y agregué: si el primero no aceptó el premio deberías haberlo dado al segundo, pero ella dijo, imposible, era Elkin, el marido de mi amiga. ¿Y al tercero?, sugerí, pero ella se rió y dijo, no, el premio ya quedó desierto.

No había ningún dato especialmente revelador en la historia de Sophie. Coincidía con la personalidad de Néstor, aunque permitiera plantear varias preguntas: si pensaba irse, ¿para qué vino hasta su casa?, ¿por qué dejó que la situación llegara a ese punto? Sólo él podría responder, y ahora, agotada esta última fuente informativa, volvía a quedar con las manos vacías. Siempre pensé que Sophie tendría un dato novedoso que explicara la desaparición de Néstor, pero ahora veía que me había equivocado. Era el momento de concluir con el asunto y pasar a otra cosa, así que pensé en llamar a Gastón, contarle esto último y, por decirlo en términos policiales, archivar el caso.

En ese momento Sabrina empezó a bostezar, serían las doce de la noche, y a pesar de que me estaba divirtiendo y que había acariciado la idea de abrir una segunda botella de ron agrícola, comprendí que habría que irse, así que me levanté para ir al baño. Justo en ese momento Sophie pasó a mi lado y me dijo, entra al de mi cuarto que éste está ocupado, así que fui allí y observé la cama donde Néstor estuvo sentado y el baño donde ella preparó su show. En ese punto algo que estaba en la mesa de noche me llamó poderosamente la atención. Fue un portarretratos con la foto de un joven. No me costó mucho esfuerzo reconocer el mismo rostro del recorte de *France Soir*. Era el joven asesinado, el muchacho que agredió a Gastón y que Néstor destrozó a golpes. ¡Esto fue lo que vio antes de irse! Reconoció la foto y se alejó, huyó de este lugar, y decidió desaparecer... Es el cadáver que emerge del pasado, el cuerpo que flota y lo señala. Salim tenía razón, desapareció por vergüenza. Sophie volvió a entrar al cuarto y me vio mirando la foto, así que le dije, ¿es tu novio? Ella, con gesto duro, respondió, era mi hermano menor... Lo encontraron muerto, lo golpearon hasta matarlo y lo dejaron en la calle, como a un perro. Nunca se supo quién fue, su asesino anda suelto.

Lo siento mucho, le dije, ¿era tu único hermano? Respondió con la cabeza, sí, y luego me abrió la puerta. Entra, la luz está allá.

Al día siguiente me reuní con Gastón para contarle la historia de Sophie, desde el principio hasta el último hallazgo, y él me escuchó en silencio, bebiendo un trago de Pastis. Sólo al final, cuando acabé la historia, estiró los labios hacia adelante y dijo, esto es una verdadera sorpresa, comprendo que haya querido ocultarme la historia de esa mujer por razones obvias, aunque le digo que saberlo no me habría causado ninguna molestia. En el mundo las cosas van y vienen y estoy acostumbrado a los mil rostros de cada persona. Lo peor es juzgar a los demás, amigo, y yo ya no tengo fuerzas para pensar en nada. Me basta abrir los ojos y ver el mundo desde mi ventana, desde estos dos ojos que son como mis ventanas, y soportarlo, pero disculpe, me estoy poniendo lírico, he estado escribiendo, tal vez sea una memoria, un libro triste pero verdadero, la historia de Néstor y el modo en que usted y su amigo árabe me ayudaron. Le confieso algo: aún no he comprendido qué era lo que le interesaba a usted de todo esto, pero ya no importa, cada cual vive las cosas a su manera, disculpe un momento... Sacó un cuaderno del maletín y escribió algo, muy concentrado, como si estuviera solo. Luego levantó la cabeza y siguió diciendo: me gusta escribir ciertas cosas, con la fecha y la hora, no sabe lo importante que es esto cuando repaso mis anotaciones, le decía que al final el gran regalo de Néstor fue su propia historia y eso también se lo debo a usted. He sabido más de él desde que desapareció que en cuatro años de relaciones esporádicas, fíjese cómo es la vida, todo lo que estamos obligados a saber y descubrimos después, cuando las personas o las cosas ya no están, es algo en lo que pienso mucho, estar rodeados de seres invisibles, espectros que desaparecerán, como Néstor, y que de algún modo ya están muertos, y ya lo estamos, también usted y yo, todos, esta ciudad está repleta de cadáveres que deambulan por ahí sin saber que están muertos, el mundo entero es un gran camposanto del que no quedará nada, pues el tiempo de la vida es implacable y corto, muy corto para comprenderla y saber lo que debemos saber de ella, ¿lo estoy aburriendo? El estómago nos obliga a hacer muchas cosas, pero luego se vuelve a la tierra, junto a esos millones de millones de muertos que nos han precedido en este extraño rito, y lo peor es que cada vez lo que se debe recordar es mayor, y por eso llegará el día en que habrá que olvidar, destruir, dejar que el pasado desaparezca, pues, ¿cómo hacer para recordarlo todo? Soy un pesimista, eso es obvio, pero la vida que tengo delante no da para más. Gracias por todo, espero volver a verlo.

Sólo cuando se levantó me di cuenta de que estaba muy borracho. Chocó contra la mesa del frente, buscó apoyo en un muro y las piernas le flaquearon. Lo seguí hasta que cruzó a la otra acera, pero casi de inmediato un bus se interpuso y lo perdí de vista.

5.

De nuevo sin un maldito cobre en el bolsillo, y la posibilidad del trabajo en la AFP, en lugar de tranquilizarme, me creaba una gran ansiedad. Pero no podía hacer nada así que esperé en mi chambrita la llamada de la Agencia, imaginándola de mil modos. Sé lo poco saludable que es hacerse ilusiones, pero no pude evitar fantasear, un cargo seguro, un sueldo decente, vacaciones pagadas, no sé si era lo mejor para mis sueños de escritor, pero por ahora debía vivir, y eso sería sin duda lo mejor, vivir, dios santo, qué privilegio y al mismo tiempo qué cosa tan difícil, y mientras el agua caliente caía sobre mi espalda pensaba en las palabras de Gastón sobre esta ciudad, que él llamó «repleta de cadáveres», y así la imaginé, cuerpos descompuestos en las calles, monumentos y edificios derruidos, cubiertos por una capa de tierra. La misma ciudad en la que hoy intento sobrevivir será un yacimiento arqueológico y yo mismo uno de esos cuerpos, huesos en algún museo o una foto en un libro de historia, y un niño leyendo en un idioma que no será ni el francés ni el español sino el lenguaje futuro de los que vendrán a ocupar el lugar que dejamos, y que con el tiempo y los siglos también se extinguirán, como nosotros, y entonces me dije, con los ojos cerrados, de todo esto que pienso y anhelo no quedará absolutamente nada, y por eso Gastón tiene razón, ya estamos muertos, en sólo 100 años todo lo que hoy vive habrá cesado, el corazón dejado de latir, 5.000 millones de almas flotando en el éter y sus cuerpos en la tierra mientras otros 5.000, o incluso más, 10.000, realizan su turno, viven y se reproducen, inventan formas nuevas de expresión y sistemas filosóficos, y tal vez nos estudien a nosotros, sus ancestros, y a la vez a los nuestros, la guerra de Troya y Tomás de Aquino, y a Cristo, si es que el catolicismo no se extingue, y puede ser que alguien recuerde que en nuestros años los países tenían alambradas en las fronteras y la gente moría intentando cruzarlas, se ahogaban o perecían sofocados o eran arrestados y devueltos a la fuerza, y por eso el mundo estaba lleno de gente con miedo, y también de gente que odiaba a otros y de gente que se sentía muy humillada, y estas palabras, en mi mente, empezaron a mezclarse con el sexo de Yoglú, y me di cuenta de que estaba soñando, me había quedado dormido debajo de la ducha, en esa apacible oscuridad, pero el teléfono, puesto sobre el lavamanos, vino a sacarme del letargo, así que di un salto y respondí, creyendo que podría ser la AFP, pero no, en lugar de eso era Kadhim, su voz rugosa de fumador.

Hola, amigo, dijo, no nos vemos hace mucho. Esta noche voy a cenar con colegas novelistas y poetas, te invito, ¿puedes venir? Le dije que estaba sin un peso y que esperaba una llamada para un trabajo, pero él insistió, yo tengo dinero, no te preocupes por eso, y además, si esperas algo de trabajo no te van a llamar por la noche, ¿no? La verdad tenía razón así que acepté. Si salía el trabajo en la Agencia ya podría invitarlo muchas veces.

La cita era en el restaurante tunecino *Salambó* (ya lo conocía), y al llegar reconocí a algunos de los presentadores que acompañaron a Kadhim en el lanzamiento de *Iraknéides*. Estaba Abdelwahab Meddeb, el poeta tunecino, o Abu Awad, el intelectual nacido en Palestina. De repente sentí que no debía estar ahí, pero era tarde. Ya Kadhim me presentaba como a un «joven escritor colombiano, amigo de Juan Goytisolo», lo que me hizo sonrojar, como siempre, pues, repito, ninguna de las dos cosas era cierta. Respondí con evasivas a un par de preguntas y me limité a oírles sus historias.

La conversación versó sobre el inminente ataque de Estados Unidos y una coalición aliada a Irak, que cometía horrorosos crímenes en Kuwait, pero la opinión de todos era que el mundo árabe debía resolver sus contenciosos solo, sin intrusiones occidentales, y menos si éstas venían de Washington. Le recriminaron a Arabia Saudita, a los Emiratos Árabes y al mismo Kuwait sus alianzas con

Estados Unidos, que jamás hizo nada bueno por los árabes, y luego Kadhim levantó la copa y dijo, ojalá este sacrificio tenga una recompensa y sea la caída de Saddam y la libertad de Irak, y todos bebieron a la salud de ese deseo, incluido yo, que empezaba a estar un poco ebrio.

En un momento Kadhim me dijo, ¿y Victoria?, ¿no la has vuelto a ver? No, le dije, hace ya tiempo que no, y entonces él, bajando la voz (pareció ignorar que los demás no comprendían el español) me dijo, lo sé todo, vi a Joachim la semana pasada y me contó que Victoria lo había dejado sin dar explicaciones, pero que luego, también sin explicar nada, había vuelto con él, diciéndole que si quería continuar no debía hacer preguntas, y claro, él aceptó, acostumbrado a sus extrañas condiciones, y la verdad es que ese hombre volvió a la vida, pues durante el período en que ella se fue él pensó dejar la cátedra y escapar a Israel, o a un país africano, probablemente a Tanzania o Malawi. Cuando me lo contó, Joachim dijo: estará con tu amigo colombiano, al que ella tanto quiere, y yo no supe qué contestar, dijo Kadhim, no sabía nada... Al oírlo imaginé que estaba contigo. Kadhim bebió un sorbo largo hasta acabar su vaso y me miró. Qué, ¿estuviste con ella? Dije que sí y conté lo que había pasado, sin dar muchos detalles. La invitación de esa noche debía de ser un encargo o un favor a Joachim, quien al recuperar a Victoria habría querido saber la verdad de un modo discreto. Era posible y no me molestaba. Era poco para un buen cuscús y unos cuantos vasos de vino.

Al terminar la cena el grupo decidió ir a un bar en la zona de Bastilla, pero yo levanté bandera y dije, hasta aquí llego, amigos, muchas gracias. Kadhim insistió con sus modos afectuosos, como siempre, pero argumenté que al día siguiente debía dar una clase temprano en la Academia, algo que no era del todo cierto. Cuando me quedé solo empecé a caminar por el boulevard Saint Germain, decidido a ir a pie hasta mi chambrita, pero a la altura de la rue du Bac pensé en Paula y miré el reloj. Llovía y había niebla y la idea era muy tentadora, así que crucé la calle. Al hacerlo un carro frenó a un costado y se estacionó en la ciclovía. Desde el interior alguien gritó: ¡Esteban!, ¡Esteban!

Era la voz de Victoria. Me acerqué con curiosidad y algo de sospecha. ¿Qué haces en París? Estoy haciendo una investigación en la Biblioteca Nacional, dijo, te presento a Brigit, mi compañera. Bastó esa única frase para comprender que estaban tan ebrias como yo. Entonces Victoria me hizo subir al carro diciendo, ven, te llevamos, y yo acepté, pues estaba cansado. Al llegar a Cambronne se bajó conmigo y despidió a su amiga. No pongas esa cara, joder, ni que fuera una sifilítica o una sidosa, dijo. He bebido y estoy algo cachonda, es sólo eso.

Poco después estábamos en la cama, y mientras hacíamos el amor pensé en Sabrina, en lo complicado que se iba a poner todo. Ahora éramos amantes. Se lo dije, ¿te das cuenta de que somos amantes?, pero ella respondió, respirando fuerte, nada de amantes, tío, los amantes serán ellos, acaba de follarme y no digas más gilipolleces. Le hice caso y luego dormimos abrazados. Al día siguiente Sabrina llamó muy temprano y yo debí hablar como si estuviera solo. Victoria se quedó en silencio y evitó hacer ruidos. Éramos amantes.

Pasamos la mañana en la cama y al mediodía bajé a comprar pan para hacer sándwiches y una Coca-Cola de litro. Después volví a tenderme a su lado e hicimos el amor varias veces, hasta que volvió a oscurecer. Sabrina llamó de nuevo. Le dije que no había novedades y que deseaba dormir en mi chambrita, pues me sentía algo deprimido. Preguntó si quería que me trajera algo y dije que no, pero en el fondo me sentí un miserable. Luego Victoria se sentó en la cama y me dijo, mirándome a los ojos: vivamos juntos, ¿es que no me quieres? Le dije que sí, te quiero mucho, pero ya tomé una decisión y quiero mantenerla, eso es todo.

Se puede amar a alguien que no te ama, dijo, es lo que hacen Joachim y esa tía francesa. Pero con el amor de verdad no se juega, y tú estás enamorado de mí, se te ve en los ojos. Coño, ¿por qué no lo ves?, deja de jugar.

Entonces algo se iluminó en mi cabeza, una idea dictada por la desesperación, y le dije, esta vez sí se juega con el amor, y es lo que vamos a hacer. Vamos a jugar hasta el final. Saqué una baraja de cartas que tenía en la maleta y nunca usaba, tal vez esperando por esta noche, y le dije: el que saque la carta más alta decide, ¿aceptas? Victoria me miró extrañada y dijo, no entiendo, ¿si gano te quedas conmigo? Sí, le dije. ¿Y dejas a Sabrina? Haré lo que digan las cartas, pero si pierdes regresas a Estrasburgo con Joachim. Hay que arreglar esto de algún modo, y si vamos a jugar a la ruleta rusa tiene que ser con balas de verdad. Victoria me miró con sorpresa y dijo, vale, vale, acepto. Fuimos a la mesa y serví dos copas de vino. Esparcí las cartas en una línea horizontal y le dije, saca una. Se bebió de un sorbo el vino, estiró la mano y retiró una carta del centro. Al darle vuelta sonrió. Jota de corazones. Yo separé la mía y, antes de verla, le dije, recuerda, sin palabras ni llantos, se hará lo que diga esta carta. Sí, sí, dijo ella, ya te dije que sí, joder. Le di vuelta, y al hacerlo fue como si una luz emergiera desde el centro de la habitación. Encendí un cigarrillo y fui a la ventana, en silencio. Afuera llovía a cántaros. Al pegar mi cara al vidrio escuché de lejos las bocinas y el fragor de los carros.

6.

Los vapores del sótano, en *Les goelins de Pyongang*, estaban particularmente fuertes e hirientes, tanto que debimos usar unas antiparras plásticas de la dotación que nunca usábamos, y que hacían verlo todo a través de una videocámara averiada, imágenes borrosas que no presagiaban nada bueno, pero no hubo otra opción, pues arriba había un matrimonio coreano y la sala estaba a reventar, con más comensales que de costumbre y una orden de decenas de platillos diferentes, como les gusta a los orientales.

Por eso desde que se inició el turno no pude hablar con Jung, sólo las frases de trabajo, trae más líquido, cuidado, envía éstos, y así, a las dos de la mañana estábamos exhaustos, con los brazos astillados y las camisetas empapadas de sudor. El dueño nos había pedido salir más tarde a cambio de una paga extra, pues era una familia amiga y no podía echarlos a la calle, así que allí estuvimos, ya algo más ligeros de trabajo (sólo vasos y copitas de porcelana), y fue entonces que Jung se me acercó y me dijo, llega el sábado. La traen en avión desde Seúl, pues no fue necesario hacer trayectos por tierra. Compraron un visado. Qué bueno, viejo, tu vida va a empezar a cambiar, le dije, tienes tres días para prepararte, ¿la recibirás en el mismo hotel?

Había hablado con el dueño y estaba de acuerdo en darle una habitación más grande. Desde el siguiente lunes, Min Lin empezaría a trabajar en el restaurante, pues juntos debían pagar la deuda al propietario. Mientras hablaba, imaginé a Jung como a uno de esos sobrevivientes de los campos de exterminio de Pol Pot, pues tenía una franela engrasada y húmeda y la cara muy brillante, con la marca sanguínea de las antiparras en las mejillas. Por primera vez reparé en lo flaco que era, en lo frágil y escuálido, y noté que estaba nervioso. No paraba de mover las manos. ¿Te sientes mejor ahora que ella viene?, pregunté, pero él respondió, no sé, no sé siquiera si podré mirarla a los ojos… Tendrás que hacerlo, le dije, de otro modo no te reconocerá. Entonces le empezó uno de esos temblores a los que ya nos había acostumbrado, así que se agarró con fuerza los muslos y esperó a que pasara mientras yo lavaba una bandeja de copas de porcelana y le decía, tranquilo, viejo, no te alteres.

A eso de las cinco de la mañana la fiesta terminó y el propietario nos dio 600 francos más a cada uno. Jung le dijo algo en coreano y se los devolvió, por lo que supuse que su frase fue, «descuéntelos de mi deuda», y salimos. Por más ganas de charlar, fue tal el cansancio que nos despedimos. Pero antes le pregunté: ¿quieres que te acompañe al aeropuerto? Jung me miró con gratitud y dijo, es una gran idea, te llamaré el sábado temprano. Y agregó: es bueno que Min Lin conozca de inmediato a mi único amigo.

Le hice adiós con la mano y paré un taxi, pues no tenía fuerzas para esperar el bus nocturno. Al llegar a mi chambrita dormí vestido sobre la colcha, sin siquiera quitarme los zapatos.

Estaría soñando, claro, pues recuerdo el timbre del teléfono en una especie de gruta submarina y un cable que salía hacia la superficie y que yo miraba desde abajo. Pero al acercar el auricular y oír la voz del propietario del restaurante caí de bruces en la realidad. Ven ahora mismo al Hospital de Belleville, dijo, Jung tuvo un accidente. Toma un taxi. Es urgente.

Al llegar encontré que Jung no estaba en ninguna habitación o quirófano, sino ya en la morgue. Una enfermera me pidió esperar en una banca, y, cuando me senté, tenía los ojos en lágrimas. Era extraño, lloraba y a la vez sentía mucha rabia. Poco después llegó el propietario del restaurante, que estaba en una oficina, y me preguntó si sabía qué le había ocurrido a Jung. No sé qué pasó, le respondí, dicen que está en la morgue. Eso lo sé, dijo el propietario, saltó desde la ventana de su cuarto, que era un sexto piso. Cuando lo trajeron todavía respiraba, pero murió antes de entrar al quirófano.

Iba a decir algo, pero las lágrimas me impidieron hablar.

Al no haber familiares debíamos ser dos allegados en reconocer el cadáver, así que un médico nos condujo al sótano. Es él, dije. Luego firmé un papel y otros dos más. El propietario del restaurante hizo lo mismo. ¿Qué le pudo haber pasado, doctor?, pregunté por llenar ese incómodo silencio, y él dijo, ah, con los suicidios nunca se sabe, por lo que pude saber leyendo su ficha médica encontré que era un hombre solitario y sin documentos legales, con tres hospitalizaciones recientes por ataques de tipo epiléptico, pérdida del conocimiento y del sentido de la realidad, dolores abdominales y delirios. En uno de ellos dijo que estaba siendo atacado por pájaros… Las cosas difíciles que debió vivir, su autoestima por el suelo, la indefensión y el miedo, todo eso lo debió llevar al estrés crónico y a la depresión. Hay una dolencia muy relacionada con estos síntomas, dijo el doctor, pero no agregó nada más, pues en esos años el síndrome todavía no tenía un nombre. Aún no había sido bautizado como el síndrome del inmigrante o síndrome de Ulises.

El propietario del restaurante optó por la incineración, y para ello hubo que esperar varias horas firmando documentos y haciendo declaraciones juradas. Al día siguiente lo incineraron por el procedimiento rápido en el crematorio de Père Lachaise, sin sala de ceremonia, lo que permitió hacerlo sin esperas. El propietario y yo volvimos a firmar como responsables y a última hora aparecieron Susi, Saskia, Desirée y Lazlo, todos vestidos de negro. Lloramos abrazados en un pequeño corredor, húmedo e inhóspito, y Lazlo abrió los brazos para decir: era un buen hombre, un alma inocente y dulce. Luego sacó una botella de aguardiente y nos invitó a brindar por él, cosa que hicimos por turnos, en medio de las gélidas oleadas de viento que azotaban esa parte del cementerio. Más tarde fuimos a las oficinas a retirar la urna con las cenizas, y le pedí al propietario conservarlas hasta el sábado, para entregárselas personalmente a su mujer, que debía llegar. El propietario no puso ninguna objeción y me rogó que, tras instalar a Min Lin en el mismo hotel de Jung, la llevara al restaurante, pues deseaba conocerla y darle algún alivio. Antes de irse me escribió el nombre de ella en coreano, de modo que yo pudiera copiarlo en una hoja grande. Entonces pensé en las últimas palabras de Jung: «Es bueno que conozca de inmediato a mi único amigo».

Esa noche llegué con las cenizas a mi chambrita, pero antes compré en la esquina una botella de whisky. Desconecté el teléfono y coloqué la urna sobre la mesa, una urna, por cierto, realmente horrible, la más barata de las que ofrecía el servicio fúnebre del cementerio, y que de no tener una tapa en forma de pagoda semejaría un tarro extra de Nescafé. ¿Qué habrá pensado o recordado Jung mientras cruzaba el aire hacia el suelo? Tal vez los ojos de Min Lin, que no se atrevió a enfrentar, o los de su madre, la mujer que lo trajo al mundo del que estaba por irse y en el que sólo pudo sufrir. Quise imaginarlo en el marco de la ventana, observando las luces de la ciudad. Nadie se lanza de inmediato. Al ver esas luces habrá sentido rabia o rencor, o incluso miedo, y luego el golpe, el impacto final, tan duro como el modo en que vivió, siempre defendiéndose, a veces intentando recuperar, como esos jugadores que pasan días y noches en los casinos hasta perderlo todo, así le pasó a Jung con la vida, y entonces sólo pudo irse, dejar en medio de la calle, sin ningún pudor, un cuerpo sangrante y flagelado.

Dormí en un sillón, al lado de la urna, y a la mañana siguiente, poco antes de salir, conecté el teléfono para llamar al aeropuerto. Quería saber la hora exacta del vuelo de Seúl. Luego entré a la ducha y me senté en las baldosas, incrédulo aún por lo que había ocurrido. Tenía tiempo, así que decidí hacer las cosas con calma y preparé un café. Encendí el radio en una emisora de noticias y fue ahí cuando escuché que esa noche las tropas de Estados Unidos y sus aliados habían atacado al ejército iraquí en Kuwait. Pensé vagamente en Kadhim y en sus amigos árabes y sentí que el mundo estaba cambiando. Antes de salir el teléfono sonó y dudé en contestar. No quería hablar con nadie en ese momento, pero quien quiera que fuera insistía una y otra vez. Al fin levanté el auricular y alguien me saludó en francés. Era de la Agencia France Presse. En razón del gigantesco volumen de noticias provocadas por la guerra debían hacer nuevas contrataciones, y yo era el primero de la lista. Debía ir el siguiente lunes en la mañana con mis documentos para formalizar un contrato, y empezar el martes. Dije que iría sin falta y colgué, pero al abrir la puerta, con la urna de Jung en un bolso, sentí náuseas y volví a llorar.

Susi me esperaba en la Gare du Nord, pues quería acompañarme al aeropuerto. Según ella, Min Lin se iba a sentir mejor si la recibía una pareja y no un hombre solo, lo que me pareció razonable.

Los tablones de llegada indicaban la misma hora que me habían dado por el teléfono, así que nos dirigimos a la puerta correspondiente a Seúl. Una multitud de coreanos esperaba a sus seres queridos, conversando y riéndose. Saqué el cartel con el nombre de Min Lin y lo sostuve en la mano, pero Susi me lo arrebató. Se sentirá mejor si ve a una mujer, dijo, recuerda que no podremos hablarle.

Entonces, sin saber por qué, me vino a la mente un viejo documental de Fellini sobre el mundo del circo y los payasos que acaba con la muerte de un viejo clown llamado Fru-Fru, una muerte que deja solo a su compañero de escenario. Tras el entierro el compañero regresa al circo y comienza a llamarlo. Primero con una melodía en el clarinete, y luego, al ver que no venía, a gritos, pensando que nadie podía desaparecer así. Recordé esto mientras sostenía la urna con las cenizas y Susi levantaba el cartel, y sentí ganas de gritar, ¡Jung!, con todas mis fuerzas, pero no lo hice. De pronto Susi me tocó el brazo y señaló algo. Y vimos al fondo, entre el turbión humano, a una mujer muy delgada llevando un maletín. Miró a un lado y a otro y salió con miedo, como si el suelo pudiera hundirse bajo sus pies. Susi levantó el cartel y la mujer hizo un gesto. Y empezó a acercarse. Al verla me pareció que las cenizas de Jung se agitaban, y le dije, tranquilo, ya puedes descansar, viejo querido, ya está aquí, e imaginé, como el payaso del clarinete, que gritaba con todas mis fuerzas: ¡Jung!, ¡Jung! Pero la carpa del teatro no tenía luz y todos, en ese desolado aeropuerto, parecían haberse ido o estar muertos.

ÍNDICE

9 *Parte I*
  Historias de fantasmas

103 *Parte II*
  Inmigrantes & Co.

315 *Parte III*
  El síndrome de Ulises

Seix Barral

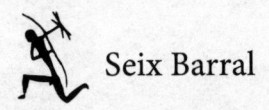

España
Av. Diagonal, 662-664
08034 Barcelona (España)
Tel. (34) 93 492 80 00
Fax (34) 93 492 85 65
Mail: info@planetaint.com
www.planeta.es

Paseo Recoletos, 4, 3.ª planta
28001 Madrid (España)
Tel. (34) 91 423 03 00
Fax (34) 91 423 03 25
Mail: info@planetaint.com
www.planeta.es

Argentina
Av. Independencia, 1668
C1100 Buenos Aires
(Argentina)
Tel. (5411) 4124 91 00
Fax (5411) 4124 91 90
Mail: info@eplaneta.com.ar
www.editorialplaneta.com.ar

Brasil
Av. Francisco Matarazzo,
1500, 3.º andar, Conj. 32
Edificio New York
05001-100 São Paulo (Brasil)
Tel. (5511) 3087 88 88
Fax (5511) 3087 88 90
Mail: ventas@editoraplaneta.com.br
www.editoriaplaneta.com.br

Chile
Av. 11 de Septiembre, 2353, piso 16
Torre San Ramón, Providencia
Santiago (Chile)
Tel. Gerencia (562) 652 29 43
Fax (562) 652 29 12
www.planeta.cl

Colombia
Calle 73, 7-60, pisos 7 al 11
Bogotá, D.C. (Colombia)
Tel. (571) 607 99 97
Fax (571) 607 99 76
Mail: info@planeta.com.co
www.editorialplaneta.com.co

Ecuador
Whymper, N27-166,
y Francisco de Orellana
Quito (Ecuador)
Tel. (5932) 290 89 99
Fax (5932) 250 72 34
Mail: planeta@access.net.ec

México
Masaryk 111, piso 2.º
Colonia Chapultepec Morales
Delegación Miguel Hidalgo 11560
México, D.F. (México)
Tel. (52) 55 3000 62 00
Fax (52) 55 5002 91 54
Mail: info@planeta.com.mx
www.editorialplaneta.com.mx
www.planeta.com.mx

Perú
Av. Santa Cruz, 244
San Isidro, Lima (Perú)
Tel. (511) 440 98 98
Fax (511) 422 46 50
Mail: rrosales@eplaneta.com.pe

Portugal
Planeta Manuscrito
Rua do Loreto, 16-1.º Frte.
1200-242 Lisboa (Portugal)
Tel. (351) 21 370 43061
Fax (351) 21 370 43061

Uruguay
Cuareim, 1647
11100 Montevideo (Uruguay)
Tel. (5982) 901 40 26
Fax (5982) 902 25 50
Mail: info@planeta.com.uy
www.editorialplaneta.com.uy

Venezuela
Final Av. Libertador con calle Alameda,
Edificio Exa, piso 3.º, of. 301
El Rosal Chacao, Caracas (Venezuela)
Tel. (58212) 952 35 33
Fax (58212) 953 05 29
Mail: info@planeta.com.ve
www.editorialplaneta.com.ve

Grupo Planeta   Seix Barral es un sello editorial del Grupo Planeta   www.planeta.es